증편 한국구비문학대계

7-24

경상북도 울진군

이 저서는 2011년 정부(교육과학기술부)의 재원으로 한국학중앙연구원(한국학진흥사업단)의 지원을 받아 수행된 연구임.(AKS-2011-CCB-1101)

증편 한국구비문학대계
7-24
경상북도 울진군

임재해 · 조정현 · 박혜영 · 강선일

한국학중앙연구원

역락

발간사

　민간의 이야기와 백성들의 노래는 민족의 문화적 자산이다. 삶의 현장에서 이러한 이야기와 노래를 창작하고 음미해 온 것은, 어떠한 권력이나 제도도, 넉넉한 금전적 자원도, 확실한 유통 체계도 가지지 못한 평범한 사람들이었다. 이야기와 노래들은 각각의 삶의 현장에서 공동체의 경험에 부합하였으며, 사람들의 정신과 기억 속에 각인되었다. 문자라는 기록 매체를 사용하지 못하였지만, 그 이야기와 노래가 이처럼 면면히 전승될 수 있었던 것은 그것이 바로 우리 민족의 유전형질의 일부분이 되었기 때문이며, 결국 이러한 이야기와 노래가 우리 민족을 하나의 공동체로 묶어 주고 있는 것이다.

　사회와 매체 환경의 급격한 변화 가운데서 이러한 민족 공동체의 DNA는 날로 희석되어 가고 있다. 사랑방의 이야기들은 대중매체의 내러티브로 대체되어 버렸고, 생활의 현장에서 구가되던 민요들은 기계화에 밀려 버리고 말았다. 기억에만 의존하여 구전되던 이야기와 노래는 점차 잊히고 있다. 한국학중앙연구원이 1970년대 말에 개원함과 동시에, 시급하고도 중요한 연구사업으로 한국구비문학대계의 편찬 사업을 채택한 것은 바로 이러한 시대적 상황에 대한 우려와 잊혀 가는 민족적 자산에 대한 안타까움 때문이었다.

　당시 전국의 거의 모든 구비문학 연구자들이 참여하였는데, 어려운 조사 환경에서도 80여 권의 자료집과 3권의 분류집을 출판한 것은 그들의 헌신적 활동에 기인한다. 당초 10년을 계획하고 추진하였으나 여러 사정으로 5년간만 추진되었으며, 결과적으로 한반도 남쪽의 삼분의 일에 해당하는 부분만 조사하게 되었다. 그럼에도 불구하고 한국구비문학대계는 주관기관인 한국학중앙연구원의 대표 사업으로 각광 받았을 뿐 아니라, 해방 이후 한국의 국가적 문화 사업의 하나로 꼽히게 되었다.

21세기에 들어서면서 한국학중앙연구원에서는 미완성인 채로 남아 있는 구비문학대계의 마무리를 더 이상 미룰 수 없다는 생각으로 이를 증보하고 개정할 계획을 세웠다. 20년 전의 첫 조사 때보다 환경이 더 나빠졌고, 이야기와 노래를 기억하고 있는 제보자들이 점점 줄어들고 있었던 것이다. 때마침 한국학 진흥에 대한 한국 정부의 의지와 맞물려 구비문학대계의 개정·증보사업이 출범하게 되었다.

이번 조사사업에서도 전국의 구비문학 연구자들이 거의 다 참여하여 충분하지 않은 재정적 여건에서도 충실히 조사연구에 임해 주었다. 전국 각지의 제보자들은 우리의 취지에 동의하여 최선으로 조사에 응해 주었다. 그 결과로 조사사업의 결과물은 '구비누리'라는 이름의 데이터베이스에 탑재가 되었고, 또 조사 자료의 텍스트와 음성 및 동영상까지 탑재 즉시 온라인으로 접근할 수 있는 시스템을 갖추었다. 특히 조사 단계부터 모든 과정을 디지털화함으로써 외국의 관련 학자와 기관의 선망의 대상이 되고 있다.

이제 조사사업의 결과물을 이처럼 책으로도 출판하게 된다. 당연히 1980년대의 일차 조사사업을 이어받음으로써 한편으로는 선배 연구자들의 업적을 계승하고, 한편으로는 민족문화사적으로 지고 있던 빚을 갚게 된 것이다. 이 사업의 연구책임자로서 현장조사단의 수고와 제보자의 고귀한 뜻에 감사를 표하지 않을 수 없다. 아울러 출판 기획과 편집을 담당한 한국학중앙연구원의 디지털편찬팀과 출판을 기꺼이 맡아준 역락출판사에 감사를 드린다.

2013년 10월 4일
한국구비문학대계 개정·증보사업 연구책임자 김병선

책머리에

　구비문학조사는 늦었다고 생각하는 지금이 가장 빠른 때이다. 왜냐하면 자료의 전승 환경이 나날이 달라지고 있기 때문이다. 전승 환경이 훨씬 좋은 시기에 구비문학 자료를 진작 조사하지 못한 것이 안타깝게 여겨질수록, 지금 바로 현지조사에 착수하는 것이 최상의 대안이자 최선의 실천이다. 실제로 30여 년 전 제1차 한국구비문학대계 사업을 하면서 더 이른 시기에 조사를 했더라면 하는 아쉬움이 컸는데, 이번에 개정·증보를 위한 2차 현장조사를 다시 시작하면서 아직도 늦지 않았다는 사실을 실감했다.

　구비문학 자료는 구비문학 연구와 함께 간다. 자료의 양과 질이 연구의 수준을 결정하고 연구수준에 따라 자료조사의 과학성이 결정되기 때문이다. 실제로 1차 조사사업 결과로 구비문학 연구가 눈에 띠게 성장했고, 그에 따라 조사방법도 크게 발전되었다. 그러나 연구의 수명과 유용성은 서로 반비례 관계를 이룬다. 구비문학 연구의 수명은 짧고 갈수록 빛이 바래지만, 자료의 수명은 매우 길 뿐 아니라 갈수록 그 가치는 더 빛난다. 그러므로 연구 활동 못지않게 자료를 수집하고 보고하는 일이 긴요하다.

　교육부에서 구비문학조사 2차 사업을 새로 시작한 것은 구비문학이 문학작품이자 전승지식으로서 귀중한 문화유산일 뿐 아니라, 미래의 문화산업 자원이라는 사실을 실감한 까닭이다. 따라서 학계뿐만 아니라 문화계의 폭넓은 구비문학 자료 활용을 위하여 조사와 보고 방법도 인터넷 체제와 디지털 방식에 맞게 전환하였다. 조사환경은 많이 나빠졌지만 조사보고는 더 바람직하게 체계화함으로써 누구든지 쉽게 접속하여 이용할 수 있는 데이터베이스를 구축했다. 그러느라 조사결과를 보고서로 간행하는 일은 상대적으로 늦어지게 되었다.

2차 조사는 1차 사업에서 조사되지 않은 시군지역과 교포들이 거주하는 외국지역까지 포함하는 중장기 계획(2008~2018년)으로 진행되고 있다. 한국학중앙연구원 어문생활연구소와 안동대학교 민속학연구소가 공동으로 조사사업을 추진하되, 현장조사 및 보고 작업은 민속학연구소에서 담당하고 데이터베이스 구축 작업은 한국학중앙연구원에서 담당한다. 가장 중요한 일은 현장에서 발품 팔며 땀내 나는 조사활동을 벌인 조사자들의 몫이다. 마을에서 주민들과 날밤을 새우면서 자료를 조사하고 채록하여 보고서를 작성한 조사위원들과 조사원 여러분들의 수고를 기리지 않을 수 없다. 조사의 중요성을 알아차리고 적극 협력해 준 이야기꾼과 소리꾼 여러분께도 고마운 말씀을 올린다.

구비문학 조사를 전국적으로 실시하여 체계적으로 갈무리하고 방대한 분량으로 보고서를 간행한 업적은 아시아에서 유일하며 세계적으로도 그 보기를 찾기 힘든 일이다. 특히 2차 사업결과는 '구비누리'로 채록한 자료와 함께 원음도 청취할 수 있는 데이터베이스를 구축해서 세계에서 처음으로 인터넷과 스마트폰으로 이용할 수 있는 디지털 체계를 마련했다. '구슬이 서 말이라도 꿰어야 보배'인 것처럼, 아무리 귀한 자료를 모아두어도 이용하지 않으면 소용이 없다. 그러므로 이 보고서가 새로운 상상력과 문화적 창조력을 발휘하는 문화자산으로 널리 활용되기를 바란다. 한류의 신바람을 부추기는 노래방이자, 문화창조의 발상을 제공하는 이야기 주머니가 바로 한국구비문학대계이다.

2013년 10월 4일
한국구비문학대계 개정·증보사업 현장조사단장 임재해

한국구비문학대계 개정·증보사업 참여자 (참여자 명단은 가나다 순)

연구책임자

　　김병선

공동연구원

　　강등학　강진옥　김익두　김은희　김태환　김헌선　나경수　박경수　박경신
　　송진한　신동흔　심상교　이건식　이경엽　이인경　이창식　임재해　임철호
　　임치균　서영숙　신연우　조현설　천혜숙　허남춘　황루시　황인덕

전임연구원

　　이균옥　장노현　최원오

박사급연구원

　　강정식　권은영　김구한　김기옥　김영희　김월덕　김형근　노영근　서해숙
　　손화영　유명희　이영식　이윤선　정규식　조정현　최명환　한미옥　허정주

연구보조원

　　강선일　강태종　권경원　김나래　김명수　김은지　김자현　박기현　박은영
　　박혜영　이영주　이옥희　이홍우　정나경　정혜란　편성철

주관 연구기관 : 한국학중앙연구원 어문생활사연구소
공동 연구기관 : 안동대학교 민속학연구소

일러두기

- 『증편 한국구비문학대계』는 한국학중앙연구원과 안동대학교에서 3단계 10개년 계획으로 진행하는 "한국구비문학대계 개정·증보사업"의 조사 보고서이다.

- 『증편 한국구비문학대계』는 시군별 조사자료를 각각 별권으로 간행하는 것을 원칙으로 한다. 서울 및 경기는 1-, 강원은 2-, 충북은 3-, 충남은 4-, 전북은 5-, 전남은 6-, 경북은 7-, 경남은 8-, 제주는 9-으로 고유번호를 정하고, -선 다음에는 1980년대 출판된 『한국구비문학대계』의 지역 번호를 이어서 일련번호를 붙인다. 이에 따라 『증편 한국구비문학대계』는 서울 및 경기는 1-10, 강원은 2-10, 충북은 3-5, 충남은 4-6, 전북은 5-8, 전남은 6-13, 경북은 7-19, 경남은 8-15, 제주는 9-4권부터 시작한다.

- 각 권 서두에는 시군 개관을 수록해서, 해당 시·군의 역사적 유래, 사회·문화적 상황, 민속 및 구비 문학상의 특징 등을 제시한다.

- 조사마을에 대한 설명은 읍면동 별로 모아서 가나다 순으로 수록한다. 행정상의 위치, 조사일시, 조사자 등을 밝힌 후, 마을의 역사적 유래, 사회·문화적 상황, 민속 및 구비문학상의 특징 등을 중심으로 설명하고, 마을 전경 사진을 첨부한다.

- 제보자에 관한 설명은 읍면동 단위로 모아서 가나다 순으로 수록한다. 각 제보자의 성별, 태어난 해, 주소지, 제보일시, 조사자 등을 밝힌 후, 생애와 직업, 성격, 태도 등을 중심으로 서술하고, 제공 자료 목록과 사진을 함께 제시한다.

- 조사 자료는 읍면동 단위로 모은 후 설화(FOT), 현대 구전설화(MPN), 민요(FOS), 근현대 구전민요(MFS), 무가(SRS), 기타(ETC) 순으로 수록한다. 각 조사 자료는 제목, 자료코드, 조사장소, 조사일시, 조사자, 제보자, 구연상황, 줄거리(설화일 경우) 등을 먼저 밝히고, 본문을 제시한다. 자료코드는 대지역 번호, 소지역 번호, 자료 종류, 조사 연월일, 조사자 영문 이니셜, 제보자 영문 이니셜, 일련번호 등을 '_'로 구분하여 순서대로 나열한다.
- 자료 본문은 방언을 그대로 표기하되, 어려운 어휘나 구절은 ( ) 안에 풀이말을 넣고 복잡한 설명이 필요할 경우는 각주로 처리한다. 한자 병기나 조사자와 청중의 말 등도 ( ) 안에 기록한다.
- 구연이 시작된 다음에 일어난 상황 변화, 제보자의 동작과 태도, 억양 변화, 웃음 등은 [ ] 안에 기록한다.
- 잘 알아들을 수 없는 내용이 있을 경우, 청취 불능 음절수만큼 '○○○'와 같이 표시한다. 제보자의 이름 일부를 밝힐 수 없는 경우도 '홍길○'과 같이 표시한다.
- 『증편 한국구비문학대계』에 수록된 모든 자료는 웹(gubi.aks.ac.kr/web)과 모바일(mgubi.aks.ac.kr)에서 텍스트와 동기화된 실제 구연 음성파일을 들을 수 있다.

차례

2. 온정면

● 기타

3. 울진읍

▌조사마을

▌제보자

● 설화

4. 원남면

5. 죽변면

6. 후포면

▌조사마을

▌제보자

● 설화

민요

울진군 개관

    울진 지역은 조선시대까지 울진군과 평해군으로서 각기 독립된 고을로 존속하다가 1914년 3월 행정구역 개편 때 통합되어 강원도 울진군으로 편제되었다. 서로 다른 두 개의 고을이 하나로 통합된 까닭에 아직도 울진 지역에서는 울진권(울진읍, 죽변면, 북면, 서면, 근남면, 원남면)과 평해권(평해읍, 후포면, 기성면, 온정면)이라는 말이 통용되고 있다. 1963년 1월 행정구역 정비에 따라 울진군은 강원도에서 경상북도로 편입되어 지금에 이르고 있다. 현재 울진군에는 울진읍과 평해읍을 비롯해, 북면, 서면, 죽변면, 근남면, 원남면, 기성면, 후포면, 온정면 등 2개 읍 8개 면이 속해 있다.

    울진은 동쪽으로는 동해바다, 서쪽으로는 봉화군 소천면·석포면과 영양군 영양읍·수비면, 남쪽으로는 영덕군 창수면·병곡면, 북쪽으로는 강원도 삼척시 사곡면·원덕면과 접하고 있으며, 경상북도의 동쪽 북단에 자리 잡고 있다. 울진군과 인접 시·군을 연결하는 주요 도로는, 군의 남북을 연결하는 7번 국도와 영남내륙을 연결하는 36번 국도, 온정면, 후포면, 영양군, 안동시를 연결하는 88번 지방도이다. 36번 국도와 88번 지방도가 완공되기 이전까지는 '십이령바지게길', '절골길', '고초령길', '구주령길' 등의 옛길을 통해 경북 북부의 봉화, 영주 지방과 강원도 삼척, 태백,

정선 등지를 넘나들었다.

울진군의 총 면적은 988.97km²이며, 이는 경상북도 전체 면적의 5.2%에 해당하는 크기이다. 면적만으로 볼 때 울진군의 규모는 경북도 23개 시·군 중 여덟 번째에 해당된다. 울진군의 전체 면적 중 임야가 848.89km²로 전체 면적의 85.8%를 차지하며, 총 경지면적은 80.77km²로서 전체 면적의 8.15%에 불과하다. 이 중 밭이 35.91km²이며 논이 44.86km²이다. 이처럼 울진군의 마을은 토지의 성격과 규모로 볼 때 산촌의 성격이 강할 것 같지만, 대부분의 마을은 왕피천과 남대천, 흥부천 등 주요 하천 유역과 동해 연안에 자리 잡고 있기 때문에, 일부 산촌과 다수의 농어촌으로 구성된 지역이라고 할 수 있다. 읍면을 나누어 살펴보면 근남면과 기성면, 북면, 울진읍, 원남면, 평해읍은 농어촌이 공존하는 지역이고 죽변면과 후포면은 어촌지역이며, 서면과 온정면은 산촌 지역에 해당한다.

울진군의 생업은 농업과 어업에 대한 의존도가 높다. 특히 농업은 경지면적이 전체 면적의 8.15%에 불과해, 자급자족의 수준에도 못 미쳤기 때문에 상대적으로 어업 의존도가 더 높다. 어로방식은 크게 그물어로와 채취어로로 나눌 수 있는데, 채취어로의 대표적 어획물은 미역이다. 현재도 울진 연안 해촌에서는 미역채취가 대표적인 봄철 어로활동이다. 2005년 '울진세계친환경농업엑스포' 개최를 기점으로 울진군의 농업이 유기농생태농업으로 전환을 꾀해, 관내 농경지의 50% 정도가 친환경유기농으로 바뀌었다. 이를 계기로 울진의 이미지도 '생태농촌지역'으로 바뀌어가고 있으며, 1990년대 이후 관광산업이 활성화하면서 청정한 산과 바다, 덕구온천과 백암온천 등의 휴양지가 각광을 받고 있다. 또한 울진대게와 금강송이 등의 특산물과 유기농산물 등이 널리 알려지면서 관광유통업이 발달했다. 또 1980년대 이후, 원자력발전소가 다수 건설·가동되면서 관련 종사자들과 그 가족이 상주함에 따라 1차 유통업이 발달했다.

2008년 말 현재 울진군의 인구는 53,042명으로서 총 23,091세대가 거주하고 있다. 경상북도 전체 인구의 약 2.5%에 해당하는 것으로서 군 가운데 칠곡군과 의성군 다음으로 많은 숫자이다. 전체 인구 가운데 65세 이상 노령층이 차지하는 비율은 약 22.5%이며, 5세 이상 19세 미만 취학 인구는 15.8% 정도를 차지한다. 타 시군에 비해 노령층 인구가 상대적으로 적고 취학인구가 많은 것은 원자력발전소의 건설·가동에 따른 청장년층 인구의 상주 요인이 큰 것으로 생각된다.

  울진군은 영남과 관동지역의 문화가 교차하는 지역에 위치하고 농촌과 어촌, 그리고 산촌이 골고루 분포하는 특징적인 면모를 보여준다. 이 때문에 울진의 전통문화 역시 한국 고유문화 전통의 일반적 성격을 공유하면서도 다른 지역과 변별되는 지역성을 일정하게 보여준다. 상대적이긴 하지만 관동문화와 가까운 옛 울진지역과 영남문화와 가까운 평해지역의 공존, 상이한 지리생태적 환경에서 비롯된 농산어촌 문화의 공존으로 인한 문화의 다양성과 역동성이 지역성의 핵심을 이룬다. 이런 맥락에서 볼 때 울진은 적어도 전통문화 측면에서는 국내의 어떤 지역보다 다양하고 풍부한 전통을 간직한 곳이라고 할 수 있다.

  2010년 12월부터 시작된 울진군 구비문학 조사사업은 총 6개 읍면 6개 마을에 대해 2박3일 정도씩의 집중적인 조사와 추가보완 조사를 통해 수행되었으며, 2010년 12월 사전조사로부터 시작해서 1월부터 3월까지 8회에 걸쳐 2박3일씩 총 24일 정도의 집중 조사와 4월부터 8월까지 추가보완조사를 통해 약 300여 편의 자료를 수집할 수 있었다.

  울진군은 태백산맥과 동해안을 끼고 있는 지역이기에 어업 관련 구비작품과 함께 농업과 산촌 관련 설화와 민요도 풍부하게 나타나고 있으며, 설화보다는 민요 전승이 좀 더 활발하게 이루어지고 있는 것으로 나타난다. 또한 험준한 산맥과 바다를 끼고 있는 상황에서 호랑이나 용, 허재비 등 신이한 현상 등에 대한 이야기가 활발히 전승되고 있으며 남사고 등

풍수와 관련된 이야기가 풍부하게 전승되고 있다.

지역 인물로서 풍수가 남사고의 영향과 예측 불가능한 어업활동의 불확실성 때문인지, 음택 관련 풍수설화와 신이담 등이 다양하게 전승되고 있다. 예를 들면 남사고의 다양한 풍수 이야기로부터 시작해서, 바다 속에도 명당이 있다는 이야기, 친정의 명당을 시댁으로 빼앗아온 이야기 등이 활발하게 전승되고 있다.

한편 일반적인 농촌지역에서 활발하게 전승되는 설화 중 하나인 효행 관련 설화의 비중이 상대적으로 낮게 나타나고 있으며, 며느리를 중심으로 한 이야기 전개가 주류를 이루고 있다는 점도 주목할 만하다. 여성 중심의 구비문학 전통이 활발하게 지속되어 왔음을 확인할 수 있는 대목으로 판단된다.

민요의 전승양상도 흥미로운데, 어업노동요는 거의 사라지고 그물당기는 소리, 꽁치잡이 소리 등 그 편린만이 나타나고 있으며, 바닷가를 끼고 있음에도 모심기소리 등 노동요가 활발하게 전승되고 있다. 또한 노랫가락, 청춘가, 창부타령, 각설이타령 등 유희요가 남녀 구분 없이 다른 지역보다 활발하게 전승되는 점도 눈에 띈다.

1. 기성면

증편 한국구비문학대계 ● 경상북도 울진군

▌조사마을

경상북도 울진군 기성면 사동2리

조사일시 : 2011.1.30~31, 2011.2.8
조 사 자 : 임재해, 조정현, 박혜영, 강선일

사동2리 마을제당 전경

'사동(沙銅)'은 모래에 쇳물이 많다고 해서 붙여진 이름이다. 현재 마을
에는 약 74호, 184명 정도가 가주한다. 약 10년 전까지만 해도 약 87호가
거주했다. 성씨별로는 김해김씨와 안동김씨가 전체 인구의 2/3정도를 차
지한다. 주민들은 반농반어를 위주로 생계를 유지한다. 논은 '사동들'의
'안들'과 '바깥들'에 주로 분포한다. 현재는 19가구에서 논농사를 짓고 있
다. 고령자들은 적당한 사람에게 자신의 농사를 맡기고 있는 형편이다.

이들의 땅을 소작한 사람은 가을걷이 후 마지기 당 쌀 40kg을 낸다. 밭은 뒷산의 '장장골'과 '밭뜰'에 주로 분포한다. 먹고 살기 힘든 시절에는 고구마, 감자, 조 등의 작물을 많이 재배했다.

어업이 성행했던 약 30년 전에는 마을에 10척 정도의 '돛배'가 있었다. 현재는 오징어잡이어선 2척, 자망어선 6척 등 총 8척의 어선이 있다. 선주들은 사동항에 배를 정박한다. 사동항은 1990년대 초반부터 공사를 시작해서 2000년대 초에 완공되었다. 미역바위인 짬은 '명물암', '새상암', '담치암', '전암', '가두암', '큰암'과 같이 6개소로 나뉜다. 해마다 상반기에 마을총회인 '대동추'에서 주민들이 입찰을 통해 짬을 배정받는다. 마을의 자치조직은 노계와 중노계가 있다. 노계는 65세 이상, 중노계는 58세 이상의 남자들만 가입할 수 있다. 중노계에 들려면 1년 동안 유사를 해야 한다. 유사는 보통 50대 초반의 남자가 맡는데, 한 해 마을의 잔일을 도맡아 한다. 노계와 중노계는 좌상, 부좌상, 일반회원으로 구성된다.

주민들은 양력 6월 30일과 12월 30일에 열리는 대동추에서 마을의 대소사를 논의한다. 1963년도에 전기, 1980년경에 상수도가 들어오면서 주민들의 생활이 편리해졌다. 상수도가 들어오기 이전에는 사동천에서 물을 길러 식수로 이용했다. 한편 약 30년 전까지는 3년에 한 번 별신굿을 벌여 마을의 평안과 풍요를 기원했다.

사동마을 구비문학조사는 2011년 1월 30~31일, 2월 8일 사흘간 수행되었으며, 설화 2편, 민요 31편 등이 수집되었다. 설화의 전승이 약화되어 대부분의 어르신들이 '다 잊어버렸다'는 반응이 주류를 이루었고 상대적으로 할머니들을 중심으로 한 민요 전승은 활발하게 이루어지고 있는 것으로 보인다.

김응진, 남, 1936년생

주 소 지 : 경상북도 울진군 기성면 사동리
제보일시 : 2011.1.30, 2011.2.8
조 사 자 : 임재해, 조정현, 박혜영, 강선일

  김응진 씨는 현재 마을 이장을 역임하고
있다. 벌써 24년째 이장 일을 해오고 있어
마을 운영에서 중심적 역할을 담당하고 있
다. 사동이 안태고향이며 23세에 망향리 김
옥란과 결혼했고 슬하에 1남 4녀를 두고 있
다. 항구가 제대로 갖춰지지 못한 동네여서
어업이 활성화되지 못하는 상황을 타개하기
위해 백방으로 노력하고 있으며, 마을 주민
들의 전적인 신뢰를 얻고 있다고 자부한다.

제공 자료 목록
05_17_FOT_20110130_LJH_KUJ_0001 불을 피워 피선을 알린 망재

박달순, 여, 1926년생

주 소 지 : 경상북도 울진군 기성면 사동리
제보일시 : 2011.2.8
조 사 자 : 임재해, 조정현, 박혜영, 강선일

  조사진 일행이 방문했을 때 우리를 가장 반갑게 맞아주셨던 분으로 노
인회관에 모여 있던 할머니들 중 가장 눈에 띄었던 분이었다. 노래를 부
르는 동안이나 조사자가 캠코더를 설치하는 동안에 조사자들에게 먼저

질문을 던지기까지도 하면서 당시 노인회 관의 분위기를 주름잡았다. 괄괄한 목소리와 성격으로 힘이 노래 하나가 끝날 때마다 "요호호호호" 하면서 추임새를 넣었다. 옆에서 최옥술 할머니가 노래를 부를 때에도 노래판에 흥이 났는지 박수도 치고 따라 부르기도 하면서 추임새도 넣어주었다. 그만큼 박달순 씨는 노래 부르는 것을 좋아하였다.

박달순 씨의 원래 고향은 울진 초산이다. 18살에 사동으로 시집왔는데, 마을에 온지 얼마 안 되어서 동네에 노래를 잘 부르는 사람으로 이름 날렸다고 한다. 하나의 일화로 그 당시에 얼마나 노래를 잘 불렀는지 설명이 되었다. 택시를 탈 때면 택시기사가 쓰고 있던 모자를 노래를 부르면서 뺏어다가 쓰고 돌려주면서 노래를 들은 대가로 공짜로 택시를 타고 다녔다고 한다. 자녀는 모두 열 남매였으나 현재 박달순 씨는 아들과 함께 신랑이 먼저 돌아가고 혼자 살고 있다. 울산에 있는 첫째 딸을 제외하고는 딸 둘과 함께 집은 따로 따로지만 같은 마을에서 함께 살고 있다. 첫째 아들이 먼저 세상을 뜨고 난 후 며느리는 신내림을 받아서 대구에서 무당일을 하고 살고 있다.

박달순 씨를 여름에 다시 찾아갔을 때에도 변함없이 괄괄한 성격과 말솜씨로 반갑게 맞이하였다. 지난번에 노래를 너무 잘 불러서 상 주려고 온 것이 아니냐며 변함없이 입담꾼임을 증명하였다.

제공 자료 목록

05_17_FOS_20110208_LJH_PDS_0001 방구타령
05_17_FOS_20110208_LJH_PDS_0002 토끼노래
05_17_FOS_20110208_LJH_PDS_0003 베틀가

05_17_FOS_20110208_LJH_PDS_0004 댕기노래
05_17_FOS_20110208_LJH_PDS_0005 모심기소리
05_17_FOS_20110208_LJH_PDS_0006 창부타령
05_17_FOS_20110208_LJH_PDS_0007 방아타령
05_17_FOS_20110208_LJH_PDS_0008 청춘가
05_17_FOS_20110208_LJH_PDS_0009 바느질 소리
05_17_FOS_20110208_LJH_PDS_0010 시집살이 노래
05_17_FOS_20110208_LJH_PDS_0011 창부타령
05_17_FOS_20110208_LJH_PDS_0012 청춘가
05_17_FOS_20110208_LJH_PDS_0013 택시 노래

박연옥, 여, 1924년생

주 소 지 : 경상북도 울진군 기성면 사동리
제보일시 : 2011.1.30, 2011.2.8
조 사 자 : 임재해, 조정현, 박혜영, 강선일

사동 2리 태생이다. 태어나서 지금까지 사동 2리에서 생활하며 살고 있다. 본관은 밀양이다. 19살에 시집을 와 슬하에 아들 3명과 딸 한 명 모두 4남매를 두었다. 친정 또한 한 마을이다. 시집올 당시 시어머니가 박연옥 씨를 며느리로 들이기 위해 세 명의 중신애비를 보냈다. 3년 동안의 끈질긴 설득 끝에 결국엔 시집을 왔다.

시집을 오니 시누이는 2명이었지만 형제가 일곱이나 되었던 탓에 형편이 어려웠다. 그래서 먹고 살기 위해 수많은 일을 해야만 했다. 농사일은 물론이고 뱃일을 하며 살림을 이끌었다. 한시도 손에서 일을 떼어내 본 적이 없다. 그렇게 일을 하며 자식들을 키웠다. 자식들은 모두 다 장성하

여 출가하고 현재는 홀로 지내고 있다. 남편은 71살이 되던 해에 먼저 세
상을 떠났다.

제공 자료 목록
05_17_FOT_20110130_LJH_BOO_0001 사필귀정
05_17_FOS_20110130_LJH_BOO_0001 떴다 떴다 해가 떴다
05_17_FOS_20110130_LJH_BOO_0002 논보리 밭보리
05_17_FOS_20110130_LJH_BOO_0003 해도 지고 저문 날에
05_17_FOS_20110130_LJH_BOO_0004 수천 밤이
05_17_FOS_20110130_LJH_BOO_0005 모심기소리
05_17_FOS_20110130_LJH_BOO_0006 연당 안에
05_17_FOS_20110130_LJH_BOO_0007 영감아 홍감아
05_17_FOS_20110130_LJH_BOO_0008 시집살이 노래
05_17_FOS_20110130_LJH_BOO_0009 아리랑
05_17_FOS_20110130_LJH_BOO_0010 주야 밤도 길고
05_17_FOS_20110130_LJH_BOO_0011 백구타령
05_17_FOS_20110130_LJH_BOO_0012 뱃노래
05_17_FOS_20110130_LJH_BOO_0013 모심기소리
05_17_FOS_20110208_LJH_BOO_0001 창부타령 (1)
05_17_FOS_20110208_LJH_BOO_0002 창부타령 (2)
05_17_FOS_20110208_LJH_BOO_0003 쌀이 되니 닷말이오
05_17_FOS_20110208_LJH_BOO_0004 창부타령 (3)
05_17_FOS_20110208_LJH_BOO_0005 성주풀이
05_17_FOS_20110208_LJH_BOO_0006 도라지 병풍 연당 안에
05_17_FOS_20110208_LJH_BOO_0007 백발가
05_17_FOS_20110208_LJH_BOO_0008 시집살이 노래
05_17_FOS_20110208_LJH_BOO_0010 담방구타령
05_17_FOS_20110208_LJH_BOO_0011 고사리따기 노래
05_17_FOS_20110208_LJH_BOO_0012 새야새야 파랑새야
05_17_FOS_20110208_LJH_BOO_0013 황해도라 구월산 밑에
05_17_FOS_20110208_LJH_BOO_0014 아리랑
05_17_FOS_20110208_LJH_BOO_0015 모심기소리
05_17_FOS_20110208_LJH_BOO_0016 시금털털 개살구

최옥순, 여, 1924년생

주 소 지 : 경상북도 울진군 기성면 사동리
제보일시 : 2011.2.8
조 사 자 : 임재해, 조정현, 박혜영, 강선일

최옥순 씨의 본래 고향은 울진 삼포4리이
다. 그러다 사동3리로 시집을 온 뒤로 이곳
에서 살게 되었다. 처음에는 괄괄한 박달순
씨에 가려져 최옥순 씨는 앞에 나서기를 꺼
려했다. 노인회관에서 노래를 같이 듣던 할
머니들이 최옥순 씨를 가리키며 '저 할머니
도 잘한다.' '한 번 들게 어서 시켜봐라'라
고 거실에서 소주를 들고 나와서는 술 한
잔을 건네었다. 소주 몇 잔을 걸치더니 전 보다는 조금 적극적인 모습을
보이려고 하였다. 그러다 박달순 씨의 모심기 소리가 끝나자 조심스레 다
른 모심기 소리를 구연하기 시작하였다. 그리고선 용기가 났는지 한 곡만
더 해달라고 하자 진주낭군노래를 불러주었다. 앞에 나서기를 꺼려하는
성격처럼 목소리도 조근조근했다. 조근조근한 목소리 탓에 최옥순 씨의
노래를 듣는 모든 이들이 숨을 죽인채 집중하는 모습을 보였다.

제공 자료 목록
05_17_FOS_20110208_LJH_COS_0001 모심기소리
05_17_FOS_20110208_LJH_COS_0002 진주낭군

불을 피워 피선을 알린 망재

자료코드 : 05_17_FOT_20110130_LJH_KUJ_0001
조사장소 : 경상북도 울진군 기성면 사동 2리 마을회관
조사일시 : 2011.1.30
조 사 자 : 임재해, 조정현, 박혜영, 강선일
제 보 자 : 김응진, 남, 76세
구연상황 : 조사자와 마을 관련 이야기들을 묻고 답하다가 옛날에는 망재에 불을 피워
　　　　　위험한 상황에 대비했다며 이야기를 들려주었다.
줄 거 리 : 옛날에는 전화기나 무전기가 없었기 때문에 조업 나간 배에게 위험상황을
　　　　　알려줄 방법이 불을 피우는 것밖에 없었다. 망재에서 바다 상황을 보고 큰파
　　　　　도나 위험상황이 오면 불을 피워서 그 연기로 돌아오라는 신호를 보냈다고
　　　　　한다.

　옛날에는 인제, 요새는 전화 치고 하지만 옛날에는 망을 봤거든. 파도
가 치면, 방파제가 없어가지고. 파도 치면은 거서 불피워서 들어오라 그
러고. 망을 봤다고, 육지 할아버지들이 망을 봤다고.

　'망을 봤다고 망재!'

　라고 했어. 파도 치면 불피워가지고 연기 나믄 배가 들어오거든.

사필귀정

자료코드 : 05_17_FOT_20110130_LJH_BOO_0001
조사장소 : 경상북도 울진군 기성면 사동 2리 마을회관
조사일시 : 2011.1.30
조 사 자 : 임재해, 조정현, 박혜영, 강선일
제 보 자 : 박연옥, 여, 88세

구연상황 : 어제 마을회관에서 같은 이야기를 들려주었으나 주변의 어수선한 분위기로 인해 이야기가 제대로 구연되지 않았다. 다음날 따로 박연옥씨의 집을 방문하여 같은 이야기를 다시 구연해주기를 청하였다. 그러자 한 번 들려주었던 이야기였기 때문에 다시 들으면 재미가 없을 거라며 구연을 한사코 거절하였다. 그러다 잠시 생각을 가다듬고는 이야기를 들려주었다.

줄 거 리 : 김정승의 아들과 이정승의 딸이 혼인을 했다. 김정승의 아들은 일찍 친어머니를 여의고 계모를 두고 있었다. 이들이 혼인하던 날, 계모는 마당쇠를 불러 새 신랑이 된 아들의 목을 베어오라 시켰다. 목을 베어오면 큰 상을 내리겠다는 말에 마당쇠 석백이는 밤중에 잠에 곯아떨어진 새 신랑의 목을 세 번의 시도 끝에 베고선 계모에게 목을 바쳤다. 계모는 아들의 목을 고방 단지에 넣어두곤 문을 잠가 두었다. 다음날 아침 아무것도 모르는 새 신부는 피투성이가 된 자신의 상태와 옆에서 자고 있던 신랑이 목이 잘린 채 죽어 있는 것을 발견하였다. 크게 놀랐지만 어쩔 도리가 없었다. 시아버지는 관에 목이 없는 아들의 시신을 넣고선 아들의 목을 찾아 달라며 밤낮으로 통곡과 함께 복숭아 나뭇가지로 관을 두드렸다. 신랑이 죽고 나서 친정 부엌 바닥에 구덩이를 파고 그 속에서 생활하던 신부는 어느 날 친정어머니에게 부탁하여 봇짐장사를 시작하였다. 그렇게 봇짐을 메고 길을 가다보니 어느새 날이 저물었다. 하룻밤 묵을 곳을 찾아 헤매던 중 노파가 혼자 살고 있는 집을 발견했다. 노파는 베틀 때문에 방이 비좁아 안 된다고 하였지만 신부의 간곡한 청에 묵는 것을 허락했다. 그날 밤 노파가 베를 짜며 자신의 아들을 생각하며 한탄에 빠졌다. 신부는 잠에서 깬 척 하며 아무에게도 말하지 않을 테니 속에 있는 말들을 털어놓으라고 하였다. 노파의 아들은 얼마 전 계모의 명령으로 정승 아들의 목을 베어 바쳤던 바로 그 마당쇠 석백이었다. 신부는 노파의 말을 통해 신랑의 목이 고방 단지에 있음을 알고는 다음 날 시아버지를 찾아갔다. 며느리는 자신이 들은 대로 신랑의 목을 찾아서 시아버지에게 보여주었고, 계모와 석백이는 산채로 구덩이에 파묻혔다. 아들의 목을 찾은 아버지는 양지 바른 곳에서 장사를 치러 주었다. 그리고 아들을 죽였으리라 의심했던 며느리를 볼 면목이 없어 자신의 재산을 물려주고는 길을 떠났다. 홀로 남겨진 며느리는 하룻밤 인연도 인연이라 태기가 있어 세쌍둥이를 낳았다. 세월이 흘러 세쌍둥이가 어느덧 서당에 다닐 나이가 되었다.

김정사, 이정사 혼인했다. 인제 이정사가, 김정사가 이정사네 집이 장개간다. 마당쇠 집이 이름이가 석백이다.

"마당쇠야 내일 우리, 말이 휘양 몰고 우리가 같이 가자."

이래거든.

"크다 큰 집이 마당 소지 누가 해고 나를 가자 했는 못 갑니다. 이 마당 소지 누가 햅니까?"

이래거든. 가만 들어보이 그 말도 옳다. 그 말도 옳다. 그래가 이 집 아들 둘이가 간다. 고마 말을 타고 부산으로. 날아 가가주고 이눔 자식이는 마당쇠 소지 한 눔이는 작은, 본 어마이가 아니고 작은 어마이거든. 본 어마이는 죽고 작은 어마이가 마당쇠 마당 소지 한 눔이로

"니 우뜩해 하든 새 신랑 목만 끊어가이고 날 갖다 주맨 내 살림살이를 한 방 니를 줄꾸마."

이래거든.

"아이구, 그걸 우뜩하면 되노?"

칼을 시퍼렇게 갈아가이고 짚이 가이고 오장치 한나 맨들어가이고 칼을 오장치 옆에다 옇고 그래 이 아들이 장개가는데 먼 불서 따라간다. 따라가가주고 그 날 아침이가 되려 한다. 이 놈 자식은 따라가가 그 집 새쭉, 그래 먼 불서 이래 앉았다. 낮에 점심이고 저녁이고 주는 거 먹고 해가 실퍼시 져가니께네 집에서 어디로 군디로 알아야 새신랑 목으로 쳐 오재. 사람은 마카 저녁 먹으러 다 드갔부랬다 방. 이 군디, 이 군디 지 드갈 군디만 찾는다. 온데 군디로 온데 찾으니까네 아무대도 군디 없고 구중물 나오는 개군디 그 군디 뱄에 없거든.

"그러면 구채 없어 내가 이 군디를 드가야 될따."

해고 인제 샙작 밖에 나와가주고 이래 앉았다. 언제나 됐던 간에 밤중이 되가니께네, 사람, 인간 치가 없거든. 그래 이 눔의 자식이 그 군디로 들어간다. 개군디로 드간다. 물 나오는, 구중물 나오는 그 군디로 드간다. 드가면 인제 마루에 이래 거실에 가가 있다. 있다가 새 신랑, 새 각시 자는 방 한잠 들었다. 문을 열고 드갔다가 삼대독자 위동 아들이거든. 목 칠

라고 칼을 가이고 목 칠라고 드갔다가

'아이고 내가 지금 목 치면 되나?'

이러고 또 나왔다. 또 나왔다가 또 드갔다. 또 드갔다가 목 칠라고 또 드가이 손이 오그라 들어가 그 목을 못 쳤거든. 시 번 만에 드갔다. 시 번 만에 드가가주고 세상에 신랑, 각시 자는 방에 드가가(들어가) 새 신랑 목을 쳤다. 쳐가이고 오장채를 짚이, 오장채를 짊어졌는 오장채에다 여 가이고 진진 밤에 왔다. 진진 밤에 와가이고 거 작은 어마이 줬다. 주이께네 이 년이가 어디를 넣나 해면 가랫장단에다가 쑤셔 넣다. 목으려여 놓고. 아침에 날이 새면 새 신랑이, 새 각시고 나올 게 아입니꺼. 안 나온다. 정지에 종년들이가 밥 해먹는 종년들이가 춤으로 발라가주고 문군디를 뚫어가주고 들여다 보이께네 각시가, 새 각시가 신랑 목을 쳐갔으이께네 피가 흘렀으이께네 처자가 피 가운데 들어앉았을 거 아이니꺼. 신랭이는 죽고 목이 없으이 죽고. 그저 우스워 가주고 신랑 아바이를 알았다.

"그런 게 아이라 새 신랑, 새 서방님 목이가 없습니다."

다시 아들이 아바이 아들이가 다시 두 말도 안해고 널을 짜가이고 아들을 널에다 넣가이고 말 등에다 싣고 저거 집으로 온다. 저거 집으로 와가이고 이른 마래에다 퇴마래에다가 놔 놓고 복상 낭그 한 짐을 해다가 젙에 갖다 놓고 탕 밤낮없이 두드린다. [손으로 바닥을 두드리며]

"아무것이야. 니 목만 찾아 도가. 내가 종, 명상 잡아가 니를 써 주꾸마."

이래이 누가 찾아 줄 사람이 있니껴. 처재는 처재 어마이가 딸이를 쥑일 수 없고 그러이께네 처자 군 사흘로 와가이고 거 총각 목으로 쳐간 줄 아지. 정지 바닥에다 굴을 이만치 파가이고 딸을 그 속에다 넣어 놓고 구들밥으로 안 죽을 만치 궁궁밥을 믹인다. 믹이다가 하루 가고 이틀 가고 생각하이 처자가 내가 땅 밑에 암만 있다보이 안될따.

"엄마요, 우리 그 전에 사던 살림살이 헌거가 마이 있지요"

이래 놋그릇이 있다. 이래.

"그걸 나 여나한 개 주소. 여나은 거주면 내가 오장채 해 짊어지고 쇠그릇 팔러 나갈시더."

이래거든. 어마이가 웃잖애. 여나은 게 줬다. 그래가 딸이가 해 짊어지고 나갔다. 나가고 시아바이는 죽으나 사나 그 지아들 목만 찾아 달라고 두딘다. 밤낮으로 복상 낭그를 해가주고. 그래 어데 이만치 [말꼬리를 길게 빼면서] 댕기다가 해가 져가 질푸질푸 어두워가 진다. 어두워지니께네 저런 질가 주막이가 한 집 있거든. 그 집에 드갔다.

"쥐인 있소?"

"왜 그러냐?"

"내가 상그를 팔러 나왔는데 오다가 오다가 보이께네 여게 오다보이 해가 졌니더. 해가 지이까네 내가 오늘 밤에 여 하룻밤 좀 자고 가시더."

이래거든.

"웃묵에는 물레를 놔놨는데 가니까 비잡아 잘 데 없다."

이래.

"우예거나 말거나 내가 물레 밑에라도 하룻밤 자고 내가 갈시더."

이래거든. 그래가 밥을 한 숟갈 준비해서 먹고. 마 물레 밑에 누왔다. 누왔다 보이께네 어느 때나 이래 자는데 잠자는 태로 누벘드라네. 물레 잣는 어마이가 [잠시 숨을 고르며]

"아이구 몹쓸 애미야."

거가 지 아들이거든.

"몹쓸 애미야. 나 못 할 듯 한다."

자꾸 이래거든. 그래 이 사람이가 처자가 누왔다가 하는 말이가 자는 척하며

"응."

이러면서.

"엄마요, 엄마요. 뭔 말씀을 그리 했니껴."

이래이께네.

"어, 내가 니한테 아이다."

이래거든.

"엄마라 해고, 딸이라 해고 나를 갈채주면 우떠니껴. 나를 갈채줘도 내 아무대도 말 내는 데 없니더."

이래거든. 이래이까네 어마이가 하는 말이가

"그래. 니가 그 소리 하이까 글치. 우리 아들이가 이름이가 석백이다."

석백인데 저 안에 저 개골에 큰 지와집이 우리 아들이가 그 집이 담살이를 갔다. 담살이를 갔는데 그 집이 어마이가 작은 어마인데 본 어마이는 죽고 작은 어마이 말 듣고 우리 아들이가 새신랑 목만 쳐가 날 주만내 우리 살림살이가 한방 내려 줄꾸마. 이래가주고 우리 아들이가 그날이 말 끌고 휘양 몰고 가자 했게로 가자 해구 뒤따라, 뒤따라 가가이고 그저 샛빛적에 저녁에 있다가 밥 좀 내달라 그래 얻어 묵고. 밤중 되가이고 마카 자는데 어딜 찾으러 드갈래이 군디가 있어야 찾으러 드가지. 물 내려오는 개군디, 구중물이 나오는 그 군디로 드갔다 이 사람이가. 그 군디로 드가가이고 두 번 들어갔다 못 끊고 삼시번만에 새신랑 목으로 끊어가주고 오장채에다가 들러 미고 진진 밤에 왔다. 진진 밤에 와가주고 작은 어마이를, 주인 어마이를 주이께네 이 년이가 고개를 어다 갖다 넣나 하면 새신랑 목으로 가릿단지에다가 갖다 여 났다. 가릿단지에다가 갖다 여 놓이까네 그 집의 고방이가 열 두나치거든. 열 두나친데 가릿단지에다여 놓고. 그래가주고 하도 답답아 신랑 아바이를 알구니까네 널이를 짜가주고 아들이를 널에다 여가이고 집에 가지고 와가이고 마리에 툇마리에다 갖다 놓고 복상 낭그 한 줌 해가이고 밤낮없이 두드린다. 아들이러.

"니 고개만 찾아주면 내가 좋은 데 자릴 잡아 써 주꾸마."

이랜다. 이래다가. 그래 하루 가고 이틀 가다 보이까는 거 참 처자가 천근을 짊어지고 나와가주고 신랑 목을, 신랑 목을 찾을라고 나오니까네 그 집의 어마이가 그래 이바구를 한다.

"씨팔년 옳다. 인제 알았다."

천근이고 만근이고 다 내 던져부고 마 저 안에 개골에 시커먼 [말꼬리를 길게 빼면서] 산 밑에 아주 큰 제 집이 있는데 글루 드갔다. 마 대따 끝도 없이 거 드가니께네 시아바이가 하루를 봐도 우에 미느리 얼굴을 우에 알았든 동. 복상 낭그를 아들을 탁탁 두디다가,

"에라, 요 년. 니 내 집에 한 번 망할라고 또 내 집에 또 망할라고 들오나."

시아바이가 이러거든. 이래이까네.

"예, 아버님요. 집에 고방에 쉿대가 몇 나치십니까?"

"열 두 나치다."

"예, 그 쉿대를 열 두 나치를 날 좀 주시오."

열 두 나치를 줘야 될겐데 열 한나 주고 [기가 막힌다는 듯이 손뼉을 마주치며] 가릿단지에 들어있는 열대는 안 왔거든. 모지리, 모지리 열어드간다. 열어 드가니께네 가릿단지의 열대가 안 왔거든.

"아버님요, 열대가 열하나 왔는데 한 나치가 안 왔습니다."

이러니께네.

"여봐라, 거 가릿단지의 열대가 안 왔다."

아바이가 이래거든. 그르이 누군가가 안 갔다 줘 내나.

"여봐라, 거 아무단지의 열대가 하나 안 왔다."

그래 열대를 갖다 주니께네 가릿단지의 열대가 여니 열려 지거든. 그래 가주고 열어 져가이고 처자가 가릿단지에다가 손을 쑥 잡아넣는다. 그러니까네 손에 머털 하거든. 덥석 쥐고 꺼내이까네 신랭이 목이라. 안즉 생다지로 목을 끊어가이고 눈이가 버 떠가이고 있다. 신랭이 눈이가 버 떠가이고 있다.

"예, 아버님요. 인지는 내가 안한 때 빼깠니더."

그러이께네 구사나 떠나간 줄 알았지. 그 놈이가 꺼내 온 줄 아나. 그래 그 목을 갖다가 목에다 맞추니까네 딸깍 하디만은 희한하게도 맞드란다. 그 고개로 신랑 목을 까딱 맞디만은 작은 어마이하고 그 놈의 목을 쳐 온 놈하고 두 눔이는 이 땅 구딩이를 파가이고 한 구딩이에 잡아 넣가 묻어부랬다. 죽으라고. 거 묻어도 싸지. 죽어도 싸지. 그래고 아들 목이는 거 갖다 맞추이께네 마치 맞거든. 그래 고개를 맞차가이고 널에다 여 가이고 뒷 가산에 좋은 명산 잡아 썼다. 써 놓고 미느리 놔두고 그래 하룻밤에 잠을 자도 우째 참 애기 뱄던 매이래 처자가. 그래가 인제 아바이가, 시아바이가 한문 글이가 좋아. 그래 오장치 글으로 자꾸 책으로 한나 요만치 감아가이고 짊어지고 미느리 혼자 살라고 놔두고, 크다 큰 집에 놔두고. 어디 거처 없이 나간다. 나가이고 어딜 가다가, 가다가 그래 인제 아들이 서당 글이로 갈칠라고 보이께네. 한 동네 가이께네 아들이가 많애 가이고 뒷강집이 서당 글이를 갈챘는다. 갈칠티니께네 어마이가 일곱 폭이 치매가 자꾸 차차차차 벌어지거든. 그래다 보이께네 알라를 놓는다는 게 애기를 놓는다는 게 삼태시를 낳다. 삼태시를 놓이께네, 삼태시 서이다 아들이거든. 아들이래 가이고 아들이가 언간히 날래 크드라네. 날래 크디만은 마실에 서당 글을 갈채는데 아들이가 서당 글을 갈챘는다. 시똥시 서당 글 갈채러 보냈는다. 야들이가 어옜는동 시똥시가 한문 글을 잘 봐. 잘 배와. 이래이까네 마실의 아들은 가들 서이 잘 갈챘는데 요놈의 마실 아들은 글을 잘 모핸다고. 회차리 갖고 자꾸 때린다.

"자들 서이 우째 글을 잘 갈치고 너그는 왜 글을 모래노."

이래고 때리니께네. 아, 요놈의 새끼들은 막 마실 애들이가 어느 애기로

"야, 우리 이럴 수 없다. 저 놈들이 시, 시똥시 물에다가 잡아 여가(넣어서) 죽여 부든 동, 때려 쥑여 부든 동 왜 해자. 저 놈 자식들 때문에 우

리가 매를 많이 맞는다."

그런께 야들 시똥시가 하는 말이가

"너거 왜 우리 아들을 자꾸 쥑일라고 왜 하노. 우리 너그 서당 글 안 배우러 오면 되잖나."

이랜다. 그래 저녁에 와가이고 칼이를 한 자루씩 갈아가이고 어마이 앞에 갖다 놓고.

"엄마요, 엄마는 있는데 아빠는 왜 없니껴. 오늘 우리 글 배우러 가이께네 아바이 없는 자식들이 때려죽인다 해가이고 우리는 인자 그 서당에 글 배우러 안 가면 되잖소."

아빠 어디 갔냐고. 이래거든. 그래가이고 어마이가 하도 답답아가이고 죽었단 소리는 못 꺼내고 죽었단 소리는 못 해고.

"야야, 야들아. 그런 게 아이다. 하루 아치게 자고 나이께네 눈이가 태산 겉이 와가이고 느그 아부지가 뒷 가산에 꿩 주으러 간다고 가디만은 너그 아바이가 안 왔다. 너그 아바이가 안 왔다. 그래가이고 없다."

이래이까네.

"그러면 엄마 있고 아부지도 그래 죽었으이께네 할아버지는 있을 께 아입니꺼."

이래거든.

"너그 할아버지는 한문 글이를 잘 알기 때문에 나를 혼자 놔두고 한문 글이를 어다 서당을 보고 갈치러 간다고 요만한 책으러 한나 말아가이고 떨어지고는 눈이 거침없이 나갔다."

어마이가 이래거든. 이래가이고 그래면 우리 시똥시 할아버지 찾으러 가야 될따. 어마이랑 놔두고. 갔다. 어디만치 동네마다 가디까네 참 질가 집이가 있는데 한문 거리가 활활 소리가 나드라네, 글소리가. 그래 드갔다. 시똥시 거게 드갔다. 질가 집이래가주고. 드가이 그새 글을 다 배웠고 아들은 점심 되가 하나같이 밥 먹으러 저그 집 드갔다. 드가이께네 할아

부지가,

"학상 너그 어디서 왔냐?."

이래 묻다라는만은. 그래가주고 인제 할아부지가 있는 방으로 드갔다.

"예, 그런 게 아니올시다. 아부지는 없고 엄마는 있는데 할아버지는 있을 긴데 어디가고 할아버지는 없냐고."

이러이께네. 엄마가, 할아버지가 한문 글이를 잘 알기 때문에 어딜 나갔는 동 몰래가이고 인제 할아부지 찾으러 왔다. 할아버지 찾으러 왔다고 이래.

"정 글커들랑 너그 시똥시 샛가리 손으로 요만치(요만큼) 끊어가이고 물이러 한 방울씩 떠가이고 요다 갖다 넣고 요게 시똥시 피를 갖다 띠까라."

이래드란다. 시똥시 손가락을 요만치 끊어가이고 피를 똑 띠끼니까네 시똥시 피가 한 데 똘똘 뭉치드란다. 그래 시똥시 아이나. 피를 한테 어울리.

"자 그리면 시똥시 피가 한데 어불려 졌으니까네 너가 할아버지 찾아 나왔으니께네 이제 내 손가락 피를 끊어가이고 요게 띠까보자."

할바이가 이래거든. 그래 할바이가 손가락을 요만치 끊어가이고 피를 똑 띠끼니까네 고마 할아버지 피도 시똥시 피 곁에 고마 한데 똘똘똘 뭉쳐진다. 맞다, 그래 할바이가 [손뼉을 탁 부딪치며] 생기를 탁 두드리면서

"옳다. 인제 너그 시똥시 할아버지 찾았다."

그래 인제 아들 시똥시하고 할바이하고 니똥시 어마이 찾아온다. 어마이 사는 게 보고, 혼자 사는 게 보고 갔디만은 어느 순간 몇 해가 됐던 간에 마, 어마이가 마, 마 할마이 다 됐더라네. 다 되가이고 사다가 보이께네 할배도 상처나고 어마이도 상처나고 시똥시는 고마 장개갔다. 서이다 장개갔다. 그래 잘 먹고 잘 살더란다.

방구타령

자료코드 : 05_17_FOS_20110208_LJH_PDS_0001
조사일시 : 2011.2.8
조사장소 : 경상북도 울진군 기성면 사동리 마을회관
제 보 자 : 박달순, 여, 86세
조 사 자 : 임재해, 조정현, 박혜영, 강선일
구연상황 : 다른 분들의 노래에 힘입어 흥이 올랐는지 방구타령을 시작하였다.

시아바님 방구는 호랑방구
시어머님 방구는 근심방구
아들님 방구는 유세방구
딸이 방구는 연지방구
며늘이 방구는 도둑방구

토끼노래

자료코드 : 05_17_FOS_20110208_LJH_PDS_0002
조사일시 : 2011.2.8
조사장소 : 경상북도 울진군 기성면 사동리 마을회관
제 보 자 : 박달순, 여, 86세
조 사 자 : 임재해, 조정현, 박혜영, 강선일
구연상황 : 조사지 노인회관에 가니 할머니들이 여럿이서 이야기를 하고 있었다. 자연스
런 분위기 속에서 노래 불러달라고 하였다. 할머니들은 일제히 '이 할머니가
잘한다!'며 제보자를 지명하였다. 그러자 제보자는 술 한잔 걸쳐야만 노래
한다며, 술을 한잔 마시더니 이내 노래를 부르기 시작하였다.

장잎이 훨훨이 장하로다

산대야 동제 위동아들

갓을 씌워도 장하로다

미나리 따다 순가락을 따다

점심채비가 늦어 온다

이 요호오오오오

창부타령

자료코드 : 05_17_FOS_20110208_LJH_PDS_0006

조사일시 : 2011.2.8

조사장소 : 경상북도 울진군 기성면 사동리 마을회관

제 보 자 : 박달순, 여, 86세

조 사 자 : 임재해, 조정현, 박혜영, 강선일

구연상황 : 박달순 씨는 계속되는 노래요청에 '이 만치 들었으면 그만 놀아도 된다.'며 더 이상 부르지 않는다고 하였다. 하지만 박달순 씨의 노랫가락을 듣고 신이 나기 시작한 할머니들도 아쉬웠는지 박수로 장단을 넣어주자 못이기는 척 이 노래를 부르기 시작했다.

활을 잘 쏴야 한량이지

돈을 잘 써야 한량인가

얼씨구 좋구나 정말 좋구나

태평성대가 여기로다

당신 같은 사람을 만날라고

수만 사랑을 다 비리고

오동추야의 달이 밝구나

우리 신랑 생각해 내 못 살세

갈보 갈보야 아상갈보야

만경창파에 돛대 갈보

이기잡으사 술안주 삼고

대동강을 술을 삼는다

갖은 풍월로 떡피리 놓고

북장구는 눌라 싣고

강릉 경포대로 업고 가자

얼씨구 할로야 절씨구 진달래

백인 첩아 씨가 진다

방아타령

자료코드 : 05_17_FOS_20110208_LJH_PDS_0007

조사일시 : 2011.2.8

조사장소 : 경상북도 울진군 기성면 사동리 마을회관

제 보 자 : 박달순, 여, 86세

조 사 자 : 임재해, 조정현, 박혜영, 강선일

구연상황 : 조사자가 먼저 방아타령을 아는지 묻자, 이번에도 역시 '방아타령 할 줄 알지'라며 자신 있는 목소리로 말하였다. 조사자가 천천히 해도 괜찮다고 말하자 박달순 씨는 '그러면 밤새도록 해야 한다. 돌아가지?'라고 말하며 많은 청중 앞에서 조사자 모두를 당황시켰다. 조사자의 당황한 기색이 드러나자 이를 보고 청중들이 깔깔 웃었다. 조사자는 선물을 준비했다며 사전에 챙겨간 선물을 챙기는 모습을 보여주자 청중들은 이내 '선물 준비 했단다. 어서 해라'라며 이번에는 박달순 씨를 재촉했다. 이에 박달순 씨는 깔깔 웃더니 노래를 시작한다.

강릉 삼척은 도둑방아요

우리 시골에는 물레방아

월그덕 덜그덕 찧는 방아도

언제나 다 찧고

우리 님 보러 가노

좋다

청춘가

자료코드 : 05_17_FOS_20110208_LJH_PDS_0008
조사일시 : 2011.2.8
조사장소 : 경상북도 울진군 기성면 사동리 마을회관
제 보 자 : 박달순, 여, 86세
조 사 자 : 임재해, 조정현, 박혜영, 강선일
구연상황 : 조사자가 시집살이 노래를 요청하였다. 그러자 박달순 씨는 '아이고, 시집살
이 살면서 얼마나 골탕 먹었노'라며 시집살이가 너무 힘들었다고 이야기 하
였다. 그러자 조사자는 시집살이에 관한 이야기를 듣기 위해 이야기를 먼저
들려주려고 하자, 박달순 씨는 말을 막고 '내가 먼저 한 마디 할게요.'라며 이
노래를 불러주었다.

신작로 네거리

헛배운 영감아

정떨어 지는데도

빼놀수 없어요

솥 떨어지는 데는

무사(무쇠)로 떼우고

우리님카 정떨어지는데

언년 지 확 뿌려 돈을 떼운다

바느질 소리

자료코드 : 05_17_FOS_20110208_LJH_PDS_0009

조사일시 : 2011.2.8
조사장소 : 경상북도 울진군 기성면 사동리 마을회관
제 보 자 : 박달순, 여, 86세
조 사 자 : 임재해, 조정현, 박혜영, 강선일
구연상황 : 바느질할 때 부르는 노래에 대해 묻자 '바느질 소리 내 한 마디 할게요'라며
바로 이 노래를 부르기 시작했다.

오박사 주문이 집을 빼는

섣달 요리로 집었는데

꼽힌 고로(고리) 붙일라니

시집사정 구리가 부적이다

에헤야 어허로마 시동동

네가 내 사랑이느냐

시집살이 노래

자료코드 : 05_17_FOS_20110208_LJH_PDS_0010
조사일시 : 2011.2.8
조사장소 : 경상북도 울진군 기성면 사동리 마을회관
제 보 자 : 박달순, 여, 86세
조 사 자 : 임재해, 조정현, 박혜영, 강선일
구연상황 : 박달순 씨 혼자 오랫동안 많은 노래를 부른 탓에 피곤해보였다. 이에 조사자
는 다과상을 내밀며 여기까지만 부르고 쉬었다가 다시 부르자고 하였다. 그러
자 '쉬기는 뭘 쉬어'라며 다시 노래를 부르기 시작한다.

형님형님 사촌형님

시집살이가 어떻던고

아고야야 말도마라

돈이 납작 개상판에

수절(수저를) 놓기도 애럽더라

정지 아래로 들라하니

해골이 펄떡 올라오고

우물길에도 갈라하니

엉덩춤이가 덜렁

창부타령

자료코드 : 05_17_FOS_20110208_LJH_PDS_0011

조사일시 : 2011.2.8

조사장소 : 경상북도 울진군 기성면 사동리 마을회관

제 보 자 : 박달순, 여, 86세

조 사 자 : 임재해, 조정현, 박혜영, 강선일

구연상황 : 앞서 노래를 듣던 다른 청중이 생각이 났는지 노래를 불렀다. 계속해서 노래
의 주도권을 잡고 있던 박달순 씨가 불러줄 노래를 생각하고 있었던 모양인
지 장단을 맞춰주다가도 곰곰이 생각하는 모습을 보여주었다. 이에 조사자가
또 다른 아는 노래를 불러 달라 요청하자 바로 이 노래를 불러주었다.

해는 지고 낮 저문 날에

옷갖춰입구사 어딜가요

첩의 방으로 가실라거든

내죽는 거동을 보고가소

첩의 방은 꽃밭이고

요내 방으는 연못이고

꽃과 나비는 봄한철이가 되고

연못과 검우는 사시춘파

얼씨구 지화자 정말로 좋다

태평시대가 이러쿠로 좋다

청춘가

자료코드 : 05_17_FOS_20110208_LJH_PDS_0012

조사일시 : 2011.2.8

조사장소 : 경상북도 울진군 기성면 사동리 마을회관

제 보 자 : 박달순, 여, 86세

조 사 자 : 임재해, 조정현, 박혜영, 강선일

구연상황 : 조사자가 먼저 앞 소절을 띄워주자 그것도 할 줄 안다며 노래를 부르기 시
작하였다.

포롬포롬 봄배추는

밤이슬 오도록 기다리고

옥중에 갇힌 저 춘향은

이도령 오도록 기다린다

얼씨구 지화자

절씨구나 이러쿠로

좋을세월이가 또일런고

택시 노래

자료코드 : 05_17_FOS_20110208_LJH_PDS_0013

조사일시 : 2011.2.8

조사장소 : 경상북도 울진군 기성면 사동리 마을회관

제 보 자 : 박달순, 여, 86세

조 사 자 : 임재해, 조정현, 박혜영, 강선일

구연상황 : 계속해서 노래를 부르던 박달순 씨는 영감 밥을 해줄 시간이라 이제 집에 가
야 한다며 자리를 나서려 하였다. 조사자가 한 곡만 더 하고 가라며 부탁하자
갈 길이 바쁘다며 이 노래를 시작하였다.

갈 길이 바빠

택시를 잡았다니

곰보다리 운전수가

너거 할마이도

희어 같이도 가잔다

떴다떴다 해가떴다

자료코드 : 05_17_FOS_20110130_LJH_BOO_0001

조사장소 : 경상북도 울진군 기성면 사동 2리 마을회관

조사일시 : 2011.1.30

조 사 자 : 임재해, 조정현, 박혜영, 강선일

제 보 자 : 박연옥, 여, 88세

구연상황 : 조사자가 배추를 당기는 일에는 어떤 소리를 하냐고 제보자에게 물어보자 그런 소리는 잘 모른다고 하고 있다. 그러자 청중들에서 모심기 소리를 잘하니 조사자에게 모심기 소리 한번 들려주라고 권유하자 제보자가 모심기 소리를 하기에 나이가 들어 힘들다고 핀잔을 주지만 청중들이 재차 권유하자 모심기 소리를 재연하고 있다.

떴다 떴다 해가 떴다

둥근 해가 고운 해가

잠꾸리기 못 본

막 떠오른 아침 해다

논보리 밭보리

자료코드 : 05_17_FOS_20110130_LJH_BOO_0002

조사장소 : 경상북도 울진군 기성면 사동 2리 마을회관

조사일시 : 2011.1.30

조 사 자 : 임재해, 조정현, 박혜영, 강선일
제 보 자 : 박연옥, 여, 88세
구연상황 : 조사자가 장구타령을 들려 달라고 제보자에게 부탁을 드리자 아가씨가 더 잘한
다며 웃고 있다. 조사자는 할머니께서 더 잘하시고 듣고 싶다고 손녀처럼 애교
를 부리고 있다. 할머니께서 노래를 불러주시면 카메라에 예쁘게 담고 있다고
말하며 조사자가 제보자를 안심시키며 불러달라고 재차 부탁을 하고 있다. 주
변에 있던 청중들도 권하자 이에 흥이 겨운 제보자가 노래를 부르고 있다.

논보리 밭보리
고개 고개 재를 넘고
학익산 청년이 노무자 다 갔네

해도 지고 저문 날에

자료코드 : 05_17_FOS_20110130_LJH_BOO_0003
조사장소 : 경상북도 울진군 기성면 사동 2리 마을회관
조사일시 : 2011.1.30
조 사 자 : 임재해, 조정현, 박혜영, 강선일
제 보 자 : 박연옥, 여, 88세
구연상황 : 제보자가 그 전에는 노래가 잘 나왔는데 오늘은 생전 나오지 않는다고 토로
하고 있다. 세월에 잊어버렸는지 그 전에는 모심기 노래를 잘했다고 하자 조
사자가 조금이라도 괜찮다며 기억나는 구절이라도 한번 노래로 불러 달라고
청하고 있다. 주변의 청중들도 노래를 잘하니 알고 있는 구절을 해주라고 부
탁을 드리고 있다. 그러자 제보자가 혼자서 하는 것이 아니라 남들과 어울리
면서 노래를 해야 된다고 하고 있다. 이에 조사자가 노래의 앞부분을 부르며
제보자와 같이 부르려 하자 흥에 겨워 같이 부르고 있다.

해도 지고 저문 날에
옥 같은 이 꽃 어디 가노
낮에 강 건너 놀러 가고
밤에 강 건너 자로 가네

무슨 장에 가 유달해서

밤에 가고도 낮에 가

낮에 강 건너 놀러가고

밤에 강 건너 자로 간다

수천 밤이

자료코드 : 05_17_FOS_20110130_LJH_BOO_0004

조사장소 : 경상북도 울진군 기성면 사동 2리 마을회관

조사일시 : 2011.1.30

조 사 자 : 임재해, 조정현, 박혜영, 강선일

제 보 자 : 박연옥, 여, 88세

구연상황 : 제보자가 너무 숨이 차는 모습을 보고 청중들과 조사자가 만류를 하며 좀 쉬면서 하시라고 하고 있다. 하지만 한번 흥이 오른 제보자는 쉬지도 안하고 바로 노래를 부르고 있다. 즐거운 모습으로 노래를 부르는 제보자의 모습을 보고 쉬 끼어들지 못하고 가만히 듣고 있다. 노래의 슬픈 가락이 청중과 조사자의 마음을 울리고 있고 기분이 좋아지신 할머니의 건강을 염려하며 노래를 듣고 있다.

수천 밤이가 느자왔노

어 출발이 닷조 추욱 떨어 닷조

어찌 가 치다가

열두 방 정제에(부엌에) 도다가

모심기소리

자료코드 : 05_17_FOS_20110130_LJH_BOO_0005

조사장소 : 경상북도 울진군 기성면 사동 2리 마을회관

조사일시 : 2011.1.30

조 사 자 : 임재해, 조정현, 박혜영, 강선일

제 보 자 : 박연옥, 여, 88세

구연상황 : 조사자가 노래의 일부분을 부르며 제보자에게 이런 노래가 있냐고 여쭈어
보자 제보자가 있다고 하고 있다. 조사자가 먼저 노래의 구절을 부르며 부르
자 조사자가 따라서 노래를 시작하고 있다. 청중들도 제보자가 노래를 하는
동안 노래에 집중을 하며 조사자와 같이 듣고 있다.

사래야 지고야

장천 밭에

목해(목화) 따는 저 큰 아가

그 목해 저 목해

내 따줌세

백년 허락을 너와 나

연당 안에

자료코드 : 05_17_FOS_20110130_LJH_BOO_0006

조사장소 : 경상북도 울진군 기성면 사동 2리 마을회관

조사일시 : 2011.1.30

조 사 자 : 임재해, 조정현, 박혜영, 강선일

제 보 자 : 박연옥, 여, 88세

구연상황 : 조사자가 할머니께 "나비야 ~ 청산 가자" 노래를 아시냐고 여쭈어 보고 있
다. 그러자 제보자가 조사자에게 학생들 다 아네 그러시며 좋아해주신다. 그
러며 할머니의 노래를 담고 싶다고 하며 불러달라고 부탁을 드리자 청중들이
좀 있다가 술 한 잔씩 드리고 하면 잘된다고 농담을 하자 좌중이 웃음바다로
변하고 있다. 그리고 여기 있는 할머니들은 모두 몸이 아파 일을 나가지 못해
회관에서 노래며 놀고 있는 것이라고 하고 있다. 한 구절씩 좀 해주라는 여운
을 띄우며 제보자가 노래를 부르고 있다.

연당 안에

잠든 큰 아가 문 열어라

바람 불고 비 올 줄 알면

안 오신다고 문 걸었네

저 가도 대장분데

한번 약수가 실수인나

오짜 오짜 사부야 자나

황금을 줘도 살 수 있고

느그야 그튼 고은난 얼굴

황금을 줘도 살 수 없네

영감아 홍감아

자료코드 : 05_17_FOS_20110130_LJH_BOO_0007
조사장소 : 경상북도 울진군 기성면 사동 2리 마을회관
조사일시 : 2011.1.30
조 사 자 : 임재해, 조정현, 박혜영, 강선일
제 보 자 : 박연옥, 여, 88세
구연상황 : 조사자가 노래를 청하자 이내 망설임 없이 제보자가 노래를 시작되고 조사
자들도 노래에 집중하여 듣고 있다.

영감아 홍감아

일 잘해라

솔방꾸리 팔아서

술 받아주거니

시집살이 노래

자료코드 : 05_17_FOS_20110130_LJH_BOO_0008
조사장소 : 경상북도 울진군 기성면 사동 2리 마을회관
조사일시 : 2011.1.30
조 사 자 : 임재해, 조정현, 박혜영, 강선일
제 보 자 : 박연옥, 여, 88세
구연상황 : 제보자가 이렇게 오래 있어도 괜찮은지 묻자 조사자가 내일 또 와서 할머니
　　　　　 노래를 듣고 싶다고 하고 있다. 제보자가 노래가 천태만상으로 모양새가 나지
　　　　　 않는다고 하자 조사자가 기억이 나는 구절만 해주셔도 된다고 하자 제보자가
　　　　　 안심하고 노래를 부르고 있다.

　　형님 형님 사촌형님아
　　시집살이가 어떻든고
　　아구 야야 그 말 마라
　　쪼그만한 두리판에
　　수저 얹기 어렵더라

아리랑

자료코드 : 05_17_FOS_20110130_LJH_BOO_0009
조사장소 : 경상북도 울진군 기성면 사동 2리 마을회관
조사일시 : 2011.1.30
조 사 자 : 임재해, 조정현, 박혜영, 강선일
제 보 자 : 박연옥, 여, 88세
구연상황 : 조사자가 긴 아리랑을 불러달라고 부탁을 하자 제보자가 아리랑을 잘 모르
　　　　　 고 틀릴 것 같다고 불안해하자 괜찮다며 제보자를 안심시킨다. 그러자 이내
　　　　　 아리랑을 부르고 있고 그것을 조사자와 제보자는 조용히 듣고 있다.

　　아리랑 아리랑 아라리요
　　아리랑 고개도 날 넘가주소

나를 비리도 가서는 님아

십리도 못 가서 발빙났네

주야 밤도 길고

자료코드 : 05_17_FOS_20110130_LJH_BOO_0010
조사장소 : 경상북도 울진군 기성면 사동 2리 마을회관
조사일시 : 2011.1.30
조 사 자 : 임재해, 조정현, 박혜영, 강선일
제 보 자 : 박연옥, 여, 88세
구연상황 : 조사자가 고기를 많이 잡아서 만선이 되어서 배가 들어오며 뱃노래 같은 걸
　　　　　하는데 그런 것은 어떻게 불렀냐고 물어보자 청중들은 잘 모른다고 하고 있
　　　　　다. 그 중 제보자는 노래를 너무 많이 불러 지쳤다고 하며 한번만 더 부르고
　　　　　이제는 가만히 듣고 있을 것이라고 한다. 그러자 제보자가 정말 감사하다고
　　　　　하며 노래를 청하자 제보자가 노래를 부르고 있다.

주야 별자 밤도 길고

남아 홀로 누버슨

누웠어든 잠이 올라

앉자선들 잠이 오리

잠도 꿈도 아니나 오고

몹쓸는 강풍이가 말썽지네

백구타령

자료코드 : 05_17_FOS_20110130_LJH_BOO_0011
조사장소 : 경상북도 울진군 기성면 사동 2리 마을회관
조사일시 : 2011.1.30

조 사 자 : 임재해, 조정현, 박혜영, 강선일
제 보 자 : 박연옥, 여, 88세
구연상황 : 조사자가 노래에 '얼씨구 좋다'라는 구절을 붙여야 하는지 물어보자 제보자
가 그것을 붙여도 좋고 안 붙여도 좋다고 하고 있다. 조사자는 그 구절을 붙
여야 소리가 된다고 생각한다고 청중이 제보자에게 설명해 주고 있다. 그러자
제보자가 '얼씨구 절씨구' 안하면 어떠냐며 노래를 부르고 있다.

백구야 하지마라

너를 잡으러 내왔습니다

서산이 붉어터믄

너를 쫓아 여기 왔나

나물 먹고 물 마시고

팔을 비고 누바서는

대장부 살림살이

요만만 하여도 넉넉하리

얼씨구 절씨구 기화자 좋다

아니 노지를 못한다

뱃노래

자료코드 : 05_17_FOS_20110130_LJH_BOO_0012
조사장소 : 경상북도 울진군 기성면 사동 2리 마을회관
조사일시 : 2011.1.30
조 사 자 : 임재해, 조정현, 박혜영, 강선일
제 보 자 : 박연옥, 여, 88세
구연상황 : 조사자가 할머니에게 뱃놀이 노래를 불러달라고 부탁하고 있다. 노래의 일부
분을 부르며 신나게 불러달라고 하고 있다. 그러자 제보자가 청중들에게 귀가
막힌 것 아니냐며 한 소절 불러주라고 하며 목을 가다듬자 청중들이 노래를
하라며 재촉하고 있다. 목을 다 가다듬은 제보자가 노래를 부르고 있다.

에야 야노야 에야 야노야

어기여차 뱃놀이 간다네

날 버리고 가서는

십리도 몬 가서

발병이 났구나

에야 야노아 에야 야노야

어기여차 뱃놀이 가자네

운장서(운전수) 볼일이 바빠서

타까이요를(택시를) 탔더니

운장서 나를 보고

손목을 잡노라

에야 야노야 에야 야노야

어기여차 뱃놀이 가잔다

모심기소리

자료코드 : 05_17_FOS_20110130_LJH_BOO_0013
조사장소 : 경상북도 울진군 기성면 사동 2리 마을회관
조사일시 : 2011.1.30
조 사 자 : 임재해, 조정현, 박혜영, 강선일
제 보 자 : 박연옥, 여, 88세
구연상황 : 박연옥 할머니가 그 전에는 노래가 잘 나왔는데 오늘은 생전 나오지 않는다
면서 옛 기억을 더듬으며 말했다. 조사자가 조금이라도 괜찮다며 기억나는 구
절이라도 한 번 불러 달라고 청하였다. 할머니가 너무 숨이 가빠하는 모습을
보고 청중들과 조사자가 좀 쉬면서 하시라고 했지만 한 번 흥이 오른 할머니
는 연거푸 노래를 불렀다.

해도 지고야 저문 날에

옷 갖촤입고도 어디 가노

낮에 간거는 놀러 가고

밤에 간거는 자로 가네

무슨 첩이가 유단해서

밤에 가고도 낮에 가

낮에 간거는 건너 놀러가고

밤에 간거는 자로 간다

사래야 지고야 장천 밭에

목해(목화) 따는 아 저 큰아가

그 목해 저 목해 내 따줌세

백년 허락을 너와 나

무슨 밥이가 늦아왔노

창부타령 (1)

자료코드 : 05_17_FOS_20110208_LJH_BOO_0001
조사장소 : 경상북도 울진군 기성면 사동 2리 마을회관
조사일시 : 2011.2.8
조 사 자 : 임재해, 조정현, 박혜영, 강선일
제 보 자 : 박연옥, 여, 88세
구연상황 : 박연옥 할머니가 노래를 시작하자 조사자도 노래에 흥이 겨워 맞장구를 쳤
다. 할머니가 연로하신 탓에 숨이 가빠 길게 이어 부르기 힘들어 하셨다. 박
연옥 할머니는 노래를 마무리하면서 지친 듯 한숨을 내쉬었다.

아리아리 쓰리쓰리 아라리요

주야장창 밤도나 깊고

나만 홀로에 누워서니

누워선들 잠이 올까

앉아선들 잠이 올까

잠도 꿈도 아니나 오고

몹쓸넘 강풍이기 날 속인다

얼씨구 절씨구 기화자 좋다

아니 노지를 못하리라

창부타령 (2)

자료코드 : 05_17_FOS_20110208_LJH_BOO_0002

조사장소 : 경상북도 울진군 기성면 사동 2리 마을회관

조사일시 : 2011.2.8

조 사 자 : 임재해, 조정현, 박혜영, 강선일

제 보 자 : 박연옥, 여, 88세

구연상황 : 제보자의 노래에 기분이 좋아진 조사자가 제보자를 보며 싱긋 웃으며 즐거
워했다. 조사자가 노래를 더 들려달라고 부탁을 하자 이내 노래를 불러주었
다. 제보자가 힘이 들까 염려되어 조사자가 일부러 손뼉을 치면서 응했다.

백구야 훨훨 날지 마라

너를 잡으러 내 아니다

저 산이 불 같으면

너를 쫓아서 여기 왔나

나물 먹고 물마시고

팔을 비고 누웠으니

누워선들 잠이 오까

앉아선들 잠이 오리

잠도 꿈도 아니나 오고

몹쓸넘 강풍이 날 속이네

얼씨구 절씨구 지화자 좋네

아니 노지를 못하리라

쌀이 되니 닷말이오

자료코드 : 05_17_FOS_20110208_LJH_BOO_0003
조사장소 : 경상북도 울진군 기성면 사동 2리 마을회관
조사일시 : 2011.2.8
조 사 자 : 임재해, 조정현, 박혜영, 강선일
제 보 자 : 박연옥, 여, 88세
구연상황 : 박연옥 할머니가 어릴 적에 들었던 노래를 부르면서 마지막에 이야기를 덧
붙였다. 두꺼비처럼 배가 불러서 배가 통통 불러 아이를 낳았는데 아이를 두
고 서로 싸우다가 결국 아이가 죽어버렸다는 내용이다.

쌀이 되니 닷말이오

떡을 해니 마흔넷이

잘 먹는 놈 한 그릇 반

못 먹은 놈 그릇 반

영감 할마이 다 주워 먹고

천방 너매 넘어가니

두깨비 시야를 해가주고

배가 통통 불렀구나

아이고 지고 아이고 지고

배를 통통 부어가이고

아를(아이를) 하나 낳았다

발발 떨다가 아를 하나 낳았다

니 아나? 내 아나?

창부타령 (3)

자료코드 : 05_17_FOS_20110208_LJH_BOO_0004
조사장소 : 경상북도 울진군 기성면 사동 2리 마을회관
조사일시 : 2011.2.8
조 사 자 : 임재해, 조정현, 박혜영, 강선일
제 보 자 : 박연옥, 여, 88세
구연상황 : 박연옥 할머니가 조사자에게 먼 곳까지 옛날 노래를 배우러 왔다며 고마움
을 표했다. 그리고는 다시 한 번 창부타령을 불러주었다.

백구야 훨훨 날지를 마라

너를 잡으러 내아니다

서산이 불 같으믄

너를 쫓아 여기 왔나

나물먹고 물마시고

팔을 비고 누웠으니

대장부 살림살이

요만만 하여도 넉넉하니

얼씨구 절씨구 기화자 좋네

아니 노지를 몬 하리라

성주풀이

자료코드 : 05_17_FOS_20110208_LJH_BOO_0005
조사장소 : 경상북도 울진군 기성면 사동 2리 마을회관

조사일시 : 2011.2.8

조 사 자 : 임재해, 조정현, 박혜영, 강선일

제 보 자 : 박연옥, 여, 88세

구연상황 : 박연옥 할머니가 노래를 완전히 기억하지 못해 부르지 못한다고 하자 조사
자가 하시는 데로 노래를 부르셔도 좋다고 안심을 시켰다. 이윽고 할머니가
노래를 부르기 시작했으나 목이 잠겨 걸걸한 목소리로 불렀다.

낙양성 십리하야

높고 낮은 저 무덤에

영웅호걸이 몇몇이냐

요때 가인이 기누이냐

우리 일생 한번가니

요 모양이가 되야꾸나

에라만수 대신이야

저 건네 잔솔밭에

살살 기는 저 포수야

그 비둘기를 잡지 말고

간밤에 꿈을 꾸니

날과 같이도 위로하네

에라만수

도라지 병풍 연당 안에

자료코드 : 05_17_FOS_20110208_LJH_BOO_0006

조사장소 : 경상북도 울진군 기성면 사동 2리 마을회관

조사일시 : 2011.2.8

조 사 자 : 임재해, 조정현, 박혜영, 강선일

제 보 자 : 박연옥, 여, 88세

구연상황 : 박연옥 할머니의 노래가 시작되자 조사자가 잘 한다며 추켜세웠다. 할머니가 한 곡 부르고 나면 숨을 고르고 쉴 수 있도록 일부러 쉬엄쉬엄 노래를 청하면서 흥이 나도록 기분을 맞춰주었다.

도라지 병풍 연당 안에

잠든 큰 아가 문 열어라

바람 불고 비 올 줄 알믄

안 오신다꼬 문 걸었네

적어도 대장분데

한 번 약수가 쉴 수 있나

은짝노짝 사구야자는

황금을 줘도 살 수 있고

너그야 겉은 고운난 얼굴

황금을 줘도 살 수 없네

백발가

자료코드 : 05_17_FOS_20110208_LJH_BOO_0007
조사장소 : 경상북도 울진군 기성면 사동 2리 마을회관
조사일시 : 2011.2.8
조 사 자 : 임재해, 조정현, 박혜영, 강선일
제 보 자 : 박연옥, 여, 88세
구연상황 : 앞선 노래가 끝나고 연이어 청춘과 관련된 노래를 제보자가 부르고 있다. 노래 중간 중간 지나간 청춘을 돌리려 하는 가락에 제보자의 구성지고 구슬픈 목소리가 더해짐에 따라 애달픈 기분을 조사자가 몸소 느끼고 있다. 노래가 끝난 후 왜 자신의 청춘은 돌아오지 않는지 모르겠다는 심정을 조사자에게 토로하고 있다.

바람 불어 누운 낭게

눈비 와서 일어날까

눈비 와야 누분 낭그

바람 불어 일어날까

어제 날로 청춘일레

오늘날로 백발일세

시월이 여로하여

가던 봄도 돌아온데

이내 청춘은 왜 늙어지

왜 젊어지지도 안해노

고대 고대 넘어간대

시집살이 노래

자료코드 : 05_17_FOS_20110208_LJH_BOO_0008

조사장소 : 경상북도 울진군 기성면 사동 2리 마을회관

조사일시 : 2011.2.8

조 사 자 : 임재해, 조정현, 박혜영, 강선일

제 보 자 : 박연옥, 여, 88세

구연상황 : 조사자가 시집살이나 노래를 청하자 곧바로 노래를 시작했다.

형님 형님 사촌 형님

귀 떨어지고

멋 떨어진 판에

수저 넣기도 애럽드라

아이구 야야 말도마라

귀 떨어지고

멋 떨어진 판에

수저 넣기도 애렵드라

담방구타령

자료코드 : 05_17_FOS_20110208_LJH_BOO_0010
조사장소 : 경상북도 울진군 기성면 사동 2리 마을회관
조사일시 : 2011.2.8
조 사 자 : 임재해, 조정현, 박혜영, 강선일
제 보 자 : 박연옥, 여, 88세
구연상황 : 조사자가 담방구 타령을 청하자 할머니가 곧바로 구연을 시작했다. 노래의
마지막에는 "얼씨구나 좋다"라며 창부타령조로 마무리 했다.

담방구야 서래방구야

전진에 헐래산에 다래방구야

저그 가는 저 할무지

단주야 까래야 피 묻았네

엣다 고냥서(그녀석) 눈두 밝다

홍당무 끊어서 선 둘랐네

할머시 그 말씀마고

딸이나 있거든 사우나 보소

딸이사 있지마는

나이가 애레싸 못 보겠네

새가 작아도 알을 놓고

집이가 작아도 강릉으를 가고

마늘이가 작아도 양님을 더가네

얼씨구 절씨구 기화자 좋다

아니나 노지를 몬 하리라

고사리따기 노래

자료코드 : 05_17_FOS_20110208_LJH_BOO_0011
조사장소 : 경상북도 울진군 기성면 사동 2리 마을회관
조사일시 : 2011.2.8
조 사 자 : 임재해, 조정현, 박혜영, 강선일
제 보 자 : 박연옥, 여, 88세
구연상황 : 조사자의 고사리를 따며 부르는 노래가 있냐는 질문에 제보자가 젊은 처녀
시절 산에서 고사리를 따면서 부른 노래를 불러주었다.

올라가는 올고사리

내려오는 늦고사리

한 짐 꺾은 두 짐 꺾어서

우리집이 들이오니

니가 어들로 헤메다가

이거로 꺾어사

니가 왔노

새야새야 파랑새야

자료코드 : 05_17_FOS_20110208_LJH_BOO_0012
조사장소 : 경상북도 울진군 기성면 사동 2리 마을회관
조사일시 : 2011.2.8
조 사 자 : 임재해, 조정현, 박혜영, 강선일
제 보 자 : 박연옥, 여, 88세
구연상황 : 조사자가 새야새야 파랑새야 노래의 일부분을 부르며 기억이 나시냐고 하자
박연옥 할머니도 기억이 났는지 예전에 알던 노래를 불러주었다.

새야새야 파랑새야

녹두낭게 앉지마라

녹두꽃이 얽아지면

파랑새가 날아간다

황해도라 구월산 밑에

자료코드 : 05_17_FOS_20110208_LJH_BOO_0013
조사장소 : 경상북도 울진군 기성면 사동 2리 마을회관
조사일시 : 2011.2.8
조 사 자 : 임재해, 조정현, 박혜영, 강선일
제 보 자 : 박연옥, 여, 88세
구연상황 : 조사자가 노래를 청하자 망설임 없이 할머니가 노래를 시작한다. 연신 흐뭇한 미소를 띠우며 노래를 부르고 나서는 마지막에 웃음 지었다. 이에 조사자들도 따라 웃으면서 호응했다.

황해도려 구월산 밑에

지척대는 저 큰아가

느그 집이 어드메냐

해가 져도 아니 오노

우르 집이 오실라거든

삼신산 조곡산 밑에

우루집이 가실라거든 가시시고

마실라거든 마시시오

아리랑

자료코드 : 05_17_FOS_20110208_LJH_BOO_0014
조사장소 : 경상북도 울진군 기성면 사동 2리 마을회관
조사일시 : 2011.2.8

조 사 자 : 임재해, 조정현, 박혜영, 강선일
제 보 자 : 박연옥, 여, 88세
구연상황 : 노래를 부르면서 기분이 좋아진 할머니가 계속해서 아리랑을 불렀다.

아리랑 아리랑 아라리요
아리랑 고개도 날 넘가주소
나를 비리고 가슨 님아
십리도 못 가서 발빙났네

모심기소리

자료코드 : 05_17_FOS_20110208_LJH_BOO_0015
조사장소 : 경상북도 울진군 기성면 사동 2리 마을회관
조사일시 : 2011.2.8
조 사 자 : 임재해, 조정현, 박혜영, 강선일
제 보 자 : 박연옥, 여, 88세
구연상황 : 노래를 부르던 제보자가 흥에 겨워 모심기 노래를 부르기 시작한다. 조사자
도 구성진 제보자의 노래에 빠져들어 깊이 집중을 하고 있다. 제보자의 노래
가 끝날 무렵 노래에 기분이 좋아진 탓인지 환한 웃음소리와 미소를 띠었고
조사자들 또한 즐거운 분위기에 함박웃음을 지으며 웃고 있다.

해도 지고요 저문 날이
옷 갖촤입고 어들 가노
밤에 간 거는 자고 가고
낮에 간 거는 놀러가네

무슨 첩이가 유단해서
밤에 가고도 낮에 가노
낮에 간 거는 놀러 가고
밤에 간 거는 자러가네

이 논뺌에다 모를 숨거

가지가 벌어도 장하로다

니가야 무스나 장할런고

가지가 벌어사 장할로다

시금털털 개살구

자료코드 : 05_17_FOS_20110208_LJH_BOO_0016

조사장소 : 경상북도 울진군 기성면 사동 2리 마을회관

조사일시 : 2011.2.8

조 사 자 : 임재해, 조정현, 박혜영, 강선일

제 보 자 : 박연옥, 여, 88세

구연상황 : 계속해서 노래를 부른 탓에 숨이 찼는지 박연옥 씨는 잠시 숨을 고른 뒤 다시 이 노래를 부르기 시작하였다.

시금시금 개살구는

맛도좋고 연하거라

우리오빠 깎은배는

시금털털 개살구지

모심기소리

자료코드 : 05_17_FOS_20110208_LJH_COS_0001

조사일시 : 2011.2.8

조사장소 : 경상북도 울진군 후포면 후포리 마을회관

제 보 자 : 최옥순, 여, 88세

조 사 자 : 임재해, 조정현, 박혜영, 강선일

구연상황 : 박달순 씨가 불러주는 노래를 듣고 있자 최옥순 씨도 생각이 났는지 박달순

씨의 모심기 소리 노래가 끝나자마자 조심스럽게 노래를 시작하였다. 이에 박
달순 씨는 추임새를 넣어 흥을 돋웠다.

멈아멈아 점심 멈아
점심참이가 늦어오네
미나리 따다 숟가락 따다
형님 아구야 늦어 오네
이논빼매 논을 심을
장닢 솔솔이 장하러 가
니가야 어째서 장화를 넣어
장닢 솔솔이 장화넣어라

진주낭군

자료코드 : 05_17_FOS_20110208_LJH_COS_0002
조사일시 : 2011.2.8
조사장소 : 경상북도 울진군 기성면 사동 2리 마을회관
제 보 자 : 최옥순, 여, 88세
조 사 자 : 임재해, 조정현, 박혜영, 강선일
구연상황 : 노래를 끝낸 최옥순 씨는 먼저 '시집살이 할 때 부르는 노래가 있대요'라며
　　　　　 이 노래를 부르기 시작하였다. 노래를 부르던 중간 중간 가사가 헷갈려 틀리
　　　　　 자 쑥스러워하면서도 금방 침착하게 이어 불렀다.

울도담도 없는집에
시집살이 삼년만에
시아마님 하는말씀이
야야아가 며늘아가
진주낭군을 만날라면

진주강으로 빨래가라
이 말을 듣던 며눌아기
진주강으로 빨래가니
돌도 좋고 물도 좋아
두드랑 두드랑 빨래하니
하늘같은 갓을 씨고
부르랑 같은 말을 타고
못본듯씨도 지나가네
이것을 보던 며늘아기
흰빨래는 희게씻고
검은 빨랠라 검게 씻고
집이라고 돌아오니
시아마님이 하는 말씀
야야 아가 미눌아가
진주낭군을 만날라면
사랑웃강을 들어가라
이것을 보던 며늘아기가
아룻방에 널어와야
명주수건 석장씩 쥐에
목을 메어 죽었구나
이것을 보던 진주낭군이
아룻방에 널어가야
기생첩은 삼년이고
본처정은 백년인데
애통애통 애통해라
니죽을줄 내몰랬다

2. 온정면

증편 한국구비문학대계 • 경상북도 울진군

▌조사마을

경상북도 울진군 온정면 광품리

조사일시 : 2011.3.26~27
조 사 자 : 임재해, 조정현, 박혜영, 강선일

　온정면 광품리는 동쪽으로 광품(廣品)폭포가 있고 서쪽은 오대산(五台山)이 자리 잡고 있으며, 남쪽으로 덕인1리와 접하였고, 북쪽은 평해읍 삼달2리와 인접하고 있다. 17세기 후반 김녕김씨, 봉화정씨 등이 차례로 입향하면서 이 마을을 개척할 때 마을 앞에 큰 들(坪)이 있다 하여 평전(平田), 마을 앞 강물이 4계절 마르지 않고 흐른다 하여 수곡(水谷)이라고도 하였다. 자연마을인 넓품은 마을 주위에 높이 여러 개가 있어 넓품이라 하였다. 그 후 1914년 행정구역 개편 때 광품리(廣品里)라 하였다.

풍수지리적으로 들 입(入) 자 형국이라고 해서 마을에 들어오면 재복이 빠져나가지 않고 풍족하게 살 수 있었다고 한다. 봉화정씨, 김해김씨, 평택임씨, 영천이씨, 김녕김씨 등이 주요 성씨를 이루고 있으며, 광품폭포, 노적봉(露積峰), 팔선대(八仙台), 불선암(佛仙岩) 등으로 유명하다. 특히 불선암은 옛날에 자손이 없는 사람이 바위에 가서 공을 드리면 자손을 낳았다 하여 붙여진 이름이며, 팔선대는 8명의 선녀가 내려와 목욕을 했다고 전한다.

2011년 3월 26~27일 양일간 진행된 광품리 조사에서는 설화 14편, 민요 56편, 수수께끼 1편 등이 수집되었다. 설화는 산간의 지명과 호랑이, 풍수 이야기 등이 주류를 이루고, 민요는 모심기소리부터 덜구소리에 이르기까지 다양하고 풍수하게 채록되었다. 산간지역 농촌마을의 특성을 잘 드러내고 있는 것으로 보인다.

김옥순, 여, 1935년생

주 소 지 : 경상북도 울진군 온정면 광품리
제보일시 : 2011.3.26
조 사 자 : 임재해, 조정현, 박혜영, 강선일

경상북도 온정면 광품 1리 안너품에서 나
고 자랐고 6남매 중에 둘째 딸이다. 19세
때 광품 1리 수곡의 김녕김씨 댁으로 시집
을 갔다. 슬하에 5남매를 두었다. 50세 무렵
에 다시 친정마을로 이사해 지금까지 농사
를 지으며 살고 있다. 13세 때 온정면 금천
리에 있는 금천국민학교를 입학했으나 3달
만에 그만뒀다. 친정어머니가 '소먹이고, 아
이보라'고 해서 학교에 다닐 수 없었다고 한다. 그것이 평생 한이라고 한
다. 농사일과 길쌈을 주업으로 하고 살았다. 노래는 처녀시절, 마을의 언
니들과 함께 삼베길쌈을 하면서 언니들이 부르는 노래를 따라 익혔다.

제공 자료 목록
05_17_FOS_20110326_LJH_KOS_0001 새야새야 파랑새야

박악지, 여, 1930년생

주 소 지 : 경상북도 울진군 온정면 광품리
제보일시 : 2011.3.26
조 사 자 : 임재해, 조정현, 박혜영, 강선일

마을에서 노래 잘하는 할머니 하면 2번째로 잘한다고 소문이 자자했다.

항상 친절하고 오랜 세월 동안 부르지 않은 노래를 떠올려 부르는 열정적인 모습이 인상적이다.

제공 자료 목록

05_17_FOS_20110326_LJH_PAJ_0001
　　아기 재우는 소리

05_17_FOS_20110326_LJH_PAJ_0002 진주낭군

05_17_FOS_20110326_LJH_PAJ_0003 노랫가락 (1)

05_17_FOS_20110326_LJH_PAJ_0004 화투뒤풀이

05_17_FOS_20110326_LJH_PAJ_0005 지신밟기소리

05_17_FOS_20110326_LJH_PAJ_0006 삼신 비는 소리

05_17_FOS_20110326_LJH_PAJ_0007 조상신 비는 소리

05_17_FOS_20110326_LJH_PAJ_0008 노들강변

05_17_FOS_20110326_LJH_PAJ_0009 앞산아 뒷산아

05_17_FOS_20110326_LJH_PAJ_0010 아리랑

05_17_FOS_20110326_LJH_PAJ_0011 석탄가 (1)

05_17_FOS_20110326_LJH_PAJ_0012 창부타령

05_17_FOS_20110326_LJH_PAJ_0013 양산도 (1)

05_17_FOS_20110326_LJH_PAJ_0014 석탄가 (2)

05_17_FOS_20110326_LJH_PAJ_0015 뱃노래

05_17_FOS_20110326_LJH_PAJ_0016 어랑타령

05_17_FOS_20110326_LJH_PAJ_0017 각설이타령

05_17_FOS_20110326_LJH_PAJ_0018 상사소리

05_17_FOS_20110326_LJH_PAJ_0019 춘향이놀이 노래

05_17_FOS_20110326_LJH_PAJ_0020 양산도 (2)

05_17_FOS_20110326_LJH_PAJ_0021 징개미타령

05_17_FOS_20110326_LJH_PAJ_0022 이영철이 장가 가네

05_17_FOS_20110326_LJH_PAJ_0023 모심기소리

05_17_FOS_20110326_LJH_PAJ_0024 노랫가락 (2)

05_17_FOS_20110326_LJH_PAJ_0025 노랫가락 (3)

정종근, 남, 1923년생

주 소 지 : 경상북도 울진군 온정면 광품리
제보일시 : 2011.3.26
조 사 자 : 임재해, 조정현, 박혜영, 강선일

정종근 씨는 고조 때부터 광품리에 살기 시작했다고 한다. 한국전쟁 당시에 피난을 다니기도 했지만, 휴전 이후에 다시 마을로 돌아왔다. 정종근 씨와 이야기를 나누면서 자연스럽게 일제강점기 시절의 이야기를 듣게 되었는데, 당시 온정면을 걸어서 초등학교를 통학했다고 한다. 하지만 일제강점기에는 누구나 교육을 받는다는 것이 어려웠다고 덧붙였다. 정종근 씨는 부인과 사별한 지 20년이 지났다고 한다. 26세에 장가를 가게 된 정종근 씨는 특이하게도 군 복무 중에 혼인을 하게 되었다. 중매는 군대 동기가 섰는데, 사실 입대를 할 때만 해도 결혼 생각이 없었다고 한다. 어릴 적부터 농사를 지었다는 정종근 씨는 요즘에도 5마지기 정도 직접 농사를 지어 자녀들에게 쌀을 붙여준다며 자랑스럽게 이야기 했다.

제공 자료 목록

05_17_FOS_20110327_LJH_JJG_0001 모심기소리
05_17_FOS_20110327_LJH_JJG_0002 백포에 동해를 동편에 두고
05_17_FOS_20110327_LJH_JJG_0003 풀베는소리

정종택, 남, 1923년생

주 소 지 : 경상북도 울진군 온정면 광품리
제보일시 : 2011.3.27

조 사 자 : 임재해, 조정현, 박혜영, 강선일

정종택 씨는 5대조 때 박곡에 살다가 그 후대가 이곳에 살기 시작하며 정착했다고 하며 광품리가 안태고향이다.

제공 자료 목록

05_17_FOT_20110327_LJH_JJT_0001
　　광품폭포의 유래
05_17_FOT_20110327_LJH_JJT_0002
　　개보들이 생긴 유래
05_17_FOT_20110327_LJH_JJT_0003 사람 잡아먹는 토범과 호랑이 불빛
05_17_FOT_20110327_LJH_JJT_0004 수곡의 지명유래
05_17_FOT_20110327_LJH_JJT_0005 무학대사와 정도전의 풍수 대결
05_17_FOT_20110327_LJH_JJT_0006 숙종대왕의 야행
05_17_FOT_20110327_LJH_JJT_0007 설미천의 지명유래
05_17_FOT_20110327_LJH_JJT_0008 박한 시주로 망한 장자
05_17_FOT_20110327_LJH_JJT_0010 저승에 다녀온 사람
05_17_FOT_20110327_LJH_JJT_0011 효과가 없던 굿판
05_17_FOT_20110327_LJH_JJT_0012 무서운 소리와 함께 나타나는 도깨비 불
05_17_FOS_20110126_LJH_JJT_0001 딜구소리

지봉순, 여, 1930년생

주 소 지 : 경상북도 울진군 온정면 광품리
제보일시 : 2011.3.26
조 사 자 : 임재해, 조정현, 박혜영, 강선일

지봉순 씨는 17세의 이른 나이에 광품 1리로 시집을 왔다. 일제 강점기에 자행된 처녀공출을 피하기 위해서였다. 당시 친정아버지가 서둘러 광품1리 안너품의 수원백씨

에게 시집보냈다. 친정은 후포면 금음리 석곡이며, 슬하에 7남매를 두었다. 15세 무렵 석곡에서 광산을 경영하던 일본인으로부터 1년 동안 일본어를 배웠으며 해방 후 친정 집안 아저씨인 지방우 씨에게서 1년 간 한글을 배웠다. 노래와 이야기는 처녀시절에 집안 언니, 마을 친구들과 뜨개질하면서 듣고 익히기도 했으며, 특히 배틀노래의 경우에는 숙모와 베틀에 앉아 배를 짜면서 배웠다고 한다. 또한 친정 큰집 마당이나 산에서 친구들과 함께 놀이를 하면서 노래를 부르고 익히기도 했다. 마을 사람들은 지봉순 씨가 마을에서 최고의 소리꾼으로 손꼽힌다며 자랑스럽게 말하기도 했다.

제공 자료 목록

05_17_FOT_20110326_LJH_JBS_0001 허물 벗은 뱀신랑
05_17_FOT_20110326_LJH_JBS_0002 못생긴 부인의 지혜
05_17_FOS_20110126_LJH_JBS_0001 칭칭이 소리
05_17_FOS_20110126_LJH_JBS_0002 옹혜야
05_17_FOS_20110326_LJH_JBS_0003 처녀야 총각아 보리밭 골에
05_17_FOS_20110326_LJH_JBS_0004 서울이라 남대문 밖에
05_17_FOS_20110326_LJH_JBS_0005 상사소리
05_17_FOS_20110326_LJH_JBS_0006 지신밟기소리
05_17_FOS_20110326_LJH_JBS_0007 영감아 홍감아
05_17_FOS_20110326_LJH_JBS_0008 도라지타령
05_17_FOS_20110326_LJH_JBS_0009 뱃노래
05_17_FOS_20110326_LJH_JBS_0010 창부타령
05_17_FOS_20110326_LJH_JBS_0011 모심기소리
05_17_FOS_20110326_LJH_JBS_0012 피리꽃노래
05_17_FOS_20110326_LJH_JBS_0013 장가가네 장가가네
05_17_FOS_20110326_LJH_JBS_0014 노랫가락 (1)
05_17_FOS_20110326_LJH_JBS_0015 노랫가락 (2)
05_17_FOS_20110326_LJH_JBS_0016 권주가
05_17_FOS_20110326_LJH_JBS_0017 높은 산에는 눈 날리고
05_17_FOS_20110326_LJH_JBS_0018 고사리따기 노래

05_17_FOS_20110326_LJH_JBS_0019 시집살이 노래
05_17_FOS_20110326_LJH_JBS_0020 청춘가
05_17_FOS_20110326_LJH_JBS_0021 당금당금 당태수야
05_17_FOS_20110326_LJH_JBS_0023 베틀가
05_17_FOS_20110326_LJH_JBS_0024 목도소리
05_17_FOS_20110326_LJH_JBS_0025 달넘세 달넘세
05_17_FOS_20110326_LJH_JBS_0026 다리뽑기놀이 노래
05_17_ETC_20110326_LJH_JBS_0001 수지(수수께끼)

황차녀, 여, 1933년생

주 소 지 : 경상북도 울진군 온정면 광품리
제보일시 : 2011.3.26
조 사 자 : 임재해, 조정현, 박혜영, 강선일

경상북도 온정면 금천 3리 양지마에서 나고 자랐다. 부모님이 일찍 돌아가셔서 친정 오라의지하고 지냈다. 19세 때 광품1리 봉화정씨 댁으로 시집을 왔고 슬하에 6남매를 두었다. 집안 사정이 넉넉하지 않아 따로 배움의 기회를 갖지는 못했다. 처녀 시절 마을의 친구들과 삼을 삼고 일을 하면서 노래를 배웠다. 시집 간지 5년 만에 헌병 중사로 근무하던 남편을 따라 경기도 대광리에서 5년 동안 살다가 시댁으로 들어왔다. 신랑은 40세 무렵에 제대했다. 몇 년 뒤 돌아가셨다.

제공 자료 목록

05_17_FOS_20110126_LJH_HCN_0001 나비야 나비야
05_17_FOS_20110126_LJH_HCN_0002 창부타령 (1)
05_17_FOS_20110126_LJH_HCN_0003 혼례노래
05_17_FOS_20110326_LJH_HCN_0003 창부타령 (2)

광품폭포 이야기

자료코드 : 05_17_FOT_20110327_LJH_JJT_0001

조사장소 : 경상북도 울진군 온정면 광품리 경로당

조사일시 : 2011.3.27

조 사 자 : 임재해, 조정현, 박혜영, 강선일

제 보 자 : 정종택, 남, 89세

구연상황 : 조사자가 마을의 유래에 대해 묻자 정종택 씨는 자신도 자세히는 알지 못한
다며 잠시 망설였다. 하지만 곧 마을을 둘러싸고 있는 산들의 명칭에 대해서
설명하기 시작했다. 광품폭포의 유래를 설명할 때는 관광객이 많이 올 정도로
산수가 좋다며 자랑하기도 했다.

줄 거 리 : 풍수지리적으로 용이 나가다가 꼬리로 쳐서 산이 꺾이게 되어 폭포가 생겼
다고 하는 이야기다.

　예전에 우리 얘기 들기로 산이 연맥됐다고(이어졌다고) 이야기해. 산이
쭉 저런데

　'용이가 나가다가 꼬리를 쳐가지고 산이 꺾였다.'

　그런 얘기를 들었다. 지금 저 석산인데 석산이가 저쪽서 차고 나갔는데
서리가 꺾였는데 지금 그리로 물이 나간다. 옛날에 그런 얘기가. 용이 나
가다 꼬리를 쳐가지고 목가지가 꺾였다. (조사자 : 그렇게 해서 폭포가 만
들어졌다?) 어. 그래가 폭포가 만들어졌다 그래가지고, 물이 마이 폭포로
나간다 케요.

개보들이 생긴 유래

자료코드 : 05_17_FOT_20110327_LJH_JJT_0002

조사장소 : 경상북도 울진군 온정면 광품리 경로당
조사일시 : 2011.3.27
조 사 자 : 임재해, 조정현, 박혜영, 강선일
제 보 자 : 정종택, 남, 89세
구연상황 : 정종택 씨가 마을에서 예전에는 동제를 지냈으나 현재는 지내지 않고 있으
         며, 성황당도 모시지 않는다며 개보들 이야기를 구연했다. 조사자가 개보들
         이야기를 조금 더 자세하게 듣기를 청하자 정종택 씨는 숨을 가다듬고 구연
         을 시작했다.
줄 거 리 : 개보들은 예전에 개가 물에 빠졌다가 나와서 산에 다녔는데 물 묻은 꼬리로
         그린 선이 보를 만들기에 좋았으므로 보를 만들고 들이 형성되었다.

   (조사자 : 왜 개보들이라고 하는지 이야기 좀 해주세요.) 옛날에 개가 산
을 가지고 주욱 꼬리에 물을 묻혀가지고 그 고을에 갔다가 개를 데리고
고을에 갔던 모양이래. 이놈의 개가 또 물에 빠져가지고 꼬리가 물에 젖
었거든. 그래가 산비탈을 주욱 내려왔어. 내려와 가지고 가만히 그걸 보
이끼네 그 사람들이 우리 동네에서 보고,
   "아 이리로 보를 내면 저 논을 만들어가 물을 댈 수 있겠다."
   그래 가지고 그걸 따라가지고 보를 해가지고 그 물을 댔다 그래요. 꼬
리가 물 표시를 해나가지고 그대로 난포질 해가지고 그 마을에 '개보들'이
라고,
   '개가 보를 냈다.'
   그래 가지고 개보들이라고. 유명하긴 유명해요. 가보면 천연 암석인데
난포질 해가지고 그래 뚤버가지고(뚫어서) 물을 들에 댄다 그래요.

사람 잡아먹는 토범과 호랑이 불빛

자료코드 : 05_17_FOT_20110327_LJH_JJT_0003
조사장소 : 경상북도 울진군 온정면 광품리 경로당
조사일시 : 2011.3.27

조 사 자 : 임재해, 조정현, 박혜영, 강선일
제 보 자 : 정종택, 남, 89세
구연상황 : 조사자가 호랑이에 대한 이야기를 청하자 정종택 씨는 마을에 호랑이가 더
　　　　　러 나왔다고 일러주면서 구연을 시작했다.
줄 거 리 : 옛날에는 호랑이, 여우, 토범 등이 광품에 많이 나타났는데, 특히 토범도 사
　　　　　람을 잡아먹기도 했으며 호랑이 불빛이 환했다고 한다.

　옛날에는 호랑이가 더러 나왔다 그래요. 저 폐 산맥으로 폐에서 다툼으
로 넘어가는데 옛날에 호랑이가 나왔다 그래요. 나왔다 그리고 저 구빼이
라는 데 올라가면 밤길을 나서다보면 옳은 호랑이가 아이고 예수(여우)
저저 여우 같은 거 꼭 사람 속인다 그래. 토범이 사람 잡아먹지는 안 하
지만 사람 속인다 이거야. 그래 밤에 여 나왔다 그래. 사람 속여가 자빠지
만 사람 먹는다 그래. 사람 잡아먹는다 그랬어. 사람 속인다 이거야. 이
길을 가다보면 흙을 던지고 이런다고. 그러면 사람 정신이 없거든. 이래
자빠지면 사람 다친다 이거야. 그런 얘기가 있어요. 적꺼봤는(겪어본) 사
람 있어요. 그런데 지금은 호랑이 나왔다는 얘기는 없고, 예전에 호랭이
가 평양갈 때 밤에 나왔다 그래요. 여도 호랭이 나오긴 나왔어요. 나왔는
데 요 산에서 저 폭포 있는데 가는데 밤에 보면요. 불이 켜가꼬 나왔다,
불을 켜 가꼬 간다요. 갱보를 건너 간다요. 불이 앞에 환하다니까! 우리는
무서버가지고 아흐 지금은 그렇게 안 보여요.

수곡의 지명유래

자료코드 : 05_17_FOT_20110327_LJH_JJT_0004
조사장소 : 경상북도 울진군 온정면 광품리 경로당
조사일시 : 2011.3.27
조 사 자 : 임재해, 조정현, 박혜영, 강선일
제 보 자 : 정종택, 남, 89세

구연상황 : 조사자가 마을 못에 대해 묻자 정종택 씨는 수곡 혹은 자라곡이라 부른다며
　　　　　 구연을 시작했다.
줄 거 리 : 수곡은 예부터 자라가 살고 있어 자라곡, 자른골 등으로 불리었고 아무리 가
　　　　　 물어도 물이 마르지 않았고 물이 좋았기에 수곡이라 했다.

　자른곡 옛날에 여기 못이 있는데 자라가 나왔다 그래요. 그래 가지고
자른곡이라 자라고기가 나왔다 그래. 그전에 못이 많았거든. 자래가 나왔
다 그래서 자른곡, 자른곡이라 하기도 하고 수곡이라고도 하고. 수곡이라
도 예전에 이 그랑물이(거랑물이) 초봄에 가물어도 그랑물이 안 떨어졌다
그래요. 그래가지고 물이 좋고 하기 때문에 수곡이라 했대. 그랑이 마르
고 이러면 건천이라 할낀데 물이 좋고 이라니까 수곡이라 했다.

무학대사와 정도전의 풍수 대결

자료코드 : 05_17_FOT_20110327_LJH_JJT_0005
조사장소 : 경상북도 울진군 온정면 광품리 경로당
조사일시 : 2011.3.27
조 사 자 : 임재해, 조정현, 박혜영, 강선일
제 보 자 : 정종택, 남, 89세
구연상황 : 풍수에 대한 이야기를 나누던 중 무학이 터를 잡을 때 이야기에 대해 조사
　　　　　 자가 묻자 정종택 씨가 잠시 생각을 하더니 구연을 시작했다.
줄 거 리 : 무학대사와 정도전이 한양의 풍수와 관련해서 대결을 했는데, 정도전이 이겨
　　　　　 무학대사가 금강산으로 갔다는 이야기이다.

　정무학이가 터전을 잡다가, 정 도자 전자 인데(한테) 몬 이기고 금강산
을 들어갔다 해요. 정 도자 전자 할배가 우리 5대조 조부거든. 그 할배하
고 무학하고 옥신각신 싸우다가 무학이가 도자 전자 할배한테 지고 금강
산을 들어갔다 케요. 그런 유래가 여 나와 있다 해요. 한양가에 나와 있다
해요. 무학이가 그걸을 금강산을 갔는 게 궁궐을 놓을 때 할배하고 놓을

때 무학이는,

'해자상을 놓자.'

우리 할배는,

'해자상을 못 놓는다. 해자상을 놓으면 불교는 성하고 유교는 없다.'

이거야. 우리 할배는 유교계통이고,

"자자 우에 놔라. 자자 우에 놓으면 열두 번 난리 와가 다섯 번 놀리야 되고, 그걸 우떻게 막아낼료?"

무학이가 그런 애기 했거든. 그러니,

"니 모르는 소리 하지 마라. 동대문 현판을 말이야. 꿍(꿩) 치자에 글자 한자만 세아가(새겨서) 드높이면 처방이 다 된다."

그래가지고, 무학이가 지고 금강산을 가빼써(갔어). 할배한테 못 이기고 금강산을 가뺐다(갔다).

숙종대왕의 야행

자료코드 : 05_17_FOT_20110327_LJH_JJT_0006
조사장소 : 경상북도 울진군 온정면 광품리 경로당
조사일시 : 2011.3.27
조 사 자 : 임재해, 조정현, 박혜영, 강선일
제 보 자 : 정종택, 남, 89세
구연상황 : 조사자가 숙종대왕 야행 이야기를 아는지 묻자 정종택 씨는 알아듣지 못했다. 그래서 숙종대왕이 밤에 몰래 민복으로 갈아입고 활동한 이야기라고 자세하게 풀어서 재차 묻자 제보자가 생각을 잠시 하더니 구연을 시작했다.
줄 거 리 : 어느 날 숙종대왕이 숲에서 길을 잃고 헤매다가 인간으로 변신한 구렁이 처녀 집에 머물게 되었다. 죽을 위기에서 탈출할 때 깍지신을 만드는 사람이 도와주었는데, 나중에 과거에 합격해서 다시 돌아와 어명으로 깍지신을 신도록 해서 은혜를 갚았다는 이야기이다.

숙종대왕이가 공부를 해가지고 과거를 갈라고 나섰는데 가다가 저물어 가지고 옛날에는 차가 있나? 가다가 보니까네 저물어 가지고. 그래 이제 산중의 오두막 집이 한 채 있는데 불이 환하거든. 글로 들으갔다. 들어가 지걸라 인제 자자, 한라 여자가 들가있어. 남자는 없고 여자가 있어 그래 가지고 배도 고프고 밥을 먹고 노곤하거든. 웃목에 이래 누워있다볼끼네. 여자가 옛날에 삼을 삼거든 삼을 삼고 남자는 웃목에 누워 있고 여자는 아래막에서 삼을 삼고 있는데 잠자가면서 이래 옳게 자지도 않고 눈을 떴다 감았다 이래 들어 본끼네. 이 혓바닥이가 굴(구렁이) 혓바닥이라. 들어 갔다 나갔다 이래.

'이래 내가 여기 죽으러 들어왔지 살러 들어오지 생각 안 한다. 구렁인데 어찌 살 수 있노?'

그래가지고 고마 내가 인제,

"내가 소변 보러 나간다."

이르이께네. 그 여자가,

"들어오는 포수는 받아도 나가는 포수는 못 본다."

이래 죽는다 이거라. 그래가 억지로 떼 나갔뿌렸어. 나가가지고 하늘을 날아서 나가버렸어. 날아서 나가다 보니끼네. 어딜 어딜 나가다 보니끼네, 미류목에 마이 서 있는데 거서 그 밑에서 사람이 불이 하나 빤하게 보이는데,

"류목(미류나무) 속으로 숨어라 숨어라."

그래 인제 솔들기는데(속삭이는데). 그래가지고 글로 뛰어내렸어. 뛰어내리자 뱀은 우로 지나가뿌렸어 그만. 지나가고,

'이상한 일이다 여기서 머가 이래 하고 있을까?'

내려서 본께. 오두막 집이 있는데 불이 빤하게 있는데 머 '딱딱딱' 소리가 나더란. 그래가 들가 보니까 깍지신을 맹그는데, 깍지신 아니요? 옛날에 시집을 가면요, 신이 요래 있는데 밑에 징이 박혀 있다 그래요. 징이

요래 박혀있어. 옛날에 시집갈 때,

'잘사는 집에 시집가면 깍지신 가져간다.'

해요. 그래 들어가니까 깍지신을 맨들고 있어. 맨들고 가지고 있는걸라 그래가 얘기를 하니까,

'이거 가꼬 맨들어가 먹고 산다.'

이래. 그러면 그니까 나중에 인제 정승 과거 봐가골랑 집이 가가주고 얼마 있다가. 나중에 그리 찾아갔거든. 찾아가니 그 일을 하고 있어, 하고 있는데 그 신 깍지신은 저 저저 상놈의 신이지 양반은 못 신어. 양반은 못 신고,

"너 그러면 이거 맨들어가 내가 팔도록 해줄테니끼네, 먹고살도록 해줄테니께, 양반이한테 팔으라꼬."

그래 어명을 내라뺐써. 그래가지고 양반들 내들 깍지신 사가 다 그걸 신었다 해요.

설미천의 지명유래

자료코드 : 05_17_FOT_20110327_LJH_JJT_0007
조사장소 : 경상북도 울진군 온정면 광품리 경로당
조사일시 : 2011.3.27
조 사 자 : 임재해, 조정현, 박혜영, 강선일
제 보 자 : 정종택, 남, 89세
구연상황 : 조사자가 오성과 한음, 퇴계와 월천의 도술 대결 등의 이야기를 아는지 묻자 정종택 씨는 잘 모겠다고 대답했다. 방 안 텔레비전의 소리가 너무 커서 텔레비전을 꺼도 되는지 정종택 씨에게 양해를 구하자 흔쾌히 허락했다. 제보자가 재차 양해를 구하며 용, 용마와 관련된 이야기를 해달라고 청하자 구연을 시작했다.
줄 거 리 : 설미라는 거랑이 있는데, 그 유래가 용이 지나가다 쳐서 물길이 돌아나가게 되었다고 해서 붙여진 이름이라고 한다.

저 설미라 하는데 그 거랑이(강이) 이상하게 생겼다 해요. 거기도 용이
가 나가다가 고개를 처가지걸라 물이가 이래 나가던 것이가 돌아서 나가.
설미에 가보면 바로 나갔던 것이 돌아서 나가. 설미에 가보면 그랑이 그
렇게 돼 있다 그래. 용이가 나가다가 꼬리를 처가지고 그 떨어져 나갔다,
그래 그런 애기 있어요.

박한 시주로 망한 장자

자료코드 : 05_17_FOT_20110327_LJH_JJT_0008
조사장소 : 경상북도 울진군 온정면 광품리 경로당
조사일시 : 2011.3.27
조 사 자 : 임재해, 조정현, 박혜영, 강선일
제 보 자 : 정종택, 남, 89세
구연상황 : 조사자가 안너품에 위치한 장재골에 대해 묻자 정종택 씨는 잘 안다며 바로
        구연을 시작했다.
줄 거 리 : 옛날에 아주 잘 사는 장자가 있었는데, 하루는 시주를 온 중에게 각박하게
        시주를 했다. 이에 서운했던 중이 양밥을 해서 장자집이 망하도록 했고 이제
        는 터만 남았다는 이야기이다.

옛날에 장지터에 장자가 살았다 그래. 장자가, 장자가 부자라 그래. 그
래 왔는데 와가지고 중이가(중이) 왔는데 말이야. 시주를 옳게 안줬어 고
마. 시주를 안주고 그래가지걸라, 중이가 갈 때 어쨌든.

"니가 잘사는지 뒤에 보자."

양밥을 했는 모양이래. 그래가지고 중이 가고부터 살림이 다 망했다 그
래. 장자, 장자로 사는데 장자가 얼마고, 장자가 부자로 사는데 말도 모하
지 그래. 모 중이가 동량을 시주를 옳게 마이 잤시면(줬으면) 행학하게(행
복하게) 잘살라고 해줄긴데, 설게(서운하게) 해줬거든. 그래,

"니 얼마나 잘사는지 함 보자."

우째 양밥을 하고 갔다 그래. 그래부터는 살림이 망했다 그래. 그래가지고 더 못살고 나왔다 그래. 옛날 잘 살았거든. 기와집도 짓고 살았다.

저승에 다녀온 사람

자료코드 : 05_17_FOT_20110327_LJH_JJT_0010
조사장소 : 경상북도 울진군 온정면 광품리 경로당
조사일시 : 2011.3.27
조 사 자 : 임재해, 조정현, 박혜영, 강선일
제 보 자 : 정종택, 남, 89세
구연상황 : 조사자가 저승 갔다 온 이야기를 들어 본 적이 있는지 제보자에게 묻자 들어본 적 있다며 구연을 시작했다.
줄 거 리 : 죽은 사람이 저승에 갔는데 염라대왕이 아직 시간이 안 되었으니 돌아가라고 해서 이승에 왔다. 이승이나 저승이나 사는 건 다르지 않다고 했다.

그래 내가 어떤 사람이 저승에 갔다 온 얘기를 들어보니께 말이여. 그래 어느 사람이 나이 적어 가지고 남의 집에 사는데, 옛날에는 다 남의 집에 살았지. 남의 집에 사는데 들에 가 일을 하는데, 해가 져도 안 와. 머슴이가 말여. 이상하다 해가 져도 아오거든.

'대체 어딜 갔는고?'

시파가지고 그래, 그 이튿날에 가가 오드란다. 집에 왔어,

"니 어디 갔다 왔노?"

이래이끼네.

"내가 저승에, 죽어서 저승에 갔다 왔다."

"하이구 야야 저승에 갔다와야 그래? 저승에 가니 어떻더노?"

저승에 가니 여 사는 거랑 똑같다드란다. 그래가 저승에 가가지고 말이여. 염라대왕한테 드가이끼네 말이여.

"니는 아직 여기 올 시간이 아니니까 나가라."

이라드란다. 나가라 해서 나갔는데, 하얀 백구 한구를 주더란다.

그걸 가지고 외나무 다리에 그래 밑에 못이 물이 시퍼렇는데, 외나무 다리 건너오다가 마 떨어졌뿌렸어. 고마 개를 안고. 개를 안고 떨어져 깜짝 깨니까 이 세상이란다. 이 세상 나왔어. 그래가지고,

"니 저승에 가니 어떻드노?"

저승에 가니 여기나 이 세상사는 거랑 똑같드란다. 노는 사람 놀고 일하는 사람 일하고 맹 똑같더란다. 그런 얘기하더란다. 저승에 갔다 온 사람 그런 얘기하더란다

효과가 없던 굿판

자료코드 : 05_17_FOT_20110327_LJH_JJT_0011
조사장소 : 경상북도 울진군 온정면 광품리 경로당
조사일시 : 2011.3.27
조 사 자 : 임재해, 조정현, 박혜영, 강선일
제 보 자 : 정종택, 남, 89세
구연상황 : 조사자가 정종택 씨는 무당이 하는 굿을 본 적이 있냐고 묻자 예전에는 마
        을에 무당이 많이 왔다고 일러 주었다. 조사자가 누가 아팠냐고 묻자 정종택
        씨는 구연을 시작했다.
줄 거 리 : 마을에서 아픈 사람이 있었는데 무당한테 물어보니 굿을 해야 낫는다고 해서
        큰돈을 들여 굿을 했지만 결국 죽었다는 이야기이다.

무당이 와서 춤추고 꽹과리 치고 장구 치고 머 무당이 와서 놀고 그래 하더라고 그래. 한데 지금은 없어요. 아마 내가 본 지가 오래래 이 마을에 와 했다카요. 누가 아팠어. 아파가지고, 아파가지고.

'굿을 해야지 낫는다.'

이래 그래가지고 와서 굿을 했다케요. 낫지도 아해. 해 돈만 들었지. 그래 옛날에 무꾸재이 묻고 그랬그든. 무꾸재이 물으니까.

"니 굿을 해야 된다."

그래가지고 굿을 했다 그래. 낫긴 멀 나아. 그래가지고 결국 그 뒤에 죽었는데. 돌아가셨어.

무서운 소리와 함께 나타나는 도깨비 불

자료코드 : 05_17_FOT_20110327_LJH_JJT_0012
조사장소 : 경상북도 울진군 온정면 광품리 경로당
조사일시 : 2011.3.27
조 사 자 : 임재해, 조정현, 박혜영, 강선일
제 보 자 : 정종택, 남, 89세
구연상황 : 조사자가 도깨비가 나오거나 도깨비에 홀려서 집에 오는 길을 돌아온 이야기를 들어본 적이 있냐고 묻자 정종택 씨는 옛날 마을 근처에서 도깨비가 나타난 적이 있다며 구연을 시작했다.
줄 거 리 : 마을에서 아픈 사람이 있었는데 무당한테 물어보니 굿을 해야 낫는다고 해서 큰 돈을 들여 굿을 했지만 결국 죽었다는 이야기이다.

옛날에 여는 그전에는 저짜 계곡 있는데 도깨비 나섰어요. 불이 반짝거리고 하아 불이 반짝거리고. 그래가지고 그 불이 새파란 불이야. 그거는 새파란 불이야. 새파랗고 번쩍거리고 옆에 조용히 가믄, 머 물에서 소리 난다케. 휘집이(휘파람) 소리 난다케. 휘집이 소리 여여 옛날에 그랬다 그래요. 휘집이 소리 듣게가 휘이휘잉 소리 났다게요. 그거는 무서워요 그거는. 아하하 새파란 불이 옛날에 그런 게 있었다 그래요. (조사자 : 거기서 도깨비들이 모여서 놀구 막 그러는구나.) 자, 소리 난다 그래요. 거 옛날에 여기 있었다 그래요. 옛날에 그래 있으믄 밤에 노다 오면 겁이 무습다 그래요. 훼집이 소리 나니.

허물 벗은 뱀신랑

자료코드 : 05_17_FOT_20110326_LJH_JBS_0001
조사장소 : 경상북도 울진군 온정면 광품리 경로당
조사일시 : 2011.3.26
조 사 자 : 임재해, 조정현, 박혜영, 강선일
제 보 자 : 지봉순, 여, 82세
구연상황 : 제보자가 삼 삼는 소리를 하면서 부연설명을 하다가 자연스럽게 뱀 신랑 이
야기를 시작했다. 이야기를 하다가 기억이 나지 않는다고 말하자 옆에 있던
다른 제보자가 이야기를 이어 갔다. 하지만 끝부분이 기억이 나지 않자 이야
기는 많은데 기억이 나지 않는다며 아쉬워했다. 그래서 조사자가 다음날 와서
더 듣기로 제보자와 약속을 했다.
줄 거 리 : 옛날에 세 자매 중 막내가 신랑이 뱀인지 모르고 결혼을 했다. 뒤늦게 신랑
이 뱀인 줄 알게 된 이 여자는 첫날밤을 신랑과 함께 보내기 싫어서 계속해
서 삼만 삼았다. 하지만 뱀 신랑은 여자에게 계속해서 졸랐는데 그렇게 첫날
밤이 지나갔다. 시간이 흘러 뱀 신랑은 과거시험을 보기 위해 집을 떠나게
되었는데, 뱀 허물을 벗어 자신의 처에게 주면서 "누구에게도 빼앗겨서는 안
된다."라고 말했다. 하지만 뱀 신랑이 떠난 후에 허물을 언니들에게 빼앗기고
말았다. 언니들은 뱀 허물을 아궁이에 태우는데 그 냄새가 마을 밖에까지 나
서 집으로 돌아오던 뱀 신랑이 다시 돌아가고 말았다.

신랑이 옳찮애. 뱀이래. 그라이께네. 자꾸 자자 하이께네.

"각시 각시 자세. 이 가래 저 가래 삼아 놓고, 이 씨 밭에 똥 누고."

자꾸 그래. 시간 넘구고 안잘라꼬 그라이까네 신랑이가 뱀이가 화했단
다. 화해가지고 아가씨캉 결혼을 해놓이까네 그러이까네 첫날밤에 삼 삼
어. 삼삼는데 삼삼으까네 자꾸,

"각시 각시 자세"

이라이까네.

"이 가래 저 가래 인제 한 개 두 개 삼겨 놓고 이 씨 밭에 똥 누고."

자꾸 이래더란다. 난 그 밖에 몰래. [멋쩍은 듯이 웃으면서] 그래 옛날
이야기사 그래 돼.

(조사자 : 그 얘기가 무슨 뱀신랑한테 누가 시집을 갔어요?)

그래. 뱀이가 화해가지고 뱀인줄 몰리고 시집을 갔는데. 가보이께네 신랑이가 뱀이래. 놔두이께네 겁이 나가지고 그래도 사람이지 속에는 뱀이가 들어 있어도.

"각시 각시 자세."

자꾸 이러이께네 그랬다 하대. 이것도 돌리가 마이 있더라 뭐. 삼형제인데 여형제가. 삼형제인데 막내이 동생이가 시집을 거 굴 있는데 갔어. 갔는데 굴 껍데기로 허물을 벗어가즈고 허물을 자꾸 벗어. 거를 다 부엌에다 넣어놨디 굴 껍데기 탄 내가 자꾸 나거든? 언니들 둘이가 펄쩍펄쩍 뛰 댕기믄,

"허물벗는 누린내야 비릿내야. 굴 껍질 타는 내야."

이러이께네 동생이 들어보이 이 신랑이 껍데기 타는 내거든? 그래가 그렇다. 그 얘기도 많애. 많은데 다 몰래, 우리는.

못생긴 부인의 지혜

자료코드 : 05_17_FOT_20110326_LJH_JBS_0002
조사장소 : 경상북도 울진군 온정면 광품리 경로당
조사일시 : 2011.3.26
조 사 자 : 임재해, 조정현, 박혜영, 강선일
제 보 자 : 지봉순, 여, 82세
구연상황 : 제보자가 이야기가 또 생각이 났는지 바로 이어서 계속 구연을 했다. 청중들은 노래를 해야 되는 게 아니냐며 걱정을 했지만 조사자가 괜찮다며 안심을 시켰다. 청들도 아는 이야기였는지 구연을 마치자 한마디씩 덧붙였다. 부인이 못 생겨도 결말이 행복하다며 다 같이 웃었다.

줄 거 리 : 옛날에 얼굴이 못생긴 여자가 부잣집에 시집을 갔다. 신랑은 얼굴도 잘 생긴 데다가 공부도 잘했다. 어느 날 늦은 밤에 신랑이 공부를 하고 있는데, 여자가 그 옆에서 졸고 있었다. 그것을 본 신랑이 가뜩이나 자신의 처가 못 마땅

했기 때문에 자신의 지식을 뽐내면서 비꼬았다. 하지만 졸고 있던 여자는 태연하게 운율에 맞춰서 자신이 졸고 있었던 이유를 밝혔다. 이를 들은 신랑은 자신의 잘못을 반성하며, '얼굴은 못생겼지만 똑똑하구나.'라며 감탄을 했다. 그래서 아들과 딸을 낳고 잘 살았다고 한다.

그래 옛날에 또 시집으로 장개를 갔는데 옛날에는 중매결혼을 해 가즈고 얼굴도 몰르고 갔잖아. 갔는데 신랭이는 일단 씻어삐고 참 부자라가즈고 공부도 많이 하고 있는데 각시가 너무 못나고 얼굴도 검고 하도 검어. 검는데 시집을 갔다. 그래 가즐고 곁에 앉아 신랭이 공부하는 책상 옆에 앉아 가즐고 두둑 두둑 이래 자꾸 자불고 앉아 있다. 이러이께네 신랭이가 노래를 짓는데 공부를 해가미 보이까네 각시가 너무 어이가 없니께

'두둑두둑 얼근데다 검은데다 저 못난이가 왜 저렇코롬 자 불고 있노 한참 저서 그냥 자재.'

이래 싶어 가즈고 노래를 지었어. 신랭이가.

"왜 두둑두둑 온 두둑아 무신 잠이 잠이 오노."

이러이까네 거또 구구가 있어가즈고

"삼태손덕 빌베 소연 선비님 글소리에 잠이 온다."

그러더란다. 이거 신랭이가 가만히 듣고 깜짝 놀래 깨우치니께네.

'야따, 저게 검고 검어도 구구는 하철이구나.'

싶어 가즐고 구구 넣다고 그래 데리고 아들 놓고 딸 놓고 잘 살았더란다.

새야새야 파랑새야

자료코드 : 05_17_FOS_20110326_LJH_KOS_0001
조사장소 : 경상북도 울진군 온정면 광품1리 노인회관
조사일시 : 2011.3.26
조 사 자 : 임재해, 조정현, 박혜영, 강선일
제 보 자 : 김옥순, 여, 77세
구연상황 : 앞의 흥겨운 노래 가락이 더해지며 분위기가 무르익자 마침 마을회관을 지
　　　　　 나다 들르게 된 김옥순 씨가 새야 새야 노래를 들려주었다.

　　　새야새야 녹두새야
　　　녹두낭게 앉지마라
　　　녹두꽃이 떨어지면
　　　청포장사 울고간다

아기 재우는 소리

자료코드 : 05_17_FOS_20110326_LJH_PAJ_0001
조사장소 : 경상북도 울진군 온정면 광품1리 노인회관
조사일시 : 2011.3.26
조 사 자 : 임재해, 조정현, 박혜영, 강선일
제 보 자 : 박악지, 여, 82세
구연상황 : 조사자가 이 지역에서는 자장가를 어떻게 부르냐고 물었다. 그러자 제보자가
　　　　　 지역마다 다르긴 하지만 신랑과 신부가 첫 날 밤에 부르는 자장가 소리를
　　　　　 들려주겠다고 했다. 소리를 하는 중간에 제보자가 가사를 혼동하기는 했지만
　　　　　 이내 고쳐서 다시 불렀다.

개야개야 짓지마라

받은밥상 물래 주마

닭아꼬꼬 울지 마라

새싸리기 받아 주마

동아동아 트지마라

소쩍샘이 벗어주마

문아문아 밟지마라

초지한장 올래 주마

진주낭군

자료코드 : 05_17_FOS_20110326_LJH_PAJ_0002
조사장소 : 경상북도 울진군 온정면 광품1리 노인회관
조사일시 : 2011.3.26
조 사 자 : 임재해, 조정현, 박혜영, 강선일
제 보 자 : 박악지, 여, 82세
구연상황 : 조사자가 진주낭군에 관련된 소리를 아느냐고 묻자 제보자는 자신 있게 그러지 않아도 불러 주려고 했다고 말했다. 청중들은 노래에 맞춰 박수를 치기도 하고 제보자가 노래를 잘 한다고 감탄하기도 했다. 노래 중간에 가사를 잊은 제보자가 노래 부르는 것을 주저하자 옆에 있던 청중이 가사를 일러 주어서 노래를 마칠 수 있었다.

울도담도 없는집에

시집살이 삼년 만에

시어마님 하시는말씀

야야아가 며늘아가

진주낭군 볼라거든

진주남강에 빨래가게

이말을들은 며늘아기
진주남강에 빨래가서
검둥빨랠라 검게 씻고
흰빨랠라 희게빨아
집이라꼬 들올라하니
진주낭군님 하는말이
하늘같은 갓을씌고
구름같은 말을타고
못본듯이 지나더라
이것을보던 마누라는
집이라꼬 들어오니
시어마님 하신말씀
야야아가 며늘아가
진주낭군 보실라거든
사랑방으로 들어가게
이것을보던 며늘아기
진주낭군방에 들어가니
기생첩을 옆에 두고
오색가지 술을놓고
권주가를 하더란다
이것을보던 마누라는
아룻방에야 내려가서
쇳대찾아 농문열어
명주석자 찾아내어
목을매어 죽었노라
이말을들은 진주야낭군님

버선발로 내려와서

목을안고 통곡한다

왜죽었노 왜죽었노

너의 정은 백년이고

기생첩은 삼년인데

왜죽었노 왜죽었노

애통하다 왜죽었노

노랫가락 (1)

자료코드 : 05_17_FOS_20110326_LJH_PAJ_0003

조사장소 : 경상북도 울진군 온정면 광품1리 노인회관

조사일시 : 2011.3.26

조 사 자 : 임재해, 조정현, 박혜영, 강선일

제 보 자 : 박악지, 여, 82세

구연상황 : 제보자가 또 다른 소리가 생각이 났는지 바로 노래를 시작한다. 제보자가 한 대목만 부르고 웃으면서 노래를 멈추자 조사자가 이어서 불러주기를 청했다. 그러자 제보자가 이어서 노래를 불렀다. 청중들은 노래를 따라 부르기도 했으며 주인공이 왜 한숨을 짓는지 궁금해 했다. 이에 제보자는 떠난 임에게 편지를 쓰려니까 한숨을 짓는 것이라며 노래의 배경에 대해 설명을 했다. 청중 중에서 흥에 겨워 따라 부르려 했으나 못 부르겠다고 하자, 제보자가 이어서 불렀다. 청중들은 제보자의 초성에 감탄하기도 했으며 노래에 추임새를 넣기도 했다.

달아달아 뿌옇던달아

임오셨잖네 빛이난달아

임홀로 누워놨더냐

어떤부련정 품었던가

동자야 먹갈어라

임의집에다 답장을쓰자

한자쓰고 눈물을짓고

두자쓰고나 한심하네

간밤에 꿈 좋더니

임의집에서 편지가 왔네

편지사 왔거나만은

임은어짜서 못오시나

동자야 먹갈어라

임의집에다 답장을 하세

한자쓰고 눈물을짓고

두자쓰고나 한심하네

화투뒤풀이

자료코드 : 05_17_FOS_20110326_LJH_PAJ_0004
조사장소 : 경상북도 울진군 온정면 광품1리 노인회관
조사일시 : 2011.3.26
조 사 자 : 임재해, 조정현, 박혜영, 강선일
제 보 자 : 박악지, 여, 82세
구연상황 : 조사자가 액을 막는 노래도 있냐고 묻자 제보자가 착각을 했는지 화투노래를 불렀다. 제보자가 노래를 시작하자 청중들도 아는 노래였는지 따라서 부르기 시작했다. 청중 중 한 명이 이건 화투노래지 않냐 라고 반문하자 제보자도 그제서야 생각이 났는지 조사자에게 지금 부르는 노래는 화투노래라고 알려주었다.

정월 속속 속속헌 마음

이월 매조에 맺어놓고

삼월 사쿠라 산란한 마음

사월 흑사래 호사로다

오월 난초에 벌나비는

유월 목단에 날아 앉아

칠월 홍돼지 홀로리 늦어

팔월 공산에 달이밝아

구월 구중 굳었던 마음

시월 단풍에 다 떨어졌다

동지섣달에 오시는 손님

섣달 장마에 갇혔구나

지신밟기소리

자료코드 : 05_17_FOS_20110326_LJH_PAJ_0005
조사장소 : 경상북도 울진군 온정면 광품1리 노인회관
조사일시 : 2011.3.26
조 사 자 : 임재해, 조정현, 박혜영, 강선일
제 보 자 : 박악지, 여, 82세
구연상황 : 옆의 제보자가 노래를 시작하자 그때서야 생각이 났는지 이어서 노래를 불렀다. 청중들은 제보자의 노래를 따라 불렀다. 가사의 일부가 요즘 식으로 바뀌었다는 이야기를 하면서 당시에 불렀던 가사에 대해 서로 의논을 하기도 했다.

이집짓든 삼년만에

아들애끼 놓거들랑

진사급자나 나가소

딸이라고 놓거들랑

열녀효부나 낳으소

삼신 비는 소리

자료코드 : 05_17_FOS_20110326_LJH_PAJ_0006
조사장소 : 경상북도 울진군 온정면 광품1리 노인회관
조사일시 : 2011.3.26
조 사 자 : 임재해, 조정현, 박혜영, 강선일
제 보 자 : 박악지, 여, 82세
구연상황 : 조사자가 삼신에게 빌 때 하는 소리가 있냐고 묻자 제보자가 시범을 보여
　　　　　주었다. 청중들은 집에서 개인적으로 비는 기원이라 다소 쑥스러워 하는 듯
　　　　　했지만 제보자의 시범에 모두 웃으면서 따라 하기도 하고 자신의 집에서는
　　　　　어떻게 하는지도 말하였다. 제보자의 구연에 청중들이 끼어들어 핀잔을 주자,
　　　　　옆에서 자꾸 방해를 해서 다음 가사가 기억이 나지 않는다며 웃고 말았다. 구
　　　　　연을 마치자 잘 빌어지지 않자 잘 되지 않는다며 너스레를 떨기도 했다.

　　　어진삼신 할머님요
　　　오늘겉이 정월대보름날
　　　반가이보시고
　　　즐거이 보이소
　　　먹고자고 먹고놀고
　　　달굵듯이 위굵듯이
　　　잘굵게 키워주이소
　　　어진삼신 할머님
　　　덕택인줄 아옵시더

조상신 비는 소리

자료코드 : 05_17_FOS_20110326_LJH_PAJ_0007
조사장소 : 경상북도 울진군 온정면 광품1리 노인회관
조사일시 : 2011.3.26
조 사 자 : 임재해, 조정현, 박혜영, 강선일

제 보 자 : 박악지, 여, 82세

구연상황 : 삼신에게 비는 소리를 마친 제보자는 조상신에게 비는 소리도 들려주었다.
청중들이 왜 정월 대보름만 나오는지 궁금해 하자 제보자는 정월 대보름에만
빈다고 대답했다. 청중들은 제보자의 소리를 듣고 잘 한다고 감탄을 했는데
조사자들을 위해서도 빌어 주었다.

웃대까지 조상님네요

아랫대까지 조상님네요

아버님 어머님요

오늘겉이 좋은 날

정월 대보름 날올시더

거지 이 미련한 인간이

반가이보시고 즐거이보시고

거지 나갈 적엘랑 빈 짐 지고

들올 적엘랑 찬 짐 지고

그렇게 점절해주시소

거지 농사라고 짓거들랑

앞엘랑 앞노적하고

뒤엘랑 뒷노적하여

구리노적 쌀노적

이렇게 점절해주시소

어디에도 가거들랑

거지 뭐든지 다 막아주고

운수 대통하도록 정절해주시소

어진 조상님 덕택인줄 아오리다

노들강변

자료코드 : 05_17_FOS_20110326_LJH_PAJ_0008
조사장소 : 경상북도 울진군 온정면 광품1리 노인회관
조사일시 : 2011.3.26
조 사 자 : 임재해, 조정현, 박혜영, 강선일
제 보 자 : 박악지, 여, 82세

구연상황 : 춘향이 놀이를 할 때 부르던 노래에 이어서 제보자가 노래를 시작했다. 노래
가 끝난 뒤에 조사자가 놀이의 벌칙으로 부르는 노래인지 묻자 제보자가 맞
다고 대답을 했다. 청중들은 노래를 따라 부르면서 박수도 치고 춤도 췄다.
노래를 다 부르고 난 뒤에는 어렸을 때 불렀었다며 반가워했다. 또한 조사자
에게 노래를 부르며 놀던 상황에 대해 설명을 해주기도 했다.

노들강변에 봄 버들

휘휘늘어진 가지에다가

무정세월 한 허리를

칭칭동여서 메어나볼까

에헤요 봄버들도

못믿으리로다

푸르른 저기 저물만

흘러 흘러서 가노라

노들강변에 백사장

모래마다 맑거나자자

만국강산 빗바람에

몇몇이나 지어나 볼까

에헤요 백사장도

못믿으리로다

푸르른 저기저 물만

흘러흘러서 가노라

앞산아 뒷산아

자료코드 : 05_17_FOS_20110326_LJH_PAJ_0009
조사장소 : 경상북도 울진군 온정면 광품1리 노인회관
조사일시 : 2011.3.26
조 사 자 : 임재해, 조정현, 박혜영, 강선일
제 보 자 : 박악지, 여, 82세
구연상황 : 조사자가 노래의 앞 소절을 부르자 제보자가 안다면서 청중들과 함께 노래
를 불렀다. 청중들은 노래를 따라 부르면서 박수를 치면서 박자를 맞췄다. 제
보자는 구연을 아리랑으로 마무리했다. 노래가 끝나고 난 뒤에는 청중들이 이
노래를 불렀던 것이 기억이 난다며 대화를 나누었다.

앞산아 뒷산아 왜 무너졌노
큰 질가 될라꼬 무너졌지
큰 질가 가세는 높은 버드나무 숨거
버드나무 사이에는 자동차 간다
자동차 안에는 운전수 앉고
운전수 무릎 팍에는 기생이 앉고
기생아 팔목에 금시계 차고
금시계 안에는 세월이 간다
아리랑 고개고개로 넘어간다

아리랑

자료코드 : 05_17_FOS_20110326_LJH_PAJ_0010
조사장소 : 경상북도 울진군 온정면 광품1리 노인회관
조사일시 : 2011.3.26
조 사 자 : 임재해, 조정현, 박혜영, 강선일
제 보 자 : 박악지, 여, 82세
구연상황 : 조사자가 아리랑을 아냐고 묻자 조사자는 이내 노래를 시작했다. 청중들도

제보자를 따라 노래를 부르면서 박수를 쳤다.

아리랑 아리랑 아라리요

아리랑 고개고개로 넘어간다

아리랑 고개는 열두나고개

내넘어 갈 고개는 한 고개다

아리랑 아리랑 아라리요

아리랑 고개고개로 넘어간다

아리랑 고개다 주막집 짓고

술받아 이고 가다가 다넘어간다

석탄가 (1)

자료코드 : 05_17_FOS_20110326_LJH_PAJ_0011
조사장소 : 경상북도 울진군 온정면 광품1리 노인회관
조사일시 : 2011.3.26
조 사 자 : 임재해, 조정현, 박혜영, 강선일
제 보 자 : 박악지, 여, 82세
구연상황 : 제보자와 청중들이 신이 나서 앞의 노래에 이어 부르자 조사자가 처음부터 다시 불러 달라고 부탁했다. 청중들은 윷가락으로 박자를 맞추면서 따라 불렀다. 제보자는 석탄가로 시작해서 도라지 타령으로 마무리했다. 마지막 부분에서는 가사가 재밌었는지 청중들과 함께 제보자도 웃었다.

석탄아 백탄아 타는데 위에

연기나 김도 나고요

요내 가슴 타는 데는

연기도 김도 안 난다

에헤야 에헤야 에헤에야

에헤야 나다 지화자가 좋다

니가 내 간장 서리서리 설설이 다녹인다

창부타령

자료코드 : 05_17_FOS_20110326_LJH_PAJ_0012

조사장소 : 경상북도 울진군 온정면 광품1리 노인회관

조사일시 : 2011.3.26

조 사 자 : 임재해, 조정현, 박혜영, 강선일

제 보 자 : 박악지, 여, 82세

구연상황 : 조사자가 소리를 청하자 제보자가 이내 노래를 시작한다. 하지만 목소리가 잘 나오지 않자 노래를 부른지 오래되어서 기억이 잘 나지는 않는다고 말한다. 노래를 부르다가 노래 제목이 아마 창부타령이었을 것이라고 제보자가 말해 주었다.

에헤 놀아놀아 젊어서 놀아

늙고 병들면 못노나니

화무는 십일홍이요

달도 차면 기우나니

인생 일장춘몽인데

아니 놀지는 못하리로다

양산도 (1)

자료코드 : 05_17_FOS_20110326_LJH_PAJ_0013

조사장소 : 경상북도 울진군 온정면 광품1리 노인회관

조사일시 : 2011.3.26

조 사 자 : 임재해, 조정현, 박혜영, 강선일

제 보 자 : 박악지, 여, 82세

구연상황 : 제보자가 신명이 나서 노래를 계속 부른다. 하지만 가사가 생각이 나지 않자 잠시 멈췄는데, 옆에 있던 청중이 앞 소절을 불러주자 이어서 노래를 다시 시작했다. 청중들도 아는 노래 였는지 제보자를 따라서 노래를 불렀다.

하의까리가 무너져도

나는 못 노리라

에허라 둥기이어라

아니야 못 노리라

에헤이요

니 잘 낫나 내 잘 낫나

자기 자랑을 말고

두 손을 마주잡고

사진관에 가자

에히야 둥기리어라

아니야 못 노리라

석탄가 (2)

자료코드 : 05_17_FOS_20110326_LJH_PAJ_0014

조사장소 : 경상북도 울진군 온정면 광품1리 노인회관

조사일시 : 2011.3.26

조 사 자 : 임재해, 조정현, 박혜영, 강선일

제 보 자 : 박악지, 여, 82세

구연상황 : 제보자와 청중들이 신이 나서 앞의 노래에 이어 부르자 조사자가 처음부터 다시 불러 달라고 부탁했다. 청중들은 윷가락으로 박자를 맞추면서 따라 불렀다. 마지막 부분에서는 가사가 재밌었는지 청중들과 함께 제보자도 웃었다.

어이어라 난다 지화자가 좋다

니가 내 간장 서리서리 설설이 다 녹인다

석탄 백탄 타는데 연기만 퍼얼펄 나고요

연애박사 타는데는 연기도 김도 안 난다

에헤야 에헤야 에헤요

어이어라 난다 지화자가 좋다

니가내간장 서리서리 설설이 다녹인다

뱃노래

자료코드 : 05_17_FOS_20110326_LJH_PAJ_0015

조사장소 : 경상북도 울진군 온정면 광품1리 노인회관

조사일시 : 2011.3.26

조 사 자 : 임재해, 조정현, 박혜영, 강선일

제 보 자 : 박악지, 여, 82세

구연상황 : 조사자가 소리를 청하자 이내 안다면서 소리를 시작했다. 청중들도 노래를 아는 지 제보자를 따라서 불렀다.

에야노 야노라 에야노라 야노

어기여차 뱃놀이 가잔다

니가 죽고 내가 살면

인생이 되느냐

한강수 깊은 물에

한 몸이 됩시다

에야노 야노라 에야노라 야노

어기여차 뱃놀이 가잔다

어랑타령

자료코드 : 05_17_FOS_20110326_LJH_PAJ_0016
조사장소 : 경상북도 울진군 온정면 광품1리 노인회관
조사일시 : 2011.3.26
조 사 자 : 임재해, 조정현, 박혜영, 강선일
제 보 자 : 박악지, 여, 82세
구연상황 : 제보자가 힘이 들다고 그만 부르려고 하자 조사자가 마지막으로 하나만 더
　　　　청했다. 그러자 조사자는 이내 소리를 시작했고, 청중들도 알았기 때문에 박
　　　　악지 씨의 노래를 따라 불렀다. 또한 윷가락을 치거나 박수를 치면서 박자를
　　　　맞추기도 했고 노래가 끝나자 오늘 많이 불렀다면서 만족스러워 했다.

신고산이가 우르르

함흥차가는 소리에

고무공장 큰애기

벤또밥만 싸노라

어랑 어랑 어어야 어야 두야

헌사이로구나

얼금이 같은 얼굴에

하얀분을 바르고

자동차 바꾸야 돌아라

금강산 절구경 가잔다

어랑어랑 어어야 어야두야

모두가 내사랑

각설이타령

자료코드 : 05_17_FOS_20110326_LJH_PAJ_0017
조사장소 : 경상북도 울진군 온정면 광품1리 노인회관

조사일시 : 2011.3.26
조 사 자 : 임재해, 조정현, 박혜영, 강선일
제 보 자 : 박악지, 여, 82세
구연상황 : 조사자가 노래의 첫 부분을 부르자 제보자는 각설이 타령을 안다고 대답을
했다. 노래를 부르던 중에 가사가 기억이 나지 않는지 말을 흐리기도 했다.
제보자가 노래를 시작하자 초성이 워낙 좋아서 청중들은 노래를 잘한다며 감
탄하기도 했다. 또한 제보자의 노래에 맞추어 청중들이 윷가락을 사용하거나
박수를 치며 박자를 맞추기도 했다.

헤 품바나 각설아
일자나 한자 들고보니
일선에 가신 우리낭군
어느네 시절에 돌아온다
이자나 한 자 들고보니
이승만 대통령이
평화오기를 기다린다
삼자나 한자 들고 보니
삼천만 동포들이
평화오기를 기다린다
에헤품바나 각설아
사자나 한자 들고 보니
사천만 동포들이
평화오기를 기다린다

이때 다음 가사가 기억이 나지 않자 제보자는 더 이상 기억이 나지 않
는다며 노래를 멈췄다. 내일 다시 듣겠다는 조사자에게 오늘 기억이 나지
않는데 내일 기억이 날 리가 있냐며 제보자는 너스레를 떨었다. 옆에 있던
청중이 가사를 일러주자 생각이 났는지 제보자가 구연을 다시 시작했다.

세끼 사리나 먹었나

서리설설이 잘 한다

지렁토나 먹었나

미끌미끌 잘 한다

찬물먹고 배웠나

시원시원 잘한다

어허 품바나 각설아

작년에 왔던 각설이

죽지도 안하고 또왔네

에헤 품바나 각설아

상사소리

자료코드 : 05_17_FOS_20110326_LJH_PAJ_0018

조사장소 : 경상북도 울진군 온정면 광품1리 노인회관

조사일시 : 2011.3.26

조 사 자 : 임재해, 조정현, 박혜영, 강선일

제 보 자 : 박악지, 여, 82세

구연상황 : 박악지 씨가 상사소리를 부르자 옆에 있던 박악지 씨도 이 노래가 기억났는
지 자신이 부르겠다고 나섰다. 청중들은 박악지 씨가 부르는 노래에 박수를
치면서 박자를 맞추거나 노래를 따라 부르기도 했다. 하지만 박악지 씨가 가
사를 모두 기억하지는 못해서 소리를 중간에 멈췄다. 박악지 씨는 노래를 다
시 부르려고 했으나 끝내 기억하지 못해서 아쉬워했다. 청중들은 박악지 씨가
초성이 좋고 잘 불렀다며 칭찬을 아끼지 않았다.

뒷동산 사쿠라꽃

가지가지 봄빛이요

안내산비 비차오른다

이논저논에 물저어놓고

에헤야 에헤야 상사두야

백두산밑에다 무궁화를심어놓고

이때 제보자가 지금부터는 2절이라며 조사자에게 일러주었다.

이논저논에 물넣어놓고

더 이상 가사가 기억이 나지 않는지 구연을 멈췄다.

춘향이놀이 노래

자료코드 : 05_17_FOS_20110326_LJH_PAJ_0019
조사장소 : 경상북도 울진군 온정면 광품1리 노인회관
조사일시 : 2011.3.26
조 사 자 : 임재해, 조정현, 박혜영, 강선일
제 보 자 : 박악지, 여, 82세
구연상황 : 조사자가 춘향이 놀이를 했는지 묻자 청중들은 서로 소리를 안다고 했다. 그
때 갑자기 박악지 씨가 소리를 시작했다. 청중들은 웃으면서 따라 했다.

태수 태수 빌게 태수

청산에 그 재중아

이게 지고 산에 지고

설설이 강에 가소

설설이 강에 가소

양산도 (2)

자료코드 : 05_17_FOS_20110326_LJH_PAJ_0020
조사장소 : 경상북도 울진군 온정면 광품1리 노인회관
조사일시 : 2011.3.26
조 사 자 : 임재해, 조정현, 박혜영, 강선일
제 보 자 : 박악지, 여, 82세
구연상황 : 박악지 씨와 왕차녀 씨가 한 절 씩 돌아가면서 노래를 부르려고 했으나 왕차녀 씨가 노래 가사를 몰라 박악지 씨만 노래를 부르기로 했다. 노래가 중간에 이어지지 않자 노래에 내용을 붙여서 계속 가사를 이어가면 된다며 노래를 더 이상 부르지 못함을 아쉬워했다. 청중들은 자신들이 아는 부분을 박수치면서 따라 부르기도 했다.

에헤이요
니가 낫나 내 잘 낫나
인기 자랑을 말고
두 손을 마주잡고
사진관에 가자
에히야 둥개디어라
아니야 못 노리라
놀기를 하야도 나는 못 노리라
하의까리가 후둘래져도
나는 못 노리라

징개미타령

자료코드 : 05_17_FOS_20110326_LJH_PAJ_0021
조사장소 : 경상북도 울진군 온정면 광품1리 노인회관
조사일시 : 2011.3.26

조 사 자 : 임재해, 조정현, 박혜영, 강선일

제 보 자 : 박악지, 여, 82세

구연상황 : 신명이 난 제보자는 이어서 징개미 타령을 부르기 시작했다. 하지만 노래의
가사가 끝까지 생각나지 않자 남편이 군대에 있을 때는 잘 했었다며 아쉬워
했다. 청중들은 가사가 재미있다며 한참을 웃었고 윷가락을 치면서 박자를 맞
추기도 했다.

저 놈의 눈까리 빼어서

안경전에다 팔어서

다문 돗 돈은 받어도

친구 시합을 하노라

이영철이 장가 가네

자료코드 : 05_17_FOS_20110326_LJH_PAJ_0022

조사장소 : 경상북도 울진군 온정면 광품1리 노인회관

조사일시 : 2011.3.26

조 사 자 : 임재해, 조정현, 박혜영, 강선일

제 보 자 : 박악지, 여, 82세

구연상황 : 제보자가 장가가네를 안다고 하자 조사자가 장가가네 음이 어떻게 되냐는
조사자의 질문에 응하여 구연하였다. 제보자가 노래를 하던 도중 기억이 나지
않으면 옆에 앉은 할머니가 일러주곤 했다. 노래를 구연하는 동안 가사에 대
한 설명을 덧붙이기도 했다.

장게가네

장게가네 장게가네

이영철이 장게가네

모가불거 장게가노

사모관대 불거 장게간다

반달겉은 큰어마이 두고

온달같은 큰어마이 두고
반달겉은 첩을두고
외씨겉은 아들두고
앵두겉은 딸을두고
다락겉은 소를두고
강넘으 논을두고
사래지는 밭을 두고
모가불거 장게가노

한모랭이 돌아가니
새벽예수 질건미소
두모랭이 똘아가거들라
말따리나 부러주소
세모라니 돌아가니
곡소리나 진동하소
대례청에 들어서니
대례청이 부러지소
사모관대 얼어지소
점심상이사 들거들라
첩의집은 연꽃이요
이내집은 연못이라
점심상이 들거들라
수절함에 갈러지소
저녁상이나 들거들라
수박식기 갈래지소
신부방이나 들거들라

우야주야 아퍼주소

신부방에 들어가니
바늘겉이 고운몸에
황소겉은 병이들어
우야주야 아프다네

사랑문을 방문열고
아배아배 울아배요
어제오신 새손이가
바늘같이 고운 몸에
황소겉은 병이 들어
우야주야 아프다네
낸들낸들 내탓이가
닌들닌들 니탓이가
느그 어마이한테 물어바라
엄마엄마 울엄마요
어제오신 새손이가
바늘겉이 고운몸에
황소겉은 병이들어
우야주야 아프다네
낸들낸들 내탓이가
닌들닌들 니탓이가
중신애비 탓일러라

중신중신 이중신아
어제오신 새손이가

바늘겉이 고운몸에

황소겉은 병이들어

우야주야 아프다네

웃마 가서 책을봐라

아르마 가서 책을봐라

모심기소리

자료코드 : 05_17_FOS_20110326_LJH_PAJ_0023

조사장소 : 경상북도 울진군 온정면 광품1리 노인회관

조사일시 : 2011.3.26

조 사 자 : 임재해, 조정현, 박혜영, 강선일

제 보 자 : 박악지, 여, 82세

구연상황 : 조사자가 다른 노래를 청하자 제보자가 요새 노래를 뺀 옛날 노래를 하려고
한다. 이윽고 모심기 노래를 청하자 이제 잊어버려 알지 못한다고 하지만 짧
게 생각나시는 부분을 다시 부탁하여 노래를 구연한다.

목화 따는 이 처녀야

사래지고 장찬밭에

목화 따는 이 처녀야

목화다래 내 따줌세

나의 은혜를 지켜주세

목회야 다래야 내 따줌세

나에 품 안에 잠들어라

노랫가락 (2)

자료코드 : 05_17_FOS_20110326_LJH_PAJ_0024
조사장소 : 경상북도 울진군 온정면 광품1리 노인회관
조사일시 : 2011.3.26
조 사 자 : 임재해, 조정현, 박혜영, 강선일
제 보 자 : 박악지, 여, 82세
구연상황 : 조사자가 노래 한 자락 듣기 어려운 것이 현실이어서 안타까워하며 노래를
청하자 청중 중에 한 분이 "달아달아"를 불러주라면서 제보자를 부추겼다. 이
윽고 박악지 할머니가 노래를 시작한다.

달아 달아 두려튼 달아
임의 서창에 비친 달아
임 홀로 누워 났더니
어떤 푸련정(풋연정) 품어 났던가

노랫가락 (3)

자료코드 : 05_17_FOS_20110326_LJH_PAJ_0025
조사장소 : 경상북도 울진군 온정면 광품1리 노인회관
조사일시 : 2011.3.26
조 사 자 : 임재해, 조정현, 박혜영, 강선일
제 보 자 : 박악지, 여, 82세
구연상황 : 조사자가 노래 한 자락 듣기 어려운 것이 현실이어서 안타까워하며 노래를
청하자 청중 중에 한 분이 "달아달아"를 불러주라면서 제보자를 부추겼다. 이
윽고 박악지 할머니가 노래를 시작한다.

수천당 세모진 낭게
높고 낮게도 그네를 매고
임이 타면 내가나 밀고
내가 타면은 임이 민다

임아 임아 줄 매지마라
줄 떨어지며는 정 떨어진다

나비야 청산을 가자
산천 경계에 구경 가세
가다가 저무나거든
꽃밭 속에나 자고 가소
꽃밭에 푸대접하거든
잎에나마 자고 가세

모심기소리

자료코드 : 05_17_FOS_20110327_LJH_JJG_0001
조사장소 : 경상북도 울진군 온정면 광품1리 노인회관
조사일시 : 2011.3.27
조 사 자 : 임재해, 조정현, 박혜영, 강선일
제 보 자 : 정종근, 남, 89세
구연상황 : 제보자에게 모심기 소리를 청하자 쑥스러운 듯이 웃으며 망설이다가 소리를
시작한다. 소리가 끝나자 오랜만에 소리를 해서 잘 못 하겠다며 아쉬워했다.

이 논빼매다 모를 숨거
가지 벌어야 장하로다
무신 어 가지가 장하를 거
심어야 장사로다

이때 제보자가 목소리가 잘 나오지 않는다며 구연을 멈추려 해서 조사
자가 괜찮다며 조금만 더 들려달라고 청했다. 제보자는 귀찮은 듯 짜증을
내는 듯 했으나 이내 구연을 다시 시작했다.

목화야 달랠랑 내 따줌세
내 품 안에라 잠들어라
잠들기사 어렵지 않지만은
목화 따기가 늦어가네

이때 제보자가 가사를 잊었는지 잠시 뜸을 들였다가 다음 소절부터 구연을 시작했다.

멈아멈아 점심 먹어
점심 참이 늦어오네

목화야 달래를 내 따줌세
내품 안에라 잠들어라
잠들기사 어렵지 않지만은
목화 따기가 늦어가네

백포에 동해를 동편에 두고

자료코드 : 05_17_FOS_20110327_LJH_JJG_0002
조사장소 : 경상북도 울진군 온정면 광품1리 노인회관
조사일시 : 2011.3.27
조 사 자 : 임재해, 조정현, 박혜영, 강선일
제 보 자 : 정종근, 남, 89세
구연상황 : 조사자가 생각나는 노래가 있냐고 묻자 제보자는 생각나는 것이 없다고 말한다. 조사자가 연이어 노래를 청하자 동네소리를 들려주겠다며 노래를 시작한다. 일제강점기 이전에 노래가 만들어졌다며 당시 마을의 상황을 덧붙여 설명해 주었다.

백포에 동해를 동편에 두고

절벽에 백은산 밝혀 서서
울창한 수목으로 풍길이라고
사시의 경치를 자랑한다

축구선수 십일명이 체육계이요
활발하고 용감한 축구선수라
폴폴 날리는 저 승기는
어찌하야 우리 손에 떨어졌으리

풀베는소리

자료코드 : 05_17_FOS_20110327_LJH_JJG_0003
조사장소 : 경상북도 울진군 온정면 광품1리 노인회관
조사일시 : 2011.3.27
조 사 자 : 임재해, 조정현, 박혜영, 강선일
제 보 자 : 정종근, 남, 89세
구연상황 : 조사자가 풀 베는 소리를 청하자 제보자가 풀을 베면서 소리를 해야지 그렇
지 않으면 소리가 나오지 않는다고 말한다. 연이어 조사자가 소리를 청하자
잠시 망설이더니 이내 노래를 시작한다. 노래가 끝나자 풀을 벨 때 상황을 덧
붙여서 설명했다.

이 산에 올라서 풀을 하네
이 산천 저 산천을 댕기믄서
한 움큼 두 움큼씩 베서 가고
해를 다져야 가는구나

덜구소리

자료코드 : 05_17_FOS_20110126_LJH_JJT_0001

조사장소 : 경상북도 울진군 온정면 광품1리 노인회관

조사일시 : 2011.3.27

조 사 자 : 임재해, 조정현, 박혜영, 강선일

제 보 자 : 정종택, 남, 89세

구연상황 : 제보자에게 상여를 멜 때나 덜구를 찧을 때 마을에서 누가 선소리를 했는지 묻
자 그것은 아무나 할 수 있는 것이 아니라고 말한다. 조사자가 소리를 청하자
덜구소리를 시작한다. 소리를 하는 중간 중간에 상황설명을 들을 수 있었다.

어허 덜구여

선천지 후천지는

어허 덜구여

억만세계 모르리라

어허 덜구여

산지조정은 곤륜산이요

수지조정은 황해수라

곤륜산 일지맥은

백두산이 주산되고

한라산이 안산되어

두만강이 청룡되고

대동강이 백호로다

　　제보자가 노래를 멈추자 조사자는 제보자의 노래실력에 칭찬을 아끼지
않았다. 기분이 좋아진 제보자의 상황 설명을 들을 수 있었다.

팔도강산 좋은 명기

어허 덜구여

경기도 삼각산은

임진강이 눌려있고
황해도 구월산은
두만강이 눌려있고
평안도 명안산은
대동강이 눌려있고

제보자가 가사가 더 이상 기억이 나지 않는지 구연을 멈췄다. 조사자가 계속해서 덜구소리를 청하자 제보자는 쑥쓰러워 했다. 잠시 웃더니 이내 목을 가다듬고서 다시 구연을 시작했다.

어허 덜구여
이 산 슐을 잡을 적에
어허 덜구여
무학이가 잡을 저로
어허 덜구여
이 산 난맥을 밟아보니
어허 덜구여
천당의 길이라
어허 덜구여
지남철을 손에 들고
어허 덜구여
윤두판을 안에 놓아
어허 덜구여
덕수덕판 어딨는고
어허 덜구여

칭칭이소리

자료코드 : 05_17_FOS_20110326_LJH_JBS_0001
조사장소 : 경상북도 울진군 온정면 광품1리 노인회관
조사일시 : 2011.3.26
조 사 자 : 임재해, 조정현, 박혜영, 강선일
제 보 자 : 지봉순, 여, 82세
구연상황 : 조사자가 지봉순 씨에게 칭칭이 소리를 할 수 있느냐고 묻자 제보자를 비롯
한 청중들이 칭칭이 소리를 안다고 대답을 했다. 제보자가 먼저 선소리를 시
작했고 나머지 청중들은 뒷소리를 불렀다. 제보자의 상태가 좋지 않아 목이
약간 잠기기도 했고, 잠깐 쉬었다가 이어서 부르기도 했다. 노래를 듣던 청중
들은 뒷소리를 불러주거나 추임새를 넣기도 했으며, 노래를 마치고 쑥스럽게
웃는 지봉순 씨에게 수고했다는 격려를 하기도 했다.

치야 칭칭나네

노자 노자 젊어서 노자

치야 칭칭나네

늙구야 병들면 못 노나니

치야 칭칭나네

세월이 가거든 너 혼자 가지 왜

치야 칭칭나네

아깝은 우리 청춘 다들고가느냐

치야 칭칭나네

국화도 한철이럴럼 매화도 한철

치야 칭칭나네

우르야 청춘도 한때러라

치야 칭칭나네

노자 노자 젊어서 노자

치야 칭칭나네

늙구야 병들면 못 노리라

치야 칭칭나네

높은 낭게에 앉은 새는

치야 칭칭나네

바람이 불까 숲이 밀래

치야 칭칭나네

청춘의 과부 유복자는

치야 칭칭나네

병 들까봐도 수심일러라

치야 칭칭나네

청춘의 과부야 홀호리는

치야 칭칭나네

백발이 올까도 수심일러라

치야 칭칭나네

한살 먹은 엄마 죽고

치야 칭칭나네

두 살 먹은 아빠 죽고

치야 칭칭나네

무정도 하더라 무정도 하더라

치야 칭칭나네

요내야 신세가 무정도 하더라

치야 칭칭나네

이때 지봉순 씨가 목이 잠겨 더 이상 목소리가 나오지 않자 웃으면서 노래를 멈췄다. 듣고 있던 청중 한 명이 한 소절을 부르자 지봉순 씨가 목소리를 가다듬고 다시 구연을 시작했다.

청천 하늘에는 잔별도 많고

치야 칭칭나네

서수야 경비네 돌도 많고

치야 칭칭나네

우리네 가슴에 희망도 크다

치야 칭칭나네

노자 노자 젊어서 노자

치야 칭칭나네

아니야 놀고서 무엇하리

치야 칭칭나네

옹혜야

자료코드 : 05_17_FOS_20110326_LJH_JBS_0002
조사장소 : 경상북도 울진군 온정면 광품1리 노인회관
조사일시 : 2011.3.26
조 사 자 : 임재해, 조정현, 박혜영, 강선일
제 보 자 : 지봉순, 여, 82세
구연상황 : 조사자가 옹혜야를 부를 줄 아는지 물었지만 제보자는 잘 알아듣지 못했다.
'옹혜야'를 알아들은 박악지 씨가 먼저 구연을 시작했고, 지봉순 씨가 추임새
를 넣었다. 박악지 씨와 지봉순 씨가 서로 주고받으면서 구연을 했다.

옹혜야

보리밭에 옹혜야

얼씨구 옹혜야

잘도 한다 옹혜야

어절씨구 옹혜야

저절씨구 옹헤야

보리밭에 옹헤야

아들 낳네 옹헤야

딸을 낳네 옹헤야

잘도 한다 옹헤야

처녀야 총각아 보리밭 골에

자료코드 : 05_17_FOS_20110326_LJH_JBS_0003

조사장소 : 경상북도 울진군 온정면 광품1리 노인회관

조사일시 : 2011.3.26

조 사 자 : 임재해, 조정현, 박혜영, 강선일

제 보 자 : 지봉순, 여, 82세

구연상황 : 옆에 있던 다른 제보자가 민요를 부르자 흥에 겨워 이어서 지봉순 씨가 노
래를 불렀다. 흥에 겨운 나머지 첫 소절을 잘못 불렀으나 이내 고쳐서 제대로
불렀다. 청중들이 박수를 치면서 추임새를 넣거나 숟가락을 두들기며 박자를
맞췄다. 노래를 마치면서 쑥스럽게 웃는 제보자에게 조사자가 노래 제목을 묻
자 "처녀야 총각아 보리밭 골에"라고 대답을 했다.

보리야 밭에

처녀야 총각이 정이 들 때는

보리밭 골에서 정이 들고

처각시 새신랑 정이 들 때는

모빈단 이부자리 밑에 정이 들고

할머니 할아버지 정이 들 때는

담배야 꽁초에 정이 들고

서울이라 남대문 밖에

자료코드 : 05_17_FOS_20110326_LJH_JBS_0004
조사장소 : 경상북도 울진군 온정면 광품1리 노인회관
조사일시 : 2011.3.26
조 사 자 : 임재해, 조정현, 박혜영, 강선일
제 보 자 : 지봉순, 여, 82세
구연상황 : 청중들이 제보자에게 또 다른 노래를 해주기를 권하자 바로 구연을 시작했
        다. 이미 몇 개의 구연을 한 후라서 노래를 하는 중간에 목이 쉬기도 했지만,
        노래를 끝까지 마쳤다. 청중들은 제보자의 노래를 따라 부르기도 했으며, 노
        래가 끝난 후에 제보자의 목이 쉬었다며 걱정하기도 했다.

서울이라 남대문 밖에

연밥같은 난 울 엄마야

이무 정두사 좋지만 해도

자슥에 그 정을 잊을 쏘냐

불쌍 불쌍 울아버지를

시퍼런 풀속에 묻어 놓고

울지 말어라 울지 말어라

나의 동생아 울지 마라

나의 동생 우는 안 눈물이

대동강이나 되었으면

부모 배를 모아서 타고

울 아버지 인공을 하러 가재

상사소리

자료코드 : 05_17_FOS_20110326_LJH_JBS_0005
조사장소 : 경상북도 울진군 온정면 광품1리 노인회관

조사일시 : 2011.3.26

조 사 자 : 임재해, 조정현, 박혜영, 강선일

제 보 자 : 지봉순, 여, 82세

구연상황 : 제보자에게 마을에서 상사소리를 불렀는지 묻자 처녀 적에 놀러 다니거나
길쌈을 할 때, 혹은 뜨개질을 할 때 불렀다고 대답을 하며 약간 들려주었다.
주로 남자들이 많이 불렀다고 한다.

> 월럴러리 상사두야
>
> 에헤야 월럴러리 상사두야
>
> 이 논 저 논 보리밭 멀에
>
> 풍년이 풍년이 돌아왔네

지신밟기소리

자료코드 : 05_17_FOS_20110326_LJH_JBS_0006

조사장소 : 경상북도 울진군 온정면 광품1리 노인회관

조사일시 : 2011.3.26

조 사 자 : 임재해, 조정현, 박혜영, 강선일

제 보 자 : 지봉순, 여, 82세

구연상황 : 조사자가 지신 밟을 때 하는 소리를 아느냐고 묻자 지봉순 씨가 "지신아 지
신아."로 시작하는 노래가 맞는지 반문했다. 조사자가 맞다고 하자 그것은 마
루에 있는 성주에 비는 소리라고 하며 구연을 시작했다. 청중들도 아는 노래
였기 때문에 제보자를 따라 끝 소절을 같이 불렀다.

> 지신아 지신아 울리세
>
> 헤야 헤야 헤야
>
> 오방지신아 울리세
>
> 이집 아들 놓거들랑
>
> 대통령이나 낳으소
>
> 이집 딸을 놓거들랑

연애박사나 낳으소

헤야 헤야 헤야

영감아 홍감아

자료코드 : 05_17_FOS_20110326_LJH_JBS_0007
조사장소 : 경상북도 울진군 온정면 광품1리 노인회관
조사일시 : 2011.3.26
조 사 자 : 임재해, 조정현, 박혜영, 강선일
제 보 자 : 지봉순, 여, 82세
구연상황 : 제보자가 지역마다 가사가 다를 것이라고 말하며 구연을 시작했다. 가사가
끝까지 기억나지 않는지 중간에 웃으면서 노래를 멈췄다.

영감아 홍감아

일 잘해라

노랑 조끼

검둥 바지 해주마

도라지타령

자료코드 : 05_17_FOS_20110326_LJH_JBS_0008
조사장소 : 경상북도 울진군 온정면 광품1리 노인회관
조사일시 : 2011.3.26
조 사 자 : 임재해, 조정현, 박혜영, 강선일
제 보 자 : 지봉순, 여, 82세
구연상황 : 제보자가 노래를 시작하자 청중들이 박수를 치면서 따라 부르기도 했다. 처
녀가 시집을 갈 궁리만 한다는 마지막 부분을 듣고 웃기도 했다.

도라지 도라지

심심 산천에 백도라지

한두 뿌리만 캐어도

대바구니가 처리처리

철철이 넘는구나

에헤요 에헤요 헤에요

어이여라 낫다 지화자 좋다

니가 내간장 서리서리

설설이 다 녹는구나

도라지 캐루야 간다꾸야

요리핑게 조리핑게 하더니

논둑밭둑 밑에서 누워

시집갈 공론만 하는구나

에헤야 에헤야 에헤요

뱃노래

자료코드 : 05_17_FOS_20110326_LJH_JBS_0009

조사장소 : 경상북도 울진군 온정면 광품1리 노인회관

조사일시 : 2011.3.26

조 사 자 : 임재해, 조정현, 박혜영, 강선일

제 보 자 : 지봉순, 여, 82세

구연상황 : 제보자가 흥이 나서 노래를 바로 시작한다. 청중들은 따라 부르기도 하고 박
수를 치면서 박자를 맞추었다. 노래를 하는 도중에 목이 잠기긴 했으나 끝까
지 부르자 청중들이 제보자의 노래 솜씨를 칭찬했다.

한강수야 깊은물에

배띄워 놓고요

술렁술렁 노를저어라

뱃놀이 가잔다

에야노 야노야 어야노야노

어기여차 뱃놀이 가잔다

어시름 달밤에

개구리 우는 소리

시집못간 저처녀가

발광이 났구나

에야노 야노라 어야노야노

어기여차 뱃놀이 가잔다

신작로야 난즉해가

수십년 되건만은

나를잡고 가자는 사람이

하나도 없구나

에야노 야노라 어야노야노

어기여차 뱃놀이 가잔다

일본역 동경이가

얼마나 좋아서

꽃같은 나를 두고서

연락선 타느냐

에야노 야노라 어야노야노

어기여차 뱃놀이 가잔다

나물이 텄네

나물이 텄네

이산 저산 도라지꽃이

나물이 텄네

에야노 야노라 어야노야노
어기여차 뱃놀이 가잔다

창부타령

자료코드 : 05_17_FOS_20110326_LJH_JBS_0010
조사장소 : 경상북도 울진군 온정면 광품1리 노인회관
조사일시 : 2011.3.26
조 사 자 : 임재해, 조정현, 박혜영, 강선일
제 보 자 : 지봉순, 여, 82세
구연상황 : 청중 중에 한 분이 트로트를 부르자 지봉순 할머니께서 옛날 노래를 해야 한
다며 그만하라고 말리더니 불쑥 창부타령을 시작했다.

하늘과 같이두나 높고 사랑

하해와 같이두나 깊은 사랑

칠년대한 가문 날에

빗방울이 같이두나 반긴 사랑

얼씨구나 좋다

당명황에 양귀비요

이도령에두나 춘향이라

일년이라 삼백 육십일에

하루만 못가도 못 살러라

아니- 닐닐리리 닐리리

아니 노지를 못하리라

봄 들었네 봄 들었네

이 강산 삼천리에 봄 들었네

푸른 것은 버들잎이요

누린 것으는 꾀꼬리라

황금 같으난 꾀꼬리는

수풀 사이로 날아들고

백설 같으나 흰나비는

장다리 밭으로만 넘나든다

아니- 널 닐리리리 닐리리

아니 노지를 못하리라

모심기소리

자료코드 : 05_17_FOS_20110326_LJH_JBS_0011

조사장소 : 경상북도 울진군 온정면 광품1리 노인회관

조사일시 : 2011.3.26

조 사 자 : 임재해, 조정현, 박혜영, 강선일

제 보 자 : 지봉순, 여, 82세

구연상황 : "우린 잊어뿌려 가지고 몰래!"라면서 할머니들이 노래를 한 마디도 잘 할 수
없다고 말했다. 그러던 중에 지봉순 할머니가 모심기소리를 시작했다. 노래를
부르던 중에 모심시 소리를 빠르게 부른 것이 마음에 들지 않는지 비슷한 가
사로 거듭 노래하기 시작했다. 느리게 모심기 소리를 하자 청중들이 추임새를
넣으면서 경청했다.

운해야 치잉치잉 잦아진 골에

처녀 둘이가 도망간다

석자야 수건을 목에다 걸고

총각아 둘이가 뒤따르네

이 논야뺌에다 모를 심어

가지야 가지도 장할러라

삼대야 독자에 외동아들
가지라 쉬어도 장할르라
우루야 부모님 산소에
소를야 심어도 장할러라

운해야 치잉치칭 잦이난 골에
처녀야 둘이가 도망가네
석자야 수건을 목에다 걸고
총각 둘이가 뒤따르네

피리꽃노래

자료코드 : 05_17_FOS_20110326_LJH_JBS_0012
조사장소 : 경상북도 울진군 온정면 광품1리 노인회관
조사일시 : 2011.3.26
조 사 자 : 임재해, 조정현, 박혜영, 강선일
제 보 자 : 지봉순, 여, 82세
구연상황 : 큰 비에 강물에 빠진 각시와 동생이 강물에 빠졌는데 오라버니가 각시만 살
려주고 동생은 떠내려가게 두었다. 동생이 슬픈 나머지 떠내려가며 불렀던 노
래이다. 떠내려간 동생이 죽어 피리꽃이 되었다는 이야기와 함께 지봉순 할머
니가 노래를 불렀다.

올케가 뒤에 떠내려오고 동생이 앞에 떠내려오고 동생이 앞에 떠내려
오믄 동생을 거지줘야 될 거 아이가 오라바이가. 동생이가 떠내려 가는
거를 놔두고, 저 각시 건지드래. 그래 이 동생이가 돌봐다보니 하도하도
슬퍼가이고

낭창낭창 피리꽃아
이내나도 죽어서도

인도환상(인도환생) 되거들랑

임이먼저 생각할까

이러더란다. 그렇게 피리꽃이 활짝 폈다.

장가가네 장가가네

자료코드 : 05_17_FOS_20110326_LJH_JBS_0013
조사장소 : 경상북도 울진군 온정면 광품1리 노인회관
조사일시 : 2011.3.26
조 사 자 : 임재해, 조정현, 박혜영, 강선일
제 보 자 : 지봉순, 여, 82세
구연상황 : 잠시 쉬어가는 시간이 지나고 지봉순 씨의 노래가 이어졌다. 장가가네 노래
　　　　　가 시작되고 이어지던 도중 할머니 한 분이 노인회관에 도착하여 인사를 나
　　　　　누었다. 지봉순 할머니가 노래를 한 소절 해보라고 권했지만 기억이 나지 않
　　　　　는다고 답했다. 자연스레 지봉순 할머니의 노래가 다시 이어졌는데 마지막에
　　　　　가사에 대해 설명하면서 마무리지었다.

장개가네 장개가네

이영출이 장개가네

모가불어 장개가노

시골사람 시덕(시댁) 넘어

사모관대 불어간다

장게가! 큰어마이를 놔두고 새로 장개가. 새로 장게가니께네 큰어마이
가 하도 괘씸해가지고.

한모랭이 돌거들라

첫모랭이 돌거들랑

말다리나 부러지소

두모랭이 돌거들라

두모랭이 돌거들랑

곡소리나 진동하소

참시모리 돌거들랑

사모관대 대례청에

지봉순 할머니가 갑자기 가사가 헷갈리는지 "대례청에 들어지지"라면서 더듬듯 말하자 옆에 앉았있던 할머니가 "사모랭이가 춰 빼고 대례청에 들어가!"라면서 웃는다.

마당안에 들어가거든

사모관대나 얼어지쇼(얼그러지소)

노랫가락 (1)

자료코드 : 05_17_FOS_20110326_LJH_JBS_0014
조사장소 : 경상북도 울진군 온정면 광품1리 노인회관
조사일시 : 2011.3.26
조 사 자 : 임재해, 조정현, 박혜영, 강선일
제 보 자 : 지봉순, 여, 82세
구연상황 : 청중이 요즘의 소리를 하려고 하자 지봉순 할머니가 그런 소리는 해당이 없
고 옛날 소리만 해야 한다고 말했다. 노래가 시작되고 흥에 겨운 조사자도 같
이 부르고 청중들도 추임새를 넣고 있다. 지봉순 할머니의 노래에 이어 곧바
로 김옥순 할머니가 창부타령을 불렀다.

노자 노자 저젊어 노자 늙고 병들면 못 노나니

화무는 십일홍이요 달도 차면은 개호나니(기우느니)

달아 달아 두려신(뚜렷한) 달아 임의 서창에 비친 달아

임 홀로 야 홀로 드려 어느 풋연정 품었드냐

"좋다!" "얼씨구 잘한다!" 추임새와 함께 손뼉을 치면서 여럿이 노래를
부르기 시작한다.

에헤-
수천당 세모시 낭게 높고 낮게도 그네를 매고
임이 타면 내가나 밀고 내가 타면 임이가 민다
임아 임아 줄 미지마라 줄 떨어지며는 정 떨어진다

흥청거리는 분위기 속에 할머니 한 분이 아가씨들도 노래를 하나 하라
면서 부추긴다. 여럿이 이구동성으로 부르는 노랫가락이 계속 이어진다.

배고파 지어난 밥은 미(米)도 많고도 돌도 많다
미 많고 돌 많은 것은 임이 없느난 탓이로구나
언지나 유정임 만나 미돌 없는 밥 지어나 볼까

노랫가락 (2)

자료코드 : 05_17_FOS_20110326_LJH_JBS_0015
조사장소 : 경상북도 울진군 온정면 광품1리 노인회관
조사일시 : 2011.3.26
조 사 자 : 임재해, 조정현, 박혜영, 강선일
제 보 자 : 지봉순, 여, 82세
구연상황 : 앞의 노래에 이어 박악지 할머니가 노래가락을 불렀다. 계속해서 지봉순 할
머니가 노래를 불렀다. 흥에 거운 청중들이 추임새를 넣고 환호하면서 지봉순
할머니가 정말 노래 잘하는 옛날 가수라고 추켜세웠다.

높은 낭게 앉으난 새는

멀리 못가도 수십리요

큰 강에 이여새끼는(잉어새끼는)

날과 못가도 수십리라

큰 바다 뱃사군은 풍파가 못가도 수십리요

바람이 불어서는 누워난 낭게가

눈 비 온다고 일어날까

눈 비 와서러 쓰러진 낭게

바람이 분다고 일어날까

널루 하여서 병드난 이 몸이

약을 쓴다고 일어날까

권주가

자료코드 : 05_17_FOS_20110326_LJH_JBS_0016
조사장소 : 경상북도 울진군 온정면 광품1리 노인회관
조사일시 : 2011.3.26
조 사 자 : 임재해, 조정현, 박혜영, 강선일
제 보 자 : 지봉순, 여, 82세
구연상황 : 조사자가 술 따라줄 때 부르는 노래를 들려주자 지봉순 씨와 박악지 씨가
바로 권주가를 불러주었다. 서로 돌아가며 노래를 주거니 받거니 하는 사이
흥에 겨워 다소 소란스러운 분위기였다. '미안도하오'라는 가사를 '미 안' 즉
묘의 안에 송장이 들었다는 뜻이 노래로 이어서 부르자 할머니들이 모두 크
게 웃었다.

받으나 시요 이 술 한 잔을 잡으나시오

이 술은 술이 아니라 먹고 놀자는 동배주라

자중에 미안두 하오 여러으 손님네 안녕도 하오

잘 하시든지 못 하시든지 노래가라나 불러나주소

잘 하시면 칭찬이올시다 못 하신다면 막걸리 한 잔

시요 시요 잡으나 시요 내 술 한 잔만 잡으나 시요
이 술이 술이 아니요 먹고 노자는 친구배요
먹기야 먹건마는 혼자 먹기가 미안도 하오
미(묘) 안에 송장이 들었고 우리 청춘은 잘두도 논다

높은 산에는 눈 날리고

자료코드 : 05_17_FOS_20110326_LJH_JBS_0017
조사장소 : 경상북도 울진군 온정면 광품1리 노인회관
조사일시 : 2011.3.26
조 사 자 : 임재해, 조정현, 박혜영, 강선일
제 보 자 : 지봉순, 여, 82세
구연상황 : 노인회관에 앉아계시던 할머니들이 학생들은 어디서 왔냐고 물어보는 사이
　　　　　지봉순 할머니가 다시 노래를 시작했다. 이윽고 청중들도 같이 부르며 분위기
　　　　　가 달아올랐다. 지봉순 할머니는 오늘 신이 나서 노래가 보따리 내려놓듯 마
　　　　　구 나온다고 즐거워했다. 소란스러운 와중에 한 할머니가 지봉순 할머니에게
　　　　　"한 턱 내소!"라며 말하기도 했다.

높은 산에는 눈 날리고
얕은 산에는 비 날리고
억수 공방 비바람 부니
대청 바다 파도 치고
죽일 년아 살릴 년아
대동네 장판에 목 벨 년아
어린 자슥을 잠들여 놓고
병든 가장 눕혀 놓고

새벽 날 찬바람에
밤 보따리가 다나가네

고사리따기 노래

자료코드 : 05_17_FOS_20110326_LJH_JBS_0018
조사장소 : 경상북도 울진군 온정면 광품1리 노인회관
조사일시 : 2011.3.26
조 사 자 : 임재해, 조정현, 박혜영, 강선일
제 보 자 : 지봉순, 여, 82세
구연상황 : 지봉순 할머니가 어린 시절을 이야기하자 청중들도 담소를 주고받았다. 고사
리노래를 부르다가 이 노래의 시작은 따로 있다고 하며 다시 불렀는데 청중
들이 기억력이 참 좋다면서 감탄하였다.

올라가는 올고사리
내려오는 늦고사리
아근자근 꺾어서로
귀눈겉은 참기름에
샛별같은 접시게다
오복소복 담을께라
새야새야 당금새야
니어디가 자고왔노
영해영덕 휘돌려서
칠성당에 자고왔다
무신이불 깔었더노
무자이불 덮었더라
무신비개 비었더노

자비개 비었더라
무신밥을 지었더노
앵두겉은 팥을쌓고
위시같은 옥시게다
오복소복 다먹었다

시집살이 노래

자료코드 : 05_17_FOS_20110326_LJH_JBS_0019
조사장소 : 경상북도 울진군 온정면 광품1리 노인회관
조사일시 : 2011.3.26
조 사 자 : 임재해, 조정현, 박혜영, 강선일
제 보 자 : 지봉순, 여, 82세
구연상황 : 지봉순 할머니가 시집살이 노래를 부르다가 끝마치자 이어서 박악지 할머니
가 좀 더 빠른 박자의 청춘가조로 시집살이 노래를 불렀다.

시아바님 죽으라꼬 축신을 하였더니
시아바님 아랫목 자리 떨어지니 생각나네
시아마님 죽으라꼬 축신을 했더니
보리방아 물 버어(부어) 놓고나니 생각나네

시어마님 죽으라꼬 축신을 하였더니
보리방애 물 버어놓니 생각이 나는구나

시아버님 죽으라꼬 축신을 하였더니
아랫목 자리 떨어지니 생각이 나는구나

청춘가

자료코드 : 05_17_FOS_20110326_LJH_JBS_0020
조사장소 : 경상북도 울진군 온정면 광품1리 노인회관
조사일시 : 2011.3.26
조 사 자 : 임재해, 조정현, 박혜영, 강선일
제 보 자 : 지봉순, 여, 82세
구연상황 : 조사자가 제보자에게 청춘가를 아시냐고 하며 묻자 곧바로 노래가 이어졌다.
　　　　　지봉순 할머니와 박악지 할머니가 번갈아 가면서 부르다가 마지막에는 함께
　　　　　불렀다.

한 달에 두 세 번씩 편지를 하지 말고
일 년에 한 번이라도 어화-
왔다가 가세요

우수수 경칩(驚蟄)에 대동강 풀리고
정든 님 말씀 속에 에헤에-
내 가슴 풀리노라

간다야 못 간다- 얼마나 울었던가
정기정(정거장) 마당에 에루야-
한강수가 되었구나

기차든 가자꾸 고동을 트는데
정든 임은 나를 잡고
낙목을 하고 있네

간다야 쭉저기 정들여 놓고여
이별이 자자서루 어루화
나는 몬 살겠구나

난도야 날 때는 신사로 났는데

부모 형제 못 만나서 [어이 좋다!]

요 모양 요리됐네

당금당금 당태수야

자료코드 : 05_17_FOS_20110326_LJH_JBS_0021

조사장소 : 경상북도 울진군 온정면 광품1리 노인회관

조사일시 : 2011.3.26

조 사 자 : 임재해, 조정현, 박혜영, 강선일

제 보 자 : 지봉순, 여, 82세

구연상황 : 제보자들이 노래를 하고 쉬는 도중 지봉순 할머니가 노인회관에 오셨다. 조
사자가 민요를 불러달라고 요청하자 지봉순 할머니가 당금 당금 당태수를 했
냐고 물었다. 그 노래는 아직 부르지 않았다고 하자 "그 내만 할 줄 아는데."
라면서 지봉순 할머니가 노래를 시작했다.

당금당금 당태수야

물씨당도 연꽃을랑

담아낼라 줄로숨거

담배깰라 성하성그

성하같은 울오라배

반달같은 갓을씨고

잘가든가 못가든가

내못보니 수심일래

철두하네 철두하네

임에대장 이도령아

사또아들 박도령아

천왕수야 낭글비어

우수강에 다리나여(다리를 놓아)

먼데보니 다릴러라

곁에보니 처녈러라

저처녀야 자는방에

숨소리도 두가지요

말소리도 두가질래

아홉청개 울오라배

거짓말씀 말어주소

쪼그만한 쟁피방에

비상불을 피워놓고

자는듯이 죽구져라

베틀가

자료코드 : 05_17_FOS_20110326_LJH_JBS_0023

조사장소 : 경상북도 울진군 온정면 광품1리 노인회관

조사일시 : 2011.3.26

조 사 자 : 임재해, 조정현, 박혜영, 강선일

제 보 자 : 지봉순, 여, 82세

구연상황 : 조사자가 노래를 청하자 지봉순 할머니가 베틀소리를 구연했다. 제보자가 노
래를 마무리하면서 이 노래는 부모님 저승으로 떠나실 때 도포와 옷을 해드
린다고 하며 이야기를 해주었다.

베틀노세 베틀노세

앞다리랑 높게놓고

뒷다리랑 낮게놓고

침낭그는 목을매여

용두머리 우는소리

길이길면 우는소리
이앳대는 삼형제요
눌림대는 호불아비

　청중 중 한 명이 가사가 틀린 것이 아니냐고 묻자 제보자가 맞지 않느냐 라면서 주위를 살폈다. 마침 옆에 있던 청중이 제보자의 말이 맞다며 거들어서 제보자는 구연을 계속 할 수 있었다.

근아졌네(끊어졌네) 근아졌네
옥년강(옥난간)이 근아졌네
덜구짜자 놓고짜자
이베짜서 누를 줄꼬
울아버지 저승갈때
익영도포 해여주지
울엄마야 저승갈때
집비치매 해여주지

목도소리

자료코드 : 05_17_FOS_20110326_LJH_JBS_0024
조사장소 : 경상북도 울진군 온정면 광품1리 노인회관
조사일시 : 2011.3.26
조 사 자 : 임재해, 조정현, 박혜영, 강선일
제 보 자 : 지봉순, 여, 82세
구연상황 : 앞의 노래에 이어서 지봉순 할머니가 "산에 올라갈 때 나무 비러(베러) 올라갈 때, 나무가 무거운 께 몇이서 목도해가 가잖아, 목도 하는데."라면서 목도소리를 구연했다.

에야나 야노야아 아!

앞에 사람아 땅게나도가 어여라 차

뒤에 사람아 밀어나다고 어야라 차

옆에 사람아 끌래나도가 어여라 차

먼데야 사람은 보기도 좋다 어여라 차

곁에 사람은 듣기도 좋다 어야라 차아아 아!

달넘세 달넘세

자료코드 : 05_17_FOS_20110326_LJH_JBS_0025
조사장소 : 경상북도 울진군 온정면 광품1리 노인회관
조사일시 : 2011.3.26
조 사 자 : 임재해, 조정현, 박혜영, 강선일
제 보 자 : 지봉순, 여, 82세
구연상황 : 조사자가 물레질할 때 하는 소리는 없냐고 물어보자 제보자가 물레질할 때
하는 소리는 많았는데 배우지 않아 잘 모른다고 했다. 그러다가 '물레칭칭이'
라고 어릴 때 마당에서 동무들과 놀면서 하던 소리가 달넘세라고 설명했다.
옛날 어릴 적 한복치마를 입고 뒤에 동무를 줄줄이 달고 하던 놀이라고 했다.
청중들이 달넘세가 요새로 말하면 강강술래가 같다고 말했지만 지봉순 할머
니는 다르다고 하며 달넘세 노래를 불렀다. 달넘세 노래를 부르다가 마지막에
는 지애밟기 노래를 짤막하게 불렀다.

우리 마당에 뛰고 놀 적 에는 물레칭칭이라고 달넘세 달넘세 달이 달
이 달넘세 주욱 사람들 뒤에다가 옛날에는 치마 입었거든 한복말께에다
지고 주렁 주렁 달려가지고. 우리 그저 마당으로 놀 적에는 물레칭칭이라
꼬 달넘세 달넘게, 죽 사람들 마쿠 이렇게 옛날엔

달넘세 달넘세
에루화 화산에
달넘세

저 달 봤소

난도 봤소

달이 달이

달넘세

저기 저 달 봤소

난도 봤소

달넘세 달넘세

에루화 화산에 달넘세

저 달 봤소 난도 봤소

저 구름 봤소 난도 봤소

이 재(기와)야 저 재

누 지앤고

우리야 나라

옥지앨세

다리뽑기놀이 노래

자료코드 : 05_17_FOS_20110326_LJH_JBS_0026

조사장소 : 경상북도 울진군 온정면 광품1리 노인회관

조사일시 : 2011.3.26

조 사 자 : 임재해, 조정현, 박혜영, 강선일

제 보 자 : 지봉순, 여, 82세

구연상황 : 달넘세 노래를 부르다가 다리뽑기 놀이를 하던 시절을 이야기 하다 할머니
들과 조사자가 즉석으로 놀이를 하게 되었다. 놀이를 하면서 자연스럽게 할머
니들이 다리뽑기 놀이 노래를 불렀는데 어릴 적 놀던 기억대로 제각각 다르
게 불렀다.

이떡 저떡 상개떡
상걸음에 지랄떡
풀내난다 새뽕
이거리 저거리 각거리
천지망근 도망근
오리고기 먹으나 마나
울음주릉 담배죽
울음주릉 대꼬바리

앵끼 쟁끼 누끼 서끼
가매 꼭지 넘어간다
다래끼 똥

할머니들과 조사자가 직접 다리뽑기 놀이를 하기 시작한다.

일등 저등 상개등
상걸음에 지랄등
풀내난다 새뽕!

나가 이거 나가!

이거리 저거리 상거리
상걸음에 지랄똥
풀내난다 새뽕

어머 내 나간대!

앵끼 쟁끼 무찌 서찌
이응 지응 가메 꼭지

넘어서는 도리개 송곳

파래 가도!

나비야 나비야

자료코드 : 05_17_FOS_20110326_LJH_HCS_0001

조사장소 : 경상북도 울진군 온정면 광품1리 노인회관

조사일시 : 2011.3.26

조 사 자 : 임재해, 조정현, 박혜영, 강선일

제 보 자 : 황차녀, 여, 74세

구연상황 : 제보자가 노래가 짧다고 이야기 하자 조사자가 부담을 안가지셔도 되고 하고 싶은 노래 다 하셔도 괜찮다고 한다. 다시 노래와 옛날이야기를 청하자 나비야 노래를 부른다.

나비야 나비야 금나부야

능금세상 물어다가

수영당에 집을지어

그집짓던 삼년만에

울아부지 서울양반

울오라배 진지애비

울엄님이 갈대선배

요내나는 옥단처녀

새야새야 종금새야

능금세상 물어다가

수영당에 집을지어

그집짓던 삼년만에

첩의집은 연못이요

첩의집은 꽃밭이요

나에집은 연못에라

연못에 꽃은

봄 한철이요

연못에 고기는

사성살이요

창부타령 (1)

자료코드 : 05_17_FOS_20110326_LJH_HCS_0002
조사장소 : 경상북도 울진군 온정면 광품1리 노인회관
조사일시 : 2011.3.26
조 사 자 : 임재해, 조정현, 박혜영, 강선일
제 보 자 : 황차녀, 여, 74세
구연상황 : 조사자가 제보자의 목청이 너무 좋다고 하자 보조제보자가 더 목청이 좋다고 말했다. 노래를 하던 도중 제보자의 노래를 이어받아 앉아있던 청중이 함께 노래하기도 했다. 흥에 겨운 제보자와 보조제보자가 서로 주고받으며 창부타령을 연달아 불렀다.

나물 먹고 물마시고

팔을 베고서 누웠으니

대장부 살림살이

이만하면 넉넉하리

얼씨구나 좋다!

지화자 좋다

아니 노지는 몬 하리라

아니 쓰지를 몬 하리라

봄 들었네 봄 들었네

이 강산 삼천리에 봄 들었네

노란 것은 꾀꼬리요

푸른 것은 버들이요

누른 것은 황금이라

황금 같은 꾀꼬리는

수풀 사이로 날아든다

백설 같은 흰 나비는

장다리 밭으로 날아든다

얼씨구 좋네 절씨구 좋아

아니야 노지를 몬 하리라

요렇게 노다가 논 팔겠네

요렇게 노다가 밭 팔아 먹겠네

혼례 노래

자료코드 : 05_17_FOS_20110326_LJH_HCS_0003

조사장소 : 경상북도 울진군 온정면 광품1리 노인회관

조사일시 : 2011.3.26

조 사 자 : 임재해, 조정현, 박혜영, 강선일

제 보 자 : 황차녀, 여, 74세

구연상황 : 앞의 노래가 끝나고 흥에 겨운 제보자가 바로 혼례 노래를 구연한다. 황차녀
할머니가 앞에 앉은 총각들 한 번 들어보라면서 웃으며 노래를 시작했다.

서른 두 배 줄 배를 타고

신부야 나오들 기다리네

신부 절 세 번을 내가 받고

내 절 세 번을 신부 받고

그럭저럭 내 짐경은(심경은)

하루 아침에 들어서 이별이라

얼씨구나 좋네 지화자 좋네

창부타령 (2)

자료코드 : 05_17_FOS_20110326_LJH_HCS_0004
조사장소 : 경상북도 울진군 온정면 광품1리 노인회관
조사일시 : 2011.3.26
조 사 자 : 임재해, 조정현, 박혜영, 강선일
제 보 자 : 황차녀, 여, 74세
구연상황 : 제보자의 노래가 끝나자 앉아 있던 청중 중에 한 분이 이어서 노래를 시작
했다. 노래가 끝난 후 "우리가 살라했나 부모 말에 살았지."라면서 예전에는
부모님의 뜻에 의해 자식들의 인생이 결정 되었다며 설명하면서 웃었다.

골짝 골짝 산골짝에

백년 화초를 심어놓고

백년 화초는 간 곳이 없고

이별의 화초가 만발했네

얼씨구나 좋구나 절씨구 좋네

요롷게 좋다가 논 팔겠다

내가 너를 살자했나

너가 나를 살자했나

너의 부모 우리에 부모

말 한마디에 살기됐네

수지(수수께끼)

자료코드 : 05_17_ETC_20110326_LJH_JBS_0001
조사장소 : 경상북도 울진군 온정면 광품1리 노인회관
조사일시 : 2011.3.26
조 사 자 : 임재해, 조정현, 박혜영, 강선일
제 보 자 : 지봉순, 여, 82세
구연상황 : 이제 할 소리가 없다고 말하며 지봉순 씨가 수수께끼를 시작했다. 청중들이
즐거워하며 다른 수수께끼도 해주고 있다. 청중들이 신기해하며 계속 해달라
고 청하자 이제 잊어버려 잘 모른다면서 멈추었다.

"먼 산 보고 절하는 거 뭐-고?"

디딜방앗간! 옛날 방앗간.

올라서면 저 멀리서 이래 디디면 버뜩 올라갔다. 그래 옛날에 방앗간에
수지를 지면

"먼 데 보고 절하는 거 뭐고?"

이래면, 아는 사람

"방앗간"

그라고 모르는 사람 모르고 이래. 요새 아들 모르고. 옛날 디딜방앗간.

"머리 풀고 하늘 올라 가는 거 뭐-고?"

머리 풀고 하늘 올라 가는 거 뭐-고? 알아봐!

연기!

"먼 산보고 아구리 벌리는 거 뭐-고?"

방 부엌!

방 부엌에 한데 방 부엌에 이래 불 옇는데. 먼 산보고 아구리 벌리는 거 뭐-고? 방 부엌. 하하. 수지, 옛날에 그런 거 요새 노래 하지마는 옛날에 할 거 없이 생각해 하던동 그러대.

"이 산에도 태여 저 산에도 태여 뭐고?"
산태! 청태!

"바람만 불면 편지 가는 게 뭐-고?"
"바람만 불면 이 집 저 집 편지 가는 게 뭐고?"
가랑잎이래. 가랑잎!

3. 울진읍

증편 한국구비문학대계 ● 경상북도 울진군

▌조사마을

경상북도 울진군 울진읍 읍내리

조사일시 : 2011.2.11, 2011.3.25~26
조 사 자 : 임재해, 조정현, 박혜영, 강선일

읍내리의 속명은 '홍시동'이다. 예전에 시부모를 잘 모신 며느리를 위해 마을에 홍살문을 세우면서 홍시동이라는 이름이 붙여졌다. 홍살문은 언젠가 불에 타 없어졌다고 한다. 읍내2리는 울진군청 소재지로서 울진장이 서는 곳이다. 현재 읍내리에는 12개 반이 있으며 약 535호가 거주한다. 울진장에 터전을 잡은 상인들과 관공서 직원들이 거주하면서부터 인구가 급격히 늘었다. 마을 토박이들은 대부분 외지로 나가 20여 호 정도만 남아 있다.

읍내리는 '장터'와 '금산재' 두 개의 자연마을로 이루어져 있으며, 신안주씨와 영양남씨, 울진장씨들에 의해 개척되었다고 전해진다. 군청이 들어서기 전에는 대부분 농사를 지으며 생계를 유지했다. 그러나 현재는 약 60호 정도만 농사를 짓고 나머지 주민들은 상업에 종사하는 경우가 많다. 현재 마을에는 약 10마지기 정도의 논이 있지만 대부분의 논이 아파트 신축 부지에 편입돼 조만간 사라질 전망이다. 골짜기마다 일군 밭에는 조, 감자, 옥수수 등을 많이 심었다. 마을의 행정업무는 이장이 담당하지만 마을일에 가장 큰 영향력을 발휘하는 인물은 '동회장'이다. 동회장은 덕망이 높은 사람이 추대되며 임기는 2년이다. 마을총회는 양력 1월 5일에 열린다.

읍내리에서는 바다와 어느 정도 떨어져 있고 산간이 가까운 지역 특성 때문인지 호랑이 관련 이야기가 다수 구연되었다. 또한 지역인물로서 남사고 관련 설화가 많이 수집되었는데, 이는 남사고의 후손들이 많이 살고 있고 지역 차원에서 남사고를 선양하는 다양한 사업을 지속적으로 추진해왔기 때문인 것으로 보인다. 한편 남녀 어르신들 공히 민요의 전승이 거의 단절되어 옛노래를 불러달라는 요청에도 대부분 모른다고 하거나 유행가를 불러주었다. 이는 울진의 중심 도회지로서 도시적 성격이 급속하게 진행되었기 때문인 것으로 보인다.

▌제보자

남상옥, 여, 1946년생

주 소 지 : 경상북도 울진군 울진읍 읍내리
제보일시 : 2011.3.26
조 사 자 : 임재해, 조정현, 박혜영, 강선일

울진이 친정인 남상옥 할머니는 23살 때 울진으로 시집을 와서 지금까지 살고 계신 다고 한다. 슬하에 5남매를 두고 계시며 맏 이는 딸이며 막내아들은 42살 때 낳으셔서 늦둥이로 많이 예뻐하셨다고 한다. 자식들 은 다들 외지에서 살고 있으며 특히 서울에 서 많이 살고 있어서 서울에 대한 이야기를 자주 하셨다. 주제는 다양했는데 그 중에서  도 계모임에 대한 이야기가 특히 많았다. 나이가 그렇게 많은 편이 아니 었는데도 이야기판에서 주도적인 입장으로 구연을 하였다. 이야기에서도 교훈이 있는 이야기를 많이 하였고 그중에서도 형제간에 우애와 부모에 대한 공경을 강조하였다. 또 일본 사람들의 지독함이나 내륙 사람들이 울 진과 같은 바닷가 근처 사람을 예의가 없다고 아주 무시하는 경우가 있다 는 생각도 내비쳤다. 하지만 남가 문중에서는 효와 충을 실천하는 훌륭한 사람들이 많다며 옛 사람들의 지혜로움을 말하시며 오늘날 사람들이 배 워야 함을 말하기도 하셨다.

제공 자료 목록

05_17_FOT_20110326_LJH_NSO_0001 주씨집에 출가한 남씨 며느리의 명당 차지
05_17_FOT_20110326_LJH_NSO_0002 지독한 일본인

윤대웅, 남, 1946년생

주 소 지 : 경상북도 울진군 울진읍 읍내리
제보일시 : 2011.3.26
조 사 자 : 임재해, 조정현, 박혜영, 강선일

현재 울진문화원 향토사연구회장을 재임
하고 있다. 1967년 행정 9급 공채임용을 통
해 울진면사무소에 첫 발령을 받은 후 지금
까지 울진을 위해 일하고 있다. 1999년부터
2006년까지 울진문화원 사무국장을 역임하
기도 했다. 지역의 문화재를 지키고 발굴하
는데 활발한 활동을 벌이고 있는 울진향토
사연구회는 2007년 창립하여 정기적으로
울진 곳곳에 산재된 문화유적답사를 진행해 오고 있다. 윤대웅 씨의 이
같은 활동은 이야기 구연에도 영향을 미쳐 그가 구연한 이야기는 모두 울
진을 대표하는 인물인 격암 남사고와 관련한 일화들이다. <적악이라고
불리는 격암 남사고>, <역학에도 능통했던 남사고>, <남사고가 태어난
눈굼 마을>, <비보풍수에 능한 남사고>를 구연하였다.

제공 자료 목록

05_17_FOT_20110211_LJH_YDU_0001 적악이라고 불리는 격암 남사고
05_17_FOT_20110211_LJH_YDU_0002 역학에도 능통했던 남사고
05_17_FOT_20110211_LJH_YDU_0003 남사고가 태어난 눈굼 마을
05_17_FOT_20110211_LJH_YDU_0004 비보풍수에 능한 남사고

이금자, 여, 1943년생

주 소 지 : 경상북도 울진군 울진읍 읍내리
제보일시 : 2011.1.7

조 사 자 : 임재해, 조정현, 박혜영, 강선일

　이금자 할머니는 읍내리가 고향이었다가 25살에 부산으로 시집갔다. 할아버지 댁이 부사에 있었고 당시 할아버지의 나이는 30살이었다. 할아버지가 원자력 발전소에서 5년 정도 근무를 하셨고 할아버지가 돌아가신 뒤로는 읍내리로 다시 들어와 산지 25년 되었다고 한다. 자식은 3남매를 두고 계시는데 첫째 아들은 26살에 낳으셔서 현재 서울에 가 있고 둘째 딸은 원자력 발전소에서 근무하며 셋째 딸은 대학원에 다니고 있다고 한다. 할머니가 말씀이 없으시다가 특히 관심을 가지는 것이 동물에 얽힌 이야기였다. 노루나 살쾡이나 뱀을 잡아서 안 좋은 일이 일어난 이야기를 많이 알고 계셨다. 억양도 다른 분들과는 조금 달랐고 목소리도 조용하셨다. 이야기를 하다가 좋지 않은 일이 일어난 대목에서는 눈살을 찌푸리는 모습을 보이곤 하셨다.

제공 자료 목록

05_17_FOT_20110326_LJH_LKJ_0001 큰짐승에게 쫓겨 방에 들어온 개
05_17_FOT_20110326_LJH_LKJ_0002 뱀 잡고 사고난 아들과 사위
05_17_FOT_20110326_LJH_LKJ_0003 짐승 소리 내는 아기
05_17_FOT_20110326_LJH_LKJ_0004 노루 잡아먹은 자리에서 난 사고

이옥순, 여, 1930년생

주 소 지 : 경상북도 울진군 울진읍 읍내리
제보일시 : 2011.1.7
조 사 자 : 임재해, 조정현, 박혜영, 강선일

할머니는 울진군 건남면 수곡 1리에서 태
어났다. 22살 때 시집와서 지금까지 살고
계신다. 자식은 아들 둘과 딸이 하나 있으
며 현재는 나가서 살고 있다. 목소리가 걸
걸하신 편이나 이야기를 구연할 때는 실감
나는 표현을 자주 사용했다. 호랑이가 등장
하는 부분에서는 목소리를 낮추거나 낮은
목소리로 호랑이 흉내를 내기도 했으며 나
무가 뚝뚝 부러져서 물에 빠지게 됐다는 부분에서는 온 몸을 던져 물에
빠진 시늉을 내기도 했다.

제공 자료 목록

05_17_FOT_20110326_LJH_LOS_0001 나물 하다 만난 예쁜 호랑이 새끼
05_17_FOT_20110326_LJH_LOS_0002 백사 먹고 죽은 사람
05_17_FOT_20110326_LJH_LOS_0003 뱀 잡아 걸어놓자 죽은 할아버지
05_17_FOT_20110326_LJH_LOS_0004 호식할 팔자
05_17_FOT_20110326_LJH_LOS_0005 절만 잘하면 되는 안동 시집살이

조분이, 여, 1943년생

주 소 지 : 경상북도 울진군 울진읍 읍내리
제보일시 : 2011.1.7
조 사 자 : 임재해, 조정현, 박혜영, 강선일

할머니는 어렸을 적에 겪었던 일을 다른
제보자들에 비해 자세하게 기억하고 있었고
구체적인 지명이나 사람이름에 대해서도 기
억력이 뛰어난 편이라고 한다. 이야기를 구
연할 때 크기에 대한 강조를 많이 하였고,

재미있다는 반응을 보면 덩달아 신이 나서 이야기를 해주었다. 설명할 때 주로 손을 같이 사용하는데 손으로 먼저 사물을 표현하고 나중에 기억해 내는 때가 많았다.

제공 자료 목록

05_17_FOT_20110326_LJH_JBI_0001 노루로 착각한 개갈가지

05_17_FOT_20110326_LJH_JBI_0002 무덤 파는 개갈가지

05_17_FOT_20110326_LJH_JBI_0003 아들 구해준 소금장수

05_17_FOT_20110326_LJH_JBI_0004 서울에 팔렸다가 혼자 돌아온 고을지킴이 뱀

05_17_FOT_20110326_LJH_JBI_0005 희잽이가 많은 섬쩟한 골짜기

05_17_FOT_20110326_LJH_JBI_0006 논둑길을 밝혀준 호랑이 불빛

주형태, 남, 1937년생

주 소 지 : 경상북도 울진군 울진읍 읍내리

제보일시 : 2011.2.11

조 사 자 : 임재해, 조정현, 박혜영, 강선일

본동 출신으로 농사를 짓고 살다가 잠시 객지 생활을 하기도 했다. 그러다 농협에 다니며 일을 했다. 2남 2녀의 맏이로 태어나 부모님을 모시고 살았다. 배움에 뜻이 있어 공부를 계속 하여 대학교에 진학했으나 중퇴하였다. 22살에 군에 입대 후 25살에 제대한 후 한 동네에 거주하고 있던 23살의 아내와 결혼했다. 결혼 전 아내와 연애를 통해 사랑을 싹틔웠다. 슬하에 2남 3녀를 두고 있으며 모두 출가하여 현재는 내외만 울진읍에 거주하고 있다. 공부를 하며 이것저것 이야기를 많이 들었다. 이야기 중간 중간 자신의 뜻을 내비치기도 하는 등 연행에 적극

적으로 참여하는 모습을 보였다.

제공 자료 목록

05_17_FOT_20110211_LJH_JHT_0001 울진 입향시조 주씨

05_17_FOT_20110211_LJH_JHT_0002 만리만리 구만리

홍순일, 남, 1941년생

주 소 지 : 경상북도 울진군 울진읍 읍내리

제보일시 : 2011.2.11

조 사 자 : 임재해, 조정현, 박혜영, 강선일

울진 읍내에서 동회장을 맡고 있다. 중후한 목소리로 청중들의 호응을 유도하며 이야기를 구연한다. 이야기 연행에 적극적으로 나서지는 않았으나 알고 있는 이야기는 많은 듯 보였다. 자신이 알고 있는 이야기가 나오면 연행에 적극적으로 나서기도 했지만 이야기판의 연행 집단 내에서 연행을 주도하기가 쉽지 않아 보였다. 하지만 자신이 아는 이야기에서는 자신감 있는 태도로 이야기를 들려주었다. <딸년은 도둑년이다>을 구연하였다.

제공 자료 목록

05_17_FOT_20110211_LJH_HSI_0001 딸년은 도둑년이다

황병천, 남, 1923년생

주 소 지 : 경상북도 울진군 울진읍 읍내리

제보일시 : 2011.2.11

조 사 자 : 임재해, 조정현, 박혜영, 강선일

이곳 울진 읍내에서 생장했다. 마을에서 '황회장'이라고 불릴 만큼 마을의 일을 오랫동안 보기도 했다. 조사 첫날 마을회관에서 만날 수 있었다. 고령의 나이에도 불구하고 카랑카랑한 목소리로 다른 이들의 말에 한마디씩 수를 던졌다. 조사취지를 잘 이해하고 있었으나, 적극적으로 이야기판에 참여하기보다 한 발짝 물러서서 청중의 역할을 하였다. 제공한 자료는 <신선에게 도술 배운 남사고>이다.

제공 자료 목록
05_17_FOT_20110211_LJH_HBC_0001 신선에게 도술 배운 남사고

주씨집에 출가한 남씨 며느리의 명당 차지

자료코드 : 05_17_FOT_20110326_LJH_NSO_0001

조사장소 : 경상북도 울진군 읍내1리 노인회관

조사일시 : 2011.3.26

조 사 자 : 임재해, 조정현, 박혜영, 강선일

제 보 자 : 남상옥, 여, 66세

구연상황 : 일제에 대한 이야기를 하다가 청중들이 시집간 여자들에 대한 이야기를 화
제거리로 내놓자 제보자가 이야기를 시작하였다. 제보자 본인이 주가에 시집
간 남가 여인이었는데 청중들도 다들 아는 이야기인지 이야기 중간마다 참여
하여 살을 덧붙었다.

줄 거 리 : 주가에 시집간 남가 여인이 남가 문중에서 잡아놓은 좋은 명당자리를 시아
버지 묘로 쓰기 위해 신을 거꾸로 신고 밤새 물을 이고 산을 올라가 명당자
리에 물을 채워놓았다. 그래서 결국 남가문중에서는 명당자리를 포기하고 물
이 마르고 난 후 시아버지의 묘로 주가에서 그 명당자리를 쓰게 되었다.

　박금! 박금. 박금에 남가들 딸이가 주가들 집에 시집을 갔어. 남가들 딸
이가. 주씨 집에 시집을 갔는데 이제 그 명당자리를 아주 좋은 그중에서
제일 여 가근에서는 명당이라네. 명당인데 자기 남가들. (청중 : 뭐다가나.
시집 쪽에가 자손 좋다고.) 어! 남씨들 문중에서 명당자리를 잡아 났는데
자기가 시집을 주씨에 갔으니까네. 자기 자손이가 주씨에서 나오면 자손
들이가 주씨 가문에 잘 되야 되잖아. 그러니까네 에 주씨 가문에 남씨에
서 잡아논 명당자리를 우야다 보니까 시아버지가 돌아가셔 버렸어. 돌아
가셔가지고 얼마 안 되가지고 돌아가실라고 하는데, 그 명당자리 남씨네
문중에서 친정에서 잡아놓은 명당자리로 가만 생각하니 안 되거든. 그래
가 하루 밤에 밤새가지고 신을 꺼꿀로 신고. (청중 : 돌려 신고.) 이 안에
물을 계속 머리로 이다 날라가지고 파놓은 명당자리에다가 물을 한걸(가

득) 채워놨어. 그래 인제 남씨들 웃어른이 돌아가셔가지고 며칠 명당자리를 보러가니까 물이 한거가 고였거든.

'이상하다.'

(청중 : 옛날에 물만 있으면 안 썼잖아.) 물이 고인 자리는 시고가 안 썩는다고 안 써. (청중 : 그러니까네 아가씨도 시집을 가면 남편 쪽에 가 잘 살면 더 좋아할 거라. 친정도 잘 살면 친정에 이득이래. 남자는 일등이고. 그러이께네 할 수 없어.) 그래서 암만 조사를 해봐도 알 길이 없어. 내려오는 사람만 있지 올라간 사람은 없거든. 신을 거꾸로 신고 계속 물을 이날랐으니께네. (청중 : 그러니까 옛날 사람이 지혜가 좋은 거 알지?) 그래가지고.

'안 되겠다.'

그 자리를 놔두고 딴 데다 썼어. 딴 데다 썼는데 그 다음에 얼마 안 가서 시아버지가 돌아가셨단 말이야. 돌아가셔가지고 그 자리를 물이 그래다 잦았지. 얼마간 기간이 있으니. 다 잦아뿌렀으니까네. 이제 자기가 한 일이거든? 이제 집안을 데리고 그,

'명당자리에다가 우리 시아버지를 여기다가 쓰자.'

'친정 쪽에서 안 쓴 자리를 우리가 쓰자.'

이랬는데. 과연 그건 딸이가 그래 꾸며가지고 신을 꺼꿀로 신고 밤새도록 물을 입어가지고 그 자리를 못 쓰게 한 거거든. 그러니

'여자는 출가외인이라'

이거여. 남씨들 문중에. 그래가 지금도 그거는 좌청룡 우백호라고 아주 명당자리, 자리라고 좋대. 그래 주씨 가문에 판사도 많이 나고 변호사도 많이 나고 인물 자가 그렇게 나. 근데 남씨에는 아주 없어 고만. 없는데, 지금도 남씨에서 주씨들 보고, 뭔 큰 행사가 있고 뭐 문중공사를 하고 문중회의를 하면은. 남가들 딸을 욕해. 아주 출가외인이야. 아주 못된 년들이라고, 출가외인이라고.

지독한 일본인

자료코드 : 05_17_FOT_20110326_LJH_NSO_0002
조사장소 : 경상북도 울진군 읍내1리 노인회관
조사일시 : 2011.3.26
조 사 자 : 임재해, 조정현, 박혜영, 강선일
제 보 자 : 남상옥, 여, 66세
구연상황 : 청중들이 일본의 잔혹함에 대해 이야기 하고 있다가 이야기가 시작되었다.
　　　　　쇠말뚝을 박았다고 할 때는 눈살을 찌푸리다가 뽑고 난후 한국에서 인재가
　　　　　많이 나온다고 할 때는 자부심을 보이기도 하였다.
줄 거 리 : 일본인들이 한국에서 인재가 나는 것을 막기 위해 명산에 쇠말뚝을 박아 놓
　　　　　은 것이 요새 많이 뽑고 한국에서 인재가 나기 시작했다는 이야기이다.

　　일본인들이 지독해. (청중 : 산도 왜 전부.) 우리 한국의 명산에 쇠말뚝
을 다 박았잖아. 쇠말뚝을 다 박아가지고 왜 박는 이유는. 한국 사람들이
인재가 나지 말라 이거여. 유명한 인재가 나지 말라꼬. 저 매화리 난도산
도 뽑았다 하드라꼬. (청중 : 인제는 그게가 다 뽑혀가지고 한국이 인재가
많이 나온다네. 워낙 오래 되니까네 녹았고.) 녹기도 하고 쇠도 뽑고 거진
점검을 해가지고 뽑기도 많이 뽑고 이랬어. (청중 : 한국이라는 나라가 계
란 노른자나 한가지래. 사계절이 있지 공기 좋지 이랬는데 일본사람이가
다 막아놨어.)

적악이라고 불리는 격암 남사고

자료코드 : 05_17_FOT_20110211_LJH_YDU_0001
조사장소 : 경상북도 울진군 읍내1리 노인회관
조사일시 : 2011.2.11
조 사 자 : 임재해, 조정현, 박혜영, 강선일
제 보 자 : 윤대웅, 남, 66세
구연상황 : 이야기를 시작한 지 한 시간 쯤 지났을 때, 청중들이 향토사가인 제보자를

이야기판에 끌어들였다. 제보자는 자리에 앉자마자 울진에 대하여 이야기를 꺼냈으며 뒤이어 남사고와 관련된 이야기를 구연했다.

줄 거 리 : 남사고의 호는 격암이다. 격암이라고 호를 지은 것은 허황된 것을 쫓지 않고 학구적인 의미에서 지었다고 한다. 그러나 대부분의 사람들은 그런 격암을 비하하는 뜻으로 적악이라고 부른다. 도술을 잘 부리는 격암이 도술로서 남을 해롭게 했기 때문이다. 결국 도술로서 사람들을 해롭게 하였다고 하여 격암보다는 적악이라고 불린다.

거 인제 격암선생이 그동안에 보면은 그, 그렇게 안 모셔지고, 여 울진에서 전부다 인제 거 나머지가 다 흩어져 있으니까. 그런 재밌는 이야기로다 나오니까네. 사람들이 또 재밌는 이야기 말고 그대로 알려달라고 이상하게 이야기 되는 부분이 있어가주고. 그래가주고 이 격암이라고 하는 격자가 이제 품결 격(格)자죠. 여 저기는 암자는, 암자는. 그 암자는, 암(庵)자는 멉니까? 그 초막 같은 집에 산다는 그런 암잔데 그래 이 격암이라는 것은 그 대학의 구절이가 견물취지(格物致知)에서 따왔다고 이렇게 자기 것이 전하고 있고 그 일고가 있어요. 견물취지를 하면은 거 허황된 것을 안 쫓고 이 아주 학구적인데, 그저 사물을 볼 때 그냥 허황된 것이 아니라 학구적으로 거 인제 철학적으로 파악해서 그것으로 가주고 인제 거 앎에 나아간다. 하는 나는 그런 생각이지. 나는 어떻게 거 풍수니, 천문이니, 그런 허황된 얘기를 하는 사람이 아니라는 것을 드러내고 싶어해요. 그래 드러내고 싶어가주고 그렇게 격암이라고 하는데 그것도 꼭 남깁니다. 왜냐하면 그때 당시에는 그런 술수를 해가주고 잡술을 해가주고 조금 그렇게 비하는 것처럼 나는 그것이 아니고 학구적으로 파악하는 것이지 그렇게 생각하는 것이 아니라는 거를 드러내는 것이지. 자기 호는 격암이라 했어요. 그런데 그거를 뒤에 비약해가주고 격암 선생이 아니고 '적악(積惡) 선생'이다 이런 말이 나옵니다. [청중들 모두 하하하 웃으면서] 비약한 말이가요. 적악 선생이라. 왜 적악 선생인가? 남에 악을 많이 사가주고 적악 선생이다. 그거는 비하한 말입니다. 비약 안 된 말을 그 사람들, 진면목을 본다고 한다면은, 특히 그 집을 가지고 그러는데 그 울진 선비들이, 울진 선비들이 그 격암 선생을 모시기 위해가주고 그 하는 승인을 받아야 돼요. 거 서원에 패를 모실 때. 아무나 못 모실 거 아닐. 그때 승인을 받아야 되거든요. 그 승인을 올릴 때 어떻게 했냐면요. 강원도에 도지사가 다, 머로 '타사지향'이라 하는데. 우리가 학교를 이렇게 없애가주고서는 이거 참 면목이 안 되기 때문에 거 훌륭한 격암 선생을 모시고 거 덕업을 인제 말하자면 그걸 본받고 그래 학문을 읽히겠습니다하는. 청원서를 거 이제 그 취지는 냅니다. 그것만 해봐도 그 밑에 서명한 사람들이가 울진의 유림들이거든요. 거 울진 유림들이 격암선생을 모시겠습니까. 그런데 그런 게 아니고 그 다음에 또 적악이라고 한 그 말으는 그 뒤에 인제 비하하는 말이 재밌잖아요. 그래 적악이라 그는데 그 머냐, 도술을 잘 부리기 때문에 적악이라고 했다 이런 말로 비하됐거든요. 도술을 했는데 왜 도술을 했느냐 이런 얘기가 나옵니다. 저 거 이런 말도 있어요. 그러면 몸도 수양도 하고 이렇기 때문에 그러면 저기서 갔습니다. 거 남수산이라 하는데요. 남수산 머 앉았다가 거 어디로 성류굴에 있다가. 머 성류굴에 있었단 말이 나옵니다. 그래 남수산 앉았다가 사람들이 시장 보러 갔는데 고기를 머 이렇게 이고 가면은 머 시장에 와보니깐 고기가 하나도 없드라. 누가 어떻게 했느냐 하면 격암 선생이가 남산에 앉아 있으면설랑 고기가 몽땅 다 가가부랬다. 하하하 이런 얘기지. 또 있고. 그 다음에 있어가주고 머 성류굴에 거 고개재에서 있다가 사람들이 바숙에다가 바숙 있어요 지게. 지게 바숙에다가 머 오이를 짊어지고 가는 장사꾼이 있었는데 앉아가주고 오이를 인제 이렇게 먹기 위해가주고. 담배 피우다 재떨이에다가 같이 담배피운 자리에서 담배피우고 재떨이를 털면서 씨를 하나 얻자 이러면설랑 거기에 바지에 붙은 씨앗을 하나 얻어가주고 같이 앉았는데. 거 재에다 묻으니까 금방 싹이 나고 그래가주고 거 줄이가 열어가주고 막 열매가 열렸다. 그래 오이를 같이 깎아먹고 그래 갔는데 인제 나중에 간 뒤에 그래 보니까네 자기가 지고 있던 오이가 없어졌드라. 이런 얘기를 인제 듣고 도술을 잘 부린다. 머 그런 얘기거든요.

역학에도 능통했던 남사고

자료코드 : 05_17_FOT_20110211_LJH_YDU_0002
조사장소 : 경상북도 울진군 읍내1리 노인회관
조사일시 : 2011.2.11
조 사 자 : 임재해, 조정현, 박혜영, 강선일
제 보 자 : 윤대웅, 남, 66세
구연상황 : 앞서 제보자가 적악이라고 불리는 남사고에 대해서 이야기를 했다. 이야기가 끝난 후 사람들이 그렇게 부르는 이유는 그만큼 격암 선생이 유명하기 때문이라고 말했다. 유명하기 때문에 사람들의 주목을 받기 마련이라며 역학에도 훌륭한 재능을 가지고 있었던 남사고에 대해서 구연했다.
줄 거 리 : 옛날 남사고가 과거만 보면 낙방했다. 계속된 낙방으로 인해 남사고는 과거에 대한 마음을 접고 역학공부를 시작했다. 하루는 지역의 인정 있는 사람을 추천하여 벼슬을 주는 제도인 효렴에 남사고가 추천되었다. 그래서 남사고는 드디어 벼슬길에 올랐다. 효렴으로 벼슬길에 오른 남사고는 참봉을 거쳐 후에는 천문교수직까지 올랐다. 남사고가 천문교수직에 오를 수 있었던 것은 당시 강원도 관찰사였던 양사은 덕분이었다. 당시 역학에 조예가 깊었던 양사은이 남사고와 함께 역학에 대해 이야기를 나누었는데 남사고가 역학에 능통했기 때문이다. 이 같이 남사고가 역학에 능통했단 사실은 양사은 선생의 묘비에 기록되어 있으며, 양사은 선생의 후손들 또한 이를 뒷받침해준다.

옛날에 인제 그 과거시험 보는데, 이 분이 과거시험을 보니까 자꾸 낙방 한답니다. 향시는 했는데 올라가면은 낙방해요. 낙방해가주고 도저히 안 되겠다 해서 접고 있었는데, 그래 인제 참 이래 공부나 하고. 거 인제 역학에서 몰두하기로 해서 거 인제 공부를 하고 이러니까. 낙방하니까 인제 안 되니깐 그 나중에 각 지역에 거 인정 있는 사람을 거 추천해가주고 벼슬길 인제 열어주는 그 제도가 바로 그 효렴. 효도하고 청렴한 사람을 추천하면은 특채로 인제 그 요즘 말하자면 9급이죠. 9급직을 인제 주는네 효렴 해가주고 참봉직을 했습니다. 참봉직을 했어요. 실지로 했어요. 참봉직으로 내려갔다가 나중에 에 망년에 와가주고 천문교수직을 하게 됩니다. 천문교수직을 하게 된 동기는 그. [잠시 기억을 더듬으면서] 그 저 양사은, 동래 양사은 선생하고 저 연관 지어 지드라고요. 동래 양사은 선생이 강원도 관찰사로 와가주고 있을 때에 관찰사이니 관찰하러 다닐 때에 그래 울진에 와서 만난 분이 인제 격암 선생이에요. 격암 선생하고 만나게 되는데 그래 격암 선생하고 무슨 담론을 했냐면 역학에 대한 담론을 합니다. 역학에 대한 담론을 하는데 양사은 선생은 거기다 조예가 아주 깊은 조예가 있는 분이라. 그래가주고 양사은 선생이가, 양사은 선생께서.

"아이고, 해동강절이십니다. 소강절."

그래 중기 때 소강절이 마찬가진데.

"아, 지금부터 선생으로 모시겠습니다."

이런 말이 전해옵니다. 그래 그 이야기가 우리가, 울진 사람들은 자랑스럽게 하는 얘기로 미화시켰지 않은가 이랬는데. 양사은 선생 후손들이 전해오는 말로 해가주고 지금 현재 그 묘비의 비문을 해놨는데 거기에 격암 선생 얘기가 나와요.

'선대 할아버지께서는.'

칭송하는 말이죠?

'선대 할아버지, 그 양사은 선생께서는 역학에도 능통했다.'

물론 정치에도 인제 밝았었지만은 역학에도 능통했다. 역학에 능통해서, 거 역학에 능통한 증거는 격암 선생하고 한 담론을 봐서도 다 알 수가 있다. 이런 식으로 거기에 비문이 나옵니다. 그러니까 그 이 얘기가 이렇게 조금 인제 정화는 됐지만은. 그 말이 그분들도 격암 선생을 아주, 양사은 선생하고 자기 후손이니까네 비교하는 거지요. 그래 그런 분하고도, 그런 분 하고도 격암 선생하고도 같이 담론하는 분이었다 이렇게 인제 하거든요.

남사고가 태어난 눈굼 마을

자료코드 : 05_17_FOT_20110211_LJH_YDU_0003
조사장소 : 경상북도 울진군 읍내1리 노인회관
조사일시 : 2011.2.11
조 사 자 : 임재해, 조정현, 박혜영, 강선일
제 보 자 : 윤대웅, 남, 66세
구연상황 : 앞서 남사고와 관련된 이야기가 끝난 후 청중들이 제각기 자신들의 생각을
말했다. 한 청중이 남사고가 어느 동네에서 태어나고 자랐는가라는 물음을 던
졌다. 그러자 제보자가 남사고의 출신 동네 이름을 그가 직접 지었다며 거기
에 얽힌 이야기를 구연했다.
줄 거 리 : 남사고가 태어난 마을 이름은 눈굼이며 이는 남사고가 지었다. 눈구멍을 빨
리 말하게 되면 눈굼이 된다. 눈굼마을은 중국 황제의 별궁 이름인 설궁에서
따왔다. 설궁은 눈처럼 산뜻한 곳이라는 뜻이다. 그러나 황제가 기거하는 곳
의 이름을 함부로 따와서는 안 되기 때문에 작은 구멍, 작은 곳이란 뜻의 눈
굼으로 이름 붙여졌다고 한다. 눈굼을 한자로 표시하면 설두가 된다. 그런데
이를 잘못 표기하여 한 때는 남사고의 출생지가 설매로 알려졌다. 그러나 이
는 잘못된 표기이며 설매가 아닌 설두가 맞다.

그카면은 격암선생이가 인제 어데 산에 들어갔냐면은 그 지금 생가 터
인 수곡 예. 수곡이라는 데 그게 마을 이름이가 머냐 이러면은 눈굼입니
다. 눈굼. 우리가 하는 말로 하자면은 눈굼이라고 이러지요. 인제 속칭.
눈굼이라고 다 그래요. 왜 눈굼이라고 이러면은 눈구멍입니다. 에, 자, 눈
구멍을 빨리 발음하니까 눈굼이 됐다. 누금입니다. 누금, 눈굼. 에이? [청
중의 이해를 구하며] 눈구멍 참말로 눈구멍. 눈구멍이란 말입니다. 눈구멍
이라는 게. 눈구멍이라는 말은 어디서 따왔냐 그러면은 명자(맹자)에서 따
왔어요.

명자의 양혜왕한테. 머 양혜왕이가 하는 말이,

"군자도 이런 군자가 없는데 어디서 났느냐."

명자가 양해왕, 아이 참 제선왕이지. 제선왕을 어디서 만나냐면 설궁에서 만납니다. 중국 설궁이라 이러면은 중국 황제의 별궁이지요. 별궁을 가지고 설궁이라고 하는데 그 설 자는 눈 설(雪)자인데 눈이 있다는 뜻이 아니고. 어디 눈을 보면은 깨끗하잖아요. 아주 깨끗하대요. 산뜻하단 이말이요. 산뜻하다는 뜻이 눈 자 아이라 이말 입니다. 산뜻한 곳이라 말입니다. 눈이란 것은. 그래가주고 설궁이라 이름했는데, 그 저 중국에 가면 그저, 제나라 때부터 지금도 거 있을, 머라고 하는지는 모르겠지만 설궁이라고 있어요. 명자에 나옵니다. 설궁에서 명자가 저 서남을 만났는데 그와 만나니께네,

"부동천리 일회하니 하필하 이인일골이라."

아, 어진 분이, 훌륭한 분이 천리를 마다않고 그 내가 보자하니 멀리서 왔는데 인(仁)이 있고. 머 이런 말이 나옵니다. 그때 그 자리가 어디냐 그러면 설궁이거든요. 그러니깐 격암 선생이 여 나와가주고 도를 닦은 후에 이 마을 이름을 격암 선생이가 졌다. 눈구멍이라고 졌다. 왜 그렇게 지었냐면은 설궁이라, 설궁이라 지으면은 눈 궁전 아니라요? 그죠? 함부로 눈 궁전이라고 했다가는 완전히 역적이 될껀데 그러니까네 조그만 구멍 같다. 작은 곳이다. 산뜻하고 조그마한 곳이다. 그러니까 눈구멍이래요. 그래가주고 그거를 어떻게 했냐, 이러면은 설, 한문으로는 설두(雪竇)래요. 눈 설자, 구멍 두자. 구멍 혈 밑에 그 흙 토하고, 넉 사하고, 이 조급해가주고 살 매자, 팔 매자. 그걸 가주고 구멍(竇)이라 해요. 그 설두래요. 그 설둔데, 나중에 거, 저 선배님들이 인쇄를 잘못 하다보니깐 그 어쨌냐면 그거를 우에 있는 구멍 혈(穴)자를 없애져부고 타자를 잘못 되가주고, 팔 매자 되가주고. 어, 격암 선생은 설매에서 태어났다. 그래가주고 설매예요. 설매에서 태어났다. [하하하 웃으면서] 그게 설매, 그 사람들 격암 선

생이 설매에서 태어났다. 근데 설매라는 고장이 이름이 있거든요. 그래 설매에서 태어난 줄 안단 말이예요. 그래 설매가 아니고 거서 글자를 잘 못 타자를 쳐서 오타가 되가주고, 인쇄가 잘못되서 설매가 아니고 설둡니다. 설두, 그래가주고 눈굼이고 그래가주고 설두래요.

비보풍수에 능한 남사고

자료코드 : 05_17_FOT_20110211_LJH_YDU_0004
조사장소 : 경상북도 울진군 읍내1리 노인회관
조사일시 : 2011.2.11
조 사 자 : 임재해, 조정현, 박혜영, 강선일
제 보 자 : 윤대웅, 남, 66세
구연상황 : 앞서 남사고가 태어난 마을 이름 유래에 대해 이야기를 끝내자마자, 이것과 연관시켜서 또 다른 일화를 곧바로 구연했다. 제보자는 남사고에 관한 일화를 연달아서 구연하는 모습을 보였는데, 지역 향토사가로서 울진 출신의 남사고에 대해 많은 관심을 가지고 있음을 드러냈다.
줄 거 리 : 남사고가 부친의 묘를 쓰고 그 주변을 웅장하게 만들고 싶어 했다. 그렇게 주변을 둘러보던 중 계곡이 백 개가 있는 것을 발견했다. 그래서 그 곳의 이름을 백곡이라고 지었다. 부친의 묘 뒤쪽으로 계곡이 백 개가 있으니 남사고가 바라던 바였다. 그렇게 백곡이라 이름 지어놓고 그 앞을 보니 말을 길렀던 곳이 있었다. 그래서 그곳의 이름을 말앞이라고 지었다. 그 밖에 남사고는 말을 기르며 말이 물을 마시던 곳이라 하여 마을 이름을 마음이라고 짓기도 했다.

고 연관시켜가 얘기할께요. 거 올라가면은 인제 그 저게 그 부친에 안장해놓고 그 안장해놓은 그 산 고 주위를 너무 웅장하게 좀 표현해야 된단 말이에요. 표현해야 되기 때문에 고 뒤에 있는 그 바로 넘어가면은 그 불음, 그 화원이 나오는데 바로 뒤에 넘어가면은 일백 백(百)자, 계곡 곡(谷)자, 고기 있어요. 백곡이 있어요. 거 화원 올라가면은 백곡이 되는 거죠. 그 화원 그 못 미처가주고 거 가면 백곡이 있는데 백곡이 머냐 하면은 일백 백자, 곡, 곡 고을 곡자래요. 이것도 격암 선생이 지은 겁니다. 격암 선생이 왜 졌느냐. 이 앞에 내가 거 우리 산소가 있고, 묘가 있고. 그 뒤에 계곡이, 백곡이라는 계곡이 웅장한 산이고. 그 뒤에. 그래 이게 비보설합니다. 비보풍수라요.

'계곡이가 백개 있다.'

백개 있는데 그러면 그때는 국력이 쎄야 되거든요. 그래서 그때는 말도 많이 길러내야 할 것 아니라요. 계곡에 그러니까. 그래놓고 앞에는, 앞에다 말도 갖다 매어 놓고 하던 곳이 그 마을 이름이가 말앞입니다. 예, 말앞. 말 마(馬)자, 말. [잠시 생각하는 듯이] 그래 말앞인데 우리말로 말 앞이라 했는 말을 가주고. (청중 : 그거 두전이라 머라.) 그래. 그래가주고 두, 그게 말앞이고 속칭 말앞이죠. 속칭으로 말앞이라 내려왔는데 일제 때 우리나라 이름을 전부 한문으로 행정구역 정리할 때에 말앞이었단 말이에요. 말 두자, 앞 전자. 그러니까 두전이 되부랬는거예요. 두전은 이말이가 옛날에 없었어요. 두전이란 말이 어디 있었어요. 근데 그 뒤에 말앞을 가주고. 그 말앞을 한문으로 지어놓니까 한문으로 못 적는단 말이에요. 그러니깐 한문 식으로 하다보니깐 말 두자를 쓰게 된 거래요. 이 말 마자를 썼으면 훨씬 나았을 텐데. 일본 사람들이 말 마자를 쓸라합니까. 안 쓰지요. 말 마자하고 용 용자 같으면은 안 쓸라 그죠. 그러니깐 말 마자를 빼고 말 두자를 쓰고 또 안에는 어떻게 되어 있는지는 모르지만은 말 두자에 앞 전자 써가주고 두전이 되는 겁니다. 그래 앞에는 말을 써가 두전이 되고. 그 전에 맞는지 안 맞는지 추리를 하는데요. 고 옆에 가면은 마음이 있습니다. 마음이가 막금입니다. 마음이가 막금이 됐습니다. 그 뒤에 와가주고는 이름을 좋게 해가주고 인제 그 장막 막(幕)자, 비단 금자. 고거도 이유가 있긴 있는데 실지로 들어가보면은 인제 그 말 입니다. 왜 막금이냐? 말도 매고, 말을 믹이는 곳이라 이 말입니다. 예, 우사란 이 말입니다. 마사다. 이렇게 지명 만듭니다. 그래가주고 그래 말 마자, 물마시고 하는 음(飲)자. 마음. 마음이가 막금으로 됐다. 이래하면서 이 자리를 크게 만들어놓고.

큰짐승에게 쫓겨 방에 들어온 개

자료코드 : 05_17_FOT_20110326_LJH_LKJ_0001
조사장소 : 경상북도 울진군 읍내1리 노인회관
조사일시 : 2011.3.26
조 사 자 : 임재해, 조정현, 박혜영, 강선일
제 보 자 : 이금자, 여, 69세
구연상황 : 제보자가 계속해서 이야기하는 것을 부끄러워하고 잘 못한다고 하는 등 소극적인 모습을 보이자 조사자가 제보자를 독려하며 계속해서 좋은 얘기를 듣고 있다고 했다. 조사자가 이어서 혹시 저승 나녀온 이야기가 없냐고 묻자 그 이야기 대신 마침 생각난 이야기를 들려주었다. 나지막하면서도 실감나는 이야기를 통해 제보자의 어렸을 때 경험의 일부를 엿볼 수 있었다.
줄 거 리 : 친정어머니가 개를 길렀는데 어느 날 개가 방까지 따라 들어왔다. 개를 방밖으로 내보내고 다음날 아침이 되었는데 개가 사라졌다. 제보자는 이를 짐승이 따라와서 개를 잡아먹은 것으로 여겼다.

옛날에 우리 친정에 개를 길렀는데. 개가 참 컸어. 개가 참 영리하고 굉장히 좋은 개를 길렀는데. 하루는 엄마가 정미소에서 일을 하시고 인제 집에를 오셨어. 오셨는데 밤에 저녁에 들어오는데 밤에 개가 막 문을 차고 집에 따라 들어오드래. 엄마가 들어오니까 따라 들어오는 거를 집 방 안까지 들어오니께네 놀래가꼬. 우리 엄마가,

"이 개가 왜 이렇게 따라 들오나?"

고 개를 밖으로 내 보냈든가봐. 내 보냈더니 아침에 자고나니 개가 없어 졌드래. 그러니까 무슨 짐승이 뒤에 따라 왔든 모양이라. 개가 막 안 잡혀 갈라고. 뭐가 짐승이 따라왔는데 안 잡히 갈라고 방까지 따라 들어온 거라. 들어온 거를 우리 엄마가 생전 안 그러던 게 방에까지 따라 들

어오니까 어른들은 쫓아냈는데, 세상에 아침에 개가 어디 가뿟노?

뱀 잡고 사고난 아들과 사위

자료코드 : 05_17_FOT_20110326_LJH_LKJ_0002
조사장소 : 경상북도 울진군 읍내1리 노인회관
조사일시 : 2011.3.26
조 사 자 : 임재해, 조정현, 박혜영, 강선일
제 보 자 : 이금자, 여, 69세
구연상황 : 뱀을 잡아서 해코지당한 일을 청중들끼리 이야기하다가 제보자가 아는 최근
의 이야기를 들려주었다. 친한 사람이 겪은 일이라서 약간은 조심스러워 하는
모습을 보이기도 했다.
줄 거 리 : 당에서 나온 뱀을 사위가 잡자 동티가 나서 그 사위와 손자가 자동차 사고가
났다는 이야기이다.

   그런 일이 있더라고. 우리 공숙이 그 마 딸 있잖아 공숙이 거 가가(그
딸이). 한 2년 됐나 3년 됐나 얼마 안 됐네. 그 당 새로(사이로) 배미가 나
오드란다. 배미가 나오는 걸 신랑이 나와서 잡았다네. 잡았더니 아들이
사고 나고 사위가 사고 나고 이러드라네. 차사고가 자꾸 나고 그러드라네.

짐승 소리 내는 아기

자료코드 : 05_17_FOT_20110326_LJH_LKJ_0003
조사장소 : 경상북도 울진군 읍내1리 노인회관
조사일시 : 2011.3.26
조 사 자 : 임재해, 조정현, 박혜영, 강선일
제 보 자 : 이금자, 여, 69세
구연상황 : 조사자가 노래에 대한 질문을 해서 다른 청중들이 노래가 기억나지 않는다
고 말하던 중에 제보자가 자신이 이사를 가서 실제로 들은 이야기를 들려주

었다. 아기를 키우는 데 하지 말아야 할 것을 힘주어 말하며 적극적인 모습을 보였다.

줄 거 리 : 예전에 전세 살던 집 주인 아저씨가 밭에서 살쾡이 같은 짐승을 잡자 어린 아기가 짐승소리를 내며 울었다는 이야기이다.

　우리 애기아빠가 고리원자력으로 갔었거든. 고리원자력으로. 공사 때문에 거 갔었는데, 내가 거기 이사를 가면서 세를 살았는데 거기 집주인 아줌마한테 들은 소리라. 들은 소린데. 거기 막내딸이지 아마. 막내딸인데 애기를 한참 틀고(낳으려고) 있는데 아저씨가 밭에 일을 하러 갔는가봐. 갔는데 가니까네 맹 아까 말하던 거 살쾡인가 뭔가 하든 그런 종류가봐. 짐승이 밭에서 가드래. 가는 거를 이 아저씨가 집에서 애가 누울 달이 되고 누울 그거가 되면 그걸 잡지 말아야 되잖아. 그건 들은 소리야 그 주인아줌마한테. 그걸 잡아버렸데. 집에 왔는데 애를 나가지고 안주 삼칠일도 안 지났는데 애가 찌꾸(자꾸) 짐승소리를, 울음소리를 자꾸 하더래. 그래 해가지고, 그래가지고 온 데다가 빌기도 하고 굿도 하고 막 그래도 안 되더래. 그래가지고 많이 힘들었다고 하면서 그래 그 애가 지금 하마 꽤 나이가 들어서. 그런 일이 있었어.

노루 잡아먹은 자리에서 난 사고

자료코드 : 05_17_FOT_20110326_LJH_LKJ_0004
조사장소 : 경상북도 울진군 읍내1리 노인회관
조사일시 : 2011.3.26
조 사 자 : 임재해, 조정현, 박혜영, 강선일
제 보 자 : 이금자, 여, 69세
구연상황 : 청중들이 남자들이 실수로 화를 입은 이야기를 하고 있던 중 제보자가 형부가 겪은 이야기를 들려주었다. 평소 형부가 노루나 뱀을 잡아먹는다는 이야기를 할 때는 조금 민망했던지 말끝을 흐리면서 멋쩍은 미소를 지었고 형부가 뱀을 먹는 과정에서 꼬리가 탁탁탁치는 것을 설명할 때는 제보자도 우스윘는

지 유쾌하게 이야기를 하였다.

줄 거 리 : 산판 나무 써는 일을 하던 형부가 평소에 벌목하러 가는 중에 뱀이나 노루를 잘 잡아먹었는데 하루는 노루 피를 뽑아먹은 자리에서 사고가 났다.

우리 형부가 옛날에 산판 나무. 나무 이런 산판 서는 일을 했었거든. 그랬는데 옛날에는 머 산 거이러 저런데 막 차를 몰고 이제 나무하러 올라가는 거라. 저 벌목하러. 옛날에는 차가 없으니까 그니까 저 차에 꽁짜로 타고 올라갔다가 또 내려왔다 이랬어. 그래 하는데, 밤에 머 산판에 올라가다가 뱀이나 뭐 노루나 뭐 이런 거 눈에 보이면 뭐 잡아가지고 막 우리 형부가 잡숫고 그랬어. 그러니까 뱀이를 잡아가지고 탁 머리만치를 먹으면 꼬리를 다 먹을 때까지 이래 탁탁탁 친데. 그런데 이제 하루는 노루를 잡아가지고 탁 찔러가지고 그 자리에서 피를 뽑아 먹었데. 뽑아먹었는데 그 다음에 산판에 인제 일을 하러 가는데 사람들 많이 싣고 고 굴러가는데. 딱 노루 잡아가지고 피 뽑아먹은 그 자리에서 사고가 난거야. 그러니까 노루가 재수가 없대. 딱 그 자리에서 사고가 나가지고. 그런 경우도 있더라고.

나물 하다 만난 예쁜 호랑이 새끼

자료코드 : 05_17_FOT_20110326_LJH_LOS_0001
조사장소 : 경상북도 울진군 읍내1리 노인회관
조사일시 : 2011.3.26
조 사 자 : 임재해, 조정현, 박혜영, 강선일
제 보 자 : 이옥순, 여, 82세
구연상황 : 청중들이 계속해서 개갈가지(호랑이) 이야기를 하자 가만히 듣고 있던 제보자가 마침 생각났다는 듯이 이야기를 들려주었다. 호랑이 새끼를 표현하는 과정에서 정말 예쁜 것을 봤다는 식의 실감나는 표정과 말투, 애정이 담긴 손짓을 보여주었다. 호랑이를 표현할 때는 근엄하게 남자목소리를 내었고 이야기 속 주인공이 쫓겨 가는 과정에서는 과장된 모습으로 겁먹은 모습을 표현하기

도 했다.

줄 거 리 : 산에 나무를 하러간 이가 호랑이 새끼를 보고 예뻐하다가 어미 호랑이의 등
장에 겁을 먹고 짐을 다 두고 도망쳤다. 하지만 나쁜 뜻이 없음을 안 호랑이
가 다시 짐을 돌려줬다는 이야기이다.

꽤 커가지고 저 산에로 나물을 하러 갔어. 그때는 왜 산나물을 그래 했
잖는가. 흉년이 지고 이래나도 어디 고을, 고을 가니까네. 우리는 못 봤는
데 딴사람들이가 갔는 고을에는 호랑이 새끼가 그렇게 예쁘다네. 새끼는.
[제보자 손에 실제로 예쁜 호랑이 새끼가 있는 듯 쓰다듬는 시늉을 함.]
그렇게 새끼가 예쁘다네. 그란게 호랑이는 마이 안 놓는 모양이드라네.
새끼를 두 마린 동 이렇게 놔놨는데 고래 예쁘더라네. 그래가지고,

"에이고 야고시라(이뻐라) 요게 뭐 이렇게 요로코롬 예쁘노 예쁘노!"

거사 하 나물 하러 가가지고 이쁘나 쪼금 디다보니까네 뒤에서 뭐가,

"흐음!"

하는 소리가 나더라네. [근엄한 남자 목소리로 "흐음!" 하는 소리를
냄.] 식겁을 해가지고 나물보따리고 시이고(신도) 다 벗어진 채로 그냥 집
으로 쫓겨왔다네. 식겁을 해가지고. [실제로 호랑이를 본 것처럼 호들갑스
럽게 도망치는 시늉을 냄.] 집으로 그냥 쫓겨왔는데 하루밤 자고 일나니
까 시고(신이고) 보따리고 다 갖다 났드라네.

백사 먹고 죽은 사람

자료코드 : 05_17_FOT_20110326_LJH_LOS_0002
조사장소 : 경상북도 울진군 읍내1리 노인회관
조사일시 : 2011.3.26
조 사 자 : 임재해, 조정현, 박혜영, 강선일
제 보 자 : 이옥순, 여, 82세
구연상황 : 계속해서 뱀에 대한 부정적인 결과를 낳은 사례를 이야기하자 제보자가 기

억을 더듬어 들은 이야기를 들려주었다.

줄 거 리 : 고기 파는 사람 남편이 산에 가서 몸에 좋다는 백뱀을 먹고 죽은 이야기이다.

앞에 시집 갔는 사람 저저. 여기 왜 그 고기 파는 사람이 우리 집 올케가 되지 않는가. 그 사람 신랑이 어디 있었는지 몰래. 산중에 갔어. 가니까네 백뱀이 그렇게 약이라모. 그래가지고 그 백뱀이 있어가지고 그거를 잡아가 왔는 모양이라 햐 백뱀이라고. 모 하얀 구렁인동 그거를 먹고 죽었어. 그게 큰 지킴인데 그런 게 안 잡는다네. 그래 먹고 아 두 남매놓고 죽지 않았는가.

뱀 잡아 걸어놓자 죽은 할아버지

자료코드 : 05_17_FOT_20110326_LJH_LOS_0003
조사장소 : 경상북도 울진군 읍내1리 노인회관
조사일시 : 2011.3.26
조 사 자 : 임재해, 조정현, 박혜영, 강선일
제 보 자 : 이옥순, 여, 82세
구연상황 : 다른 제보자가 뱀에 얽힌 이야기를 하자 제보자가 경험했던 일을 회상하며 이야기를 들려주었다. 직접 보지는 못 했지만 가족이 겪은 일을 실감나게 들려주었고 청중들도 맞장구치며 구렁이가 나온 대목에서는 징그러워하고 무서워하는 모습을 보였다.

줄 거 리 : 외삼촌이 큰 뱀을 쫓아버렸다가 다시 오자 잡아서 나무에다 걸어 놓았다. 그러자 할아버지가 시름시름 앓다가 돌아가셨다는 이야기이다.

우리 외삼촌이는 죽은 게. 왜 이래 이짝에 버들가지 있고. 이짝에 버들있고, 가에 요래 내려가는 데 있지 않는가. 그랬는데. 서로 모르고 저거 쓸러 갔다네 논 쓸러. 옛날에 나는 못 봤는데 이야기한데 논 쓸러 가니까는 배미(뱀)가 그 이쪽 버들가지에서 저쪽 말새코꺼지 이빠이 차드라네. (청중 : 에이, 징그러워라!) 배미가 있더라네. 그러면 고마 뒤돌아 올게 아닌가. 그거를 말세 저레 버리고 온 모야이라. 그짝으로 쫓아버리고. 그러니까네 이 사람이라 하마 안댄줄 알고 배미가 하마 맞제? 그제? (청중 : 그렇제.) 그런데 고마 그래 논으로 삼는다니까 그 구렝이가 논에 와서 후저픈거드라네. 그러니까네 마 이 아바이가 그 배미를 잡았어 고마. 잡아가지고 저 거다 갖다가 걸어놓고 올라마 배미는 또 잡으면 따 놔도 안 되고 건다모. 그래가지고 걸어놨는데. 그래가지고 옛날에 그 큰 구렝이를 잡아가지고 거다 걸어 놨는데 고만에 거 할바이가 와서 시듬시듬 고마 앓다가 죽더라네.

호식할 팔자

자료코드 : 05_17_FOT_20110326_LJH_LOS_0004
조사장소 : 경상북도 울진군 읍내1리 노인회관
조사일시 : 2011.3.26
조 사 자 : 임재해, 조정현, 박혜영, 강선일
제 보 자 : 이옥순, 여, 82세
구연상황 : 호랑이에 대한 이야기를 청중들이 계속 하자 제보자가 이야기를 들려주었다. 호랑이가 숲을 넘는 과정을 몸으로 묘사하였고, 물에 빠지는 '텀벙'소리도 정말 물에 빠진 소리가 나는 것처럼 실감나게 이야기했다.
줄 거 리 : 호랑이에게 물려가서 잡아먹힐 뻔한 사람이 우거진 숲에 떨어져 물에 빠지면서 가까스로 살아남은 이야기이다.

옛날에 뒤뜰 숲이 참 우거진 게 있었거든. 그래 있는데 기운 신 사람이가 호식할 팔자래. 그래가지고 호랑이가 그 사람을 물어 가면 마. 그 큰 나무 숲으로 확! 그러니께 호랭이가 물어가도 정신만 차리면 산다지 않나. 핵 넘어가가지고 고마 호식할 팔자가 글쎄 물에 뒤네 물에 고마 텀벙 빠져 부렀어. 그래가 살았다네. 낭기가지(나뭇가지)가 뚝뚝뚝 부러져가지고 그 사람 붙들면서 뚝뚝뚝 부러져가지고 물에 가서 텀벙 빠져가지고 호식

안 하고 살았다네.

절만 잘하면 되는 안동 시집살이

자료코드 : 05_17_FOT_20110326_LJH_LOS_0005
조사장소 : 경상북도 울진군 읍내1리 노인회관
조사일시 : 2011.3.26
조 사 자 : 임재해, 조정현, 박혜영, 강선일
제 보 자 : 이옥순, 여, 82세
구연상황 : 여자들의 시집 간 후의 몸가짐이나 예의에 대해서 청중들이 이야기를 하고
있었는데 제보자가 이야기를 들려주었다. 절만 잘 하면 된다는 말을 할 때는
크게 웃으며 이야기를 하였다.
줄 거 리 : 고등학교 옆에 사는 집 딸이 안동으로 시집갔는데, 예의를 중요시하는 안동
이라 다른 것은 할 줄 몰라도 절만 잘하면 된다고 했다는 이야기이다.

저 왜. 고등학교 소사절에 했는동. 고등학교 옆에 사는 그 집 딸이가
안동으로 시집갔다네.

"엄마 난 암 것도 할 줄 몰라도 절만 잘하면 된다."

하드라. 가 시집 가가지고 날에 날마다 절하는 게 일이라, 절만 잘하면
된다 하드라.

노루로 착각한 개갈가지

자료코드 : 05_17_FOT_20110326_LJH_JBI_0001
조사장소 : 경상북도 울진군 읍내1리 노인회관
조사일시 : 2011.3.26
조 사 자 : 임재해, 조정현, 박혜영, 강선일
제 보 자 : 조분이, 여, 69세
구연상황 : 제보자가 옛날에는 개갈가지(제보자가 개갈가지를 호랑이라고 말함.)에 관한

이야기나 경험이 많은 듯이 이야기하였다. 요즘에는 길도 잘 닦이고 가로등도 있고 좋은 세상이지만 제보자가 어릴 적만 하더라도 산짐승이 많았다며 하소연을 하였다. 제보자가 이야기를 하는 동안 청중들도 재미있게 이야기를 들으며 질문하는 모습을 보이는 등 적극적인 모습을 보였다.

줄 거 리 : 제보자가 어릴 때에 노루인줄 알고 호랑이를 잡으려고 했던 이야기이다.

옛날에는 개갈가지도 많이 있었고. 늑대도 있었고. 우리 어릴 적에 식전에 소 매러 가면은. 저기 개갈가지로 우린 노루갱인줄 알았어. 노룬줄 알고 개갈가지가 꽁지 끝에 봉실봉실 하면서 요 똑 다리 사이로 사람 홱 돌아보거든. 자꾸 돌따보면 그게 개갈가지래. 개갈가지는 원래 자꾸 돌따봐. 자꾸 돌따보고 오줌 쬐끔 노고 돌따보고 오줌 쬐끔 노고 돌따보고 자꾸 그래. 그러니까네 그걸 모리고 노룬줄 알고 붙들러 갔어요 우리가. 어릴 적에. 붙들러 가니까 집에 가서 얘기하니까 어른들이,

"너네가 죽을 라고 하나 개갈가지를 붙들고 댕길라고 하나."

그랬어. 많앴어.

무덤 파는 개갈가지

자료코드 : 05_17_FOT_20110326_LJH_JBI_0002
조사장소 : 경상북도 울진군 읍내1리 노인회관
조사일시 : 2011.3.26
조 사 자 : 임재해, 조정현, 박혜영, 강선일
제 보 자 : 조분이, 여, 69세
구연상황 : 제보자가 계속해서 개갈가지에 관련된 이야기를 하던 중 다른 제보자가 육이오시절을 회상하였다. 회상에 잠겨있던 제보자가 육이오와 개갈가지가 같이 관련된 이야기를 들려주었다. 이야기를 하면서도 끔찍하다는 듯이 손사래를 치기도 했고 오늘날과 비교해주는 모습을 보이기도 했다.
줄 거 리 : 한국전쟁 이전에 죽은 아기를 산에다가 많이 묻었는데, 개갈가지가 그 무덤을 파내어 먹었다는 이야기이다.

육이오 전에 쇠 냄새를 맡고 짐승이가 많이 없어졌지. 그전에는 암말도 못했어. [조사자 : 왜 쇠 냄새를 맡고?] 우리 일곱 살 여덟 살 이럴 때도 안주 학교 못 들어가잖소. 옛날에는. 열 살에 드갈 때도 있고 열한 살에 1학년 드갈 때도 있고.. 옛날에는 그렇게 해노니까네 거리가 멀고. 그때는 어린게로 고 소 맥이러 보내 노면 개갈가지가 산에 꼭 찼어요 마. 그 왜 애기들 죽으면 산에다 다 갖다 묻거든. 음달 쪽에다 다 갖다 묻으면 그거 파낼 라고 개갈가지가 꼭 찼어. 개갈가지가 그래. 그래가지고 소맥이다 이래 디다 보면 애초꾸디가 고마 꼭 찼거든. 그걸 애초꾸디라 그래. 애기 묻은 구멍이라 애초꾸디라 하는데 거 가보면 구디로 이만큼 파놨어. 파놓고 저가 그거 빼내먹고. 요새 왜 돼지가 산소 파먹디끼. 멧돼지 그래디끼 그때는 개갈가지가 다 팠어.

아들 구해준 소금장수

자료코드 : 05_17_FOT_20110326_LJH_JBI_0003
조사장소 : 경상북도 울진군 읍내1리 노인회관
조사일시 : 2011.3.26
조 사 자 : 임재해, 조정현, 박혜영, 강선일
제 보 자 : 조분이, 여, 69세
구연상황 : 조사자가 소금장수이야기의 도입부를 해주자 청중들이 안다는 표정을 지었다. 조사자가 이에 이야기를 청하자 제보자가 흔쾌히 이야기를 해주었다.
줄 거 리 : 소금장수가 무덤 사이에서 자다가 꿈을 꾸었는데 할머니의 제사상에 머리카락과 미가 들어가 손자를 화롯불에 밀었다고 하였다. 이에 할아버지가 약을 알려주었고 잠에서 깬 소금장수가 그 집으로 찾아가 손자에게 약을 구해주고 밥을 얻어먹었다는 이야기이다.

소금장쇠가 밤중을 걷다보니 저물었어. 저물어가지고 가다가다 어디가 쉬노 했드만 사람 집은 없고. 산소가 두 산이 있는데 고 복판에 가 누워

가지고 잤는데. 그래 인제 아가씨 말따마 할머니 제사가 다가와가지고 갈라고.

"영감, 영감 오늘 내 제산데 가자"

하니까네.

"나는 오늘 손님이 와서 못가네 못 가니까네 자네나 갔다 오게"

이랬어. 그러니까네 이제 할마이가 오니 음식에 났는데. 저 국에는 머리까이가 들어가지고 국에는 구리라 하고. 쌀에는 옛날에는 그러니까네 싸로 방아쩌놓은 거에다가 세 번 씨차나. 집에사 혹시나 기계 쩌와도 미가 있나 싶어가 씨로 가지고 치로 까불러가지고 미로 짓거든. 미로 짓는데 그래도 미가 하나 있을까봐. 그래노니까네 그게 개구리라 한데. 쌀에 미는 개구리라 하고 머리까락이 국에 든 건 구렁이고. 그래가지고

"내가 하도 속이 상해가지고 화톳불에 손자를 디밀어뿌리고 왔다."

하드라네. 그러니까네 할아버지가 있다가 이 사람아 뭐 그렇게까지 하나꼬 말이지. 그게 아가 얼마나 불쌍한데. 이러면서 그 영감 그 현몽에가 자는데 꿈이나 생선이나 한가지라 고마 자는데.

"이 사람아 그게 뭐라고 손자를 거다가 디밀어 넣나 아이고. 아가 고코롬 못 견디고 그게 약에 있는데."

이러드란다 그 영감 자는데. 그래가 할마이가 모가 약이나 하니까네.

"저 오는 논틀에 가면 쏘이가 이래 있는데 그럴 때는 탕수라 하지 않나?"

요샌 세월이 발달해서 저래 하지. 그래가지고 청태를 걷어가 물청태를 걷어가지고 아를 붙여주면 아가 안조이코 낫는네 하드라네. 그래가 이 사람이 그 고향을 찾아왔어. 찾아와 가지고 아가 하도 울어서 하도 야단을 치니까네.

"아가 우는 것은 내가 고쳐 줄테니 나를 밥을 좀 달라 배불려달라."

하드라네. 배가 고파 죽을 지경이거든 밥을 못 먹어 놓으니. 그래 밥을

채려주고 제삿밥을 한 그릇 실컷 먹고 아는 내가 고쳐준다 하드라이. 그러니까 조상 지킨대로 영감 지킨대로. 그래 인제

'어디어디 가면 옛날엔 탕수라 했어. 탕수에 물청태가 쪘었으니까네 그거를 걷어다가 아를 붙여주면 화기가 빠져가지고 아가 낫는다'

그래.

"아는 내가 고쳐 주니까네 나는 밥을 잘 먹고 간다"

하드라. 그래 인제 소금을 지고 이제 장사하러 갔다네.

서울에 팔렸다가 혼자 돌아온 고을지킴이 뱀

자료코드 : 05_17_FOT_20110326_LJH_JBI_0004
조사장소 : 경상북도 울진군 읍내1리 노인회관
조사일시 : 2011.3.26
조 사 자 : 임재해, 조정현, 박혜영, 강선일
제 보 자 : 조분이, 여, 69세
구연상황 : 조사자가 제보자에게 혹시 구렁이가 사람으로 변해서 사람을 잡아먹는 이야기는 없냐고 묻자 제보자는 망설임 없이 이야기를 들려주었다. 사람을 잡아먹은 이야기는 아니지만 뱀이 사람에게 부정적인 결과를 준다는 것에서 비슷한 이야기를 말 한 것으로 보인다.
줄 거 리 : 서울로 팔려갔던 뱀이 5일 만에 다시 마을로 돌아오며 마을의 큰 지킴이라는 인식을 심어준 이야기이다.

저 곰치골이라는데 두태진에, 매화진에 곰치골이라고 하는데 거기는 배미(뱀)가 있는 거를 잡아서. 아저씨 하내이가 잡아가지고 그거를 국수 기짝(궤짝) 있지 옛날에 국수 기짝 나무 기짝 이만한 거. 거다가 여가지고 서울사람인데 팔았어. 팔았디마는 5일 만에 그 배미가 디왔드라요. 그 집에가 꺼내니까네 배미가 나와 가지고. 고마 서울서 여 시골까지 찾아 왔드란다 배미가. (조사자 : 해코지 했어요?) 그래 와가지고 우예 됐는동 몰

래. 왔다 소리만 들었지. 그야 우야 온고. 그게 그쟈 배미가 그쟈. 그러니까네 그게 고을의 큰 지킴이라 그게가.

희잽이가 많은 섬쩟한 골짜기

자료코드 : 05_17_FOT_20110326_LJH_JBI_0005
조사장소 : 경상북도 울진군 읍내1리 노인회관
조사일시 : 2011.3.26
조 사 자 : 임재해, 조정현, 박혜영, 강선일
제 보 자 : 조분이, 여, 69세
구연상황 : 조사자가 이야기를 잘한다고 하자 제보자가 "옛날에는 희재비도 많았다…"고 하였다. 이에 조사자가 희재비 이야기를 들려달라고 하자 어릴 적 겪었던 이야기를 들려주었다. 누군가 상투를 끌어당기는 듯한 느낌을 받기도 했다.
줄 거 리 : 제보자가 어릴 때에 혼자서는 무서워서 가지 못하는 길이 있었는데 동생들과 마실 청년들이 가보자 비오는 날에 희재비가 불을 밝히며 돌아다닌다는 이야기이다.

옛날에는 희재비도 많애. 우리 친정 마실에는 떡골이 되짐하고 신응이하고 차있는 골이 있어. 고곳만 들이서면 남녀 간에 노인들까지도 머리끝이 숭크래져. 고곳만 들어서면 어제 우리가 친정어머니 친정제사 갔다 오다가, 인제는 다미까가 도로를 해놔가, 차가 2차선 도로를 해놔서 차가 댕기거든. 우리 전에 학교 댕길 때 아들 하나 못 가. 무섬을(무서움을) 자서(못 참아서) 못가. 이 머리가 고마 다 끄들래가지고 상투로 꺼들러지는 거 같어. 그래 무서와 그래가. 고 갈 때는 고 가기 전에는 바로 앞에 있어. 미리 가도 바로 앞에 있어. 아들이랑 같이 가지 혼채는 죽어도 못가. 그런데 우리는 저기 모노 글케 무서워도 보지는 못했는데 우리 동상들이하고 마실 청년들이하고 가보면 똑 비올 적에 희재비가 불을 써가지고 나선다네 어두울적에. 그렇다네.

논둑길을 밝혀준 호랑이 불빛

자료코드 : 05_17_FOT_20110326_LJH_JBI_0006
조사장소 : 경상북도 울진군 읍내1리 노인회관
조사일시 : 2011.3.26
조 사 자 : 임재해, 조정현, 박혜영, 강선일
제 보 자 : 조분이, 여, 69세
구연상황 : 제보자가 옛날에 비해 오늘날 많이 발달된 도로와 가로등을 말하며 "요즘
세상에는 무서운 것도 별로 없지만 옛날에는 많았어….." 하며 이에 관련된 경
험담을 들려주었다.
줄 거 리 : 아버지가 돌아가시기 전에 보기 위해 한밤중에 먼 시골길을 달려 힘들게 갔
지만 결국 인연이 없어 보지 못했다. 그런데 한밤중에 달보다 큰 불빛이 논
둑길을 비춰주었는데 그것이 호랑이였다고 한다..

우리 친정 아버지가 나이 사십에 돌아가셨어. 사십에 돌아갔는데 우리
큰 집에 앞뒷집이 요래 살아. 우리 큰집은 매화로 친정 이사를 왔어. 이사
를 왔는데 내가 누구 데리러 갈 사람이 없어가지고. 인제 아들네는 막 고
마 군대 가뿌고 없제. 이제 내가 우리 큰아버지 큰어머니 아버지가 돌아
가셔야 한다고 데릴러 갔어. 매화사 신흥리까지 갈라면 상당히 멀어. 상
당히 먼데. 둘이 큰어머니 큰아버지가 오라고 하고. 난 아버지 살 수 있을
때 본다고 쫓아갔거든. 그 멀리 뛰간 게 한 두어 시간 가야 거까지 다 간
거라. 매화사 그제. 밤에 뛰가다 보니까네 고 골이 지나가다 보면 산소가
크다란 게 하나 있는데. 모래 요래 돌아가면 우리 집이 요래 보인데. 그
돌아갔는데 머리가 숭크래져 있는데. 그 근데 산에가 불이 달 덩거리는
암것도 아니래. 큰 다라 같은 불이가 있는데 그게 호랭인가봐. 호랭이 불
이니까 글치. 내가 어려서 몰라서 글치. 그때도 어리지도 않애. 열아홉에
그랬으니까네. 그 불이가 얼마나 큰지 비추는지 길이 환하드라고. 우리
친정 드갔는데 산소 있는 모래가 드갔는데 집이가 보예. 그래가 드갔는데
요새야 이차선도로로 닦았지만 그때는 논둑길로 댕겼잖아 옛날에. 논둑길로

댕겼는데 불이 환하드라고. 막 가니까네 아버지가 나로 바리타가(기다리
다가)

"야가 왜 안 오노. 안 오노."

바리타가 내가 딱 드가고 한참 있다니까 돌아가셨다고 하드라고. 그게
그러니까 인연이 없어.

울진 입향시조 주씨

자료코드 : 05_17_FOT_20110211_LJH_JHT_0001
조사장소 : 경상북도 울진군 읍내1리 노인회관
조사일시 : 2011.2.11
조 사 자 : 임재해, 조정현, 박혜영, 강선일
제 보 자 : 주형태, 남, 75세
구연상황 : 조용히 이야기를 듣고 있던 제보자가 문득 이야기가 생각난 듯 조심스럽게
"저기 그 얘기가 있잖아요."라고 말을 꺼냈다. 그래서 조사자와 청중이 모두
주목하자 "울진에 우리 입향시조가 있거든요."라며 이야기를 구연했다.
줄 거 리 : 주씨 성을 가진 두 형제가 경주에 살고 있었다. 어느 날 진덕여왕의 능을 보
니 산새가 용이 등천하는 형국이었다. 그래서 집안의 어른이 돌아가시자 그
아래에 묘를 썼다. 그리고는 일이 발각되기 전에 도망을 쳤다. 두 형제가 같
이 도망을 치면 혹시라도 잡힐까봐 형은 북쪽으로 동생은 남쪽으로 도망을
쳤다. 북쪽으로 간 형은 울진에 정착했고 남쪽으로 간 동생은 김해에 정착했
다. 울진에 정착한 형은 남씨와 혼인을 하였다. 원래 남씨 집안에서 좋은 묏
자리를 봐두었는데 주씨 집안으로 시집간 남씨 할매가 밤중에 몰래 묏자리에
물을 퍼서 쓰지 못하게 되었고 후에 주씨 남편이 그 자리를 차지하게 되었다.
그래서 지금도 남씨들은 그곳엔 오지 않는다고 한다. 그리고 좋은 묏자리를
차지하게 된 주씨가 바로 울진의 입향시조라고 한다.

에 우리 저 [잠깐 기억을 더듬으며] 주자로부터. (청중 : 십삼세.) 아, 십
삼세 선종 할아버지가 원래 경주에 살았어요. 경주에 사셨는데 [목소리를
가다듬으며] 그 경주 가면은 진덕여왕 능이 있습니다. 선덕여왕 능은 있

지만, 진덕여왕 능이, 능이 아주 그 용이 등천하는 그런 형국이래요. 우리 볼 줄 모르는 눈이지만 산새가. 진덕여왕 산소 밑에다가. (청중 : 가만히 썼다 그지.) 가만히 썼어요. 할아버지가. (청중 : 몰래, 몰래.) (조사자 : 투장을 하신 거네요.) 예. 가만히 쓰고 두 형제가 있었는데 그 잡히면 안 된다 말이예요. 두 형제 한분은 북쪽으로 튀고, 한 분은 남쪽으로 튀고. 북쪽으로 튄 분이 거 우리 주가들 울진 입향시줍니다. 남쪽으로는. (청중 : 경주에 바로 그 할아버지의 후손이 바로 여 이 울진에 주가들이지.) 예, 자기 어른 묘를 바로 진덕여왕 산소 밑에다가 무덤을 써놓고 그래고 동생은 같이 가면 안 된다.

"니는 남쪽으로 튀라."

이래가주고 김해 쪽으로 갔습니다. 김해로. 근데 그 [목소리를 가다듬으며] 할아버지 산소가 에, 울진에 와가주고 남씨 할매하고 혼사가 이루어졌는데. 고 지금 그 할아버지가 묻힌는 산소가 그 남씨 할머니가 보니까 자기 친정아부지 남씨들이 그기에 쓸라고 망보고 있었대요. 그러니까 거기서 밤새도록 인제 물을 길러가주고 거기다가 인제 항아리에다가 물 붓고. 예, 짚신을 까꾸로 신고 그래가주고 인제 우리 할아버지가 돌아가시고 인제. 할아버지 산소를 거기 썼는데 그래 남씨들은 그짝에 오지도 않잖습니까. [하하하 웃으면서] (청중 : 고 위치가 바로 여게 정림리 박, 박금이란 곳인데 그 묘가 울진에 주씨들의 입향시조지. 십사세손이지. 십삼세니까 그지?) 예, 십삼세손.

만리 만리 구만리

자료코드 : 05_17_FOT_20110211_LJH_JHT_0002
조사장소 : 경상북도 울진군 읍내1리 노인회관
조사일시 : 2011.2.11

조 사 자 : 임재해, 조정현, 박혜영, 강선일
제 보 자 : 주형태, 남, 75세
구연상황 : 조사자가 남사고와 관련하여 '구일재' 일화를 구연했다. '구일재'는 일본 사람
　　　　들이 우리나라를 침범했을 때 하루면 넘을 수 있는 고개를 남사고가 도술을
　　　　부려 구일 만에 넘게 했다고 하여 '구일재'라 한다. 조사자의 이야기가 끝나자
　　　　청중들이 이구동성으로 '만리 만리 구만리'라고 말하며 모두가 알고 있는 이
　　　　야기라고 했다. 그래서 대표로 주형태씨가 이야기를 구연했다.
줄 거 리 : 예전에 왜구가 울진의 고산성을 치려고 했다. 고산성을 치러 가는 도중에 한
　　　　할머니를 만나게 되었다. 왜구들이 할머니에게 고산성으로 가는 길을 물었다.
　　　　그러자 할머니가 "만리 만리 구만리"의 길을 지나 "고개 고개 천고개"를 넘
　　　　어야 된다고 말했다. 왜구들이 고산성으로 가지 못하게 할머니가 지혜를 발
　　　　휘한 것이다. 지금도 "구만리"와 "천고개"라는 동네 이름이 있다.

여 왜구가 이쪽 현내에서부터 들어와가주고). 예, 들어와가주고 인제 어
딜 칠라 했냐면 아까 얘기하던 거. (청중 : 고산성) 예, 고산성. 거기를 거
게 현감하고 현, 군청소재가 거 다 있었단 말이야. 거기를 쳐야 하는데.
그래 골로 갈라카면 요, 요 길로 산으로 올라가야 되요. [손가락으로 방향
을 가리키며] 할무이를 하나 만났답니다. [목소리를 가다듬으며] 그러니
까 머,

"만리 만리 구만리를 가야 된다."

고 옆에 쪼매난 고개가 있습니다. 예, 천고개.

"고개 고개 천고개"

를 넘어가가주고 가야 거기에 도달한다. 마 그래 그런 얘기가 있다는.
(청중 : 그래, 현지 지명이 여 어느 동네 이름이 구만리라.) 구만리. 동네
이름도 구만리고. (청중 : 고 고 쪼끔 벗어 났는 천고개라는 동네가 있어.)
그래서 그런 이름 붙여졌다 이런 얘기라. 고개도 안 높아요. 근데 할무이
그 지혜라 그럽디다. (조사자 : 아, 할머니가 그렇게 얘기를 해가주고.) (청
중 : 예, 그렇지. 고개 이름이.) 예, 거 산성 그 치로(길로) 올라갈라고 인제
목표를 거기다 잡았는데 할무이가 길을 물어보니까.

"아, 만리 만리 구만리를 가야 되니더."

"고개 고개 천고개를 넘어야 되니더."

[모두들 하하하 웃는다]

딸년은 도둑년이다

자료코드 : 05_17_FOT_20110211_LJH_HSI_0001

조사장소 : 경상북도 울진군 읍내1리 노인회관

조사일시 : 2011.2.11

조 사 자 : 임재해, 조정현, 박혜영, 강선일

제 보 자 : 홍순일, 남, 71세

구연상황 : 앞서 시집 간 딸이 명당을 차지하기 위해 밤에 고무신을 거꾸로 신고 물을
가져다 부었다는 이야기를 구연했다. 그러자 제보자도 그 이야기를 알고 있다
며 앞의 이야기가 끝나고 이야기를 새로 구연했다.

줄 거 리 : 한 여성이 윤씨 가문에서 태어나 남씨 가문으로 시집을 갔다. 그러던 중 자
신의 친정아버지가 쓸 묏자리가 둘도 없는 명당이라는 소리를 듣게 되었다.
그러나 자신은 출가한 몸이라 그 묏자리를 친정아버지가 아닌 시아버지가 쓰
기를 원했다. 그래서 밤새 눈이 온 길을 고무신을 거꾸로 신고 올라가 묏자
리에 물을 부어 놓았다. 나중에 친정 집안에서 묏자리를 쓰려고 하니 물이
고여 있어 쓸 수가 없었다. 그래서 결국 남씨 가문에서 그 묏자리를 차지하
게 되었다. 그 후 명당에 묏자리를 쓴 남씨 가문은 점점 번성하게 되었고 윤
씨 가문은 서서히 가세가 기울어졌다고 한다.

제가 알기로는 인제 그 묘터가 좋아가주고 묘를 쓸라고 그러는데. 근데
그 출가, 출가 했는 따님이 그 차암 좋은 터 묘터가, 묘터가 참 좋다는
애기를 듣고 욕심이 나가주고.

'내가 어차피 출가외인이니까네 내 그 시집, 시집에 가가주고 시집이
번창하면은 안 좋겠냐?'

이래가주고 밤새도록 눈이 왔대요 그날. 그래 눈이 오니까네, 들어온

길만 알고 나갈 때는 고무신을 까꾸로 신어야 들어온 길은 있지만 나오는 길은 없거든요. 그래 저, 저 물 들고 고무신에다 물을 퍼가주고 올 때는 바로 신고 나갈 때는 고무신을 까꾸로 신고 그래야 인제 들어온 길 밖에 없으니까네. 그래가주고 그 화가 날 자리에다가, 화가 날 자리에다가 물을 넣는데 아침에 묘를 쓸라하니께네 화가 난 그 자리에 물이 고여 있거든요.

"그래서, 이 물 나는 자리는 안 된다."

이래가주고 묘를 못 쓰고 딴 데 옮겼는데 딸이 자기 시아버지를 묘를 거기다가 몇 십 년 후에 써가주고 상당히 저게 머 번성해 잘 됐다고. (청중 : 그게 격암 선생이 잡아 놓은 그 터란 말이예요?) 예, 예. (청중 : 에, 그 터는 아니지.) 아 머 하여튼 얘기는. (청중 : 그, 지금 그 터는 아니고 격암 선생이 자기 어른을 아홉 번째 모실라고 그 터는, 그 터가.) 아, 예 예. 그 터는 아니고. 그 맞어. 그 저 격암 선생님이가 자기 아버질 모실려고 카는 그 터가 아니고. (청중 : 맞어. 그 터는 아니래.) 격암 선생님이가 풍수지리설에서 관의 저 머드라. 관에 윤가니까네 다른 집들, 남씨, 아니 윤씨들인가? (청중 : 윤씨들이지.) 맞어 맞어, 윤씨들이가, 윤씨들이가 묘를 그렇게 써놨는데 그, 그 남씨 따님이 그걸 보고 인제 그. (조사자 : 남씨 며느리가.) 그르치 예. 윤씬데 남씨 며느리가 그런 식으로 해가주고 인제 울진에 남씨가 상당히 번성해 살다가. (조사자 : 아, 그래서 윤씨는 몰락하고 남씨가 번성했다. 아, 재밌네요.)

신선에게 도술 배우 남사고

자료코드 : 05_17_FOT_20110211_LJH_HBC_0001
조사장소 : 경상북도 울진군 읍내1리 노인회관
조사일시 : 2011.2.11

조 사 자 : 임재해, 조정현, 박혜영, 강선일
제 보 자 : 황병천, 남, 89세
구연상황 : 앞서 남사고와 관련된 이야기가 끝나고 조사자가 청중에게 서애와 퇴계와
　　　　　 관련된 이야기를 알고 있느냐고 물었다. 한 청중이 "퇴계 이야기는 안동에 가
　　　　　 서 물어야죠."라고 농담을 던졌다. 모두들 웃음을 터뜨린 가운데 제보자가
　　　　　 "퇴계 선생이……."라고 운을 떼며 이야기를 시작했다. 그러나 제보자가 구연
　　　　　 도중 퇴계와 남사고를 혼동하여 이야기를 구연했다. 퇴계 선생이라고 운을 뗐
　　　　　 지만 실은 남사고와 관련된 이야기이다.
줄 거 리 : 남사고가 말을 타고 길을 가는 도중에 무거운 짐을 짊어지고 가는 중을 만났
　　　　　 다. 중이 지나가는 남사고 선생을 불러 세워 자신의 짐을 말에 실어주기를 청
　　　　　 했다. 남사고는 아무 말 없이 중이 원하는 대로 짐을 싣고는 서로 이야기를
　　　　　 하며 구룡사로 향했다. 구룡사 앞까지 오자 갑자기 중이 사라지더니 한참 후
　　　　　 에 코부터 서서히 모습이 나타났다. 그런 후에 남사고에게 놀라지 않았냐고
　　　　　 물었다. 그러자 남사고가 전혀 놀라지 않았다고 답했다. 남사고의 기백을 알
　　　　　 아본 중은 남사고에게 도술을 가르쳐주었다. 그런데 사실 중은 신선이 몰래
　　　　　 모습을 감춘 것이었다. 그렇게 신선에게 도술을 배운 남사고는 그 길로 입이
　　　　　 트이고 도술이 트여 참외나 고기를 훔쳐 먹을 수 있었다.

　퇴계 선생이 말입니다. 현기증(도술의 일종)을 어디서 배웠냐하면은 구
룡산서 배왔단 말이예요. 현기증으로. 거 인제 퇴계 선생이가 인제 말을
타고 가다 보니께네 어떤 중이가 말입니다. 이 시주를 많이 해가주고 아
주 무거운 바랑을 말입니다. 그래 짊어지고 가드라만은. 그래 가는 걸 그
중이가 그 남사고를 보고.

　"이것 좀 봐라. 거기 좀 싣고 가자."

　이랬던 모양이라. 두 말도 안하고 말이라. 등에다 거 시주했는 걸 줘
싣고. 걸어서 고 얼마 안 됐던 모양이지. 그래 인제 구룡사가. 거 구룡사
앞에 그 산이 먼 산이라 그래. 거 가서 둘이가 인제 얘기하고 잡담을 하
는데 하다 보니께네 머 개미가 꽉 깨무드니 중이가 없는 게라. 한참 있다
보니께네 코, 코부터 나타나드란가 그래. 머 옛날 사람이 그대로 나타나
대. 나와가주고는

"놀랬지."

하드란다.

"그거 머 놀랬네."

남사고가. 그거 머 놀랜단 말이래. 그래 대단합니다. 그래서 이 사람은 현기증을 갈채주면 될따 해가주고. 그래 인제 그 쪽지를 저녁에 이걸 가주가서 속달해라 말이다. 마이 배우고 많이 저거하라고 그래 주고, 이 사람은 그 길로 고마 머 입을 튼게라. 신선이가 아마 와가주고 그래 갈채줬다. 그래 현기증은 거기서부터 배웠다는 거래요. 그래 배와가주고 아마 거 외씨도 막 가서 훔쳐 먹고, 막 고기 삐도(뼈도) 막 훔쳐 먹고.

4. 원남면

증편 한국구비문학대계 ● 경상북도 울진군

▌조사마을

경상북도 울릉군 원남면 매화2리

조사일시 : 2011.2.26~27
조 사 자 : 임재해, 조정현, 박혜영, 강선일

　매화2리는 동쪽은 매화천을 끼고 있으며 서쪽은 남수산(嵐峀山), 남쪽은 매화천 상류로 매화1리 기양리와 인접되고 북쪽은 금매2리인 몽천동과 경계를 이루고 있다. 매화2리는 구장터 가치마 최촌(崔村) 윤촌(尹村)의 자연부락으로 이루어졌고, 동리 이름을 매화(梅花)라고 하는 데는 세 가지 이유에서 연유되었는데, 첫째 이 마을의 형상이 남수산 정상에서 바라보면 흡사 매화꽃잎과 같고 또 부근의 산봉우리가 매화꽃과 같다는 데서 연유되었고, 둘째로 조선조 광해군 때 강원관찰사(江原觀察使) 기자헌(奇自獻)이 이곳을 지나다가 마을 주위의 들에 해당화가 만발하여 장관을 이루고 있는 것을 보고 야다강매(野多江梅)라는 시(詩)를 읊었던 연유로 매야(梅野)라 하다가 후에 매화(梅花)로 바뀌었으며, 셋째 조선 선조 때 윤여호(尹汝虎) 옹의 부인 공인(恭人) 영양남씨가 이곳에 정착하면서 조상이 살던 영덕군 매일동(梅日洞)의 매(梅)자를 따서 매화(梅花)라 하였다고 전하고 있다.

　조선후기부터 일제강점기 초기까지 이곳에 5일장(五日場)이 열렸으나 후에 면소재지가 매화1리로 옮겨감에 따라 장터도 매화1리로 옮겨 갔으므로 이곳을 구장터라 부르게 되었다. 매화리 인근에서 남사고(南師古) 선생이 학문을 연구하였다는 전설이 있고, 또 임진왜란 전에 일본의 풍신수길이 조선을 정복하기 위해 현소(玄蘇)라는 일본의 고승(高僧)을 밀파하여 명산의 정기를 쇠진시킬 목적으로 남수산에 쇠말뚝을 박았다는 전설이 있다. 그리고 또한 한발이 심할 때에 남수산 정봉(頂峰)에서 기우제(祈雨

祭)를 올리면 효험을 얻는다고 한다. 동리 중앙에 위치한 큰 팽나무 아래에 우물이 있었는데 매년 동민들이 제관(祭官)을 엄선하여 식수(食水)로 인한 모든 잡병이 없도록 제사를 올리고 기도하였다. 그러나 지금은 상수도가 설치되어 우물은 매몰되어 놀이터로 변했다.

2011년 2월 26~27일 양일간 수행된 매화리 조사에서는 설화 13편, 민요 9편이 수집되었다. 남성 제보자들의 소극적인 참여로 제대로 된 이야기나 노래를 들을 수 없었고, 할머니들을 중심으로 한 조사가 이루어졌다. 설화는 다양한 풍수 이야기부터 도깨비 이야기까지 수집되었고 민요는 삼신 비는 소리, 시집살이노래 등 여성들의 삶과 연동된 작품들이 수집되었다.

▌제보자

남옥이, 여, 1930년생

주 소 지 : 경상북도 울릉군 원남면 매화2리
제보일시 : 2011.2.26
조 사 자 : 임재해, 조정현, 박혜영, 강선일

남옥이 씨의 택호는 이모댁으로 매화 2리
에서 태어나 2011년 현재까지 매화 2리에
서 살아 온 토박이이다. 혼인도 같은 마을
출신인 지금의 남편과 혼인하여 매화 2리에
서 평생을 매화 2리에서 보냈다. 남옥이 씨
는 당시 중매결혼이 대부분이었던 상황에서
조금 다르게 연애결혼을 하였다.

제공 자료 목록

05_17_FOT_20110226_LJH_NOE_0001 빗자루 도깨비
05_17_FOT_20110226_LJH_NOE_0002 주인집이 뺏길 때 슬피 운 집지킴이
05_17_FOT_20110226_LJH_NOE_0003 호식 당한 이야기
05_17_FOT_20110226_LJH_NOE_0004 호랑이가 가져다놓은 나물바구니
05_17_FOT_20110226_LJH_NOE_0005 팥죽 할머니
05_17_FOT_20110226_LJH_NOE_0006 딸년은 도둑년
05_17_FOT_20110226_LJH_NOE_0007 용이 되어 승천하지 못한 아버지
05_17_FOT_20110226_LJH_NOE_0008 물 좋고 경치 좋고 그늘 좋은 곳은 없다
05_17_FOT_20110226_LJH_NOE_0009 시주 온 스님 놀려 소가 된 집
05_17_FOT_20110226_LJH_NOE_0010 제사상의 구렁이
05_17_FOT_20110226_LJH_NOE_0011 고려장 이야기

윤금계, 여, 1935년생

주 소 지 : 경상북도 울진군 원남면 매화2리
제보일시 : 2011.2.26
조 사 자 : 임재해, 조정현, 박혜영, 강선일

윤금계 씨는 1935년생으로 77세이다. 목
소리가 부드럽고 청중들을 집중시키는 힘이
있어 노래판을 더욱 신명나게 만들었고, 부
엉이노래, 화투뒤풀이, 시집살이노래 등을
불려주셨다.

제공 자료 목록

05_17_FOS_20110226_LJH_YGG_0001 부엉이노래
05_17_FOS_20110226_LJH_YGG_0002 화투뒤풀이
05_17_FOS_20110226_LJH_YGG_0003 비야비야 오지마라
05_17_FOS_20110226_LJH_YGG_0004 까마귀 놀리는 소리
05_17_FOS_20110226_LJH_YGG_0005 시집살이 노래
05_17_FOS_20110226_LJH_YGG_0006 꼬부랑 할머니
05_17_FOS_20110226_LJH_YGG_0007 삼신 비는 소리
05_17_FOS_20110226_LJH_YGG_0008 아이 재우는 소리
05_17_FOS_20110226_LJH_YGG_0009 껄껄 장서방

임부칠, 여, 1930년생

주 소 지 : 경상북도 울릉군 원남면 매화2리
제보일시 : 2011.2.26
조 사 자 : 임재해, 조정현, 박혜영, 강선일

임부칠 씨는 울진군 근남면 행곡 3리에서
태어나 혼인하기 전까지 그 곳에서 살았다.
21살에 혼인하면서 울진군 원남면 매화 2리

로 와서 살게 되었다. 집안 어르신의 중매로 자신과 동갑인 남편과 혼인
하였다. 남편이 시댁에서 장남이어서 시부모님을 모시고 살다가 분가하였
다. 분가하면서 매화 1리에서 몇 년 살다가 다시 매화 2리로 와서 살게
되었다. 슬하에 아들 3명 딸 2명으로 5남매를 두었다.

제공 자료 목록
05_17_FOT_20110226_LJH_LBC_0001 도깨비에게 홀린 이야기
05_17_FOT_20110226_LJH_LBC_0002 도깨비에 홀린 교사

빗자루 도깨비

자료코드 : 05_17_FOT_20110226_LJH_NOE_0001
조사일시 : 2011.2.26
조사장소 : 경상북도 울진군 원남면 매화리 마을회관
제 보 자 : 남옥이, 여, 82세
조 사 자 : 임재해, 조정현, 박혜영, 강선일
구연상황 : 조사자가 다른 마을에서 나온 도깨비 이야기를 들어 구연하자 옆에서 듣고
있던 제보자가 이야기를 구연하였다. 연신 웃으면서 즐겁게 도깨비 이야기를
구연하였다.
줄 거 리 : 옛날에 방앗공이를 버리면 도깨비가 된다고 하고 빗자루를 깔고 앉으면 또
도깨비가 된다고 하였다. 옛날에 길을 가는데 여자가 계속 따라오자 자전거
에 묶어 데리고 왔는데 다음 날 일어나서 보니 여자는 없고 빗자루가 있었다
고 한다.

　옛날에는 '방앗공이 뭐 내삐리지 마라. 내삐리지 마라' 하고. 빗자리래.
빗자리 이래 깔고 앉지 마라 했잖아.
　'깔고 앉은 그거 내삐리면 그게 도깨비 된다.'
　그 옛날에 자꾸 오빠 오빠하고 따라오기 때매 따라온나 따라온나 하고.
자전차(자전거)에다 딱 묶어 와가지고, 집 앞, 날 새니깐 빗자리 [하하하
웃으면서] 빗자리라 안 그랬는가. 그거 자꾸 그러니까. 옛날에 그것도 그
래 있잖는가? 여자들이 인제 그 뭐 저 경덕. 그께 애들 경덕, 실제 그거
깔고 앉아 가지고 그래가지고 인제 그래 된데.

주인집이 뺏길 때 슬피 운 집지킴이

자료코드 : 05_17_FOT_20110226_LJH_NOE_0002
조사일시 : 2011.2.26
조사장소 : 경상북도 울진군 원남면 매화리 마을회관
제 보 자 : 남옥이, 여, 82세
조 사 자 : 임재해, 조정현, 박혜영, 강선일
구연상황 : 집지킴이에 대한 이야기를 해달라고 하자 함께 모여 있던 사람들 모두 모른
        다고 하였다. 그 중 제보자가 이야기를 구연하기 시작하였다. 이야기의 시대
        상황을 생각한 듯 조금 조용한 분위기에서 이야기가 구연되었다.
줄 거 리 : 일제 강점기 때에 이감댁이라는 사람이 일본인에게 집을 빼앗기고 감옥에
        가는데 그 집에 살던 집지킴이인 구렁이가 나와 집 주인이 감옥 가는 길에
        울었다고 한다.

　옛날에 옛날에 이감댁이가 일본정치 때. 일본 정치 때 집을 뺏기고. 일
본 사람한테 집을 뺏기고 탑들에 참 가는데. 참, 구렁이가 나와가지고 그
렇게 그렇게 참, 울더라네. 그래가지고 갔다가 온다 온다 하고 그래 참 저
래 놓고. 그래가 갔다왔다 하더라고. 구렁이 집 지킴이야. 구렁이가 집지
킴이라데. 일본 사람한테 집을 뺏길 적, 구렁이가 나와가지고 그렇게 지
냈더라네. 그런 소리. 그 거 뭐 그거도 뭐 여서 저거. 두고두고 내려오데.
그래 집을 뺏겼뿌고 탑 들어가서 살다 왔다데. 이감댁이가.

호식 당한 이야기

자료코드 : 05_17_FOT_20110226_LJH_NOE_0003
조사일시 : 2011.2.26
조사장소 : 경상북도 울진군 원남면 매화리 마을회관
제 보 자 : 남옥이, 여, 82세
조 사 자 : 임재해, 조정현, 박혜영, 강선일
구연상황 : 조사자가 이야기를 하나 꺼내어 묻자 모두 모른다고 하였다. 그 중 제보자가

자기 집안에 실제 있었던 이야기를 꺼내었다. 자신의 집안 이야기여서 다소 조심스럽게 이야기를 진행하였다.

줄 거 리 : 옛날에 제보자 집안의 한 조상이 산에 일을 하러 갔는데 밤이 되어도 내려오지 않았다. 이에 집안 사람들과 마을 사람들 모두 나서서 산속을 찾아다녔다. 결국 찾은 것은 그 사람의 두서와 신발뿐이었다. 이에 사람들은 호랑이 잡아먹은 것으로 생각하였다.

옛날에 옛날 참, 옛날에 우리집안에 참말로 옛날에는 보름씩 새리 안 뭐 밥 보름 밥 댕굴 줄 알았다네. 옛날에는. 참말로. (청중 : 보름 밥. 산에 가서 새리. 새리 알제? 그걸 비 와야 밥을 해 먹었어.) 보름 밥 해먹었어. 그거 아니면 밥 못 해 먹을 줄 알았데. 그래가지고 참말. 집안에서 그, 좋은 물 베어 놓은 걸로 참. 그 새리 베로 갔는데 고마 우리 집안에 한 아이가 마. 안 와. 안 왔어. 안 와가지고. 횃불 써 들고 온 동네가 나서가지고 찾으러 근래 산천에 참 다이낸께네. 하마 그 큰짐승이 따 먹고 두서만 놔뒀다드라. 신발하고 두서만 돌에 얹어 놨더라네. 그래 우리 집안에 호남만한 게 있어. (조사자 : 그 큰짐승이 호랑이에요?) 호랑이지.

호랑이가 가져다놓은 나물바구니

자료코드 : 05_17_FOT_20110226_LJH_NOE_0004
조사일시 : 2011.2.26
조사장소 : 경상북도 울진군 원남면 매화리 마을회관
제 보 자 : 남옥이, 여, 82세
조 사 자 : 임재해, 조정현, 박혜영, 강선일
구연상황 : 조사자가 나물과 관련한 호랑이 이야기를 꺼내자 제보자가 맞장구 쳐 주었다. 조사자가 그 이야기를 구연해달라고 하자 잘 모르겠다며 처음에는 조금 꺼려하다가 조사자가 재차 청하니 이야기를 구연하였다.

줄 거 리 : 산에 나물을 캐러 갔다가 호랑이를 만나 나물바구니를 놓고 마을로 도망와 버렸다. 그렇게 하루가 지나고 다음날 아침에 일어나서 보니 마당에 나물바

구니가 놓여 있었다. 이에 사람들은 호랑이가 나물바구니를 가져다 놓았다고
생각하였다.

친구들이캉 나물 캐러 갔는데 그 호랑이 만나가지고 뭐 뭐 보, 보따리
나물 보따리 다 내삐리고 왔부렸지 뭐. 다 내삐리고 오이까네. 아침에 자
고 일나이, 그 나물 보따리가 시재이 보따리 다 시재 집에 갔다 놨더래.
(청중 : 밤에 갖다 놨구나.) 그렇지. (조사자 : 왜 안 잡아먹고 그렇게 갔다
는데요?) 그 사람 많아 못 잡아먹지. 자기가 잡아 놓고도 산신령이가 뭐라
하면 못 잡아먹는데. 호랑도 어. 그것도 산신령이가 먹어라 해야 먹지. 잡
아 놓고도 그 사람 못 먹어라 하면 못 먹는다 하데.

팥죽 할머니

자료코드 : 05_17_FOT_20110226_LJH_NOE_0005
조사일시 : 2011.2.26
조사장소 : 경상북도 울진군 원남면 매화리 마을회관
제 보 자 : 남옥이, 여, 82세
조 사 자 : 임재해, 조정현, 박혜영, 강선일
구연상황 : 조사자가 팥죽 할머니 이야기를 들어보았는지 묻자 웃으면서 잘 모르겠다고
　　　　　하자 조사자가 이야기의 앞부분을 조금 이야기하였다. 이에 기억이 제보자가
　　　　　조금 기억을 더듬다가 간략하게 이야기를 구연하였다.
줄 거 리 : 남의 집에 일 해주러 갔던 할머니가 일 값으로 팥죽을 받아서 집으로 돌아오
　　　　　는 길이었다. 그때 호랑이가 나타나 그 팥죽을 다 빼앗아 먹고는 할머니도
　　　　　잡아먹었다. 그것으로도 배가 안찬 호랑이는 그 할머니의 집으로 아이를 잡
　　　　　아먹으러 갔다.

옛날 그 남의 집 비 매주러 간 이야긴데. [하하하 웃으면서] (조사자 :
그거 어떻게 되요?) 그 다 빼기고 그 팥죽을, 그 비 메 준 팥죽을, 팥죽을
많이 써주는 거로 이고, 오매오매 호랑이한테 다 뺏겨부리고, 다 뺏겨뿌

고, 그럼 호랑이 또 그 팥죽 다 먹어 버리고. 그 아 잡아 먹을라고 그 집에 왔더래. (조사자 : 예.) 그래가지고 뭐 뭐. 몰래 나도 이제 몰래.

딸년은 도둑년

자료코드 : 05_17_FOT_20110226_LJH_NOE_0006
조사일시 : 2011.2.26
조사장소 : 경상북도 울진군 원남면 매화리 마을회관
제 보 자 : 남옥이, 여, 82세
조 사 자 : 임재해, 조정현, 박혜영, 강선일
구연상황 : 제보자와 이야기를 나누던 중에 조사자가 딸년은 도둑년이라는 이야기를 꺼
         내어 물어 보았다. 제보자가 웃으면서 이야기를 구연해주었다.
줄 거 리 : 옛날에 딸이 친정아버지가 죽으면 쓰기 위해 마련해 놓은 명당터를 자신의
         시아버지에게 쓰려고 밤마다 신을 거꾸로 신고 산을 올라 그 묘터에 물을 부
         어 놓았다. 묘터에서 물이 나오는 것을 안 친정집은 그 곳이 명당이 아니라
         고 생각하고 다른 곳에 묘를 썼고 명당터에는 딸의 시아버지가 묻혔다. 그래
         서 '딸년은 도둑년'이라는 말이 생겼다.

친정, 친정아바이 묘를 쓸라고. 묘를 쓸라고. 묘터를 잡아 놨는데 그 인제, 딸이가 들어서 밤새도록 신을 까꾸로 신고 물 받아두이 오는 자국만 있고 가는 자국이 없다. 그래 그게 고만 명승터 잡아 놨는데,

'아 이게 명승이 아니구나.'

하고. 뭐 물이 났으니 명승 아니라 하고. 그래가지고 딸년이가 저거 시아바이를, 저거 시아바이를 거다 서 와가지고 그래, 그랬다네. 그런 소리다. (조사자 : 아~ 그 딸년이 시아버지 묘만) 저거 시아바이 쓸라고. 그래 딸년이 옛날부터 도둑년이라 그게 그런 말이 나오는 거라. 하하하.

용이 되어 승천하지 못한 아버지

자료코드 : 05_17_FOT_20110226_LJH_NOE_0007
조사일시 : 2011.2.26
조사장소 : 경상북도 울진군 원남면 매화리 마을회관
제 보 자 : 남옥이, 여, 82세
조 사 자 : 임재해, 조정현, 박혜영, 강선일

구연상황 : 조사자가 이 이야기를 조금 말하자 제보자가 자신들보다 더 많이 알고 있다
　　　　　며 크게 웃었다. 조사자가 아니라고 하며 이야기를 들려 달라고 하자 연신 웃
　　　　　으면서 이야기를 구연하였다. 손으로 이야기의 상황을 설명해가며 즐겁게 구
　　　　　연하였다.
줄 거 리 : 옛날에 한 남자가 아들에게 우물에 몇 달 들어가 있으면 용이 되어 하늘로
　　　　　갈 수 있다며 자신이 죽으면 어떤 우물에 넣어달라고 하였다. 그렇게 이야
　　　　　기를 나누던 중에 자기 부인이 들어오자 부자는 아무 말도 하지 않았다. 하
　　　　　지만 그 이야기를 듣고 있던 부인은 마을에 소문을 내었고 마을 사람들이
　　　　　그렇게 하지 못하게 하였다. 결국 그 남자는 용이 되어 하늘로 올라가지 못
　　　　　하였다.

　　부자간에 인제,

　　"내가 죽거들랑 목을 비가지고 인제. 아무데 우물에다 여어도고(넣어
달라)."

　　이랬는데. 할마이가 들어오이까네 인제. 할마이는 남이라고 부자가 얘
기 하다가 남이 들어 온다하고 이야기 안 하더라네. 그 옛날부터 할마이
는 남이고 부자간에는 식구고, 그래가지고 할마이가 들어뿌랬어. 그 이
그로 마 처 우물에 넣어가지고 몇 달만 놔 뒀으면 그 여 뭐, 저저 용 돼
올라갈낀데, 할마이가 들어버리고 고마 내. 할마이가 마 소문 내뿌이. 그
물 먹는 사람들 가만 놔두나. 그래가지고 용 돼 못 올라갔다네. 그래 할마
이가 그 그 남이라가지고 안돼.

물 좋고 경치 좋고 그늘 좋은 곳은 없다

자료코드 : 05_17_FOT_20110226_LJH_NOE_0008
조사일시 : 2011.2.26
조사장소 : 경상북도 울진군 원남면 매화리 마을회관
제 보 자 : 남옥이, 여, 82세
조 사 자 : 임재해, 조정현, 박혜영, 강선일
구연상황 : 제보자에게 이 이야기를 묻자 크게 웃으면서 구연하였다. 이야기의 주인공인
　　　　　아버지를 한심하다는 말투였다. 이야기 구연이 끝난 후에 조사자가 개인적
　　　　　인 질문을 하자 웃으면서 계속 대답해 주었다.
줄 거 리 : 딸을 둔 아버지가 좋은 혼처를 고른다고 계속 딸을 시집 보내지 않고 데리고
　　　　　있었다. 이에 딸이 하루는 점심 도시락을 싸드리면서 정말 경치 좋고 물 좋
　　　　　은 곳에 가서 먹으라고 하였다. 딸의 말대로 그런 곳을 찾아 다니던 아버지
　　　　　는 결국 찾지 못하였고 딸의 의도를 알아 차렸다. 그 후에 아버지는 딸을 시
　　　　　집보냈다.

　　옛날에 딸로 이래 놔두고. 아바이가 하도 하도 참말로 좋은 자리 골르
구로 딸로 시집 안 보냈어. 그래 딸이가 점심을 싸주면서,

　　'아버지 이 점심을 잡수고 어디. 아. 점심을 어디가서 늘(그늘)에 좋고
경치 좋고 물 좋은데 가서 밥을 잡수라.'

　　했어. 진작에 싸들고 다녀도 경치가 좋으이 물이 없고, 또 물이 좋으이
경치가 없고 그래가지고 마. 아바이가 이 딸이 말이 맞구나 하고 아무데
나 놨어. 그런 역사래. 그러이 경치가 좋으이 물이 없제. 물이 좋으이 경
치가 없제. 그러이 딸이가 보다 못해 하도 하도 딸로 참말로 좋은데 치울
라 그렇게 그러이. 그래. 그래가지고 아무데나 놓더라네.

시주 온 스님 놀려 소가 된 집

자료코드 : 05_17_FOT_20110226_LJH_NOE_0009
조사일시 : 2011.2.26

조사장소 : 경상북도 울진군 원남면 매화리 마을회관
제 보 자 : 남옥이, 여, 82세
조 사 자 : 임재해, 조정현, 박혜영, 강선일
구연상황 : 조사자가 제보자의 기억을 살려내기 위해 이야기의 첫 부분을 조금 구연하
          였다. 이야기를 듣고 있던 제보자가 그 이야기를 모르지만 다른 이야기를 알
          고 있다고 하면서 이야기를 구연하기 시작하였다. 청중들과 함께 크게 웃어가
          며 이야기를 구연하였다.
줄 거 리 : 옛날에 손자가 너무 귀여워하던 할머니가 있었다. 하루는 한 스님이 시주를
          하러 왔는데 그날도 손자를 보고 있던 할머니는 그 스님을 박대하였다. 박대
          당한 스님이 그 집을 돌아서서 나가고 나자 그 집이 까막소가 되었다고 한다.

옛날에 손자가 하도하도 귀여워 가지고 할마이가 업고 안고 푸다 보이
까네. 인제 스님이 시주하러 왔어. 시주하러 오이. 이노무 할마이가 손
자를 마~ 품에,

"우리 뭐 주꼬. 우리 아무개 주까?"

[하하하 웃으면서] 그러고난동 그러고 자라.

"우리 뭐를 주꼬?"

손자로 귀여워 가꼬, 우리 아무꺼 주까 마 이러이. 이놈의 저 스님이
보이 고마 마. 그래가지고 마 글그만 한 사발 푸다 주더라마 뭐 이래가지
고 스님 가만에 돌아서면서 마. 그 집은 마 까막소. 마 소(연못) 만들어
뿌렸다네. 그래가지고 지금 어데 그 소가 안주 있어. 있다. (조사자 : 아~
그 소가 아직 있어요?) 어. 안주 있어. 역사 내려오는 이건 이야기래.

제사상의 구렁이

자료코드 : 05_17_FOT_20110226_LJH_NOE_0010
조사일시 : 2011.2.26
조사장소 : 경상북도 울진군 원남면 매화리 마을회관
제 보 자 : 남옥이, 여, 82세

조 사 자 : 임재해, 조정현, 박혜영, 강선일

구연상황 : 조사자 제보자의 기억을 이끌어 내기 위해 제사상의 이야기를 조금 구연하
자 제보자가 기억이 난 듯 이야기를 구연하였다. 처음 조금 구연을 하다가 힘
들었는지 중간에 끊었다가 조사자가 계속 해달라고 하자 다시 이야기를 구연
하였다.

줄 거 리 : 제삿날에 집을 찾은 조상이 자신의 제사상 음식에 머리카락이 떨어져있는
것을 보고 화가 나서 손자를 불씨에 밀어버리고 돌아왔다. 그렇게 사람들은
제사를 지낼 때 정성이 중요하다고 생각하였다.

　　제사 잡수러 가이까네. (조사자 : 누가요?) 그 할아버지가 그 저 저. 고
옛날에는 뭐 길가다가 인제 묘에, 인제 묘앞에서, 몰래 나도 몰래 듣는 거
아재? 그래가지고 그 뭐 뭐 돌아가신 어른이는, 귀신이는 멀퀴(머리카락),
이 멀퀴를 구랭이라 하는 가봐. 그래 인제 뭐. 구랭이가. 뭐 구랭이가 들
었더라 하고 하나도 못 먹고. 손자를 마 마. 옛날에 화티라고. 옛날에는
이 부엌에 옆에, 그거 뭐 뭐라고 하나. 화티라 하나. 뭐라 하노. (청중 : 화
티.) 화티 맞제. 화티에다가. 부, 불에다 떠 밀어버리고 왔다 하더라네. (조
사자 : 머리카락이 있어가지고요?) 머리카락이, 머리카락이 채소 나물에
들었이까네. 구랭이를 삼아 놨다고. (조사자 : 아~ 머리카락이 채소 나물
에 들어가 있으니까?) 구랭이 삼아 놨다고. 그러이 제사 음식은 머리카락
드갈라 조심해라, 조심해라 옛날부터 그런 소리.

고려장 이야기

자료코드 : 05_17_FOT_20110226_LJH_NOE_0011

조사일시 : 2011.2.26

조사장소 : 경상북도 울진군 원남면 매화리 마을회관

제 보 자 : 남옥이, 여, 82세

조 사 자 : 임재해, 조정현, 박혜영, 강선일

구연상황 : 조사자가 이웃 마을의 고려장 이야기를 들면서 제보자에게 묻자 제보자도

알고 있다고 하였다. 조사자가 들려달라고 청하자 제보자가 웃으면서 잠시 생각하는 듯하였다. 그리고는 바로 이야기를 시작하였다. 이야기 구연이 끝나자 크게 웃었다.

줄 거 리 : 옛날에 삼대가 같이 살고 있었는데 어머니가 죽어서 남자가 지게에 지고 산에 고려장을 하러 갔다. 산에서 고려장을 하고 지게를 버리고 내려오려고 하자 그 남자의 아들이 남자에게 나중에 아버지도 버리러 와야 하는데 왜 지게를 버리고 가냐고 하자 남자가 아들의 말에 크게 느껴서 그렇게 하지 않았다.

옛날에 삼대가 살다가 아바, 어마이가 죽으이까네 아들이가 지게를 놔가지고 고려장 하러 가더라네. 그래 이제 뭐 고려장 하고 그 지게로 이제 아들로 내삐리고 올라 할께네. 어마이 죽은 아들가 내삐리고 올라 할께네. 내삐로. 내삐리로 온 아들이가

"또 갖다 놔야 또 아부지 또 그래 갖다 없애지요."

고마 다시 안 그러더란다.

"지게를 가져가야 아부지도 낸중에 갖다 없애지요."

이러니까. 다시 어마이도 안 그리고 마 안 그러더라네.

도깨비에게 홀린 이야기

자료코드 : 05_17_FOT_20110226_LJH_LBC_0001
조사일시 : 2011.2.26
조사장소 : 경상북도 울진군 원남면 매화리 마을회관
제 보 자 : 임부칠, 여, 82세
조 사 자 : 임재해, 조정현, 박혜영, 강선일
구연상황 : 조사자가 도깨비에 관해 이야기를 꺼내니 제보자가 과거에 실제로 있었던 일을 말해 주었다. 이해가 안 된다는 어투로 이야기를 구연하였는데 조심스러운 모습이었다.
줄 거 리 : 예전에 병만이라는 사람이 사촌과 함께 산소에 다녀오다가 도깨비에 홀려서 옷을 다 벗고 강가의 자갈밭을 계속 왔다 갔다 하며 돌아다녔다. 이에 마을 사람들이 두 사람을 데리고 와 재우고 다음날 집으로 돌려보냈다.

병만 씨가 도깨비한테 홀렸어. 가을 때 산소 갔다 오다가. 기양 그리 일있 다. 기양 일 있다. 일이 경비를 내려오다가 밤에 두 사촌이 내려왔는데 오다가 도깨비한테 홀려가지고 옷을 다 벗었데요. 둘이 아주 그것도 장다 했는데 다 벗어가지고 팬티도 안 입었던가봐. 다 벗고. (청중 : 옛날 안 입었단 말도 맞네.) 그래 홀려 가지고 온 밤 새도록 그 냇가에 저. 그 강가에 그제 자갈밭에 왔다 갔다 둘이 이라고 댕기다. 그 동네 사람들 날 새아가, 살, 날 샐만 할 때 그 동네 사람들 아이고 디다. 옷을 다 입히고 이래가지고 재워 보냈다네. 그런 친구가 있어.

도깨비에 홀린 교사

자료코드 : 05_17_FOT_20110226_LJH_LBC_0002
조사일시 : 2011.2.26
조사장소 : 경상북도 울진군 원남면 매화리 마을회관
제 보 자 : 임부칠, 여, 82세
조 사 자 : 임재해, 조정현, 박혜영, 강선일
구연상황 : 앞서 도깨비에 홀린 사람의 이야기를 구연하고 나서 바로 구연하였다. 자신이 실제로 겪었던 일을 이야기 하면서 자신의 생각을 말하며 의문이 드는 듯한 말투였다.
줄 거 리 : 제보자의 집 근처 학교의 교사가 도깨비에 홀린 듯 마을을 헤매고 다니다가 제보자의 큰 집 앞에 있는 서낭나무 밑에 있는 교사를 집으로 데려가 재우고 다음 날 집으로 돌려보냈다.

그 뭐 술 먹어서 그래 홀렸는지. 우리들 그 댁 가서 있을 적에 학교 교사인데 오다가다, 오다가 그랬는동. 우리 큰 댁 집 앞에 서낭나무 밑으로 밤에 그래 헤매고 내려 온 걸 데려다 우리다 재우고 보냈네. 도깨비인데 홀려 가지고. 그런 일 있어.

부엉이노래

자료코드 : 05_17_FOS_20110226_LJH_YGG_0001
조사장소 : 경상북도 울진군 원남면 매화2리 노인회관
조사일시 : 2011.2.26
조 사 자 : 임재해, 조정현, 박혜영, 강선일
제 보 자 : 윤금계, 여, 77세
구연상황 : 조사자가 부엉이 노래를 아느냐고 묻자 윤금계 할머니가 "부엉이 우는 게
　　　　　 저렇지 왜?"라면서 주위를 둘러보다가 노래를 시작했다.

　　　기집죽어 한탄하고
　　　자식 죽어 애통하고
　　　양식 없다 부엉!

화투뒤풀이

자료코드 : 05_17_FOS_20110226_LJH_YGG_0002
조사장소 : 경상북도 울진군 원남면 매화2리 노인회관
조사일시 : 2011.2.26
조 사 자 : 임재해, 조정현, 박혜영, 강선일
제 보 자 : 윤금계, 여, 77세
구연상황 : 조사자가 화투뒤풀이를 아느냐고 묻자 곧바로 노래를 시작하였다.

　　　정월 송학 속속한 마음
　　　이월 매조에 맺어 놓고
　　　삼월 사쿠라 산란한 마음
　　　사월 흑싸리 흩어놓고

유월 목단에 오신단 손님

윤금계 할머니가 한 대목을 빠뜨렸더니 옆에 있던 할머니가 오월은 안 하느냐며 물었다. 그러자 다시 오월부터 가사를 읊기 시작한다.

오월 난초 가신 손님
유월 목단에 오신다니
칠월 홍돼지 홀로 누워
팔월 공산에 달구경 가니
시월 단풍에 다 떨어졌네
동지 섣달에 오신단 손님 안 오셨다

비야비야 오지마라

자료코드 : 05_17_FOS_20110226_LJH_YGG_0003
조사장소 : 경상북도 울진군 원남면 매화2리 노인회관
조사일시 : 2011.2.26
조 사 자 : 임재해, 조정현, 박혜영, 강선일
제 보 자 : 윤금계, 여, 77세
구연상황 : 조사자가 '비야 비야 오지 마라'라는 소리는 하지 않았느냐고 묻자 윤금계 할머니가 곧바로 대답하면서 청중과 함께 크게 웃었다.

비야 비야 오지 마라
소금 장사 울고 간다

까마귀 놀리는 소리

자료코드 : 05_17_FOS_20110226_LJH_YGG_0004

조사장소 : 경상북도 울진군 원남면 매화2리 노인회관
조사일시 : 2011.2.26
조 사 자 : 임재해, 조정현, 박혜영, 강선일
제 보 자 : 윤금계, 여, 77세
구연상황 : 까마귀 날아가는 걸 보고 놀리는 소리가 있느냐는 조사자의 질문에 윤금계
　　　　　할머니가 곧바로 질문에 응답하며 까마귀 놀리는 소리를 읊어주었다.

　　　앞에 가는 놈 도둑놈
　　　뒤에 가는 건 양반

시집살이 노래

자료코드 : 05_17_FOS_20110226_LJH_YGG_0005
조사장소 : 경상북도 울진군 원남면 매화2리 노인회관
조사일시 : 2011.2.26
조 사 자 : 임재해, 조정현, 박혜영, 강선일
제 보 자 : 윤금계, 여, 77세
구연상황 : 조사자가 시집살이 노래를 아느냐고 묻자 윤금계 할머니가 "그래"라고 대답
　　　　　하면서 곧바로 구연을 시작했다.

　　　형님형님
　　　시집살이 어떻던고
　　　고추당초 맵다한들
　　　시집살이 같을소냐

꼬부랑 할머니

자료코드 : 05_17_FOS_20110226_LJH_YGG_0006
조사장소 : 경상북도 울진군 원남면 매화2리 노인회관

조사일시 : 2011.2.26
조 사 자 : 임재해, 조정현, 박혜영, 강선일
제 보 자 : 윤금계, 여, 77세
구연상황 : 조사자가 "꼬부랑 할머니가 꼬부랑 고개길을 가다가"라면서 앞 소절을 부르
자 윤금계 할머니가 아는 노래라는 듯이 곧바로 구연을 시작했다. 노래를 받
아 적자 할머니가 "그게 뭐 좋다고 받아적냐"면서 크게 웃었다.

꼬부랑 고개를 가다보니까

꼬부랑 할머니가

꼬부랑 작대기를 짚고

뭐 꼬부랑 개가 오는거라 하

할마이가 꼬부랑 짝대기로 때려가

꼬부랑 깽 꼬부랑 깽

삼신 비는 소리

자료코드 : 05_17_FOS_20110226_LJH_YGG_0007
조사장소 : 경상북도 울진군 원남면 매화2리 노인회관
조사일시 : 2011.2.26
조 사 자 : 임재해, 조정현, 박혜영, 강선일
제 보 자 : 윤금계, 여, 77세
구연상황 : 조사자가 할머니께 삼신 모실 때 비는 소리가 있느냐고 윤금계 할머니가 읊
어주었다.

나갈 때는 빈 짐 지고

들어올 때 한 짐 지고

발 끝에 채인부정

치매 끝에 매인 부정

그런 거 다 없애라

앉아서 삼천리 서서 삼천리

동이 번하면 날 샌 줄 알고

저물면 저문 줄 알고

미련한 인간이 아무것도 몰래고

그래서 잘 봐달라

아이 재우는 소리

자료코드 : 05_17_FOS_20110226_LJH_LBC_0008
조사장소 : 경상북도 울진군 원남면 매화2리 노인회관
조사일시 : 2011.2.26
조 사 자 : 임재해, 조정현, 박혜영, 강선일
제 보 자 : 윤금계, 여, 77세
구연상황 : 조사자가 자장가에 대해 질문하자 옆에 있던 제보자가 자신이 직접 만들어
자식을 키울 때 불러 주었다며 자랑스럽게 말하였다. 조사자가 구연해 달라고
청하자 제보자가 구연하였다. 자신감 있는 모습으로 정확히 자장가를 구연하
였다.

자장 자장 우리 자장

우리 아기 잘도 잔다

니가 울어 날이 새나

닭이 울어 날이 샌다

멍멍 개야 짖지 마라

꼬꼬 닭아 울지 마라

우리 아기 잠 못 잔다

돋아 오는 밝은 달이

우리 아기 잠든 얼굴

곱게 곱게 비춰 준다

자장 자장 우리 자장
우리 아기 잘도 잔다

껄껄 장서방

자료코드 : 05_17_FOS_20110226_LJH_LBC_0009
조사장소 : 경상북도 울진군 원남면 매화2리 노인회관
조사일시 : 2011.2.26
조 사 자 : 임재해, 조정현, 박혜영, 강선일
제 보 자 : 윤금계, 여, 77세
구연상황 : 조사자가 앞 부분의 단어를 한 마디 말하자 제보자가 자신이 알고 있다며
크게 웃으며 노래를 구연하였다. 연신 크게 웃으면서 구연하던 중 재밌어 하
다가 중간에 구연이 중단되었다. 조금 후에 다시 구연하였다.

껄껄 장서방 뭐 뭐 먹었노
논길 밭길 댕기며 콩 한 쪽 하하하~
껄껄 장서방
논길 밭길 돌아 댕기며
콩대가리 주워 먹었다

5. 죽변면

증편 한국구비문학대계 · 경상북도 울진군

▌조사마을

경상북도 울진군 죽변면 죽변3리

조사일시 : 2010.1.19, 2010.1.26
조 사 자 : 임재해, 조정현, 박혜영, 강선일

죽변3리의 속명은 '봉께', '봉계', '봉수동'이다. 이러한 속명은 마을에 봉수대가 있었기 때문에 붙여졌다. 마을의 동쪽은 동해를 바라보고 남쪽은 죽변 1, 4리와 닿아 있다. 서쪽은 7번 국도를 경계로 죽변5리와 닿아 있고 북쪽은 후정1리와 접한다.

이 마을은 1750년경 달성서씨가 개척한 것으로 알려져 있다. 그 뒤 이씨, 한씨, 박씨, 장씨, 나씨, 김씨 등이 들어와 세거했다고 한다. 현재 마을에는 약 400가구, 1000여 명이 살고 있다. 원자력발전소가 생기면서 마을의 규모가 커졌다고 한다. 성씨별로는 경주이씨, 김해김씨, 영천이씨, 밀양박씨 순으로 많이 거주한다.

주민들은 주로 어업을 하며 생계를 유지했다. 농경지는 교회 옆에 있는 작은 규모의 밭이 전부이다. 그 마저도 외지인들이 경작하고 있다. 현재는 다섯 명 정도가 어선어업에 종사한다. 배는 죽변항에 정박시킨다. 미역바위인 짬은 '섬바위', '가리바위', '물치거랑', '돈바위', '맛플', '벼락바위', '노랑바위', '식언개안', '장두리곶', '동락개안', '거지곶', '큰개안', '민락개안', '집앞가리바위', '아래챈개안', '웃챈개안', '수심처' 등 17개 소로 나뉜다. 대보름에 어촌계원들이 '구지뽑기'를 해서 미역 채취권을 나눈다. 현재 어촌계에는 78명이 가입되어 있다. 한편 주민들은 대보름과 6월 보름, 10월 보름에 '동네공사'를 열어 마을의 대소사를 의논한다.

주민들은 동제를 '당집제사', '동네제사' 등으로 부른다. 이 마을에는 남서낭과 여서낭이 좌정했다. 주민들은 남서낭을 달리 '웃당할아버지', '할배', '영감' 등으로 부른다. 남서낭은 마을의 평안과 풍요를 관장하는 신격으로 알려져 있다. 여서낭은 해상안전과 풍어를 관장한다. 주민들은 여서낭을 달리 '아랫당 할머니', '할매', '할마이' 등으로 부른다. 많은 주민들이 남서낭과 여서낭을 부부로 여긴다. 이 밖에도 두 분의 서낭신 곁에는 그들의 사자인 수부가 좌정했다.

주민들은 서낭신을 영험한 존재로 여기며 공손히 섬긴다. 신앙심이 깊은 사람들은 서낭당 앞을 오갈 때 공손하게 인사를 드린다. 예전에는 집안에서 텃제를 지낼 때 먼저 서낭신을 대접한 뒤 가신을 모셨다. 주민들이 단체로 면민체육대회에 나갈 때면 대표자가 서낭신에게 술을 한 잔 올리며 좋은 성적을 거두게 해달라고 빈다. 관광을 가거나 잔치를 열 때에도 깨끗한 사람이 서낭신에게 술을 한 잔 올리며 무사히 마칠 수 있도록 기원한다.

▌제보자

김용웅, 남, 1945년생

주 소 지 : 경상북도 울진군 죽변면 죽변3리 마을회관
제보일시 : 2011.2.9~10, 2011.2.26
조 사 자 : 임재해, 조정현, 기미양, 박혜영

김용웅 씨는 죽변이 안태고향으로, 현재
거주하고 있는 울진군 죽변면 죽변 3리에서
태어나서 지금까지 살고 있다. 김용웅 씨의
아버지가 죽변 3리에 들어와 자리를 잡았
다. 군대에 3년 넘게 복무할 당시 월남전에
도 참전하였다. 혼인은 월남전을 다녀온 후
에 나온 휴가에서 평소 아버지가 마음에 두
고 있던 현재의 부인과 선을 보았고 약혼
후 복귀하였다. 군제대 후에 지금 부인과 혼인하여 2남 2녀를 두고 있다.
군 제대 후에 뱃일을 하면서 생계를 이었고 중간에 고향을 떠나 울산에서
몇 년을 보냈다. 어민으로서 뼈가 굵은 그는 현재 죽변3리 어촌계장을 맡
고 있다. 마을의 역사와 대소사에 관한 전승지식을 풍부하게 전해주면서
마을지명유래 등 여러 이야기들을 제보해주었다.

제공 자료 목록

05_17_FOT_20110209_LJH_KYU_0001 봉깨마을 지명유래
05_17_FOT_20110209_LJH_KYU_0002 까치바위와 송장바위
05_17_FOT_20110209_LJH_KYU_0003 삼태기 모양의 지형
05_17_FOT_20110209_LJH_KYU_0004 바다 속 명당 이야기
05_17_FOT_20110209_LJH_KYU_0005 거지끝 이야기

김정희, 여, 1936년생

주 소 지 : 경상북도 울진군 죽변면 죽변3리
제보일시 : 2011.2.9
조 사 자 : 임재해, 조정현, 기미양, 박혜영

김정희 씨도 마을 대부분의 사람들과 같이 집안 어른의 중매로 혼인하였다. 김정희 씨의 고향은 울진군 평해읍으로 20살에 동네 집안 어른들을 통해서 울진군 죽변면 죽변 3리에서 태어나고 자란 남편과 혼인했다. 집안이 조금 넉넉했던 김정희 씨는 지금의 평해 초등학교 졸업하고 평해 여자 중학교를 다니던 도중 집안의 가세가 기울어 중퇴해야했다. 그 후, 20살이 되던 해에 혼인하여 죽변 3리로 들어와 자리잡게 되었다.

제공 자료 목록

05_17_FOT_20110209_LJH_KJH_0003 귀신을 태운 택시기사
05_17_FOT_20110209_LJH_KJH_0006 뱀과 결혼한 남자
05_17_FOS_20110209_LJH_KJH_0001 뱃노래
05_17_FOS_20110209_LJH_KJH_0002 창부타령
05_17_FOS_20110209_LJH_KJH_0004 돈나온다
05_17_FOS_20110209_LJH_KJH_0005 월월이청청

이향자, 여, 1932년생

주 소 지 : 경상북도 울진군 죽변면 죽변3리
제보일시 : 2011.2.9
조 사 자 : 임재해, 조정현, 기미양, 박혜영

죽변 3리 태생이다. 본명은 이향자이나 집에서는 향자란 이름 대신 행자라고 불린다. 22살이 되던 해에 28살의 남편을 중매를 통해 만났다. 칠남매 중 맏이였던 남편을 따라 혼인 후 시댁이 있는 삼포리에서 시부모님을 모시고 5년 정도 지냈다. 삼포리에서 시부모님을 모시고 농사를 지으면서 살다가 죽변리로 돌아왔다. 죽변리에서는 농사일과 뱃일을 병행하며 살아왔다. 삼포리에서 돌아와 이곳 죽변리에서 44년 째 살고 있다.

제공 자료 목록
05_17_FOT_20110209_LJH_LHJ_0001 봉수동의 유래
05_17_FOT_20110209_LJH_LHJ_0002 허재비의 정체는 빗자루
05_17_FOT_20110209_LJH_LHJ_0003 다양한 허재비의 정체
05_17_FOT_20110209_LJH_LHJ_0004 도깨불은 헛불
05_17_FOT_20110209_LJH_LHJ_0005 화재를 막아주는 화쟁물
05_17_FOT_20110209_LJH_LHJ_0006 뱀과 혼인한 처녀
05_17_FOT_20110209_LJH_LHJ_0007 허재비와 대화
05_17_FOT_20110209_LJH_LHJ_0008 급사병에 맞아 죽다
05_17_FOT_20110210_LJH_LHJ_0001 죽어서 우물 허재비가 된 처녀
05_17_FOT_20110210_LJH_LHJ_0003 온천 갔다 뱀에게 잡아먹힌 처녀
05_17_FOT_20110210_LJH_LHJ_0004 버려진 아이를 보살핀 개
05_17_FOT_20110210_LJH_LHJ_0005 고양이의 복수
05_17_FOT_20110210_LJH_LHJ_0006 까치의 종족 구출하기
05_17_FOT_20110210_LJH_LHJ_0007 집지킴이의 복수
05_17_FOT_20110210_LJH_LHJ_0008 인연은 따로 있다
05_17_FOT_20110210_LJH_LHJ_0009 문둥이로 착각한 시어머니
05_17_FOT_20110210_LJH_LHJ_0010 딸년은 도둑년이다
05_17_FOT_20110210_LJH_LHJ_0011 지혜로운 중신애비
05_17_FOT_20110210_LJH_LHJ_0012 부인 말 한마디에 등천 못한 용
05_17_FOT_20110210_LJH_LHJ_0013 고려장 이야기
05_17_FOT_20110210_LJH_LHJ_0014 문둥병을 낫게 해준 사두
05_17_FOT_20110210_LJH_LHJ_0015 문둥이들의 결혼식
05_17_FOS_20110209_LJH_LHJ_0001 시집살이 노래 (1)
05_17_FOS_20110209_LJH_LHJ_0002 시집살이 노래 (2)

05_17_FOS_20110209_LJH_LHJ_0003 청춘가

05_17_FOS_20110209_LJH_LHJ_0004 꼬부랑 할머니

임후순, 여, 1936년생

주 소 지 : 경상북도 울진군 죽변면 죽변3리

제보일시 : 2011.2.9

조 사 자 : 임재해, 조정현, 기미양, 박혜영

임후순 씨는 울진군 후포면 후포4리에서 태어나서 지금은 울진군 죽변면 죽변3리에서 살고 있다. 21살에 동네 집안 어른들을 통해서 울진군 죽변면 죽변 3리에 거주하고 있던 남편과 혼인하면서 시댁이 있던 죽변면 죽변 3리에 들어와 살게 되었다. 당시 남편의 나이는 25살이었다. 바닷일을 하는 남편을 도우면서도 시집살이도 잘하여 시어머니와 갈등이 없었다.

제공 자료 목록

05_17_FOT_20110209_LJH_LHS_0001 방귀쟁이 며느리

05_17_FOT_20110209_LJH_LHS_0002 어머니와 부인

05_17_FOS_20110209_LJH_LHS_0001 뱃노래

05_17_FOS_20110209_LJH_LHS_0002 영감아 홍감아

05_17_FOS_20110209_LJH_LHS_0003 여보 할마시야

05_17_FOS_20110209_LJH_LHS_0004 황새야 덕새야

05_17_FOS_20110209_LJH_LHS_0005 달타령

05_17_FOS_20110209_LJH_LHS_0006 청춘가

봉깨마을 지명유래

자료코드 : 05_17_FOT_20110209_LJH_KYU_0001

조사장소 : 경상북도 울진군 죽변면 죽변3리 노인회관

조사일시 : 2011.2.9

조 사 자 : 임재해, 조정현, 박혜영, 강선일

제 보 자 : 김용웅, 남, 68세

구연상황 : 조사자가 제보자에게 죽변 3리 지명 유래를 물어보자 제보자가 자신 있게 이
야기하기 시작했다. 손으로 지형을 가리키며 구연하였다.

줄 거 리 : 죽변 3리는 옛날에 봉화를 올리고 마을에 깨가 많이 났다고 하여 봉깨라 불
렸다.

이 봉깨란 말이 우애 나왔냐하면 고거는 대충 알아요. 왜냐하면 우리
동네 옛날 봉, 봉수, 봉홧불을 올렸어. 동네 저 꼭대기 가믄 저저 밑에서
있잖아요. 저 집 한 채 있는 거 뒤에 가면 옛날 봉홧불 올렸던 자리가 있
어. 요렇게 여 여. 그 틀을 만들어가지고 거기 올리고 저 넘어가면 사람
바위라고 그 꼭대기도 올렸다고. 봉홧불을 그래 여서 봉홧불을 올리면 거
서 받아가지고 저짝으로 전달해주고 이런 식으로 봉화를 올렸는데 그 봉
수대가 있다 해가지고 옛날 봉수라. 봉수. 원래 이 봉순데. 봉홧불 봉자에
맷뿌리 수자거든. 근데 이 봉깨란 말이. 여기서 전해졌는 거 같애. 봉깨.
봉깨. 봉깨. 이 왜 봉홧불 봉자에다가 봉깨로 말이야. 깨 많고 글타꼬. 여
집단부락이니깐. 어디 나가도 우리가 진적이 없어요. 이 이 단체심이 강
해가지고. 그래 이 봉깨라 하면 주변사람들이 손발 다 드는 거야. 그렇게
집단 저저 이이~ 집단부락이고 단체심이 강했어요. 그래가지고 이 봉깨
란 말이 나왔는게라. 봉깨. 봉깨. 자꾸. 여 원래는 봉수. 봉수. [조사자 : 그
계자를 뫼산 밑에다 밭 전자 해서 그렇게 쓰진 않았나요?] 맷뿌리 수자.

맷뿌리 수자로 써놓은 게 원래고 그냥 여기서 봉깨. 봉수 사람들이 워낙 깨도 많고 집단심도 강하고 이러니깐. 깨라고 붙어서 봉깨라고 이렇게 했다. 나는 그래 알고 있어요.

까치바위와 송장바위

자료코드 : 05_17_FOT_20110209_LJH_KYU_0002
조사장소 : 경상북도 울진군 죽변면 죽변3리 노인회관
조사일시 : 2011.2.9
조 사 자 : 임재해, 조정현, 박혜영, 강선일
제 보 자 : 김용웅, 남, 68세
구연상황 : 조사자가 지형에 대하여 묻자 제보자가 주변에서 유명한 바위 이야기를 구연하였다. 바위이름에 얽힌 유래를 자신이 겪은 것을 바탕으로 구연하였다. 실제로 경험했던 일이어서 저 생생하게 구연하였다.
줄 거 리 : 죽변 3리에는 까치바위와 송장바위 그리고 버버리 바위라는 것이 있는데 까치 바위는 파도가 심해 어업을 하지 못하는 상황에서도 일을 나가기 위해 까치 바위 옆에서 파도가 잠잠해질 때를 기다려 어업을 나갔다. 송장바위는 일을 나갔다가 사고가 나면 사람들이 죽어서 떠밀려 송장바위로 온다고 해서 붙여졌다. 버버리바위의 정확한 유래는 알 수 없다.

옛날에 여 노인네들 부르던 바위 뭐 뭐. 까치바위. 송장 바위. 송장 바위 같은 게는 인제 사람이 그때는 점화선을 타고 댕기다가, 여기는 이 나릿목이라 해가지고 파도가 많이 치면 배가 못나가는 거라. 그러면 생계의 위협을 받는다고. 맞잖아요. 그죠? 그러믄 인제 어쩔 수 없이 나갈 때는 여 까치 바위 그 옆에다가 인제 그 배를 딱 세워 놓고 인제. 딱 날을 재아가 나가는데 타임을 보고 인제 나가는 거야. 반 반. 파도가 말이야. 파도가 세 번 들어오믄. 고 뒤부터 좀 잠잠해. 좀 잠잠해지요. 파도란게로, 세 번 딱 넘어가면. 고 다음에 좀 잠잠해지거든. 고 틈을 타가지고 막. 거의 젓 먹던 힘까지 내서 나가는 거라. 그래 저 바깥에 나가면 파도가 치도 말이야 거기는 이래 안 꺾으니깐. 안 꺾으니깐. 고 바깥에만 나가면 사는 거라. 그래가지고 이제 작업을 해가지고 들어오고 이랬다고. 그럴께네. 까치바원데. 그 송장바위란 이름은 그래가지고 사고가 나가 사람이 죽으면 그 까이 밀려 들어와 가지고 머 그 걸렸다는게라. 그 다음으로 고 옆에 가면 고 그 동굴 같이 생긴 바위가 있어. 그 바위 이름은 뭐라더라. 버버리바위 그기라던가? 뭐 그, 고 구멍이 하나 있어요. 저 넘어에 가면. 저쪽 끝에 가믄. 바위가 가에 높은 바위 하나 안 있던교? 고 가면. 굴이 하나 뚫여 있다고 자연적으로. 거가 한번 들여다 보소. 원래 파 묻혀가지고 못 들어 갈끼라. 고 안에 들어가면 무시무시 하요. 옛날에 거 거안에 들어가 가지고 귀신 나오고 그랬는데. 육지로 걸어 들어 갈 수 있어요. 우리 어릴 때 거 많이 들어가 놀았어요.

삼태기 모양의 지형

자료코드 : 05_17_FOT_20110209_LJH_KYU_0003
조사장소 : 경상북도 울진군 죽변면 죽변3리 노인회관
조사일시 : 2011.2.9
조 사 자 : 임재해, 조정현, 박혜영, 강선일
제 보 자 : 김용웅, 남, 68세
구연상황 : 조사자가 골짜기 이름을 묻자 제보자가 잘 모르겠다고 하고는 지형에 대하여 이야기를 구연하기 시작하였다. 손으로 지형을 그려가며 구연하였다.
줄 거 리 : 죽변 3리는 삼태기 모양의 지형으로 되어 있어 여기서 돈을 벌면 외지로 나가 살아야한다. 돈을 벌고 여기에 머물러 있으면 벌었던 모든 돈과 있던 돈마저 다 나가버려 집안이 망한다는 전설이 있다.

여기는 동네가 옛날 삼태기 있죠? 삼태기. 삼태기식으로 생겼는거라. 그래 생겼는데, 여기서 일단 돈 보면요. 외지로 나가든지 해뿌려야 돼. 오래 있으면 안돼. 오래 있으면. 오래 있으면, 전설이 있어. 삼태기는 이래 까부잖어? 이래 쌀 낟알이 모였다가 까부면 나갔뿐다고. 오래 있으면 나갔뿐거라. 요즘은, 요즘은 사람들이 약아가지고 뭐, 뭐 절약하고 저축하고 이러니깐. 고 쫌 덜한데. 옛날에는 하루 벌이가 하루 먹어야 되거든. 그럴께네. 재산을 좀 모아놨다 싶으면 나가야 된데이 여기서 자꾸 있다 보면 지금. 옛날에 여 잘 살던 사람들 다 거지 돼버렸어. 그런 전설이 있어요. 딱 삼태기 같이 생겼어요.

바다 속 명당 이야기

자료코드 : 05_17_FOT_20110209_LJH_KYU_0004
조사장소 : 경상북도 울진군 죽변면 죽변3리 노인회관
조사일시 : 2011.2.9
조 사 자 : 임재해, 조정현, 박혜영, 강선일
제 보 자 : 김용웅, 남, 68세
구연상황 : 조사자가 실제로 있었던 이야기를 들려 달라고 하자 제보자가 많은 이야기 중에 하나를 구연하기 시작하였다. 실제로 있었던 이야기이고 당사자가 아직 마을에 살고 있어 조금 조심스럽게 구연하였다.
줄 거 리 : 마을에 살던 이씨 형제 중 한 명이 바다로 일을 갔다가 사고 죽게 되었다. 그 집에서는 시신이라도 찾기 위해 애썼지만 시신조차 찾을 수 없었다. 그런데 형제 중 한 명이 죽고 나서 집안의 재산이 늘기 시작하였다. 이를 보고 사람들이 죽어서 바다 속 명당에 시신이 자리 잡았다고 생각하였다.

　이씨 형젠데, 그거는 내 눈으로 봤거든. 그 날 이제 배를 타고 인제 작업을 나가다가 그랬지 아마. 나가다가 그랬는데. 파도를 맞어가지고 배가 뒤집어져 버렸어. 배가 뒤집어졌는데, 그런 사람 많아요. 돌아가신 분들도 있고 배가 뒤집어졌는데 사람 물밑에 드가 가지고 말이요. 사람이 좀, 좀 바보 비슷하이 일타고. 팔푼이정도, 옛날 말로 팔푼이라. 물밑에 딱 빠졌는데, 다른 사람들은 우애 다 붙들고 올라왔는데 그 사람만 없어졌뿌랬는기라. 없어져. 없어져가지고 파도치는데 나가 찾을 수 있나 뭐. 그래가지고 언제쯤 이제 거, 지금 거. 형수 아니, 동, 제수 되는 분이 여 지금 살고 있어. 여 밑에. 아까 얘기 하더라고. 제수씬가? 할튼 뭐. 조카며느린가 그래 되요. 나는 거 확실히 모르는데. 조카 며느리 되지 아마. 그 사람이 이제 물에 빠지가 없어져뿌랬는데, 나중에 잠수부를 넣어가고 찾는다고 찾는데 보니깐 아. 찾. 찾지는 못했지. 못했는데. 그리고부터 인제 그 집이 인제 재산이 이기(늘기) 시작하는 거라. 그래끼네 결과적으로 그 사람이 죽어서 물 밑에 갔지만은 물 밑에 가가지고 어느 명당에 앉았단 이런 얘기가 나오는기라.

거지끝 이야기

자료코드 : 05_17_FOT_20110209_LJH_KYU_0005
조사장소 : 경상북도 울진군 죽변면 죽변3리 노인회관
조사일시 : 2011.2.9
조 사 자 : 임재해, 조정현, 박혜영, 강선일
제 보 자 : 김용웅, 남, 68세
구연상황 : 바위에 얽힌 이야기를 듣고 나서 제보자가 이야기를 구연하기 시작하였다. 손으로 바닷가를 가리키기도 하며 이야기에 나타난 상황을 흉내내면서 이야기를 구연하였다.
줄 거 리 : 옛날에 박씨 형제들이 작은 점화선을 타고 일을 나갔는데 바람이 너무 불어 일을 하지 못하고 들어와야만 했다. 포구에 다다른 형제들은 바위에 배를 묶으려고 하였지만 바람이 너무 불어 바위에 배를 묶을 수 없었다. 한참동안 노를 젓던 형제들은 힘이 빠져 그만 물에 떠내려가고 말았고 결국은 죽고 말았다. 그래서 그 바위를 '걸다 걸다 못 걸었다'는 이유로 거지끝이라 부르게 되었다.

여기 저저 내외라고 여 거지끝, 거지끝. 전설이. 고거 얘기 해주께. 옛날에 저기 여 박씨 형제들이라. 박씨 형제 맞을끼야. 형제간에 진마선을 타고 나갔는데, 나갔는데. 그 날 인제 바람이 뭔 바람 불었냐하면은 서풍이 불었는 거라. 서풍이 불었는데 쪼매 전마선을 타고 나가가지고 조업하다가 말이야. 낚시질 가다가, 나가 가가지고 배가 이제 바람이 부니깐 돌아와야 할꺼 아니여. 젖어가지고 돌오는데, 돌오다가. 돌오다가 여 여 여 우리 포구 있는데 가믄 제일 끝에 나가 있는 바위가 하나 있어요. 요 바위를 노를 저어가지고 그 바위를 인제 가게 가지고 말이요. 까꾸리 가지고 걸기만 하믄 돼. 걸기만 하면 되는데. 암만 저어도 그 돌, 가까이 안가지는 거야. 그래 결과적으로 힘이 빠지니깐. 그냥 떠내려가 뿐거여. 거 거 지끝이여. 거 거 저 바위 이름이 거지끝이라. 걸다 걸다 못 걸어가지고 거지끝이라. 그래가지고 사람이 떠내려가뿔. 거 뭐 죽어버렸지. 결과적으로 죽었지. 그래. 걸다 걸다 못걸었다고 거지끝이라 그래. 그것도 형제간에 가가지고. [조사자 : 근데 거길 또 내외라고 그런다면서요?] 그기 인제 지금 우리가 하는 말로 내왼데. 그 내왼데 인제. 그때 당시엔 거지끝이지. 그때 당시엔 거지, 거지라 그랬다고. 거지끝.

귀신을 태운 택시기사

자료코드 : 05_17_FOT_20110209_LJH_KJH_0003
조사장소 : 경상북도 울진군 죽변면 죽변3리 노인회관
조사일시 : 2011.2.9
조 사 자 : 임재해, 조정현, 박혜영, 강선일
제 보 자 : 김정희, 여, 76세
구연상황 : 조사자가 제보자의 기억을 되살리기 위해 은혜 갚은 까치 이야기의 앞부분을 조금 구연하였다. 그러던 중에 제보자가 이야기 하나 하겠다며 나섰고 구연하기 시작하였다. 이야기를 하던 도중에 주변이 조금 소란스러워 중단되었다가 다시 처음부터 구연하였다.
줄 거 리 : 옛날에 택시 기사가 길을 가던 도중에 검정 치마와 하얀 저고리를 입은 여자를 태웠다. 여자는 자기가 세워달라고 할 때까지 가자고 하였고 기사는 그렇

게 하였다. 길을 가다보니 앞에 불이 켜진 집이 하나 보였다. 여자는 그 집이 자기 집이라고 하면서 저기까지 가자고 하였고 그 곳에 도착하자 여자가 사라져버렸다. 이상하게 생각한 기사가 그 집에 들어갔더니 그 여자의 제삿날이었다. 그렇게 그 집에서 차비를 받고 한 상 얻어먹고 집으로 돌아왔다. 그렇게 돌아온 기사는 몇일 뒤에 시름시름 앓다가 죽었다.

　옛날에 택시 기사가 운전을 이래 도로 해가지고 가다 보이께네. 그래 인제 그 어떤 여자가 검정 치마를 입고 하얀 저고리 입고 차를 탁, 세우더라 이거야. 그래가지고 이 여자를 태웠어 이 기사가. 태워가지고

　"어, 어디까지 가나?"

　하이깐, 그래 지가 인제 세우는 데까지 가자 하더래요. 그래 가다 보니께네. 인제 저 어디 참 집이 불이 환하게 켜진 집이 있더라네. 그래 가이께네. 그날 저녁에 그 여자 제사라 하더라요. 그래 내라 놓고, 내라 주는데 이 사, 여자는,

　"저 집에 가 인자 내 간다"

　이라더라요. 그래 이 여자가 인제 귀신이니깐 없어지지. 그래가지고 참 그 집에 가서 이야기 하니깐 그 집에서 택시비를 주고 한상 채려 주는 걸 먹고 왔는데, 그래 이 고마 기사가 고때 돈 받아가지고 집에 와가지고 시름시름 앓다가 죽었다는 그런 전설이 또 있어.

뱀과 결혼한 남자

자료코드 : 05_17_FOT_20110209_LJH_KJH_0006
조사장소 : 경상북도 울진군 죽변면 죽변3리 노인회관
조사일시 : 2011.2.9
조 사 자 : 임재해, 조정현, 박혜영, 강선일
제 보 자 : 김정희, 여, 76세
구연상황 : 조사자가 뱀에 관한 이야기를 꺼내며 해달라고 하자 제보자 나서며 이야기

를 하나 하겠다고 하였다. 이야기를 구연 하는 도중에 뱀을 흉내 내며 이야기를 구연하였다.

줄 거 리 : 옛날에 한사람이 예쁜 여자에게 장가를 갔다. 장가를 가서 자기 색시에게 자자고 하였지만 색시는 여러 핑계를 대며 잠자리를 피하였다. 어느 날 남자가 자기 색시의 자는 모습을 보았는데 뱀의 혀를 가지고 있었다. 그렇게 알고 보니 예쁜 색시는 뱀이었다고 한다.

옛날에. 한 사람이. 그래 인제 참 이쁜 여자한테 장가를 갔는데 그 여자가 인제 삼을 삼았어. 삼을 삼고 있는데. 그래 자꾸 그, 그 남자네 누워 가지고

"각사, 각사 자자"

자자고 자꾸

"각사, 각사 자자"

이래께네. 요가래 저가래 삼아 놓고

"각사, 각사 자자, 요가래 저가래 삼아 놓고."

요가래 저가래 저거 삶아 놓고 인제 잔다고 계속 핑계 대고 안 자더래요. 그래 낮에 어느 때 되가지고 남자는 오래 있다가 잠이 들어가지고 있다 낮에 이 남자가, 여자가, 뱀이가, 참 뱀이가. 그 여자가. 그래 요래 누워가 자는데 보이까네. 그 여자가 이쁜 여자가 뱀이가, 화해가지고 그래요 앞가슴에 이 앞가슴이 아니고 요 혓바닥을 래래~ 뱀이더라요. 그래가지고 끝이 났어.

봉수동의 유래

자료코드 : 05_17_FOT_20110209_LJH_LHJ_0001
조사장소 : 경상북도 울진군 죽변면 죽변3리 노인회관
조사일시 : 2011.2.9
조 사 자 : 임재해, 조정현, 박혜영, 강선일

제 보 자 : 이향자, 여, 80세

구연상황 : 조사자가 마을 주변의 큰 산과 들에 관한 질문을 던지며 그에 관한 유래를 들려줄 것을 청했다. 청중들이 마을 주변의 지명들을 생각나는 대로 말하는 도중, 이향자 씨가 동네 이름인 봉수동과 관련된 유래를 들려주었다.

줄 거 리 : 울진군 죽변면 죽변 3리의 또 다른 마을 이름은 '봉수동'이다. 봉수동은 옛날 마을의 나릿재 꼭대기에 있는 봉수대에서 유래한 것이다. 이 봉수대에서 불을 피워 나라의 사정뿐만 아니라 마을의 사정까지도 알렸다고 한다.

옛날에 이렇게 봉홧불을 피와가주고. 거 나릿재라고 하는, 거 가 인제 봉화 불 피왔다고. 여 이름이가 봉수동이라. 여게 여거 이름이가, 동네 이름이가. 그리고 인제 봉화불 피와가주고 그래. 그거 했다, 여가 봉수동이라고 그랬다 하데.

허재비의 정체는 빗자루

자료코드 : 05_17_FOT_20110209_LJH_LHJ_0002

조사장소 : 경상북도 울진군 죽변면 죽변3리 노인회관

조사일시 : 2011.2.9

조 사 자 : 임재해, 조정현, 박혜영, 강선일

제 보 자 : 이향자, 여, 80세

구연상황 : 조사자가 도깨비와 관련한 이야기를 구연해 줄 것을 청했다. 그와 관련하여 월경 중인 여성이 오래된 빗자루를 깔고 앉아, 그 피가 묻어 도깨비로 변했다는 일화를 청중들에게 들려주었다. 그러자 청중들이 "맞아, 맞아."라고 하며 동의했다. 그러한 와중에 이향자 씨가 도깨비의 정체에 대해 이야기를 들려주었다.

줄 거 리 : 사용하다 버린 빗자루에 여성의 혈이 묻으면 도깨비가 된다. 이 때 마당을 쓸던 빗자루보다 부엌에서 불을 뗄 때 의자 대신 사용하던 빗자루에 여성의 혈이 묻을 가능성이 컸다. 그래서 그것이 도깨비로 변하는 경우가 많았다. 도깨비에 홀린 사람은 자신도 모르게 도깨비를 가지고 집으로 돌아왔다가 아침에서야 그 정체를 확인하곤 했다. 도깨비의 정체가 빗자루임을 확인하고는 도끼로 두 동강 내자 빗자루에서 피가 흘러내렸다.

그거도 몽당 빗자루도 씨다가 기냥 내삐는 그거하고. 여자들이가 옛날에 부엌에 앉아 불을 땠잖아. 불을 땔 직에 앉을 게 없으니께 빗자루를 이래 깔고 앉지거든. 앉았을 때 여자들 그 멘스 있잖아. 멘스 있을 때 그거를 깔고 앉았던 거를 [잠시 생각하는 듯이] 쓰다가 버리면 그거가 도깨비 된다는 그여. 그랬다 그드라. 그래서 허재비에 홀려가주고. 허재비를 옛날에 에이? 자기가 인제 그거를 허재비를 묶어가주고,

"내깡 우리집에 가자."

이래 묶어가주고 와가주고. 대뜸 옮아가주고 아침에 날이 새보니께네 몽당 빗자루드라 이거라. 그래서 이 몽당 빗자루가 우에 허재비가 된다 하고. 도꾸를 가지고 패부니께네 거서 피가 짤 나오드라네. 그런 얘기도 있었어.

다양한 허재비의 정체

자료코드 : 05_17_FOT_20110209_LJH_LHJ_0003
조사장소 : 경상북도 울진군 죽변면 죽변3리 노인회관
조사일시 : 2011.2.9
조 사 자 : 임재해, 조정현, 박혜영, 강선일
제 보 자 : 이향자, 여, 80세
구연상황 : 앞서 이향자 씨가 '허재비의 정체는 빗자루'에 관해 들려주었다. 조사자가 빗자루가 아닌 다른 물건도 도깨비로 변하는 경우가 있느냐고 질문을 했다. 그러자 이향자 씨가 예전에 할아버지들에게서 들었던 것이라며 다양한 허재비의 정체에 관해서 들려주었다.
줄 거 리 : 빗자루에 여성의 월경혈이 묻으면 도깨비로 변한다고 한다. 그런데 빗자루 말고 방앗간의 방앗공이, 심지어 비가 올 때 비를 맞지 않기 위해 차려 입은 우장도 도깨비로 변하곤 했다.

옛날에 방앗간 허재비도 있고. 또 머 이래 우장을 덮어씨는 허재비도

있고. 그랬거든. 그래 우장이는 인제 저 농사질 때 가면은 이 비 오고 이 럴 적에 덮어씨는 이 짚을 가주고 '우장맨드'라 그래. 응, 우장. 그걸 인제 그래 덮어씨고 머 죽은 허재비도 있고 이랬다고 옛날에 그래. 옛날에 할 배들은 그런 말 많이 했어.

도깨비불은 헛불

자료코드 : 05_17_FOT_20110209_LJH_LHJ_0004
조사장소 : 경상북도 울진군 죽변면 죽변3리 노인회관
조사일시 : 2011.2.9
조 사 자 : 임재해, 조정현, 박혜영, 강선일
제 보 자 : 이향자, 여, 80세
구연상황 : 앞서 '도깨비'와 관련하여 이야기가 이어지자, 조사자가 청중들에게 도깨비 불을 본 적이 있느냐고 물었다. 그러자 도깨비불을 '헛불'이라 표현하며 산에 서 본 헛불의 모습에 대해 이야기를 구연하였다.
줄 거 리 : 헛불이라고도 불리는 도깨비불은 날씨가 흐리고 궂을 때, 공동묘지나 산골에 나타난다. 밝은 빛을 내며 멈추어 있다 이리저리 움직이면서 자신의 존재를 드러낸다. 예전 어른들은 도깨비불이 나타나면 그날은 궂은날이라 여겼다.

도깨비불 우리 봤지. 허재비, 헛불 봤어. 헛불이는 머 저, 저런 공동묘 지 같은 데 또 이래 산골로 저. [잠시 생각하는 듯이] 고요할 때 비올라하 고, 비올라하고 바람부고 이럴 때. 그럴 때 인제 저 멀리 이래 저 산골 거 튼 데 가다보면 머 헛불 같은 게 나가주고. 뿔겋게 이래 있다가 쪼로로 가다가 폭삭 꺼졌다 쪼로로 가다 이래거든. [입으로 소리를 흉내 내면서] 근데 우리는 그거를 몰랬는데 어른들이가 그래거든.

"저, 저눔이 나왔는 거 보이게네 날 궂이겠다."

이래거든. 그랬어. 헛불이라 그래.

화재를 막아주는 화잿물

자료코드 : 05_17_FOT_20110209_LJH_LHJ_0005
조사장소 : 경상북도 울진군 죽변면 죽변3리 노인회관
조사일시 : 2011.2.9
조 사 자 : 임재해, 조정현, 박혜영, 강선일
제 보 자 : 이향자, 여, 80세
구연상황 : 마을에 전해져 내려오는 전설과 관련하여 이야기를 나누던 중 "우리 시집
　　　　　동네 이야긴데……."라고 하며 이향자 씨가 운을 뗐다. 그러나 날짜가 명확하
　　　　　지 않은지 구연 시작 전 청중들에게 몇 번 정도 날짜를 확인한 뒤에서야 구
　　　　　연을 시작하였다.
줄 거 리 : 매년 음력 이월 초하룻날이 되면 마을 사람들은 주전자에 물을 준비한다. 그
　　　　　렇게 삼삼오오 한 주전자씩 물이 준비되면, 건너편 앞산에 오른다. 앞산 꼭대
　　　　　기에는 큰 항아리 하나를 묻어놨는데, 그 항아리에다 준비한 주전자 물을 붓
　　　　　는다. 항아리에 채워진 물은 마을에 화재가 났을 때 비워지게 된다. 이때 "화
　　　　　잿물이여."라고 세 번을 외쳐야만 한다. 마을 사람들이 큰 항아리에 물을 붓
　　　　　게 된 것은 동네에 시주를 하러 온 스님에 의해서이다. 스님은 마을 안에서
　　　　　화재가 자주 일어나게 될 것이라며, 화재를 예방하기 위한 방법으로 산꼭대
　　　　　기에 큰 항아리를 묻고 물을 부어두라고 일렀다. 스님이 일러준 대로 마을 사
　　　　　람들은 매년 이월 초하루가 되면 물을 부었고 오랜 전통이 되어 지금까지도
　　　　　행해진다고 한다.

　　우리 시집 동네는 가면 2월, 인제 음력 2월 영도(영등) 올라가거든. 2월
초하룻날에 올라갈 직에는 동네 사람이 전부 나서가주고는 인제 동네서
방송을 하거든. 하면은 전부 이 주전자에다 물을 한 주전자씩 들고 건네
앞산을 가. 앞산을 가면 이렇게 큰 단지를 묻어놨어. 거다가 이제 한 주전
자씩 마카 거다 붓고 오거든. 붓고 오면은 그 물이가 인제 동네 화재가
나면은 거기 단재에 물이가 가면 하나도 없다 이거여. 근데 옛날에 그래,
인제 거 우리 시모님하고 얘기하는데. 웃마의 화재에, 동네 사람들이 가
사 물을 인제 불적에 산꼭드배기사 소리를 지르거든.

　　"하잿물이여, 하잿물이여."

이렇게 시 번하면서 그 독에다 물을 버. 붓는데 그래 저 의미가 머냐 하니께네. 옛날에 저 대사님이 동네 인제 시주하러 들왔다가 가면서 그랬대.

"이 동네는 화재가 자주 난다."

그래서 그래가주고 동네 그래 앞산에다가 단지를 묻고. 2월 초하룻날로 그래 물을 가져다가 화재물이라고. 그거를 예방을 하며 동네 화재를 막는다. 이래가주고 그래서 인제 그게가 그 동네 인제 전통이 됐어 내려오면서. 거 지금도 그렇게 하는.

뱀과 혼인한 처녀

자료코드 : 05_17_FOT_20110209_LJH_LHJ_0006
조사장소 : 경상북도 울진군 죽변면 죽변3리 노인회관
조사일시 : 2011.2.9
조 사 자 : 임재해, 조정현, 박혜영, 강선일
제 보 자 : 이향자, 여, 80세
구연상황 : 조사자가 이향자 씨에게 "뱀한테 시집 간 처녀 이야기" 등과 관련한 이야기를 알고 있으면 구연해 줄 것을 청했다. 그러자 한 청중이 "우리는 뱀이한테는 시집 안 갔어."라고 농담을 던지며 이야기판의 좌중을 웃겼다. 좌중들의 웃음이 멎자 이향자 씨가 "그런 거는 머……"라고 하며 이야기 구연을 시작했다.
줄 거 리 : 옛날에 한 여자와 한 남자가 살았다. 어느 날 남자가 나쁜 일을 당해 목숨을 잃고 말았다. 남자는 죽어서 뱀이 되었다. 뱀이 되어 여자를 찾아 온 남자는 살아생전 여자와 살지 못한 한을 풀기 위해 여자의 곁을 떠나지 않았다. 결국 여자는 남자의 혼이 실린 뱀과 혼인을 하고는 밤마다 품에 안고 잤다. 처녀가 남자를 그리워하는 마음이 너무 강해 결국 뱀과 혼인 한 것이다.

옛날에 그래 머 원흉이 지가주고. 그 사람 여자하고, 남자하고, 둘이가 못 살아가주고. 그 죽아가주고 그 죽은 넋이가 그래 뱀이가 되가주고. [청중들이 웅성거리며] 이 처자 몸에 와가주고 감개가주고. 그래 그 처자가 할 수 없이 그 뱀이하고 그래 같이 혼인해 살았다. 이런 말도 옛날에 있다 하드라꼬. 어, 원혼이 지가주고. 그 둘이가 못 살아가주고 원혼이 지가주고. 그래 뱀이가 되가주고. 그래 만날 밤마다 요가슴에다 품고 자고. (청중 : 그게가 상사병이래, 상사병.) 응, 상사병으로 해가 그래가주고 같이 뱀하고 살았다꼬. 그런 말도 있고, 있드라꼬.

허재비와 대화

자료코드 : 05_17_FOT_20110209_LJH_LHJ_0007
조사장소 : 경상북도 울진군 죽변면 죽변3리 노인회관
조사일시 : 2011.2.9
조 사 자 : 임재해, 조정현, 박혜영, 강선일
제 보 자 : 이향자, 여, 80세
구연상황 : 앞서 뱀에 실린 원혼으로 인해 '뱀과 혼인한 처녀'에 대한 이야기를 구연했던 이향자 씨가 연달아 '혼'과 관련하여 이야기를 들려주었다. 이향자 씨가 직접 겪은 일이 아닌데도 마치 겪은 것처럼 생생하게 이야기를 구연하였다. 청중들이 이야기판 한쪽에서 다른 이야기를 나누는 등 이야기의 몰입이 앞선 이야기보다 떨어지는 바람에 이야기판이 전체적으로 산만한 모습을 보였다.
줄 거 리 : 할아버지가 아픈 아내의 약을 구하기 위해 저 멀리 산중에 좋은 의원을 찾아 조카를 데리고 길을 나섰다. 산중으로 가다보니 금방 날이 저물어 곧 어두워졌다. 그래서 횃불을 켰는데 이상하게도 불이 자꾸만 꺼졌다. 그러한 와중에 같이 온 조카가 물에 빠졌다. 할아버지는 허둥지둥 조카를 구한 뒤 불을 다시 켜보았다. 그러나 여전히 불이 켜졌다가도 금방 꺼졌다. 결국 길을 되돌아 내려오고 있었는데, 갑자기 등 뒤로 '외삼'이라 외치며 누군가 할아버지를 불렀다. 이 같은 부름에 할아버지가 "우리는 죽변입니더."라 대답하자 그 존재가 눈 깜짝할 새에 저 멀리 달아났다. 그것은 알고 보니 도깨비였다.

옛날에 우리 할아버지는 우리 할머니가 아파가주고. 저거 멀리 의사도 멀리, 멀리 저 산중에 좋은 의원이가 있다 해가주고. 약 지러 갔다가, 그

의원이가 없어가. 해가 지고 저 밤에, 밤에 그래 약을 지가주고. 그래 인제 우리 할아버지가 저 인제 조카를 한인 디리갔는데. 요 저게 저 샛골이라고, 거게 옛날에 다리가 하나 있었어. 요거 죽변 나가다가 다리가 있었는데. 고 그래 거서 해가 저가주고 어두워오는데, 이 햇불을 키가주고 어두운 데 오다 보니께네 불이가 자꾸 꺼지드라네. 불이가 자꾸 꺼져가주고 그래 불을 못 키고, 저 집이가 바닥장으로 두 시 있는데 고 가서 들따보이께네 조키가 고마 물에 빠져부드라요. 그래가주고 우리 할아버지가 조키를 이거를 쥐고 와가주고, 불을 킬라 하니께네 불이가 폭 꺼지고. 또 요래가 킬라 하니께네 폭 꺼지고. 그래가 일나서가주고 올라 하다보니께네 이래 엎드려가 불을 키가, 키가 자꾸 불이가 꺼져가 못 키가주고 요래 돌아서 오다보니께네. 우리 할아버지를 부르드라요 머가. 그래,

"외삼"

이러더라 고만에.

"외삼, 외삼."

이러더라요.

그래 우리 할아버지가

"아이구, 우리는 죽변입니더."

이러고 눈 뜨이까네 하나 저 만치 갔더라요. 그래 그게가 허재비드라 그래라. 허재비가 그래 우리 할아버지하고 말했다요. 말했다고 그래 우리 할아버지가.

급사병에 맞아 죽다

자료코드 : 05_17_FOT_20110209_LJH_LHJ_0008
조사장소 : 경상북도 울진군 죽변면 죽변3리 노인회관
조사일시 : 2011.2.9

조 사 자 : 임재해, 조정현, 박혜영, 강선일
제 보 자 : 이향자, 여, 80세
구연상황 : 청중 한 명이 "옛날얘기가 많이 있거든 많이 들려주라니께네."라고 하며 많
은 청중들이 이야기를 구연할 것을 독려했다. 그러자 바로 이향자 씨가 "지금
은……"이라고 하며 운을 떼고는 곧 이야기를 구연했다.
줄 거 리 : 심장의 기능이 갑자기 멈추어 목숨을 잃는 것을 심장마비라고 한다. 그러나
예전에는 심장마비로 인해 목숨을 잃는 것을 '급사병에 맞아 죽었다.'라고 했
다. 급사란 겉보기에 건강해 보이던 사람이나 동물이 이미 가지고 있던 병
따위로 갑자기 죽는다는 뜻이다. 즉 심장이 정지함으로써 갑자기 돌연사 한
경우를 뜻한다. 현재는 심장마비 등으로 불리지만 예전에는 '급사병에 맞아
죽었다.'고 함으로써 갑작스러운 죽음을 표현했다.

지금으는 보면 어데 가다가 심장병으로 해가 심장이 저래가주고. 많이
머 대신……. [생각이 안 난다는 듯이 말끝을 흐리며] 심장을 저래가주고
죽었다 이래잖아. 곽지에(갑자기) 죽으면. 근데 옛날에는 아휴 가다가 '급
사병'에 맞아 죽었다꼬. [강조하듯이 또박또박] 이런 말이 있었어.

'급, 급사병이 들렸다꼬.' '곽지에 죽었다.' '급사병에 맞아 죽었다.' 이런
말도 옛날에.

죽어서 우물 허재비가 된 처녀

자료코드 : 05_17_FOT_20110210_LJH_LHJ_0001
조사장소 : 경상북도 울진군 죽변면 죽변3리 노인회관
조사일시 : 2011.2.10
조 사 자 : 임재해, 조정현, 박혜영, 강선일
제 보 자 : 이향자, 여, 80세
구연상황 : 한 청중이 이야기판에서 제일 나이가 많은 김분옥씨에게 "허재비가 난 얘기
하나 해 주소."라며 허재비 이야기를 해 줄 것을 청했다. 김분옥씨가 허재비
와 관련된 이야기를 떠올리는 동안 이향자 씨가 불쑥 "내가 한 마디 해 줄
게."라고 하며 자신 있게 이야기를 꺼냈다. 이향자 씨는 마을에서 대대로 전

해져 내려온 이야기라는 점을 강조하며 이야기를 시작하였다.

줄 거 리 : 옛날 죽변 마을 한쪽에는 소나무가 무성한 솔밭이 펼쳐져 있던 곳이 있었고, 그 솔밭 근처에는 '막도랑'이라고 불리는 우물이 하나 있었다. 우물에서는 날이 궂고 비가 오는 날이면 허재비가 나타났다. 허재비는 우물에서 나타나 솔밭까지 왔다 갔다 하며 자신의 존재를 드러내었다. 허재비가 나타난 날이면 마을 사람들은 그날의 날씨를 알 수 있었다. 종종 마을 사람들이 우물을 사용하고 두레박을 두고 갈 때가 있었는데, 그러면 밤새도록 우물에서 물을 푸는 소리가 들렸다. 그리고 다음날 우물에 가보면 마치 쌀뜨물처럼 우물물이 뿌옇게 흐려져 있었다. 오래 전 우물이 생기기 전 그곳에는 논에 물을 대기 위한 보가 있었다. 하루는 몸집이 작은 처녀가 소를 몰고 가는 도중에 목이 마른 소가 물을 마시러 보로 내려가자 그런 소를 잡아끌다 그만 발을 헛디뎌 보에 빠져 목숨을 잃고 말았다. 처녀가 죽은 후, 오래된 보를 매워 그 자리에 우물을 만들었다. 그리고 그 우물에서 죽은 처녀가 허재비가 되어 나타나게 된 것이다. 한 때 우물에서는 보름제사라 하여 보름날 제사를 지내기도 했다. 지금은 우물도 매워버려서 더 이상 사용하지 않는다.

우리 이 봉수동 동네에, 요 앞에 바로 옛날에 우물이 있었어. 우물이 한나씩 있었는데, 그기에 막도랑에, 우물이가 이름이 막도랑이었어, 막도랑. 막도랑이라 했는데 그기에 날만 궂히고, 비가 오고 이러기만 하면 그기에 허재비가 나. 우물에서 허재비가 나. 그래서 우물 앞에 바로 여게 우리가 클 적에 친정집이래 우리가. 작은 데까지 클 때. 응 집인데. [청중의 등장으로 잠시 이야기가 중단됨] 응, 그래 우물이 있었는데. 그 우물에 비만 올라하면 그 우물에서 허재비가 나. 헛불이가 왔다 갔다 하거든. 저 [말꼬리를 길게 빼면서] 그 전에는 이 앞이가 전부 널른 솔밭이야. 지금은 다 이렇게 개명이 되가 솔이 없지만은 전부 여게 앞에 이 할머니도 이 동네 살았고, 다 이럴 적에 우리 클지 보면 이 앞에 전부 솔밭이여. 솔밭에서 인제 헛불이가 짝 와가주고 인제 우물에 갔다가. 반짝하고 또 솔밭에 왔다가 이러거든. 이럴 적에 옛날에는 [잠시 뜸을 들이면서] 옛날에는 문이가 마카 구들문이가, 함짓문이 아이나. 이 때 밖에 이래 내다볼라꼬 요만한 봉타리 요만하게 거울을 달아놨어. 목판에 달아놨었는데 그래 우리 할아버지가 이렇게 내다보고.

"저 놈이 또 왔다 갔다 하는 거 보이께네 날이 씨게 궂히겠다."

이래거든. 이르면 보면 불빛이가 왔다 갔다 해. 하는데 밤새도록 그 날은 인제 동네 사람들 그 가서 옛날에는 이 보리쌀 씻거가주고 우물에서 씻어서 먹고 이래가주고. 우물에서 씻고 어떤 때는 물 푸는 드레를 안 가주고 가고 그다 놔두거든. 놔두면은 밤새도록 웅굴에서 물 푸는 소리가 나. 와장창 와장창 하고, 물 푸는 소리가 나고 이래. 이래고 그러고 난 뒤에는 헛불이가, 그래 난 뒤에는 우물에 그 이튿날 가보면 우물에 물이가 쌀 씻갔는 뜨물 매러 희뜩 자빠져부래. 부헌 게 물이가. 부헌 게 희뜩 자빠져. [말꼬리를 길게 빼면서] 그래서 나도 우리 할아버지인데 들은 말인데 우리 할아버지 때도 옛날에 여서 나가 여서 다 컸거든. 그때 저 웅굴에 머한데 그랬다는데 그때는 할아버지가 아니고 할배.

"할배요, 머한데 저 웅굴에 허재비가 나요?"

이래니께네. 우리 할아버지 때, 쪼매할 때 요 앞에 이렇게 탕씨 같은 웅굴도 아이고. 왜 촌에 가면 논, 저 모심기 할 적에 물 풀라꼬 탕씨 같은 게 이래 있었을 때 그 물이가 이래 탕씨가 있었다는 말은 있었는데. 거 인제 요만한 옛날에는 인제 하마 인제 열 살 넘어가는 요 귀딱머리를 땋았다는 만은 머리를 따가주고 댕기는데. 우리 할아버지가 근데 그래 요만한 처자가 소를 몰고 글로 지나가다가 소가 물을 먹을라꼬 거 탕씨에다가 이 머리를 갖다 대이께네. 이, 이 쪼매난 아가, 처자가 거 소를 잡아 땡기다가 거기에 미끄러져가주고 탕씨에 빠져 죽었다 그드만은 탕씨에. 그래 가주고 그거 탕씨를 인제 그래가주고 오래 되다보니께네 탕씨를 미우고 거다 우물을 팠던 거야. 동네 물이 귀해가주고 우물을 팠는데. 그 처자가 죽은 거가 자꾸 허재비가 됐는지 자꾸 이래 날만 궂히고 비만 올라하면은 거서 허재비가 나가 왔다 갔다 하거든. 왔다 갔다 하고 그래서 막 이 동네 지금은 우물이 없어졌어. 응 마카 장한집이 들어서고. 어. 상수가 들어오고 그러이 다 묻아부렀어. 그래 그 뒤로 비가 온 뒤에 가보면 막 밤새 도록 집에서 들으면 뜨는 웅굴에 물 푸는 소리가 와장창 와장창. 머 사람 이 한 여남씩 지끼는 것 같애.

"와장 와장 찍째 찌지방."

찔고 그 집 불이가 가다가 폭옥 가다가 폭싹 꺼졌다 툭. 그래 그 웅굴 에서 제사도 지내고 그랬어. 그러고 난 뒤에는 그 이튿날에 아침에 우물 에 가보면 물이가 뜨물 매이로 허옇게 희떡 자빠져부라. 자빠지고 그런 우리 동네 전통이 있어.

온천 갔다 뱀에게 잡아먹힌 처녀

자료코드 : 05_17_FOT_20110210_LJH_LHJ_0003
조사장소 : 경상북도 울진군 죽변면 죽변3리 노인회관
조사일시 : 2011.2.10
조 사 자 : 임재해, 조정현, 박혜영, 강선일
제 보 자 : 이향자, 여, 80세
구연상황 : 제보자 이향자 씨가 어릴 적 친정어머니로부터 들은 것이라며 이야기를 들
　　　　　려주었다. 실제 있었던 일로 친정어머니가 이향자 씨에게 절대 '물이 나오는
　　　　　곳'에 앉지 말라는 것을 당부하기 위해서 들려준 이야기이다.
줄 거 리 : 옛날 또래의 여자 친구들끼리 모여 온천에 놀러갔다. 온천에 가기 전 친구
　　　　　한 명이 생리 핑계를 대며 가고 싶어 하지 않았다. 그러나 친구들이 끊임없
　　　　　이 가자고 하여 결국 동행하였다. 온천을 다 즐기고 난 뒤 돌아가기 위해 모
　　　　　였는데 한 친구가 보이지 않았다. 그렇게 기다리다 친구를 찾으러 들어갔는
　　　　　데 온천 주인이 와서는 돌아가라고 했다. 대신 아직 나오지 않는 처녀의 부
　　　　　모님께 지게를 가지고 오라는 말을 전해 달라 했다. 알고 보니 처녀가 구렁
　　　　　이에게 잡아 먹혀 머리와 피부만 남은 상태였다. 처녀는 온천의 수챗구멍에
　　　　　있던 구렁이에게 목숨을 잃고 만 것이다.

근데 옛날에 울엄마가 클 때, 인제 친구들이가 모여가주고 인제 덕구온

천 가자 이래가주고. 그때 이 처자들이가 모여가주고 덕구온천으로 밥을 싸가주고 덕구온천 갔는데. 갔는데 그래 아가 이러더란다.

"나는 오늘 가기 싫은데……" 이러면서,

"왜?"

이러니까네

"아이고, 머가 이슬이가 있는데……"

이러더라네. 멘스가 있는데 이러니까. 그러니까

"야야, 그럼 옷을 개라입고 가자."

이래가주고. 그래 갔대. 평해온천을 갔대. 거서 평해온천을 가면 삼십 리라네. 질골사. 그래 갔는데 목욕을 다 하고 나왔는데 이 처자가 안 나오 더라네. 친구 안나오더라네. 암만 암만 서 있어도 안 나오더라네. 그래가,

"야 왜 안 나오노."

이래가 아 하나이가 가니께네, 문을 열라꼬 보니께네 끝이개를 들씰라 그니께네 그 안에서 그렇게, 그렇게 설웃음치더라네.

"허허허허허 허허허허허 허허허허허" [실제로 큰웃음을 하면서]

막 이러더라네. 그러더라네. 그리다만은 그래 주인이 나오디만 아가 한이가 안 나와서 이런다 이러니께네 주인이 갔다오디만은

"너 꺼정 가라."

이러더라네.

"가라."

이러면서,

"가가주고 그 집이 낼 아침에 그래 저거 아바이 도지개를 가져오라 그 래라."

이러더라네. 그건 먼(뭔) 소리고 이래가 와가주고 그래.

"와 우리 아씨는 왜 안 오노. 느그는 왔는데 야는 안 온다."

이러니께네. 그래 마카 니도 내도 마카 쉬쉬하고 안 가치고 있다가, 아

한이가

"그래 가니께네 이만저만 그는데, 그래 저, 저 주인이가 하는 말이가 머닐 아침에 머 지게 지고, 도지개 가지고 오라 하니더. 그래만 전해주라 하데요."

이래드라네. 그래가주고 아바이가 지게에다 도지개를 지고 가니께네, 구렁이가 나와가주고, 물속에서 지킴이 구렁이가 나와가주고 쫄딱 싹 닦아 다 빨아먹고, 다 녹여먹고, 꺼풀이 하고 요 머리 두상만 가왔드라. 가져왔드란다. 울 엄마가 친구가 그랬단다 클 때. 그러니께네 울 엄마가

'이래 절대로 덕구온천에 여 어든 온천이고 아문 데 가도 물 나오는 물구녕에는 궁디 대고 여자가 앉으지를 말라'

그래. 궁디 대고. 이 물 올라오는 수채 올라오는 구멍 있잖나. 거기다가는 항상 거기는 여자들이는 앉지 말라 그래. 어떤 한 일이 있대도. 물이가 쏟아져 나오는데는 옷을 해와도 못가. 거 지킴이 있다 그래서. 어느 목욕탕을 가도 인제 울 엄마가 만날 그랬네. 목욕탕에 가거들랑 절대로 여자들은 물이 솟쳐 올라오는 구녕 위에 앉지 말라 그래.

버려진 아이를 보살핀 개

자료코드 : 05_17_FOT_20110210_LJH_LHJ_0004
조사장소 : 경상북도 울진군 죽변면 죽변3리 노인회관
조사일시 : 2011.2.10
조 사 자 : 임재해, 조정현, 박혜영, 강선일
제 보 자 : 이향자, 여, 80세
구연상황 : 청중들 사이에서 지난 날 살아오며 들었던 이야기가 자연스럽게 흘러나오게 되었다. 이야기 중에 자신의 외할머니가 민며느리로 시집을 왔는데 딸을 많이 낳음으로 인해 마음고생이 심했다는 내용이 있었다. 이 이야기를 듣고 있던 이향자 씨가 "옛날에 그런 말이 있잖가⋯⋯"라고 운을 떼며 이야기를 들려주

었다.

줄거리 : 옛날 한 정승 집에서 대를 이을 아이를 낳지 못해 두 번째 부인을 맞았다. 그런데 두 번째 부인을 들이고 나서 얼마 되자 않아 첫 번째 부인이 복덩이 같은 아들을 낳았다. 하루는 첫 번째 부인이 볼일을 보기 위해 집에 아이를 두고 갔는데, 다녀오니 아들이 사라졌다. 두 번째 부인은 아이가 갑자기 시름시름 앓더니 죽어버려 어쩔 수 없이 갖다 묻었다고 했다. 첫 번째 부인은 큰 상심에 빠졌다. 그때 정승 집에서 기르던 개가 첫 번째 부인에게 다가오더니 마치 자기를 따라오란 식으로 치마꼬리를 잡고는 끌어당겼다. 그래서 첫 번째 부인이 개를 따라 가보니 그곳은 깊은 산 속이었다. 얼마를 더 따라가다 보니 개가 갑자기 멈추어서는 힘껏 짖었다. 그 곳에는 자신의 아들이 있었다. 두 번째 부인이 첫 번째 부인이 집을 비운 틈을 타서 아이를 갖다 버린 것이다. 그리고 갖다 버린 아이를 개가 자기 새끼들을 죽이면서 젖을 먹여 보살피고 있었다. 두 번째 부인은 자신의 행적이 남편에게 발각되어 집에서 쫓겨나게 되었다.

옛날에 그 말 있잖가. 정승 집에 저거 작은 어마이가, 큰 어마이가 애기를 못 낳아가주고 작은 어마이를 들렸는데, 작은 어마이가 애기를 안 놓고, 난데없이 큰 어마이가 애기를 낳서. 머스마를, 복덩이 같은 거를 낳는데. 오다, 큰 어마이가 애기를 놔두고 어데 볼일 보러 갔다 오니께네 애기가 없어졌부랬다네. 그래가주고 아가 어디 갔나 하니께네. 아가 머 청풍해가주고 죽었다 하드라네. 죽은 게로 놔둘 수 없어가주고 갖다 묻었다 하드라네. 그러디만은 개를 한 마리 믹였는데, 어마이가 어디 갔다가 오이께네, 며칠 만에 오이께네, 개가 차암 [말꼬리를 길게 빼면서] 자꾸 자꾸 지 어마이, 왜 큰 어마이가 오이께네 치마꼬리를 자꾸 자꾸 개가 물어 뜯드라네. 그래 잡으이 힐떡 자빠지매 개가 하도하도 짖어사.

"너 왜 이래노, 니 왜 이러노, 니 왜 이러노?"

"그래 어디를 가자꼬, 니가 나의 치마꼬리를 자꾸 무노?"

자꾸 개가 비실비실 가면서 자꾸 큰 어마이 치마꼬리를 잡아 댕기더라네. 그래가주고 큰 어마이가 개가 가는 길을 따라가니께네. 어느 산 밑에 가다가 개가 거 가디만은 어마이의 치마꼬리를 탁 놓디만은 거 산 밑에 구넝에 거가사 자꾸 짖더라네.

"왕왕왕왕 왕왕왕왕." [소리로 흉내를 내면서]

짖어사,

"거가 머가 있노. 머가 있노?"

있고. 어마이가 개 따라 내려가보이께네 세상 얼라를 거다 갖다가 작은 어마이가 내삐려가주고. 개가, 개가 그래. [기가 막힌다는 듯이 목소리를 크게] 개가 그래 얼라로 북딩이를 갖다가, 나무 북딩이를 갖다가 집을 맨들어가주고 고 안에다 얼라를 놔두고, 개가 지 젖을 믹여가주고. 지 새끼는 낳가 다 죽여뿌고, 얼라를 거 지 젖을 멕이가주고. 얼라를 가 보이께네 북딩이 같은 게 [잠시 숨을 참으며] 그 안에 있더라네. 그래 보이께네 자기가 낳는 아드라네. 그래가주고 아를 디리와가주고 꺼내와가주고. 그래 나중에 그 신랑이가, 영감이가 알아가주고 작은 어마이를 내쫓았다 하잖나.

고양이의 복수

자료코드 : 05_17_FOT_20110210_LJH_LHJ_0005
조사장소 : 경상북도 울진군 죽변면 죽변3리 노인회관
조사일시 : 2011.2.10
조 사 자 : 임재해, 조정현, 박혜영, 강선일
제 보 자 : 이향자, 여, 80세
구연상황 : 앞서 이향자 씨가 '주인의 버려진 아이를 정성껏 보살핀 개' 이야기를 들려주었다. '개'와 관련된 이야기를 들려준 뒤에 악물인 '고양이'에 관한 이야기를 연달아 들려주었다. 이야기를 통해 이향자 씨가 '개'는 충성심이 강한 동물로, '고양이'는 악의 존재로 인식하고 있음을 알 수 있다.
줄 거 리 : 옛날 어느 부잣집에서 제사를 지낼 준비를 하고 있었다. 한창 제사상에 올린 산적을 준비하고 있는데 난데없이 고양이가 나타나서는 산적용 고기를 물고

갔다. 마침 집안에 쥐가 많아 고양이를 기르고 있었는데, 그 고양이가 고기를 물고 가자 화가 난 주인이 옆에 있던 낫을 고양이에게 던져버렸다. 고양이는 낫에 맞은 것인지 잠시 몸이 하늘로 곤두박질쳐지더니 그만 산으로 달아나버렸다. 그 일이 있은 후 집으로 중이 시주를 하러 왔다. 주인은 스님에게 만수무강하라는 말과 함께 쌀을 가득 퍼서 주었다. 스님은 그에 대한 답례로 얼마 뒤 있을 집안의 화에 대해 말해주었다. 집에는 대문이 총 세 개였는데 스님은 대문마다 큰 개를 두 마리씩 두어 집을 지키게 하고, 무슨 일이 있어도 절대 밖으로 나오지 말라고 했다. 스님의 말대로 주인은 곧장 큰 개를 사서 대문에 두었고, 그러는 동안 아무 일도 일어나지 않았다. 그러던 어느 날 늦은 밤에 번쩍하는 불빛이 보이더니 대문마다 달아 놓은 개가 무언가와 싸우는 소리가 들렸다. 바깥의 난리에도 불구하고 스님의 당부가 있었기에 주인은 방안에서 문을 걸어 잠근 채 나오지 않았다. 그렇게 날이 새고 드디어 바깥으로 나온 주인은 깜짝 놀랐다. 대문을 지키고 있던 개들이 모두 죽어 있었고, 마지막 한 마리가 숨이 떨어지기 직전이었기 때문이다. 그러나 더욱 놀라운 것은 바로 옆에 큰 짐승이었다. 그 짐승을 자세히 살펴보자 얼마 전까지도 자신이 기르던 고양이었다. 고양이가 표범이 되어 돌아온 것이었다. 특히 그 표범은 이마 정중앙에 자신이 던진 낫의 끝부분이 꽂혀 있었다. 고양이는 주인이 던진 낫에 맞아 그 복수를 하기 위해 표범이 되어 돌아온 것이었다. 주인은 놀란 가슴을 진정시키고 스님이 말한 대로 고양이의 이마에 꽂혀 있는 낫을 빼고 정성스럽게 제를 지내주었다. 그러자 그 뒤로는 아무 일도 일어나지 않았다.

그래 옛날에, 이 집안에 텃제 지내거든. 억수로 그래 참 정성 들여야 돼. 텃제는 내 집안이, 가정이 화목하고, 한다고 이 물가서 한해 이 집에 텃제를 지내. 텃제를 지내는데, 앞에 황토 흙을 갖다 깔고 인제 금삭줄치고. 거 텃제를 지내잖아. 텃제를 지내는데 참 정성 들여야 돼. 들이는데 할아부지가 저거 인제 어니 부잣집인데, 대문이가 시 낱이라. 대문은 시 나를 열고 드가야 그 집에 드가는데. 그래 텃제를 지낼라꼬. 옛날엔 그래 인제 고기를 마카 꼬, 꼬쟁이를 꼽아가주고 꿔가 지내는데. 대를 가주고 대를 이래, 이래 고기를 뀔라꼬 대를 인제 놔뒀는데. 어, 산적을 꼽을라꼬 대를 인제 낫을 갖고 이래이래 닦다보이께네 집에 고냉이를 한 마리, 쥐가 옛날에는 많으니까 이 쥐를 한 마리 믹있는데, 이 고냉이 한 마리를 믹있는데.

대를 이래이래 깎아놓고 산적할라꼬 고기를 마카, 소고기를 갖다 거다 얹어놨는데 요놈의 고양이가 난데없이

"에옹"

하고, 팍 솟아오디만은 고마 고 고기를 달랑 물고 가드라네. 그런께로 이 주인 아바이가

"애, 이 사틴아. 니가 우에 갖다 먼저 입을 대노."

하면서 고마.

"예이, 니끼미 씹팔놈의 새끼, 맞아 죽어라 고마."

이카면서 낫을 내 던졌는데. 고냉이가 마구 곤두박질 하더라네. 막,

"에옹 야옹 에에에옹"

하면서 막 곤두박질 하디만은 달아나고 없더라네. 그래 다 해놓고 할바이가 거 낫을 가서 보이께네 낫이 끄티가 요만치 없드라네.

"에이, 그 눔의 씨발. 낫 끄티가 어디가사 없애졌노."

이러고 놔뒀는데. 어느 한 날에 있다 보이께네 큰 대사가

"시주 좀 하시오."

이러더래. 그래가주고 오디만은 이 부잣집이니께네 쌀 한 말 푹 퍼주면서,

"그래 스님, 그래 만수무강하세요.

"주이께네 하도 거 시주를 많이 하고 인사가 고마바가주고 알가주고 간다하면서 대사가. 그래,

"어느 날, 어느 시에 그래 무슨 이 집에 큰 일이 날테이께네, 저거 방지를 하라."

하더라요.

"그래 내가 하도 참 주인이 시주를 고맙게 하기 때문에 내가 이래 알가주고 간다."

이러면서. 그래

"왜 그러냐?"

이러니께네.

"지금부터 내일 가가주고 개를, 개로 여섯 마리를 사가주고 첫 대문에는 아주, 아주 심하고 무서운 개를 달고, 인제 고 다음에 대문 밖에 또 두 마리 달고, 고 다음에 싯째 대문 안에 개 두 마리 달라."

하드라네. 그래놓고 나면은

"어느 날, 어느 시에 그날에 가면은, 그날에 가면은 알 도리가 있다."

하드라네. 알 도리가 있다 하드라. 그래가주고 그 무슨 일이냐 이러니께네,

"이상도 묻지 마고, 내가 시긴 대로만 하면 이 집이가 안전하고 살아갈 수 있다."

하드라네. 그래가 참 그 질로 할바이가 나가가주고 종이를 시켜가주고 개를 그래 여섯 마리를 사가주고, 와가주고 안대문에는 그래 아주 심하고 그래 무서운 개를 달고 그래, 바래놓고 있다 보이께네 머 개소리도 안 나고 아무렇지도 안 하더라네. 그래 어느 날, 하루는 주인이가 지켜준 그날에 왔다 갔다 그디 머, 머 해가 다 져갈 때 까지도 머 아무 그게 없드라네. 그디만은 그 인제 어둠이 들고 자정이가 넘어 갈라 하다보이께네 머가. [말꼬리를 길게 빼며] 번쩍, 번쩍, 번쩍, 번쩍 문에 내다보이께네. 그 집 불이가 와가주고서는 번쩍, 번쩍, 번쩍, 번쩍하고 왔다 갔다 하고 막 이러더라요. 그래가주고 있다보이 배깥에 개하고 싸움을 해가주고 난리가 났드라네. 죽는 한이가 있어도 문 열고 나오면 큰일난다 하드라네. 절대로, 절대로 나오지 말고 문을 팽팽 걸어 잠가놓고. 어떠한 일이 있어도 밖에는 못 나오라 하더라네. 그래,

"내 시게 주는 일만 하면 당신네들 살끼다."

하더라네. 그래가주고 배깥에 개가 두 마리가 짖어가 난리가 나고, 안

에 개 두 군데, 네 마리가 짖어가 난리가 나고 이래도 이 집 주인들이가 가만히 들어앉아 있다니께네. 머가 이만하더라네. 또 그러디만은 또 고, 고 다음 대문에 또 개, 그 짐승이가 들어와가주고 또 개 두 마리하고 싸움을 해가주고 난리가, 난리가 났드라네. 그러디만 또 꺼만 하더라네. 하디만은 거 세 번째, 첫 번째 아주 무서운 개 달아났는데 거 와가주고 또 난리가 났더라네. 그러디만은 울며, 울며 난리가 나디만은 머 이만 하더라네. 그래 그 둘이가 그래 날이 새가 나가보면 알 도리가 있다 하더라네. 그래가주고 날이 새가주고 절대로 날 새기 전에는 못 나간다 하더라네. 그래가 날을 새가 나가보이께네 뱎에 대문 뱎에 개 두 마리가 죽고, 죽고 개가, 개가 죽고. 두 번째 대문에 개도 죽고. 그래 세 번째 대문에 그 큰 개 달아 났는 개가 한 마리 죽고, 한 마리 인제 숨이 거둘라꼬 헥헥 헥헥 하고 있더라네. 그래 보이께네 그 옆에 짐승이 한 마리가 자빠졌드라네. 그래 보이께네.

"이게 먼 짐승이가 이래 있는 게 있노."

하고 그래 그 짐승이를 보라 하더라네. 어떤 짐승인동 보라 하더라네. 보면 당신이가 알 도리가 있다 하더라네. 그래가

"이게 먼 짐승인데 이래나."

하고 그 짐승이를 재껴가 보게네 자기 집에 멕이던 고냉이더라네. 고냉이가 그 질로 앙심을 품고 산으로 가가주고 산에서 토범이 되가주고. 그래가주고 고냉이 죽은 게로 살필께네 낫이가 끄티가 뿌러졌는게가 고냉이 요게 꼽혔더라네. 요게, 요게 꼽혀가주고. [이마 중앙을 손으로 가리키면서] 그래 원수 갚으러 왔드라네. 그 대사가 안 갈채줬으면. 그 집 귀신은, 그 집 식구는 와가주고 고냉이가. 인제 다 물아 죽일겐데. 그래가주고, 그래가주고 그 고냉이를 가다가 잘 좀 저, 저 영장해주라. 이, 이길 빼주라 하더라네. 대사가 가면서. 그래 알 도리가 있으이께네 그걸 보고, 그거를 그래 빼주라고 이러더라네. 그 먼고 하이께네, 대사가 안 갈쳐주고 가

드라네.

"당신이 보면 알리."

그래도 낫을 내던져도 그 낫 끄티가 어데 뿌라져가주고 달아난 지 알았지. 고냉이 여게 꽂힌 줄은 몰랐다, 몰랐다네. [조사자 : 고냉이가 토범이 돼서 왔다구요?] 응. 고냉이가 산으로 가 그 질로 앙심을 품고 원수 갚을라꼬 산으로 가가주고 그래 토범이 되가 와가주고. 그래가주고 보이께네 그래 참 이 낫 끄티가 뿌라졌는. 뿌라졌는 거가 여, 여 한 쟁배기에, 쟁배기에 그래 꼽혔더란다. 그래이께네 이 고양이라는 짐승은 악물의 짐승이기 때문에. 응. 건들지 말라는 게라. 그저 우리 할아버지가 그 소리를 했다. 하면서 그런 적이 있었다 하면서. 그러더라니까.

까치의 종족 구출하기

자료코드 : 05_17_FOT_20110210_LJH_LHJ_0006
조사장소 : 경상북도 울진군 죽변면 죽변3리 노인회관
조사일시 : 2011.2.10
조 사 자 : 임재해, 조정현, 박혜영, 강선일
제 보 자 : 이향자, 여, 80세
구연상황 : 조사자가 청중들에게 '은혜 갚은 까치' 이야기를 들려주었다. 구연이 끝난 후 조사자는 이 이야기와 비슷한 '까치' 관련 이야기 또는 '구렁이'와 관련된 이야기를 구연해 줄 것을 청중들에게 청했다. 그러자 이향자 씨가 비슷한 이야기는 알지 못하지만 까치가 영리하다는 것을 직접 본 적이 있다며 이야기를 구연하였다.
줄 거 리 : 이향자 씨가 하루는 이웃집 할머니의 부름으로 집 앞에 나오게 되었다. 집 앞에는 전봇대가 있었는데, 그곳에서 까치 한 마리가 전기에 감전되었는지 전깃줄에 걸려 벗어나려 발버둥치고 있었다. 잠시 후 어디선가 까치가 한 마리 오더니 감전된 까치를 구해내려 이리저리 부산하게 움직였다. 그러나 자신의 힘으로는 해결할 수 없었던지 감전된 까치만을 둔 채 날아가 버렸다. 그런데 그냥 날아가 버린 줄만 알았던 까치가 많은 까치들을 데리고 왔다. 수많은 까치

들은 전깃줄을 차지하고는 감전되어버린 까치를 힘을 합해 함께 구해서는 날아갔다.

까치가 말세(말일세), 차암 영리하대. 왜냐면 하루는 있다니께네 국장할매가 있을 때, 우리집 뒤에 전봇대 있잖가.

"순자야, 순자야 빨리 나온나."

이래.

"빨리 나온나. 구경 좀 해라. 빨리 나온나."

이래.

"머하는데? 먼 구경이 있는고?"

빨리 나오라네. 나가이께네. 할마이가 이래 나와있으이께네 까치가 한 마리 와가주고 쩍쩍 쩍쩍 짖디만은 이눔의 까치가 고만 전기 도나쓰 있잖아. 전봇대 거서 감전 되뿌랬는 모양이여. 까치가 감전되가주고. 까치가 내 죽는다고 머리를 대놓고 깍깍 깍깍깍 [까치소리를 흉내 내면서] 이러는데. 어디서 까치 한 마리가 와. 오디만은 마구 머 터래기 이래 찝고, 물어뜯고 막, 막, 막 사람매이 우에는 뜨신 모양이래. 마구 [말꼬리를 길게 빼면서] 까치가 입으로 물어뜯고 찝고 이래디만은. 이거 한 마리 지뜯디만은 어드로 훌 날라가드라꼬. (청중 : 까치가 실랠라고 그러나?) 아이래. 내 말 들어봐. 훌 날아가드라꼬. 날아가디만은. 아이구야, 쫌 있다 보이께네 까치가 떼거리로 오잖가. 전봇대, 하얗게 [말꼬리를 길게 빼면서] 전깃줄에 하얗게 앉아. 앉아가주고는 까치가 및 마리가 지랄 났어. 깍깍 깍깍 하디만은. [모두 하하하 웃는다]

할매가 이러잖나

"아휴, 이럴 적에 사진을 찍었으만 우리가 세상에 이런 일에 냈으면 좋겠다." [모두들 하하하 웃는다]

이랬디만은 까치들이 길금(결국) 고, 고마 도나쓰 있는데 막 까치가 막 및 마리가 돌아앉았고. 까치가 막 전깃줄에 하얗게 앉아가주고 난리가 낳는 거라 막. 전쟁 낳는 걸애. 그러디만은 아이구 세상, 그 까치를 거서 빼내가주고 물고 달아나대 그리. 아이구 야 그래가 국장할매가

"아이구 순자야, 이럴 적에 우리가 사진기가 있었으만 누가 사진을 찍어놨으면 세상에 이런 일이에 냈으면 좋을때(좋겠다). 이런 일이 어딨노?"

그래 우리집에서. 아이구, 그런 병이 있드라 야. 그래 까치가 막 감전됐부랬나봐 전깃줄에. 이래가주고 머리를 대놓고 못 나와가주고 이 발이가 막 깍깍 깍깍하며 막 버디기 치는 거라.

"어우 할매, 왜 이래 됐는고."

이래니께.

"아이고 야야 몰따."

"아이구 할매, 저 저 도나쓰에 저기에 까치가 앉았다가 감전됐네."

이러니께네.

"에이, 글나?"

이러다. 아휴, 그러다보이 어디서 까치 한 마리가 와요. 오디만요. 고마 깍깍 짖고 이러디만은 고마 그 까치가 날개 있는데 물아 뜯고. 흔들고 이러디만은 결국은 하다가 안 되든 동 어디로 홀 날아가디만은. 한참 있다 보이께네 까치가 다섯 마리, 여섯 마리, 열 마리 막 날아오는 거라. 전봇대, 전깃줄에 하얗게 앉아가주고. 및 마리가 거서 깍깍 이러면서 내 죽는다고 짖대고. 이, 이 전봇대 줄에 올라앉아가주고 막 깍깍 이라고 난리 났는 거라. 아이구 그거를 그래 전기 감전된 거를 빼내가주고 같이 날아가더라니께네.

집지킴이의 복수

자료코드 : 05_17_FOT_20110210_LJH_LHJ_0007

조사장소 : 경상북도 울진군 죽변면 죽변3리 노인회관
조사일시 : 2011.2.10
조 사 자 : 임재해, 조정현, 박혜영, 강선일
제 보 자 : 이향자, 여, 80세
구연상황 : 연못에 살고 있는 구렁이가 연못을 지키는 지킴이였다는 이야기가 청중들
사이에서 오고갔다. 그러자 이향자 씨가 "사람 사는 데에도 지킴이가 있어."
라고 하며 집 지킴이의 존재가 있음을 주장했다. 이 말에 청중들이 동의를 하
며 어디든지 집 안에서 뱀이 보이면 그건 좋지 않은 징조라며 서로 이야기를
나누었다. 잠시 청중들이 지킴이에 대해서 이야기를 나누는 동안 이향자 씨가
지킴이와 관련된 이야기를 생각하더니 외갓집 근처에서 일어났던 일에 관하
여 이야기를 구연하였다.
줄 거 리 : 옛날 깊은 산중에 집이 두 채가 있었다. 깊은 산중이라 문을 잠글 필요가 없어
항상 문을 열어두고 다녔다. 하루는 아내가 밖에서 일을 끝내고 집에 들어와
보니 큰 뱀이 부엌과 마루에 걸쳐서 누워있었다. 놀란 아내는 집에 들어가지
않고 아직 돌아오지 않은 남편을 기다렸다. 한참 후 집으로 돌아온 남편은 집
에 들어가지 않고 밖에서 자신을 기다리고 있는 아내에게 무슨 일이냐고 물었
다. 집에 들어가선 안 된다는 아내의 말에 남편은 매우 조심스럽게 집으로 들
어갔다. 집에 들어간 남편의 눈에 보인 것은 자신의 집을 차지하고 누워있는
큰 뱀이었다. 큰 뱀을 그냥 둬선 안 되겠다 싶었던 남편은 도끼로 뱀의 머리
를 잘라버렸다. 그리고 몸통마저 토막 내어 자루에 담아서는 저수지에 가져다
버렸다. 부부에게는 슬하에 딸 하나와 아들 하나가 있었다. 하루는 아들이 저
수지에 고기가 많이 올라왔다며 낚시를 하러 갔다. 그런데 밤이 되어도 낚시
를 간 아들이 집에 돌아오지 않아 아내가 아들을 찾으러 저수지로 갔다. 아내
가 저수지에 도착해보자 아들이 물에 빠져 머리만 물 위로 오르락내리락 하고
있었다. 그런 아들을 구하기 위해 저수지로 들어갔으나 저수지에 빠져 그만
죽고 말았다. 한편 딸은 기다려도 오지 않는 엄마와 오빠를 데리러 간다며 저
수지로 갔다. 저수지에 도착하자 엄마가 물에 빠져 머리가 물 위로 오르락내
리락 하였다. 엄마를 구하기 위해 저수지로 들어갔지만 딸도 그만 죽고 말았
다. 남편은 아무리 기다려도 가족들이 오지 않자 걱정스런 마음으로 저수지로
왔다. 저수지에 오자마자 그가 본 건 물속에 빠진 자신의 딸이었다. 딸을 구하
려 물속으로 뛰어들었지만 남편도 그만 물에 빠져 목숨을 잃었다. 그런데 죽
은 남편이 물 위로 머리만 내놓은 채 오르락내리락 하였는데 마침 그 모습을
지나가던 머슴이 보게 되었다. 물에 빠진 사람을 혼자 힘으로 구할 수 없을
거라 여긴 머슴은 사람들을 불러왔다. 사람들이 모두 함께 남편을 물속에서

건졌는데, 건져 오른 몸에는 수많은 뱀이 몸통을 칭칭 감고 있었다. 집 지킴이를 죽였기 때문에 한 가족이 모두 목숨으로서 벌을 받은 것이다.

우리 질골에 우리 외갓집이 산중이거든. 산중인데 우리 외갓집에서 마주보면은 복판에 거렁물이 내려가는 옛날에는 우물이 없고, 산중에 거 내려가는 그 물을 떠다 밥해먹고 거 살아. 살고 거랑이고. 거랑이고 거, 건네 산 밑에 집이 두 채 있었어. 있었는데 [잠시 생각하는 듯이] 어마이, 아바이가 일하러 갔다 오니께네 옛날엔 이 마루도 없고 그냥 가정집에 정지문을 다 열어놓고. 열어놓고 그래 갔는데 갔다 오이께네 뱀이가 지붕꽈리 같은 게 나와가주고 정지로 해가주고 큰 방으로 드가는 문턱에 갖다가 고개를 타악 [말꼬리를 길게 빼면서] 대고 둘누벘더라네. 둘누벘는데 그래 어마이가 먼지 와가주고 못 드가고 삽작거리에 섰다니께네. 아바이가 어둠어둠 하는데 아바이가 오더라네. 오니께

"왜 안 드가고 날 기다리는가."

이러니께네.

"아이라."

하더라네. 집에 못 드간다 하더라네. 드가지 말라 하더라네. 그런게로 왜 그러나 그러니께 저 드가 보라 하더라네. 아바이가 드가보니께네 설가장대 같은 구리이가(구렁이가) 나와가주고. 산 지킴이 나와가주고 정지로 해가주고 구들로 드가는 문턱에다 고개를 타악 [말꼬리를 길게 빼면서] 대고 꿈적도 안하고 있더라네. 있는데 그러디만은 이 아바이가 서가보이 같잖더라네. 그래가주고 도꾸로 가주와가주고. 뒷문으로 드가가주고 머리부터 먼저 찍었다네. 머리, 이 문턱에 대고 자는 놈으러, 둘란 눔으로, 아바이가 막 용을 쓰고 막 그 큰 도꾸 가주고 내찍어부께네, 머리가 이만 하더라네. 구석에서, 친정사 빠져가 뚝 떨어지고, 방 안에서 펄떡펄떡 뛰더라네. 그런데 그래가주놓께네 이 몽띠로 몽당몽당 끊어가주고 저수지에

갖다 여뿌랬어. (청중 : 그럼 안 된다.) 지다가 및 집을 짓다네. 및 집을 지 가주고 저수지에 갖다 여뿌랬는데. 딸 하나, 아들 하난데. 딸 하나, 아들 하난데. 아들이가, 아들이가 그래 저 낚시하러 간다하면서, 고기 낚으러 간다 하면서. 그래가주고 우리 할머니. 우리 할머니가 그랬다네. 그래가주 고 그 집이가 문을 닫아뿌고 사람이 안 사더라꼬. 그 할매,

"할매 저 집에는 그 전에는 사람 살디만은 사람 안 사는가?"

하니께네. 그래 얘기하드라. 그런께로 아바이가 및 짐을 지다가 저수지 에다가 그걸 여부랬는데, 갖다 여뿌고. 아들이가 어디 갔다 오디만은 저, 저거 강에 저수지에 고기가 많이 뛰드라 하면서. 고기 낚으러 간다고 가 드라네. 갔는게가 안 오더라네. 암만 있어도 안와가주고 어마이가 가이께 네 [잠시 뜸을 들이면서] 아들이가 물에 빠져가, 빠져버렸으면 어디 갔나 빠졌는가 모를 텐데, 그저 머리만 이 물에서 올라갔다 내려갔다 담봉담봉 하더라네. 그래가주고 운짐이 달아가주고(맘이 조급해져서) 어마이가, 어 마이가 막 운짐이 달아가주고 건지다가 드가다가 아들 빠져 죽고, 어마이 빠져 죽고 이래디만은. 또 어마이가 안와가주고 딸이가 가이께네, 또 딸 이가 목이 이만치 내 놓고 어마이가 물에서 왔다 갔다 왔다 갔다 이러더 라네. 그래가주고 딸이가 어마이 건질라고 드가다가 또 빠져 죽고. 아바 이가 있다 보께네 식구가 다 어디 나가서 안 오더라네. 그래가주고 딸이 가 나간게로,

"어디 가노."

이러께네 저거

"엄마가, 머 오빠가 강에 고기가 많이 뛴다고 가가주고 안 와서. 가디만 은 안 와가주고 내가 강에 가보러 간다."

하더라네. 그래가주고 아바이가 또 아들 안 와가주고 아바이가 갔다네. 갔다니께네 아바이가 또 가이께네 딸이가 또 모간지 올라갔다. 사람이가 하나에 하나씩 끌어들이니라꼬 올라갔다 니리갔다, 올라갔다 니리갔다 이

래드라네. 그래가주고 아바이가 또 딸 건진다고 드갔다가, 아바이가 머 그래 그 죽었다는 그걸 비킬라 그랬든지, 어느 집 머슴이가 어디 일하러 갔다 늦게 오다보이께네 그 강에서 사람이 빠져가주고 왔다 갔다 왔다 갔다 [말을 빠르게 이어 하면서] 이러더라네. 이러더라네. 그래가주고 이 머슴이가

"우뜩하면 좋노. 저거 우뜩하면 좋노."

이래가주고. 그래가주고 인제 머슴이가 애를 먹고 집에 와가주고 동네 사람 알가가주고.

"사람 저사 빠져가주고 담붕담붕 뜨고 있다."

이래가주고. 동네 사람이가 가이께네 그래가주고 장대를 이만큼 [말꼬리를 길게 빼면서] 긴 걸 가져왔다네. 장대를.

"이 사람 건질라면 어예노"

이러면서 장대로 가져와가주고 대나무 긴 대를 길게 가져와가주고 그 장대를 이래 이래 주이께네. 옛날에 이 상투를 꼽았는데 그래가주고 막대 장대에다가 까꾸래이 해가주고 가가주고 이 상투 머리로 끄들어가주고 잡아 땡겨 냈다네. [강조하듯이 또박또박 발음하면서] 내이께네 그 아바이 몸에 뱀이가 주렁바이 되가 올라오드라네. 그래 고마 그 집에 문 달았뿌드란다. (청중 : 그 집구석은 망하는 거야.) 그래 망했는데. 그래 그 집에 문 닫아뿌고 그래가주고 그 집에 씨를 지와부랬대. (청중 : 고거는 그 집에 지킴인데 멀 착실히 빌아사 자기가 가도록 보내줘야 되는데 그런데 그러면 무조건 망하는 거야.)

[청중들 사이에서 뱀에게 빌어서 잘 보내줬어야 한다는 말이 오갔음]

촌에 산중에는 가면 지붕 대막이로, 지붕 대막이 우에 구렁이가 이렇게 터억 지붕 대막이에 타고 둘라있다네. 이래면 그거를 그래 밥 해 놓고 이래 사람이 안 비키는 곳으로 그래 없게 해 돌라꼬. 없이게 해돌라꼬. 그래 그래가주고 나면은 언제 어드로 갔는지 눈에 안 비킨다네. 그런데 이

집이가 하마 얼루꼬깔 씰라꼬 아바이가 고마 도꾸로 가주고 머리를 갖다 자는 걸 찍어가주고. 그래 그 집이가 문 닫았다 그래. 우리 외갓집 가면 그래가주고 그 밑에 산 밑에 집이가 두 집 있었는데, 그 옆에 집도 무사와 못 살고 나왔단게여. 나왔다네. 그래 거 집이 두 채이가 고만 패가망신 해가주고. 옛날에는 짚을 가져다 집을 해였잖아. 거 오래 되이께네 집이가 막 골이 골이 져가주고 막 어엉 [큰 소리로 흉내 내면서] 크던지 막 거 섰더라니까. (청중 : 그래 못 살지 머. 거게는. 지금은 저 촌에도 부잣집, 옛날에 정승도 살고 그런 집에는 그런 지킴이가 다 있다꼬). 있어.

인연은 따로 있다

자료코드 : 05_17_FOT_20110210_LJH_LHJ_0008
조사장소 : 경상북도 울진군 죽변면 죽변3리 노인회관
조사일시 : 2011.2.10
조 사 자 : 임재해, 조정현, 박혜영, 강선일
제 보 자 : 이향자, 여, 80세

구연상황 : 청중들 사이에서 '뱀'과 관련된 이야기가 연이어서 연행되었다. 이향자 씨는 또 다른 제보자가 구연을 마무리 짓는 상황에서 불현듯 이야기가 생각난 것인지 옆에 앉아 있던 청중에게 이야기 구연의 욕구를 참지 못하고 귓속말로 전했다. 그러다 이야기의 구연이 모두 끝나자 생각난 이야기를 바로 이어서 들려주었다.

줄 거 리 : 옛날 한 총각이 살았다. 그런데 장가갈 나이가 되었는데도 불구하고 중매가 들어오지 않았다. 상심한 총각은 점쟁이를 찾아가 언제쯤이면 장가를 들 수 있느냐 했다. 이에 점쟁이는 봇짐을 메고 발길 닿는 대로 가다보면 인연이 나타날 것이라 하였다. 점쟁이의 말에 총각은 다음날 아침 봇짐을 메고 길을 나섰다. 그렇게 발걸음이 닿는 대로 길을 가다보니 어느새 해가 저물었다. 그렇게 하룻밤 묵을 곳을 찾던 중 멀리서 불빛이 보였다. 불빛이 비치는 곳에 가보니 처녀가 혼자 살고 있는 집이었다. 총각은 헛간이라도 좋으니 묵어가는 것을 허락해달라고 하였다. 그래도 좋다며 허락을 한 처녀는 곧 날이 추

우니 방에서 묵으라고 하였다. 총각은 방안에 들어서자마자 피곤함에 금방 곯아떨어졌다. 잠시 후 잠에서 깨어나니 자신의 눈앞에서 처녀가 바느질을 하고 있었다. 마침 처녀는 바늘귀에 실을 꿰고 있는 중이었다. 총각은 누워 있는 상태로 처녀를 보고 있었다. 그런데 실 끝에 침을 바르는 처녀의 혓바닥이 사람과 달리 두 갈래로 갈라져 있었다. 총각은 처녀가 사람이 아님을 알고 도망가기 위한 기회를 노렸다. 잠시 후 처녀가 잠깐 자리를 비운 사이 총각은 그 집에서 급하게 나왔다. 도망을 가다 뒤를 돌아보니 처녀가 총각을 어느새 뒤따라오고 있었다. 곧 잡힐 것 같았던 총각은 있는 힘껏 담장위로 도망쳐 올라갔다. 그러자 처녀는 뱀으로 변신해 담장까지 올라왔다. 결국 총각은 뱀에게 잡혀 몸이 칭칭 감겨버리고 말았다. 그렇게 뱀이 총각을 잡아먹으려는 찰나 새벽닭이 울었다. 어쩔 수 없이 총각을 놓아주어야만 했던 뱀은 어디론가 사라졌다. 총각만 잡아먹으면 환생 할 수 있었는데 그러지 못하고 사라져버린 것이다. 그렇게 죽을 고비를 넘긴 총각이 배가 너무 고파 집으로 돌아가는 중에 밥 한 끼 얻어먹을까 하여 어느 집에 들어갔다. 그곳에는 머리가 희끗희끗한 할머니가 있었다. 할머니는 먹을 것이 없다며 총각에게 나물을 대접했다. 그때 할머니의 손녀가 손님에게 부족한 대접을 했다며 메밀을 갈아서 메밀밥을 만들어주었다. 총각에게 이 처녀야 말로 진짜 인연이었던 것이다. 결국 총각과 처녀는 혼인을 하여 잘 살았다.

옛날에 어느 총각이 살았는데. 생전에, 생전에 중매가 안 들어와가주고 장개를 못가가주고, 물으이께네 점쟁이가 하는 말이 그래,

"담봇짐을 짊어지고 발걸음이 가는대로 가다보면 인연이가 나타난다."

하더라네. 그래가주고 참 담봇짐을 짊어지고 인제,

"낼 아침에 떠난다."

이래가주고 참 가다가다 보이께네 해가 져가주고. 발걸음이 가는데 해가, 해가 져가주고 있다보이께네 어디서 불이가 이래 저 빤하게 비키더라네. 그래가주고 산을 넘고, 참 물을 건네 넘어가주고 그 불을 찾아가주고 그 집을 가이께네.

"주인 계세요?"

이러니께네.

"그 누구세요?"

이러더니 한참 있다보이께네 참 그래 어예쁜 그래 처녀가 한 이 나오더라네. 나오길래,

"내가 질이가 가다가 해가 저물어가이께네 나를 하룻밤을 좀 재워돌라고."

이러이께네.

"우리집이는 잘 데가 없다."

하더라네. 그런께로

"내가 이거 헛간에사 또 내가 몸을 은신해가주고 나를 새아가 갈테니께 헛간이나마 돌라."

이러니께네. 그래라 하더라네. 그래가 헛간에 있다 보이께네 또 이 처자가,

"그래 이 집에는 아무도 안 사고 내 혼자 산다."

이러면서

"그래 그 헛간이 추우께네 방안으로 들어오라."

하더라네. 그래가주고 이 총각이 뒤로 멀리 걸어왔노라이께네 피곤해가주고 잠을 한잠 이래 자고, 하마 잠이가 깰 정돈데, 보이께네 처자가 이래 등불을 켜놓고 앉아가주고 바느질을 하고 있더라만은. 바느질을 하고 있는데 그래 이 바느질을 하다가 또 이 실이 다 떨어지니께네 실을 바늘귀에 꿰야 되잖아. 꿰는데 바늘귀에 꿸라꼬 이 바늘, 실을 이러는데 보께네. [바늘 꿰는 시늉을 하면서] 사. 이 셋바닥이 두나치라네. 세가(혀가) 두나라. 두 짝이 짜갈린 세가 발랑 하구는 요러는데 볼께네 세가 두나치드라네. 그래가주고 이 총각이 그 질로 잠을 못자고 있다가 그래 이 날을 새가주고 간다꼬 있다 본께네 이 처자가 어디가고 없더라네. 없어가주고,

"내가 이럴 직에 얼른 가야 된다."

이래가주고 그 밤에 마구 쉬지 않고 뛰오다 보께네 이 처자가 막 따라

오더라네. 따라오마 어드로 가나 하면서.

"당신이 내 인연인데, 응? 당신이가 어드로 가냐?"

하면서 막 따라오드라네. 그래가주고 어드 어쩔 수가 없어가주고 오다 보이께네 어느 담장이가 길쭉한 게 끄트마케 있더라네. [말꼬리를 길게 빼면서] 그래가주고 이 총각이가 운짐이 달아가 담장에 고마 넝큼 뛰올라 가주고 고마 거기 기올라가주고 있다 보이께네. 이 처자가 고마 목을 이 래 곤두박질하고 하디만은 처자는 어디가고 없고, 담에 뱀이가 수북이 기 올라 오더라네. 그런께로 일렬로 기올라오면 총각이 내려가주고 질러러 가고. 질러러 내려오면 총각이 이짝으로 올라가고 이래다보이께네 복판에 가 떡 섰다 보이께네 머 글 때는 그러니께 이 셋바닥이 두 나치가, 뱀이 가 두 마리라는 결론이더라네. 그래가주고 양쪽으로 고마 이래 뱀이가, 양짝에서 담을 싸가주고 막 이 총각이를 고마 턱 타고 올라오드라네. 타 고 다 와가주고 인제 요만치 냉가놓고 날이 샐라꼬 이러니께네 어디선가 먼데사 꼭꼭꼭 [닭 울음소리를 흉내 내면서] 닭 우는 소리가 들리더라네. 닭 우는 소리가 나더라네. 나이께네 이 뱀이가 고마 오지도 가지도 못하 고 거 딱 있디만은 나중에 보이께네, 내려다 보이께네 뱀이도 어디 갔는 지 없고. 보이께네 처자가 영이 선 처자가 서가주고

"내가 당신을 녹여 먹어야 내가 하늘로 등천을 할긴데. 내가 저 백일기 도를 해가주고 백 일만에 내가 사람을 한 개 녹여 먹어야 하늘로 인도환 생 해가주고 내가 하늘로 올라갈껜데. 당신이가 내 인연인데 당신을 못 녹여 머가주고 내가 평생에 내가 이렇게 살아야 된다꼬."

이러면서 그래 그 처자가 고만 그래 쑥 가뿌드라네.

"그르이 당신은 평생에 살 사람이다."

라면서 그래 고마 그 처자가 "나는 인지는 하늘로 인도환생해가주고 인 지는 평생에 올라갈 수 없고, 인지는 지옥에서 내가 살아야 된다."

면서. 그러면서,

"내가 무슨 저 그래 죄를 져가주고, 죄를 지가주고 내가 그래 이렇게 내가 뱀으로 환생 해가주고 그래 하늘에사 니가 하늘에서 인도환생 할라면 니 행세를 하고 오라."

이래가주고. 그래,

"내가 당신을 백년 만에 만냈는데 놓쳤다."

면서 그래 고마 처자를 고마. 처자는 그래 쑥 가뿌고, 그래 총각이가. 그래가주고 집에 와가주고. (청중 : 옛날에 할아버지들이 얘기하는 게 다 살아오면서 그런 거라고.) 오다가 인제 그 처자 가뿌고 그 총각이가 그 산중서 터벅터벅 걸어오다보이께네. 참 그래 어느 집에 그래 허얀 할매가 그래 나오더라네. 근게로

"할매, 할매 나를 좀 밥을 좀 달라고. 내가 배가 고파서 돌라."

그러니께네.

"밥은 없고 나물이 있다."

하더라네. 그러면서 이제 옛날에 이 나물을 무쳐가주고, 된장에 무쳐가주고 그래 먹고 있다니께네 거 오사 참 그래 어스부리한 처자가 한 이 그래 나오더라네. 나오디만은,

"어, 할매는 손님이를 나물로 대접해도 되나."

이러면서. 그래 얼른 그래 저거 요 기다리라 하더라네. 그래 가디만은 방아를 달랑달랑 찧디만은 미물을(메밀을) 가져가주고 찧가주고 미물밥을 해가주고, 그래 그 손님을 대접하더라네. 그래가주고 인연이가 나타나더라네. 그래 인연이가 나타나가주고 그 처자하고 살더래. 인연이더란다. 사더란다.

문둥이로 착각한 시어머니

자료코드 : 05_17_FOT_20110210_LJH_LHJ_0009
조사장소 : 경상북도 울진군 죽변면 죽변3리 노인회관
조사일시 : 2011.2.10
조 사 자 : 임재해, 조정현, 박혜영, 강선일
제 보 자 : 이향자, 여, 80세
구연상황 : 울진군 북면 덕구리에 있는 온천인 '덕구온천'은 울진 주민들에게 있어 매우
영검 있는 온천이라 인식되고 있다. 청중들 사이에서 지금의 온천시설이 생기
기 전, 산에 올라가 장막을 쳐 놓고 목욕한 이야기가 오고갔다. 그러던 중 이
향자 씨가 자신이 갓 시집왔을 때 있었던 일을 들려주겠다며 이야기를 구연
하였다.
줄 거 리 : 신부가 혼례식을 치르고 시부모님을 처음으로 대면하게 되었다. 시어머니는
절을 받고 며느리가 가지고 온 치마저고리를 입고 기쁨에 춤을 추었다. 순간
신부는 춤을 추는 시어머니의 손이 없음을 발견했다. 시어머니의 손을 본 순
간 신부는 시어머니가 문둥이 병에 걸린 것이라 여겨 자신이 시집을 잘못 왔
다는 생각이 들었다. 다음날 아침 식사를 준비하러 부엌에 들어간 신부는 손
윗동서의 엄지손가락이 비정상적으로 큰 것을 보았다. 동서의 손까지 본 신
부는 더욱 더 자신이 시집을 잘못 왔음을 확신하게 되었다. 그때부터 신부는
마음의 병이 생겼다. 밥도 넘어가지 않았고, 생활하는 모든 것이 조심스럽고
불편했다. 도망을 가려고 마음을 먹었으나 쉽지 않았다. 그렇게 지내던 어느
날, 시아버지의 바지를 바느질해야 하는데 동서가 손이 불편해 바느질을 잘
하지 못했다. 시어머니는 갓 시집 온 며늘아기 또한 바느질을 못 할 거라 생
각했다. 그러나 친정에서 바느질을 익혀왔기에 자신 있게 바느질을 한다고
했고 시어머니와 함께 바느질을 하게 되었다. 바느질을 하며 시어머니가 며
느리에게 내 손을 보고 놀라지 않았냐고 물었다. 며느리는 솔직하게 그렇다
고 말했다. 그러자 시어머니가 자신이 손이 이렇게 되게 된 이유에 대해서
이야기해주기 시작했다. 시어머니가 아직 갓난아기일 때 자신의 어머니가 일
을 하러 나가야 해서 할아버지가 자신을 돌봐주었다고 한다. 그때 할아버지
가 깜빡 잠이 들었고 그 틈에 화롯불에 손을 넣었다가 큰 화상을 입었다. 할
아버지가 깜짝 놀라 아이의 손을 고치기 위해 영험하다는 덕구온천 물을 뜨
러 갔다. 산으로 올라가던 중 나무에 매달려 매질을 당해 피를 흘리는 개를
보았지만 목적은 물을 뜨러 가는 것이기에 스쳐 지나갔다. 온천물이 흘러나
오는 데 도착하자 할아버지를 기다리고 있는 것은 큰 뱀이었다. 뱀은 할아버

지가 물을 뜨려고 할 때마다 물을 뜨지 못하게 위협했다. 결국 물을 못 뜨고 산을 내려오는 도중에 관리자를 만났다. 관리자는 물을 뜨지 못한 할아버지를 대신해서 물을 떠 주었다. 관리자가 대신 떠준 물을 지고 오는 할아버지는 등 뒤가 심하게 벗겨져 그날부터 삼 개월을 고생했다. 또한 그 물을 가지고 와 시어머니의 다친 손을 씻겨 주었는데, 낫기는커녕 오히려 죽은 사람처럼 새까맣게 변했다. 물을 뜨러 가는 도중에 부정한 모습을 봐서 동티가 난 것이다. 결국 꽤 오랜 시간을 할아버지와 손녀가 고생을 하게 된 것이다. 그리고 시어머니는 문둥이 병에 걸린 것이 아니라 사고로 손을 잃은 것이었다. 그 후로 신부는 모든 오해를 해결할 수 있었고, 지금까지도 덕구온천은 영검이 있는 것으로 생각하고 있다.

내가 시집을 가니까 말 띠고 이럴 적에도 그런 말이 없었어. 시집을 가 가주고 그 이튿날 아침에 인제 시어른들이. 시어른들한테 절 하잖가. 할매 절 하잖가. 절을 이래 하는 걸 보이께네. 그래 인제 미느리가 해가주고 왔는 치마저고리를 입고 인제 춤 치잖가. 그래 인제 우리 가양각시가 있다가.

"아재 할매요, 미느리가 해가주고 온 옷 입고 저거 춤 치소, 춤 치소."

이러니께네. 우리 시어마이가 일나가주고 그 옷을 입고 춤을 치는데 보이께네. 우리 시어마이가 손이 양짝에 없잖가. 그 질로 내가 이 가슴이가 뚝 널찌더라니께네. 춤을 치는데 보께네 이 손이가, 손가락이 없고 손이가 요런 할미가

"여어 좋다." [말꼬리를 길게 빼면서]

이러면서 춤을 치잖아. 내가 그걸 딱 보다보이께네 손이 없잖가. 아차, 내가 그때는.

'아차, [손뼉을 치면서] 내가 문디 집에 시집왔다. 내가 도망간다. 내가. 아이고 언제 도망가도 도망가야 되지. 내 이 집에 못 산다.'

이랬는데. 내가 그때는 태산 같다 해가주고 [기가 막힌다는 듯이 웃으면서] 사흘 만에 인제 태산 왔다 해가주고 아침에 밥 할라고 나왔는데 보

이께네, 보이께네 또 우리 동서. 우리 동서 손가락이가, 이 끝이가 이래 이만하잖가. [대략의 크기를 손으로 어림 지으며] 아이구, 어예노. 아이구 내가 어디로 가노. 어디가 어딘 줄 질을 알아야 도망가지. 첨에 가마태고 시집가오이 질이 어딘 줄 아나. 첨가서 모르지. 아이구, 어쩌나. 내 속이 병이 들어왔는거라. [손뼉을 치면서]

빙(병) 들었을까봐. [청중들 우습다며 하하하 웃는다] 신랑이가 곁에(자러 와도 빤치(거절) 탁 쳐가주고는 [모두들 하하하 웃는다] 내 있는데 범접하지 말라꼬. 내가 허락할 때까지 내 있는데 범접하지 말라꼬. 그러이 나는 머냐 하면 인제 만약 우예가 내가 친정에 오면은 우리 어마이한테 얘기해가주고 내가 도망갈라꼬. 도망갈라꼬 그랬어. 그래가주고 밥도 말이지 주면은. 밥도 실지거든 내가. 밥도 주면은 시어마이한테도 서럽지, 시집왔는지 사흘 만에 정지에 밥 한다고 가보이 동서란 게 손가락이 이만한 게가 이러지요.

"아이구, 우예면 좋노. 아이구 우예면 좋노"

이래. 내 속에 막 근심덩거리가 생겨부랬는거라. 그래가주고 우예가주고 인제 친정에 간다하고 핑계 대 오면은 내가 도망갈라꼬.

"엄마, 엄마 내가 문디집에 갔더라. 어예면 좋노. 도망가야 된다."

이랬는데. 그래 내가 걱정이 돼 밥이 넘어갈 수 있나. 밥도 이만큼씩 뿔이. 우리 동서가 밥 같이 앉아 먹으면, 내가 이래 눈치 봐가면서 얼른 내 앞에 막 이래 구디 파가주고, 구디 파가주고 내인데 문디 옮길까봐. 구디 막 파가주고 내가 밥 이만큼씩 먹고 고마 이래면 밥이가 구디 파놓으께네 막 방도 굴면 막 무너지더라꼬. 무너지고 이랬는데 그래 인제 우리 시어마이가 인제 그 가양 각시인데 이랬는 모양이라.

"성골이 저만한 게가 밥을 통 [말꼬리를 길게 빼면서] 요만큼씩 밖에 안 먹는다."

하더라네. 안먹는다네. 그래 가양각시가 내인데 묻는 거라.

“새사람, 새사람 왜 밥을 그래 많이 안 먹노?” [목소리를 낮추면서]

그때는 내가 이미 늘어 이렇지만은 신체가 이랬고 이랬거든.

“밥이 성골이 고만한데 왜 밥을 요만큼씩 밖에 안 먹는단 말이야.”

이래. 이래드라꼬. 그래가주고 고 때는 하마 서너 달 됐어. 됐는데. [잠시 생각하는 듯이] 그래서 내가 그래 그 어마이한테 이얘길 했어.

“아이구, 복란 어마이요. 복란 어마이요.”

“저 나는 걱정이 되가주고, 걱정이 되가주고 나는 밥이 목에 안 넘어가니더.”

이러니께네.

“왜?”

이러더라꼬. 그래 내가

“왜 우리 시어마이가 이래 손이 양짝에 문디 매러 일코. 동서란 게도 손이 엄지 손가락이 이만한 게가 저렇노. 응? 내가 속아 온 게 아이요. 이 집안에 그런, 무슨 그런 병이 있는 집안이 아이요.”

이러니께네. 그 덕새 인제 가양각시가

“그거 때문에 그래나.”

이래면서.

“그게 아이다.”

이래더라고. 이래더라꼬. 이래디만 그래 인제 어느 한 날은 인제 우리 시아버지 인제 바지저고리로 내놨는데 우리 동서가 가이께네. 지 옷을 못 꿰매 입더라꼬. 아이 손이 그런 게 아이고. 그래 이 손이 이래 없어도 요다가 찌고 우리 시어마이가 두루마기를 꿰매도. 남자들 옛날에 쓰봉이를 명가주고 말아가주고 잘해낸다. 그런데 우리 동서는 이 바느질 할 줄을 모르더라꼬. 모르는데 우리 시어마이가 날 한 마디 하는데 맏동서가 이 옷이를 못 하니께네 나도 옷을 못 하지 이래 생각했는 모양이래. 그래니께네 나는 옛날에 우리 할아버지가 있어가주고 우리 어마이가 두루마

기고 바지고 다 하게 했거든. 그러니께

"어머니 내가 그 바지저고리랑 내가 꿰맬게요."

"니가 끼맬 줄 아나?"

이러더라꼬.

"할 수 있어요."

이래가 그래 해내니까. 바느질 하는데 우리 시어마이랑 내캉 둘이. 바느질 하는데 우리 시어마이가 내한테 그러는 거라. 얘기하는 거라.

"애기 니 내 손보고 놀랬지?"

이러잖아. 이러잖나. 그래 내가

"어머이, 내가 실지로 놀랬어요."

"놀랬는데 손이 왜 글나?"

이러니께. 그새 얘기를 하는 거라.

"내가 얘기를 해줄꼬마."

하면서. 요롷게 앙금앙금 길 적에 시 살 먹어가주고 인제 얼라가 첫 돌 지내고 길 적에. 친정 어마이가 일하러 나가니라꼬 얼라를 재와놓고 시아버지로 가면사.

"아바님요. 애기 재와놨니더. 애기를 재와놨으께네 좀 보이소."

이러고 일하러 갔는데. 이 할바이가 이 몽침으로 비고 고마 실큰 자다 보께네 아가 깨가주고 기나오다가 화티에 고마 드갔다 그래. 옛날에는 화톳불이라꼬 불씨를 거기다 놓고 살았더네. 화티로, 화티로 아가 고마 기 올라가주고 이 손이가 양짝에 파싹 다 디가주고. 그래가주고 할바이가

'내가 얼라 보라 한기로 내가 이래 놨으께네.'

그래 누가 물으께네

"원작물을 떠다가 아를 가 손을 씻그면은 어 빨리 물이가 찌고 까닥까닥 하매 낫는다."

하더라네. 그래가주고 이 할바이가 지게를 짊어지고 대삐를 두나 달아

지고 원작물 뜨러 갔어 여 덕구온천에. 그만큼 영검 있다는 거여. 덕구온천에 물 뜨러 왔는데 오다보이께네 개를 잡아가주고 피가 철철 흐르는 놈으로 낭개다 달아 놨다 하더라네. 할바이가 물 뜨러 가단는데 간대. 그래가주고 이 할바이가 그걸 보고 인제 가가주고 이 끄티기를 내라놨는데 거드가 물을 뜰라고 하이께네. 물 방구 안에, 물 뜰라 하이께 보께네, 물 방구 안에 뱀이가 이런 눔이가 서가주고 [손으로 뱀의 크기를 그리면서] 할바이가 뜰라꼬 이래 물을 떠다가 엎드면 할바이인데 가서 타악 이래 덮칠 거 같드라네. 그래가주고 할바이가 물 뜰라고 드갔다가 못 뜨고 나오고, 드갔다가 뜰라꼬 드갔다가 나오고. 이래다보이께네 거 관리하는 사람이가. 여자들 멘스 있는 사람도 못 갔거든. 그랬는데 그러다보이께네 물을 못 뜨고 할바이가 빈 지게를 지고 내려오다 보께네 저 관리하는 사람이가 오다 만내가주고

"노인요, 말로 왔다 가니껴?"

이러께네.

"내가 원작 물을 좀 떠갈라 그랬디만은 내가 도저히 못 떠가니 간다."

이러니께네

"거 왜요? 쌨는 물 떠가지요."

그면서

"이리 주소. 내 떠줄게요."

이러더라네. 그래 그 주인이가 드가가주고 물을 떠준 게로 가주고 비를 두나 달아지고 삼십 리를 걸어 내려가주고 왔는데 할바이는 재삐긴 거 겉이 등이가 고마 재삐긴 거 같이 벗겨지드라요. 재삐꼈는 거 같이 벗겨지고 그 물을 떠다가 우리 시어마이가 얼라 적에 손을 담가 씻그면 아가 쌔까매 죽았부고. 이래가주고 죽어 못 씻고 내놓고 고마. 우리 시어마이씨 친정 아바이지. 아바이가, 할바이가 그래 있다네. 그래 웅굴에 세수대에 물 내려오면은 이 아무것이 그때는 그 무티에 가면은 맥을 부린데이. 머

울진댁이. 평해댁이. 댁이를 불라. 부리는데

"아무것이 댁이, 댁이 우리 집에 와가주고 얼라 젖 좀 먹여 주게."

그러더라네. 그래

"새사람은요?"

이러이께네.

"아이구, 저 밭에 가고 없다."

고 이래면서. 그래 가이께네 어마이가 있거든. 그래가주고 그 얼라를 젖을 물리면 아가 죽어놓이께네 정신이 이래놓이께네 젖을 먹나. 그래 새 댁들 얼러 와라 이러면서

"아이구, 아가 젖을 안 빠게로 아가 자꾸 처져진 아를 젖 먹여 달라 이 런다."

이러면서. [소곤거리는 듯이] 그래 새댁들이가 가고, 가고 이랬대. 그래 가면 할바이가 어디 가고 없으면 얼라가, 이래 새까만 애가 피나고 그러 면 또

"야야, 아가 그 물 떠다가 아를 좀 씻가봐라."

어느 어른이 그러이께네 안 씻글 수가 없어가주고 또 어마이가 나와 가주고 물 또 데와가, 데까가주고 아를 씻그면 또 아가 새까매지고 이러 면, 이랬다네. 이랬는게가 할바이는 등이 벗겨져가주고 석 달을 고상하고, 우리 시어마이는 삼 년을 고생했는데. 이 그러이께네 이래 붙들어가주고 이 옛날에 피가 쓴 것을 이래 묶어 놓고. 이 얼라를 묶어 놓고 이 청태를 거다 갖다가 치매놓고는 고마 시아바이를 얼라를 맽겨 놓고 고마 일하고 갔부고) 이랬디만은. 어느 한 날에 친정 어마이가 와가주고 얼라를 손을 이래 풀어가주고 저거 청태를 새로 개릴라고 보께네. 여서 막 쉬가, 파래 이가 쉬를 실어가주고. 여서 막 작은 벌레가 막 나오더라네. 그래가주고 시어마이가 그래 마카 파내가주고 씻거가주고 이래 놨더니만은. 이 손가 락이 없고 한나는 이래 파래져가주고 이래 집고, 한나는 저래 집서. 요래

틀어진 쪽에 요다가 새, 새살이 요다 지고 바늘을 써가주고. 바느질 하는 것을 이 할매가 봤지. 그지? 그래도 열에 열 번도 어드 굿 한다 이래면. 검은 게고 어디선가 굿 한다 가면 열에 열 번도 머리 감아 빗고. 요, 요, 요래가주고 [직접 흉내를 내면서] 이래 꼬불쳐 놓고 옷 입고 치마꼬리를 요래 질러가주고 가고 이랬네. 내가 그랬는데 그래 그만큼 덕구온천 물이 가 그렇게 부정을 타고. 그랬단다. 그래가주고 할바이는 석 달 고생하고, 우리 시어마이는 얼라가 삼 년을 고생해가 이 손이가 이래 지가, 이래 집고. 이 손이 한 쪽은 이래 지고. 손가락이 없어. 여다, 여다 이래 찡가가주고 가. 그래가주고 미느리를 밉게 내라도. 지름 발란 것 겉이 그랬는데. 그러니께네 글트라. 그래 그만큼 영검이 있다는 거야. 영검이 있다는 게라. 그러디만은 우리 시어마이가 하루는 그래 얘기해주더라.

딸년은 도둑년이다

자료코드 : 05_17_FOT_20110210_LJH_LHJ_0010
조사장소 : 경상북도 울진군 죽변면 죽변3리 노인회관
조사일시 : 2011.2.10
조 사 자 : 임재해, 조정현, 박혜영, 강선일
제 보 자 : 이향자, 여, 80세
구연상황 : 조사자가 청중들에게 명당에 관한 이야기를 들려주었다. 그 중 며느리가 자신의 시아버지를 명당에 모시기 위해 친정아버지 묏자리에 밤새 물을 부어 놓았다는 이야기를 들려주자 이향자 씨가 "물을 그냥 안 붓고, 그 말이 있어요."라고 하며 새로 이야기를 구연하였다.
줄 거 리 : 옛날 집안 형편이 좋지 않았던 집이 명당에 묘를 써서 부자가 되었다. 하루는 시집 간 딸이 친정이 부자가 된 이유가 친정아버지의 묘가 명당에 위치해 있기 때문이라는 것을 알았다. 딸은 자신의 친정아버지 대신 시아버지를 그곳에 모시기 위해 밤중에 산에 올라 묘에 물을 조금씩 부었다. 그리고 아무도 눈치 채지 못하게 산에서 내려올 때는 신발을 거꾸로 신고 내려왔다. 그러기를 며칠 후, 친정 오라버니께 가서 자신의 신랑이 요즘 많이 아프다하여

물어보니 친정아버지 묘에 물이 들어가서 그렇다고 하던데 어쩌면 좋으냐고 했다. 동생의 말에 오라버니는 아버지의 묘를 파 보았고, 묘 안에는 정말로 물이 고여 있었다. 그래서 친정아버지의 묘는 이장되었다. 몇 년 후 시아버지가 돌아가시자 며느리는 임시로 다른 곳에 시아버지의 묘를 썼다. 그리고 시묘살이가 끝나자 아무도 모르게 밤중에 시아버지를 원래 친정아버지가 묻혀 있었던 곳으로 이장했다. 누구도 그 곳에 무덤이 있다는 것을 알지 못하도록 봉분은 만들지 않았다. 결국 명당을 차지한 시댁은 점점 부자가 되었지만 친정은 다시금 집안 형편이 기울어졌다.

옛날에 그래 어느 저 친정집에 아부지가 돌아가셨는데. 그래 참 자리를 잡다보이께네 명상터래가주고 그랬는지 그 질로부터 못 살던 집이가 자슥들이가 그래 잘되고, 부자가 됐다 이거라. 부자가 됐는데 그래 물으이께네

"그 자리가 명상터다."

이래가주고. 그래가주고 이 미느리가, 자기가 딸이가 못 사니까,

"낸중에 우리 시아버님가 죽으만, 우리 아부지 파내고 저다가 우리 시아바이 뮈를 써야 되겠다."

이래가주고. 그 질로부터는 친정집 모르게 물동이에다 물이고, 올라갈 적에는 그래 뮈를 구덩이를 파 놓고 거다가 날마다 물을 부으면 뮈 안에 물이 드갈 꺼 아니냐. 그래 물을 붰는데 어떻게 물을 붰나 하면은 올라갈 적에는 발자국 다르고, 내려올 적에는 발자국 다르잖나. 올라가가주고는 내려올 적에는 신을 까꾸로 신고 내려왔는거라. 까꾸로 신고 내려오고 또 물이고 올라갈 적에는 똑바로 올라갔다가, 고 담날 내려올 적에는 또 신을 까꿀로, 까꿀로 신고 오고 이러니께네. 올라간 발자국뿐이지 발자국을 한 군데만 올라갔다 뿐이지, 내려온 발자국은 없잖아. 그거 모르잖아. 그래가주고 딸이가 친정 어마이인데 가사, 친정 오라바이한테 그랬대.

"오빠요, 오빠요. 자꾸 울 집 아바이가 아파가주고 자기 신랑이가. 아파가주고 어디 가서 그래 물으이께네 그래 아부지 뮈가 잘 못 되가 글타니

더. 글께네 뭐를 파보면은 뭐안에 물이가 들었다니더. 그러니께 오빠요, 이를 우야면 좋소.”

이러니께네.

“그래야, 아부지 뭐가 멍터라 했는데.”

이러니께네.

“아이구 몰씨더. 점쟁이가 그래고 이랬는데 하도하도 용태가 물으이께네 글타요.”

그러니께네.

“우예요? 우리집 얼라 아바이가 저래 자꾸 만날 만날 골이 아프다하이 이를 우뜩하면 좋소. 암만 약을 써도 안 되니 이를 우쩌면 좋소.”

이러니께네.

“그래야, 그럼 아부지 뭐를 이장하지 머.”

이래가주고 자기 친정 아부지 뭐를 파가주고, 파보이께네 물이 드갔거든.

“그래 맞다. 야야. 동생 니 말 맞다. 뭐 안에 물이 드갔구나.”

이래가주고. 그래 아부지 뭐를 파가주고 딴 데다 이장하고 났는데, 그러다 보이께네 이제 및 년 되가 있다 보께네 시아부지가 돌아가셨는데. 딴 사람 모르게 그 자리다 뭐를 썼어. 남 보는데는 그다 안 쓰고. 딴, 딴 동네가서 인제 거다가 뭐를 썼는데. 그래 다 써놓고는 많이 지난 뒤에 그래 시아바이 뭐를 다시 파내가주고 밤에 아무도 모르게 밤에 가가주고, 자기 아부지 뭐 썼던 그 자리에다가 뭐를 써가주고. 뭐 분소는 안 해 놓고 팽팽하게, 요 뭐자리 있다는 것만 해 놓고 팽팽하게. 그래 추수개고 머고 인제 남모르게 거가서 인제 잔 올리고 오고. 이랬디만은 그 딸이가 인제 부자 되더란다. 친정이는 망해뿌고. 글트란다.

지혜로운 중신애비

자료코드 : 05_17_FOT_20110210_LJH_LHJ_0011

조사장소 : 경상북도 울진군 죽변면 죽변3리 노인회관

조사일시 : 2011.2.10

조 사 자 : 임재해, 조정현, 박혜영, 강선일

제 보 자 : 이향자, 여, 80세

구연상황 : 앞서 제보자의 이야기가 끝난 후, 청중과 조사자 사이에서 장난이 오고 갔
　　　　　다. 장난으로 인해 이야기판에서 한바탕 웃음이 일었다. 그렇게 모두들 정신
　　　　　없이 웃는 와중에 이향자 씨가 갑자기 생각이 난 듯, "옛날에……"라고 하며
　　　　　이야기 구연을 시작하였다.

줄 거 리 : 혼기가 찬 처녀와 총각이 혼인을 하기 위해 선을 보았다. 처녀의 어머니는
　　　　　총각이 누구인가 궁금한 마음에 중신아비에게 총각이 혹시 좋은 사람이냐 물
　　　　　었다. 그러자 중신아비가 "혹 좋다는 사람도 있고, 혹 안 됐다 하는 사람도
　　　　　있다."라고 답했다. 처녀의 어머니는 중신아비의 말을 믿고 처녀를 총각에게
　　　　　시집보냈다. 그런데 혼인을 마친 후 신랑을 보니 신랑에게 혹이 달려 있었다.
　　　　　그러자 화가 난 처녀의 어머니가 중신아비에게 따졌다. 그러자 중신아비가
　　　　　나에게 "혹 좋은가?"라고 물어서 "혹 좋다는 사람도 있고, 혹 안 됐다 하는
　　　　　사람도 있다."라고 했으니 이것은 바른말이었을 뿐이라고 했다. 결국 뜻은 다
　　　　　르나 소리가 같은 점을 이용하여 중신아비가 지혜롭게 대처한 것이다.

처자가 저저, 총각이가 저저, 어느 집에 선보러 가이께네.

"아이, 이 사람아."

그래 저, 저 중신애비가 하는 말이가 거 진 어마이가, 처녀 어마이가
있다 그러드란다.

"그래 총각이가, 혹시 총각이가 좋는지요."

그러니께네.

"예, 모두 보고 혹 좋다는 사람도 있고, 혹 안 됐다 하는 사람도 있습
니다."

이래드라네. 그래도 그런께가 그래가주고 그래다보께네 딸이를 참 시집
을 보냈는데. 신랑 자리가 온 걸 보이께네 혹이가 이런 게 달렸더라네.

[혹의 크기를 손으로 가늠하면서] 그래가주고 친정 어마이가 예끼 중신애비 보고,

"예끼 이눔, 어? 내가 잉? 그래 총각이가 혹시 좋은 놈인동."

이러니께네.

"니가 머 했노, 이놈아. 잉? 안 그렇다 했잖아."

이러니께네.

"어이고, 나는 한나도 속인 거 없이 바른말 했습니다."

이러더라네.

"그래 니가 먼 바른말을 했노."

이러니께네.

"거 저거 아지매가 있다가 아이고 신랑짜리가 혹 좋은 놈도……."

이랬잖냐고.

"그래 내가 다다 모해달라꼬. 혹이 좋다는 사람도 있고 혹이 안 됐다 하는 사람도 있다꼬. 내가 바른말 했잖냐고."

이래더란다. [모두들 하하하 웃는다]

부인 말 한마디에 등천 못한 용

자료코드 : 05_17_FOT_20110210_LJH_LHJ_0012
조사장소 : 경상북도 울진군 죽변면 죽변3리 노인회관
조사일시 : 2011.2.10
조 사 자 : 임재해, 조정현, 박혜영, 강선일
제 보 자 : 이향자, 여, 80세
구연상황 : 청중들의 이야기가 끝난 후, 조사자가 이야기를 이어받았다. 조사자가 다른 마을 할머니들에게서 들었던 것이라며 죽어서 용이 되려고 했으나 부인이 입 밖으로 내뱉는 바람에 그러지 못했다는 이야기를 구연했다. 그러자 제보자 이 향자 씨가 "그 얘기도 있지."라고 하며 자신도 알고 있는 이야기라고 하였다.

그래서 조사자가 다시 구연해 줄 것을 청하자 "다는 모르는데……"라고 하며 이야기를 시작하였다.

줄 거 리 : 옛날 임종을 앞둔 아버지가 부인과 며느리는 다 물리고서 아들만 따로 불렀다. 그리고는 자신이 죽거든 머리를 잘라 명주에 싸서 우물에 몰래 가져다 놓으라고 하였다. 그러고 나면 석 달 뒤에 그 이유를 알 수 있을 것이라 했다. 한편 방 밖에서는 부인이 남편과 아들이 몰래 나누는 대화를 듣고 있었다. 아버지가 돌아가시자 아들은 아버지의 유언대로 머리를 몰래 자른 후 명주에 싸서 우물에 넣었다. 시간이 흘러 석 달을 삼 일 앞둔 날, 시어머니가 며느리와 크게 다투게 되었다. 다투는 과정에서 시어머니는 며느리에게 "니 신랑이, 니 시아바이 목을 쳐서 우물에 갖다 넣은 것을 아느냐?"고 물었다. 시어머니의 말에 며느리는 말도 안 되는 소리라며 흘러 넘겼다. 싸움이 끝난 후 마을 사람들은 고부 사이에 왜 싸웠냐며 며느리에게 물었다. 이 말에 며느리는 시어머니가 자신의 시아버지 머리가 우물 속에 있다고 했다며 얼토당토 않는 이야기이지 않느냐 했다. 며느리의 말에 마을 사람들은 혹시나 하는 마음에 우물의 물을 퍼내 바닥을 살펴보았다. 그러자 우물 바닥에서 명주에 싸인 시아버지의 머리가 나왔다. 우물 바닥에 있던 시아버지의 모습은 곧 하늘로 올라갈 모양새였다. 그러나 백일이 되기 전에 일이 들켜버려 용이 되지 못했다.

옛날에 하도 하도 못 사니까 그래 아부지가 돌아가실라꼬 이럴 때, 큰 아들을 불러가주고 하는 말이 그래 여자도 나가라 이기라. 내 부인도 나가라하고. 왜냐 여자는 조디가 싸기 때문에. 말 난다꼬. 나가라 하고, 다 나가라 하고 큰 아들만 딱 들오라 해가주고.

"그래 내가 죽거들랑, 열일장 해 놓고 난 뒤에, 죽거들랑 숨 거다 딴 방 갖다 놓거들랑, 문 타악 닫아뿌고 그래 명지로."

옛날에 그 명지로 다 짰잖아. 누에 가주고 명지 짜잖아.

"그 명지로 한 필 가주와가주고 내 목을 그래 니가 끊어가주고 명지에다 똘똘 싸가주고 그래 우물에 갖다 빠주면 석 달, 백일만 지내가면은 니가 알 도리가 있을게다. 내가 니를 밥 먹고 사는 기회를 해줄 기회는 이밖에 없으이께네 그렇게 하라."

하드라네. 그래가주고 그런데 어마이가 요래 귀로 문에 대고 들았어. 들았어. 그래가주고 그래 장사 치를 적에는, 입관을 할 적에 이렇게 호수 가이고 덮어가주고 그렇게 입관하고. 아무도 모르게 머리를 못 지게 하라고 이렇게 해라하고 시겼는데 어마이가 요래 들았어. 들어가주고 그래 아들이가 치가주고 그래 아무도 모르는 재밤에 갖다가 우물에 갖다가 빠졌어. 빠졌는데 고가 석 달 내리가 되면은 용이 되가주고, 연이가 되가주고 연으로 해가주고 하늘로 등천을 한다. 응, 이랬어, 이랬는데. 어마이가 고마 석 달 내리가 삼 일 앞두고 고마 응? [손뼉을 딱 치며] 며느리랑 고마 싸움이 붙어 부랬는거라. 다툼이 있어가주고, 도탔는데 고마 어마이가 있다가.

"이년아, 니 사랑은 애비로 목을 쳐가주고 웅굴에 갖다 빠졌잖아."

이래가주고 그 말이가 나가주고 고마 우물에 동네 사람이가 나서가주고 우물에 물을 다 잦추고 다 퍼내고 드가보이께네 명지에다가 감아가주고 빠졌거든. 하마 연이가 되가주고 요 연줄만 있그면 날아갈 판인데 아무도 모르게 하늘로 연이가 되가주고. 하늘로 등천을 해가 날아갈낀데 연줄이가 요만치만 있으만 다 됐더라네. 그래 삼 일만 있으면 요만치만 완전했으면 날아갔을 겐데. 그래가주고 어마이 입 때민에 그래 용이 못 되고 결국엔 그래 우물에 물을 잦혀가주고, 동네 사람이가 잦혀가주고 그래 고마. 그래 그러기 때문에 천 없는 말이래도 여자 입에서 지끼면) 이거라. 옛말이가 어느 어느 곳에 가 지껴도 다 말이가 나는데 소 있잖아, 소. 소캉 둘이 지끼면은 안 나더란다. 응. 소인데서 지끼는 말이는 소가 말을 하나? 안 하잖아. 어느 누구인데 지껴도 말 나는데, 소하고 지꼈는 말이는 그거는 말이 안 나더란다. 그래서 그 순둥이가 말을 안 하니께네 순동이가 성자라는 게야. 그래 여자 때문에 고마 삼 일만에 등천을 모해가주고 마구 연나비가 다 나고, 날라고 연줄이가 이만치만 있으만 날아갈 판인데. 그만치 연줄이가 나오다 있더라네. 그래가주고 그 어마이가 미느리하고 싸와가주고.

"이년아, 니 사랑은 니 시아비가 죽었는데 목을 쳐가주고 웅굴에갖다 빠졌다."

이래가주고. 그게 머, 미느리가

"그게 먼 소리냐."

고 이래가주고 가만있었으면 되는데 며느리가 왜 시어머이하고. 동네 사람들한테 나가이께네.

"야 왜 시어마이하고 싸우고 그래노."

"말이 되는 말을 해야지요. 에이 시어마이가 말씨더, 우리 신랑이로 아바이 목을 쳐가주고 웅굴에 갖다 넜다고 하잖소."

이래가주고.

"그래?"

동네 사람이가.

"그럼 우물에 물을 자사 보자. 참말인지 한 번 우물을 자사 보자."

우물물을 잦차가주고 드가보이께네 연이가 다, 연날개가 다 나고 요만치 남았더라네. 그 말이 하는 말이라. 옛날에 그런 말이 있어.

고려장 이야기

자료코드 : 05_17_FOT_20110210_LJH_LHJ_0013
조사장소 : 경상북도 울진군 죽변면 죽변3리 노인회관
조사일시 : 2011.2.10
조 사 자 : 임재해, 조정현, 박혜영, 강선일
제 보 자 : 이향자, 여, 80세
구연상황 : 앞서 이향자 씨가 여자는 항상 입조심을 해야 한다고 당부하며 들려준 '부인
의 말 한마디에 하늘로 등천하지 못한 용' 이야기가 끝났다. 그러자 바로 이
어서 현재 죽변초등학교 뒤편이 예전에는 고려장을 했던 곳이라며 '고려장'에

관한 이야기를 들려주었다.

줄 거 리 : "칠십에 고려장"이란 말이 있다. 고려장이란 예전에 늙고 쇠약한 사람을 구덩
이 속에 산 채로 버려두었다가 죽은 뒤에 장사 지낸 것을 말한다. 하루는 아
들이 아버지가 고려장할 때가 되자 아버지를 지게에 지고 산으로 올라갔다.
그리고는 아버지를 산에 두고 내려왔다. 아버지가 할아버지를 산 위에 두고
오는 모습을 본 손자가 산 위에 할아버지와 함께 두고 온 지게를 가지고 내
려왔다. 지게를 가지고 온 이유는 훗날 아버지 또한 늙고 병이 들어 고려장할
때가 되면 사용하기 위해 가지고 온 것이었다.

칠십에 고려장이라 하잖아. 그러면 우리 같으면 옛날 같으면 하마(벌써)
고려장 하는 날짜 다가온단 말이여. 이럴 때. 글때 고려장 드가는데.그런
데 아들이 인제 저 옷을 인제 입혀가주고 그래 인제 어마이를, 아바이
이든동 어마이이든동 날짜가 다가오면 고려장 갖다 넣잖아. 그러면은 고
다음에 인제 보름이면 보름, 한 달이면 한 달 밥하고. 양색하고 여 자. 고
거 먹고 떨어지면 물이고 머고. 고거 떨어지면 못 살고 죽는 거라. 그래
죽고, 죽으면 인제 거 고려장이러 파가주고 히트고 신체를 꺼내가주고 장
사를 치르고 이랬어. 그러니께네 생사람을 갖다가 죽였는 거야. 생사람을.
그러니께네 자기 아버지가 인제 살, 살 사람 아니나. 그래 고려장 하러 인
제 아버지를 지게에. 지게다 지고 인제 갖다 내삐렸어. 내삐리니께네 아
가 요만한 게 클 적에 할아버지를 지게에다 지고 가다 내삐고 온 적에,
거다 넣고 오는 것을 봤거든. 그래서

'나도 나중에 크면은 우리 아부지로 저래 고려장 한다.'

해가주고 이랬어. 이래가주고 그래 인제 할배를 인제 갖다가 고려장하
고 오는데 지게를 내삐랐는데 그 손지가 지게에 가서 지드라네. 그러니께.

"야야, 그 지게를 말로 가져 오노. 거다 버려라."

이러니께네.

"아버지가 할아버지를 저기다가 내삐렸으니께네 나도 나중에 아버지를
지다가 내삐려야 되잖소. 그러이 이 지게를 가주가야 한다."

이러더라네. 가주가야 된다. 그런 말이 있어.

문둥병을 낫게 해준 사두

자료코드 : 05_17_FOT_20110210_LJH_LHJ_0014
조사장소 : 경상북도 울진군 죽변면 죽변3리 노인회관
조사일시 : 2011.2.10
조 사 자 : 임재해, 조정현, 박혜영, 강선일
제 보 자 : 이향자, 여, 80세
구연상황 : 화기애애한 분위기 속에서 이야기가 자연스럽게 주고받아졌다. 청중들은 그
       때그때 떠오르는 이야기들을 자유롭게 이야기하였다. 편안한 분위기 속에서
       이야기들이 구연되자 직접 경험했던 일에 관한 이야기들을 거리낌 없이 들려
       주었다. 그러던 중 이향자 씨가 직접 겪은 것은 아니지만 들은 이야기라며 친
       구와 관련된 이야기를 구연했다.
줄 거 리 : 한 처녀가 얼굴이 훤칠한 청년에게 반해 시집을 갔다. 그런데 그 집은 삼 대
       째 문둥병을 앓아온 집이었다. 그러나 시집갈 당시만 하더라도 신랑이 멀쩡
       하였기에, 아무런 의심도 하지 않았다. 시집온 지 삼년이 지났을 때, 신랑도
       그만 문둥병에 걸리고 말았다. 신랑은 마을 사람들의 눈을 피해 깊은 산 속에
       오두막집을 짓고 그 곳에서 따로 기거하게 되었다. 신랑의 식사는 신부가 아
       닌 시어머니가 도맡아서 준비했다. 시어머니는 끼니때가 되면 밥을 챙겨 오
       두막집으로 갔다. 어머니는 신랑이 오두막집에만 있는 것이 안쓰러워 아들을
       위해 술을 빚었다. 하루는 뒷산에 묻어 놓은 술 항아리에서 한바가지 가득 술
       을 퍼서 아들에게 주었다. 한바가지 가득 퍼 올린 술은 이상하게도 기름이 동
       동 떠있었다. 그러나 큰 의심 없이 어머니는 아들에게 술을 주었다. 술이라도
       마셔 시름들을 잊어버리란 의미였다. 며칠 뒤 아들의 식사를 챙겨 오두막집
       에 간 시어머니는 깜짝 놀랐다. 아들은 엎드려 정신을 못 차리고 있는 중이었
       고, 오두막집에서 수많은 벌레들이 기어 나오고 있었다. 급히 아들을 깨워 자
       초지종을 물었으나 어머니가 퍼 준 술을 다 먹고 잠든 것 밖에 없었다. 이상
       하다 여긴 어머니는 혹시나 하여 술 항아리를 살펴보았다. 아니나 다를까 술
       항아리 안에서 사두가 죽어 있었다. 사두 때문에 술에 기름이 동동 뜬 것이었
       다. 사두가 옛날부터 큰 병을 고치는 데 탁월하다는 말을 들은 어머니는 사두
       가 빠져 죽은 술 항아리를 아들에게 먹였다. 그 술을 다 먹은 아들은 문둥병

을 앓았다는 흔적도 없이 병이 말끔하게 다 나았다.

내 친구가 한 이가 이름이가 성득이라꼬. 저 머로 상근이 그 촌에 시집 갔어. 갔는데 집은 잘 살아. 잘 사는데 [잠시 생각하는 듯이] 가보이께네 삼대가 내려오면서 문디이드라네. 삼대가 내려오며 문디인데 그래 이 집 신랭이도 참 있다 보이께네 시집 갈 적에는 참 남자가 훤이한(훤칠한) 게 얼마나 인물이 좋은지 다 인물 보고 반하고. 야가 신랑 인물 보고 반해가 주고 산중인데 갔는 거라. 갔는데 거 인제 그러니께네 거 문디 될라면 그 키 인물 난다네. 그러니께 가보이께네 시아바이도, 시할바이도 문디로 해 가 죽고. 저 시아바이도 문디 되가 죽고. 그래 이 사람 신랭이가 갈 적에 는, 시집 갈 적에는 문디가 아닌데 참 잘나고 인물이 훤이한 게 좋더라꼬. 그래 야가 신랑 인물 보고 반해가 시집 갔는 거라. 그 촌에로 갔는데. 그 래 아들이가 문디가 딱 되가주고 삼 년이 되니께네, 문디가 참 그래 뿔이 나더라네. 뿔이 나고 그래 참 척척 끓는 문디가 되고. 산중에서도 저저 상 근에 산중에 가가 시집갔는데, 산중에서도 거서도 또 산중에 가가주고 우 두막살이를 짓는 거라. 우두막살이를 짓어. 지가주고 그 문디 혼자 거다 갖다 놓는 거라. 우막을 지가주고 그래 위두막 마냥 짓네. 지가주고 신 랑 혼자 거다 갖다 놓고 그래, 그랬는데. 시어마이가 하리, 찹쌀을 가주고 꼬들밥을 찌더라네. 그래가주고,

"어머니 거 머할라꼬 그러니껴?"

이러니께네.

"내가 쓸 데가 있다."

이랬어. 그래가주고, 거 찹쌀을 가주고 꼬들밥을 찌가주고 그래 누룩을 섞어가주고 그래가 담아가주고 아들 밥 이고 가드라. 늘 지는 신랑이 우두막 해 놓은 데를 한 번도 안 가봤는데 시어마이가 만날 아들 병 고칠 라꼬 동네 사람들, 동네 그런 게 있으면 안 되거든. 그래가주고 산 둑, 산

넘어 가주고 이렇게 쪼만한 막을 지 놓고 거다 갖다 아들을 모셔놓고. 늘 어마이가 아침, 저녁으로 밥을 이고 가고, 눈이가 많이 오고 이럴 적에는 못 간다네. 못가고 이랬는데. 항상 이래 먹을 밥이러 거다가 밀어 놔두고 오고 이랬는데. 그래가주고 거 누룩 해 이고 가디만은 그래 또 하루 오디 만은 단지를 요렇게 이고 가드라네. 가디만 거 뒷산에다 파고 거 단지를 묻었다네. 단지를 묻고 술을 거다 해 였는데. 그래 참 인제는 노즈가 그래 께네 막 혼자 거 있으니께네 먼 천날만날 혼자뿐이있잖가. 있으이께네 어마이가 고마 그런 술이래도 먹고 한 잠씩 그래 저 자라꼬. 노즈가 되가꼬 자라꼬. 그래 거다가 갖다 찹쌀을 갖다 술을 해 여 났디만은 그래 어느 한 날은 어마이가 그래 인제 석 달 열흘 백일이 되면 노즈가 됐다 이래 가. 뒷산에 가가주고 거로 동동주로 해 여 났는 게로 가이께네 기름이 동 동 동동 뜨드라네. 기름이 동동 뜬 게로 그래 인제 가가주고 어마이가 한 바가지를 퍼가주고 아들을 줬다네.

"야, 이걸 먹고, 저녁에 이걸 먹고 자게."

이래고 왔다네. 왔다. 와가주고 있다.

"내가 내일이면 모오네 모레에 오께. 그래 이 밥은 놔뒀다가 먹고 술 이거는 저기에다가 퍼났으이께 먹게."

왔다네. 왔디만은 삼 일만에 가이께네, 사람이는 인즉 죽처럼 자빠졌고 얼마나, 얼마나 거서 벌레가 나오는지 운두막이 까많더라네. [말꼬리를 길 게 빼면서]

"이게 웬 일이냐."

하고 할마이가 구덩이를 들따보이 아들이 이래 바싹 엎어졌는데 얼마 나, 얼마나 벌레가 나와가주고 그래 기더라네. 그래가주고

"이게 웬 일이냐."

하고 어마이가 다 그래. 씨라내고그래가주고 그래 아들이로 깨왔다네. 죽었나 살았나 이래가주고 엎어졌는걸 깨아가 일나드라네 일랐네. 아이

구, 매이야. 일난 게 보이께네 툭툭 뿔이 난 얼굴이 어디 갔는지 한나도 없고 본살이 돌아왔더라네. 왔더라네. 그래가주고 이게 왜 어째된. 그러니께네 이 내 말 들어봐. 그래가주고

"이 우예 된 일이노?"

이러니께네 자기도 모른다 하더라네. 이 술이를 어마이가 요 오막뒤에 다 옛날 두레, 오박뒤 있잖가. 거다 한 개를 퍼다 놓고 이거를 퍼 먹게이, 먹고 자게 이러고 왔는데 그 술이가 보이께네 한나도 없이 다 먹었더라네. 먹고 고마 술채갔고 잤는 모양이라. 잤는데 벌레가 그클 죽어가 나왔는데. 그래가

"이게 어예된 일인가?"

하고 어마이가 그러니께네 거 술 먹어가, 술 먹고 난 다음에는 자기도 모른다 하더라네. 그래가주고 어마이가

"그래, 야."

이러고 어마이가 깜짝 생각하고

'대관절 술 먹어가 이런 택이는, 이 벌레가 이렇게 나올 택이는 없을 겐대, 없을 겐대. 이 무슨 수가 있다.'

이래가주고 그래 인제 또 가가주고 덮어놨는데 가가주고 그래 어마이가 이래 덮아가주고 떠놀 적에 요 어데 덜 덮였던 모양이라. 덜 덮였길래 글루러 짐승이가 드갔지. 짐승이가 드가가주고 묻어났으이 드갔지. 그래가주고 빠졌드란다. 그래가주고 어마이가 팔을 두부 걷고 술단지로 바가지로 저서 올리니께네 그 안에 사두가 빠져 죽었더라네. 뱀이라. 이름이가 사두가 있대. 아주, 아주 깊은 산중에 그런, 아주 중한 병 고치는 그런 짐승이가. 드갔드라네. 사두, 그걸 보고 사두라 한다네. 그래가주고 이 저서 올리니께네 사두가 빠져 죽었더라네. 그래가주고 어마이가 탁 [손으로 무릎을 치며] 치맨사,

'아차 이 어마이가 뜰 적에 기름이이 동동 뜨디만은 이게 글쿠나'

이래가주고 그 술을 아들이를, 한 단지를 다 믹여가주고 그래 빙이 나아가주고 오데 그런 문디됐다는 표시가 한나도 없더라네. 그래 지금, 지금 가가 골개가 사네. 응, 내 친구가. 그래가주고 산중에는 저, 저, 저 머노 상근이 산중에 사다가 안 살고 골개 내려와 사네. 와 있네.

문둥이들의 결혼식

자료코드 : 05_17_FOT_20110210_LJH_LHJ_0015
조사장소 : 경상북도 울진군 죽변면 죽변3리 노인회관
조사일시 : 2011.2.10
조 사 자 : 임재해, 조정현, 박혜영, 강선일
제 보 자 : 이향자, 여, 80세
구연상황 : 청중들 사이에서 문둥이와 관련된 이야기가 연달아서 구연되었다. 한 제보자가 자신이 직접 본 문둥이에 대한 경험담을 들려주자 이향자 씨 또한 직접 본 문둥이들에 대한 경험담에 대해 들려주었다.
줄 거 리 : 문둥이들이 많이 모여 살던 마을이 있었다. 하루는 그 마을에 살고 있던 친구네로 놀러 갔다. 친구네서 사흘 정도 묵으면서 지내던 날 친구와 함께 개울가에 빨래를 하러 갔다. 개울가에 가보니 문둥병에 걸린 사람들이 바가지를 열심히 씻고 있었다. 그렇게 바가지를 씻는 모습을 신기하게 바라보고서는 집으로 돌아왔다. 이틀 후 마을에서 문둥이들의 결혼식이 열렸다. 신부는 이웃 마을에 살고 있던 문둥병에 걸린 처녀였다. 친구와 함께 문둥이들의 결혼에 대한 호기심으로 구경을 갔다. 식을 올리는 곳에 가보니 바가지들이 바닥에 놓여 있었다. 며칠 전 개울가에서 깨끗하게 씻은 바가지들이었다. 바가지 안에는 신랑 후보들의 이름이 적힌 종이가 들어가 있었다. 신부가 많은 바가지 중에서 하나를 선택하면 바가지 안에 적힌 이름의 주인공이 신랑이 되는 것이었다. 결혼을 하기 힘들었던 문둥이들의 결혼식은 바가지를 통해 이루어졌던 것이다.

문디들이가그 전에 안묵구 가면은 문디들이 많이 있었어. 동네, 동네가면 그 안묵구 있는데, 안묵구 가면은 문디가 되게 많았는데, 옛날에 할매인이 있잖가. 인이. 재순이 고 사던 있을 적에, 동생이가 하나이 있었잖가. 있을 적에 가 따라가주고 내가, 우리가 안묵구 놀러갔거든. 정자가 가자 그래 놀러 갔다가. 갔는데. 그래 하여튼 간에 묵구래. 묵구라 안묵구라 카더라 안묵구. 근데

"야, 내 따라가 우리집 갔다 오자."

이래가주고 정자캉) 내캉 둘이 따라 갔어. 그래 따라가서 그 집에서 한 사나흘 놀다 왔는데, 거 어느 날 거랑에 내려가는데 안묵구에 말세. 거랑물이 철철 내려가는데 거 야가 빨래 씻그러 가야 된다 그래서 갔거든. 갔는데 가이께네 아, 문디들이가 앉아가주고 바가지를, 곤지 바가지를 말세. 마구 [말꼬리를 길게 빼면서] 씻는 거라. (청중 : 야, 그래……) 자가 이러잖가. [잠시 생각하는 듯이] 가 이름이가 저거다. 옥자다. 옥자.

"야야야, 저게 마카 저게 내려가니께 저게 마카 문디들이다. 문디들이다."

이래. [목소리를 낮추면서]

"여게 문디 셌다."

이래. 그디만은 앉아가주고 마카 바가지 씻는 거라. 곤지 바가지를 환께 씻는 거라.

"저게 문디들이가 마카 밥 얻어먹은 바가지 씻는다."

이래. 이랬디만은 집에 와가주고, 가들 집에 와가주고 있다니께네 머 그 이튿날은 문디 이바지 지낸다 그래.

"문디가 내일, 문디가 내일 잔치 지낸단다."

이래.

"이바지 지낸단다."

이래.

"문디들이가 어디 가서 각시 구해 와서 이바지 지내노."

이랬는데. 어느 촌에 가이께네 처자가 문디 됐는데 어떨떨 문디 떼가리

가 있는 줄만 알면 빼긴다네. 문디 떼가리가, 떼가리가 가가주고 내놓라꼬, 내놓라꼬 이래가주고. 할 수 없어가주고 어마이, 아바이가 인제 딸로 내 췄는데. 그 문디, 셌는 문디가 어느 문디가 데루 살겠노 누구인데 그 래가주고. 바가지를 가지고 이바지 지낸다 그리. 바가지를 가지고 이바지를 지낸대. 그른 기를 봤어 할매. [동의를 구하듯이] 바가지를 가지고 이바지를 지낸대. [믿기지가 않는다는 듯이] 그래 내일 머 음식을 하는 게는 어느 식당 가 시겠어. 그건. 목구에 안목구에 드가는. 거다 해가주고 그 먹으라꼬, 먹으로 온 사람들은 가가 먹으라꼬 써 붙여 놨다 하더라꼬. 근 데 우리는 가보지는 않했어. 있는데 문디들이 이바지를 지내는데 처자 를 하나 갖다 놓고 이바지를 지내는데. 바가지에다가, 전부 바가지를 썻디만은.

"거 문디 이바지를 어에 지내노?"

옥자가,

"구경하러 가보자."

이래가. 사람들 마이 왔어. 와가주고. 저 갱변에서 문디 이바지를 지내는데. 전부 가면서 바가지를 쫙 [말꼬리를 길게 빼면서] 엎어 놨더라꼬. 응? 문디 숫자대로. 바가지를, 마구 바가지를 고매 쪽 [말꼬리를 길게 빼면서] 엎어 놨더라꼬.

"어, 저 바가지를 어제 셌던데 쪽 엎어놨다."

이러니께네. 그래 그때 그 할매 같은 나이 할매가 오디만은

"문디 이바지는 원래 바가지를 가지고 지낸다."

이래. 그래가주고

"왜요 할매요? 바가지를 가지고 어떻게 이바지를 지내요?"

이러니께네. 바가지. 셌겄는 안에다 바가지를 말라가주고 바가지 안에다가 자기 이름을 써놓는다네. [단호한 어조로 손뼉을 치며 말하면서] 자기 이름을 써가주고 바가지를 쪽 갖다 엎어놓고 거 처자 와가주고 그 바

가지로, 어느 바가지든지 바가지를 집는 그 사람인데 시집간다네. [목소리를 크고 단호하게 하면서] 내 그런 빙 봤사. 옛날에 우리 클 적에. 어, 그래가주고 이 처자가 참 그래 요래 보자기를 덮어쓰고 와가주고 그 갱변에사 이바지를 지내는데. 요래가주고 하얀 보자기를 덮어쓰고 와사 머 우든 동 어옜던 간에 이래 덮어 썼더라꼬. 이래 고개 숙여 와가주고 몇 번을 이래가 섰디만은 정정정정 이래 정정정정 왔다 갔다 하디만은 바가지를 툭 집디만은 이렇게. [마치 신부를 흉내 내는 듯이 수줍어하면서] 문디들이가 보고 뭣이라꼬 이름 부르면사 야 뭣이라. 지랄났는 게라 지랄났어. 이쌔끼 니 땡 잡았다 카고. 땡 잡았다고 난리가 났는 거라. 그래가주고 인제 그 사람이 인제 지목되가주고 그 갱변에서 그래 이바지를 지내대. 그래 서로 맞절하고 이바지 지내더라. 그런 빙 봤다. 우리 클 적에. 친구 따라 갔다가. 그래가주고 바가지로 이바지 해 내대. 바가지 가지고. 거 안묵구에는 문디들이 많이 있었어. 문디 이바지를 바가지 갖고 지내. 바가지 갖고 지내더라. 바가지 가지고.

방귀쟁이 며느리

자료코드 : 05_17_FOT_20110209_LJH_LHS_0001
조사장소 : 경상북도 울진군 죽변면 죽변3리 노인회관
조사일시 : 2011.2.9
조 사 자 : 임재해, 조정현, 박혜영, 강선일
제 보 자 : 임후순, 여, 76세
구연상황 : 제보자와 청중과 함께 즐겁게 이야기를 나누던 중 조사자가 방귀쟁이 며느리 이야기에 대하여 묻자 제보자가 구연하기 시작하였다. 청중들 제보자의 말에 귀 기울였고 제보자는 웃으며 즐겁게 구연하였다.
줄 거 리 : 옛날에 한 여자가 시집을 갔는데 방귀를 못껴서 얼굴이 노래졌다. 이를 이상하게 생각한 시어머니가 이유를 묻자 여자는 이유를 밝혔고 이에 시어머니는 방귀를 뀌라고 하였다. 여자는 가족들에게 집안 곳곳을 잡고 있으라고 하고

방귀를 꼈다.

옛날에 그랬다는 말이 있당가. 시집을 갔는데. 신랑, [하하하 웃으면서] 방구를 저 며느리가 방구 못 껴가꼬 얼굴이 노래져가지고. 그래 시어마이가 물으니까 그런 말하더라네.

'방구를 껴야지 된다'

해서 그래.

"문고리 들고 있어라"

해가, 그 문고리를 들고 있응께. 방구를 끼고 그랬다는 말. 그런 말 나도 옛날에 들은 말이 있네. 그 소리야.

어머니와 부인

자료코드 : 05_17_FOT_20110209_LJH_LHS_0002
조사장소 : 경상북도 울진군 죽변면 죽변3리 노인회관
조사일시 : 2011.2.9
조 사 자 : 임재해, 조정현, 박혜영, 강선일
제 보 자 : 임후순, 여, 76세
구연상황 : 청중들이 이 이야기를 나누자 제보자가 다시 정리하여서 이야기를 구연하였
　　　　　　다. 옆에 있던 청중들이 이야기 구연을 도왔고 제보자가 즐겁게 웃으면서 이
　　　　　　야기를 구연하였다.
줄 거 리 : 옛날에 한 어머니가 아들에게 자신과 부인이 물에 빠지면 누구부터 구하겠느
　　　　　　냐고 묻자 아들은 어머니라고 대답했다. 이에 부인은 앞으로 계속 같이 살 사
　　　　　　람은 자기라고 말하며 다시 한 번 생각해보라고 하였다. 후에 진짜 어머니와
　　　　　　부인 물에 빠지자 아들은 어머니를 구하려다 말고 부인을 건져내었다.

옛날에 있잖아.

"엄마하고 부인하고 둘이 같이 빠지면 아들아 니 누구부터 먼저 건질라하노, 건지노?"

이래께네. 아들하는 말이,

"아이고 엄마 아무리 그래도 내가 엄마부터 먼저 건지야지."

이래께네. 그래 부인이 있다가,

"여보, 응 그래도 백년을 살 사람은 낸데. 어, 나를 먼저 건지야지 왜 엄마부터 먼저 건진다 하나?"

이래가지고. 참 그러다 보니깐 어마이 하고 각시가 둘이가 참 그래 물에 빠졌는데. 각시 그 소리에, 엄마는 하믄 거 갔고, 거 각시, 내가 당신의 저 백년 사람인데 날부터 건지야지 엄마부터 건질 수가 있나 이랄께네. 엄마를 쥐었다가 놓고 각시를 건지더란다.

뱃노래

자료코드 : 05_17_FOS_20110209_LJH_KJH_0001
조사장소 : 경상북도 울진군 죽변변 죽변3리 마을회관
조사일시 : 2011.2.9
조 사 자 : 임재해, 조정현, 박혜영, 강선일
제 보 자 : 김정희, 여, 76세
구연상황 : 조사자가 뱃노래에 대해 질문하자 제보자가 바로 알아차리고 후렴구 부분을
          말하였다. 이에 조사자가 한 번 들려 달라고 하자 제보자가 바로 구연하기 시
          작하였다.

    으스런(어스름) 달밤에

    개구리 우는 소리

    시집 못 간 저 처녀는

    도망질 가노라

    에야노야노라 에야노야노

    어기여차 뱃놀이 가잔다

창부타령

자료코드 : 05_17_FOS_20110209_LJH_KJH_0002
조사장소 : 경상북도 울진군 죽변변 죽변3리 마을회관
조사일시 : 2011.2.9
조 사 자 : 임재해, 조정현, 박혜영, 강선일
제 보 자 : 김정희, 여, 76세
구연상황 : 창부타령을 불러달라고 청하자 제보자가 준비 했다는 듯이 시작하였다. 조사
          자와 청중들이 박수를 치며 창부타령의 리듬에 맞추었고 제보자는 자신있게

창부타령을 구연하였다.

아니 아니놀지는 못 하리라

하늘과 같이 높은 사랑

하해와 같이도 깊은 사랑

칠년대한 왕가물에

빗방울 같이도 반긴 사람

당명황의 양귀비요

이도령의 춘향이라

일년삼백육십오 일에도

하루만 못 봐도 못 살겠네

디리디 디리디 디리디리디 디리 디리디리

아니 놀지는 못하리로다

돈나온다

자료코드 : 05_17_FOS_20110209_LJH_KJH_0004
조사장소 : 경상북도 울진군 죽변변 죽변3리 마을회관
조사일시 : 2011.2.9
조 사 자 : 임재해, 조정현, 박혜영, 강선일
제 보 자 : 김정희, 여, 76세
구연상황 : 제보자가 짧은 노래를 알고 있다고 하자 조사자가 불러달라고 청하였다. 옆에 있던 청중들도 나서서 불러 달라고 청하였다. 그러자 제보자가 민요를 구연하기 시작하였다.

돈나온다 돈나온다

보 비단족에서 돈나온다

돈이라면 죽는 줄 알고

저노무 새끼 돈 받으러 왔네
돈 줄 사람은 내 아니요
돈 받으러 온 사람은 동서남북

월월이청청

자료코드 : 05_17_FOS_20110209_LJH_KJH_0005
조사장소 : 경상북도 울진군 죽변변 죽변3리 마을회관
조사일시 : 2011.2.9
조 사 자 : 임재해, 조정현, 박혜영, 강선일
제 보 자 : 김정희, 여, 76세
구연상황 : 제보자의 어릴 적 이야기를 듣고 있다가 조사자 월월이청청에 대해 질문하
였다. 그러자 제보자가 나지막하게 월월이 청청을 구연하기 시작하였다. 주변
이 다소 시끄러웠지만 끝까지 차분하게 구연하였다.

돌아간다 돌아간다
월월이 청청
생금생금 생가락지
월월이 청청
달아달아 밝은 달아
이태백이 놀던 달아
저기저기 저 달 속에
계수나무 밝혀서
옥도끼를 찍으나
금도끼를 다듬어서
월월이 청청

시집살이 노래 (1)

자료코드 : 05_17_FOS_20110209_LJH_LHJ_0001
조사장소 : 경상북도 울진군 죽변변 죽변3리 마을회관
조사일시 : 2011.2.9
조 사 자 : 임재해, 조정현, 박혜영, 강선일
제 보 자 : 이향자, 여, 79세
구연상황 : 조사자가 '시집살이 노래'를 구연해줄 것을 청중들에게 청했다. 그러자 청중
들이 '성님성님 사촌성님'이라고 하며 동시에 운을 뗐다. 그러던 중 청중 한
명이 노래의 첫 구절을 읊었으나 더 이상 기억나지 않아 구연을 멈추었다. 그
러자 또다시 청중들이 동시에 노래를 구연했다. 이때 청중들의 사설을 듣고
있던 이향자씨가 어수선한 분위기를 정리하며 뒤의 사설을 조금 더 구연하였
다. 그러나 자리를 벗어나는 청중으로 인해 다시 한 번 흐름이 깨져 조사자가
먼저 시집살이 노래의 첫 구절을 읊었다. 그것을 이향자씨가 바로 이어받음으
로써 구연이 이루어졌다.

성님성님 사촌성님
시집살이 어떻던고
시누올케 그말마라
도리도리 도리판에
수저놓기 어렵드라

형님형님 사촌형님
시집살이 어떻던고
아이구시누 그말말게
도리도리 도리판에
수저놓기 어렵드라

시집살이 노래 (2)

자료코드 : 05_17_FOS_20110209_LJH_LHJ_0002
조사장소 : 경상북도 울진군 죽변변 죽변3리 마을회관
조사일시 : 2011.2.9
조 사 자 : 임재해, 조정현, 박혜영, 강선일
제 보 자 : 이향자, 여, 79세
구연상황 : 조사자가 "시어머니 죽으라고 축신을 했더니"라고 하며 첫 구절을 읊었다.
그러자 청중들 사이에서 이향자씨가 이 노래를 잘 알고 있다며 추천했다. 조
사자가 이향자씨에게 노래를 불러줄 것을 청했다. 그러자 청함과 동시에 노래
를 불러주었다. 사설에 청춘가 가락을 붙여서 노래를 구연했다.

시어마님 죽으라꼬

축신을 했더니

보리방아 물버놓니

얼씨구

시어마님 생각나네

시아바님 죽으라꼬

백년정승(백년정성) 들였더니

부두자리 떨어지니

얼씨구

시아바님 생각나네

청춘가

자료코드 : 05_17_FOS_20110209_LJH_LHJ_0003
조사장소 : 경상북도 울진군 죽변변 죽변3리 마을회관
조사일시 : 2011.2.9
조 사 자 : 임재해, 조정현, 박혜영, 강선일

제 보 자 : 이향자, 여, 79세
구연상황 : 앞서 시집살이 노래를 청춘가의 가락에 맞춰 노래를 부른 후 청중들이 제보
자의 목소리가 곱다며 칭찬을 아끼지 않았다. 청중들의 칭찬에 멋쩍은 웃음을
짓던 제보자가 갑자기 생각이 난 듯 청춘가를 구연하였다.

간다 못간다 얼마나 울었나

정계정(정거장) 마당에 얼씨구

한강수 되었네

살다가 살다가 못살기 되면은

당신에 네꺼다에(넥타이에) 얼씨구

내목을 매노라

꼬부랑 할머니

자료코드 : 05_17_FOS_20110209_LJH_LHJ_0004
조사장소 : 경상북도 울진군 죽변변 죽변3리 마을회관
조사일시 : 2011.2.10
조 사 자 : 임재해, 조정현, 박혜영, 강선일
제 보 자 : 이향자, 여, 79세
구연상황 : 조사자가 '꼬부랑 할머니'를 구연해 줄 것을 청했다. 하루 전날 조사자들에게
이야기를 들려주었음에도 불구하고 쑥스러운지 멋쩍은 웃음만 지었다. 그리
고는 마음의 준비가 되자 바로 노래를 구연하였다.

거 옛날에 꼬부랑 할마이가 꼬부랑 작대기를 짚고.

꼬부랑 꼬부랑 가다가

꼬부랑 작대기가 똑 부러지니

꼬부랑 깨갱 깨갱 하더라.

[하하하 웃는다]

꼬부랑 고개를 넘어가다가

뱃노래

자료코드 : 05_17_FOS_20110209_LJH_LHS_0001
조사장소 : 경상북도 울진군 죽변변 죽변3리 마을회관
조사일시 : 2011.2.9
조 사 자 : 임재해, 조정현, 박혜영, 강선일
제 보 자 : 임후순, 여, 76세
구연상황 : 조사자가 노래의 앞부분을 조금 구연하자 제보자가 기억이 난다며 맞장구
쳤다. 이에 조사자가 제보자에게 구연해달라고 하자 흔쾌히 민요를 구연해 주
었다. 손을 리듬을 타면서 구연하였고 구연 후에는 어릴 적에 많이 불렀던 노
래라며 그 시절을 추억하는 듯 했다.

일본 동경이 얼마나 좋아서
꽃 같은 날 버리고 연락선 타느냐
에헤야노야 에헤야노 어기여차
뱃놀이 가잖다

영감아 홍감아

자료코드 : 05_17_FOS_20110209_LJH_LHS_0002
조사장소 : 경상북도 울진군 죽변변 죽변3리 마을회관
조사일시 : 2011.2.9
조 사 자 : 임재해, 조정현, 박혜영, 강선일
제 보 자 : 임후순, 여, 76세
구연상황 : 조사자가 민요를 해달라고 부탁하자 잘 모른다고 하시다가 구연하기 시작하
였다. 옆에 같이 있던 청중과 함께 웃으면서 즐겁게 구연하였다. 노래가 끝난
후에도 크게 웃으며 옛날에 자주 부르던 노래라고 하였다.

영감아 홍감아
일 잘해라
보리방아 품 팔아
개떡 해줄께

여보 할마시야

자료코드 : 05_17_FOS_20110209_LJH_LHS_0003
조사장소 : 경상북도 울진군 죽변변 죽변3리 마을회관
조사일시 : 2011.2.9
조 사 자 : 임재해, 조정현, 박혜영, 강선일
제 보 자 : 임후순, 여, 76세
구연상황 : 조사자와 이야기를 나누던 도중 제보자가 갑자기 민요를 구연하였다. 짧은
　　　　　 구연이 끝난 후 제보자는 어렸을 때 불렀던 노래이며 뒷부분은 생각이 나지
　　　　　 않는다며 웃음을 보였다. 조사자가 다시 한 번 불러 달라고 청하자 천천히 다
　　　　　 시 한 번 더 구연하였다.

여보 할마시야
어이데 떡구쇼
딸이나 있거들랑
고로 사우나 삼으소
딸이야 있건만은
어려서 안돼요
참새는 작아도
새끼를 깐다지요 깐다지요

황새야 덕새야

자료코드 : 05_17_FOS_20110209_LJH_LHS_0004
조사장소 : 경상북도 울진군 죽변면 죽변3리 마을회관
조사일시 : 2011.2.9
조 사 자 : 임재해, 조정현, 박혜영, 강선일
제 보 자 : 임후순, 여, 76세
구연상황 : 조사자가 제보자에게 민요의 첫 부분을 구연하자 제보자가 어렸을 때 배웠던 노래라며 맞장구를 쳤다. 조사자가 한 번 구연해달라고 하자 흔쾌히 제보자가 구연해 주었다.

황새야 덕새야
니 모가지 지나(기나)?
얼~싸 내 모가지지지(길지)

달타령

자료코드 : 05_17_FOS_20110209_LJH_LHS_0005
조사장소 : 경상북도 울진군 죽변면 죽변3리 마을회관
조사일시 : 2011.2.9
조 사 자 : 임재해, 조정현, 박혜영, 강선일
제 보 자 : 임후순, 여, 76세
구연상황 : 조사자가 달타령을 한곡 청하자 제보자가 흔쾌히 응해 주었다. 제보자는 노래에 심취에 민요를 구연해 주었다.

달아 달아 밝은 달아
이태백에 놀던 달아
저기 저기 저 달 속에
계수나무 밝더란다
옥도끼로 찍으리까

금도끼로 찍으리까

청춘가

자료코드 : 05_17_FOS_20110209_LJH_LHS_0006
조사장소 : 경상북도 울진군 죽변면 죽변3리 마을회관
조사일시 : 2011.2.9
조 사 자 : 임재해, 조정현, 박혜영, 강선일
제 보 자 : 임후순, 여, 76세
구연상황 : 조사자가 달타령을 한곡 청하자 제보자가 흔쾌히 응해 주었다. 제보자는 노
래에 심취에 민요를 구연해 주었다.

울 넘에 달 넘에
꼴 비는 총각아
가시 밭이가 천리라도
맨발로 뛰노라

6. 후포면

▌조사마을

경상북도 울진군 후포면 후포리

조사일시 : 2011.1.28~29
조 사 자 : 임재해, 조정현, 박혜영, 강선일

후포리의 속명은 '남호동(南湖洞)'이다. 남호동은 후포 앞바다가 평해의
남쪽에 있는 호수 같다고 해서 붙여진 이름이다. 마을을 감싸고 있는 등
기산은 소 형국으로 알려져 있으며 공원이 조성돼 있다. 이 마을은 고려
말엽에 순흥안씨가 터전을 마련하고 안동권씨가 개척한 것으로 전해진다.
주민들은 대부분 어업과 상업에 종사한다. 현재 어촌계에는 177명이 가입
되어 있다. 울진 최대의 항구로 손꼽히는 후포항은 1935년에 지어졌다.
현재 후포리를 비롯해 인근의 선주들이 후포항에 배를 정박한다.

이 마을에는 "안씨 터전에 권씨 배판에 김씨 골목서낭님"이 좌정했다고
전해진다. 서낭신은 마을을 개척한 개기선조 가운데 한 분으로 전해지며
주민들은 친근하게 '골매기할배'라고 부른다. 서낭신 곁에는 사자인 수부
가 좌정했다. 주민들은 수부를 '수부할아버지'라고 부른다. 이밖에도 산신
두 분과 용왕 한 분이 있다. 이들은 좌정한 곳의 이름을 붙여 '안산신',

'주산신', '수천용왕'이라고 부른다. 한편 동사의 주인인 성주도 주민들이 모시는 신이다. 주민들은 5년에 한 번 별신굿을 벌여 마을의 평안과 풍요를 기원한다. 약 20년 전까지는 3년에 한 번 별신굿을 벌였다고 한다.

선주들과 주민들은 수시로 서낭신을 찾아 치성을 드린다. 새해 첫 고기를 잡으면 서낭신을 찾아 천신한다. 그리고 평소보다 고기가 잘 잡히지 않으면 정성껏 제물을 장만해서 서낭신에게 치성을 드린다. 한편 1950~1960년대만 해도 해상사고가 나면 동제를 잘못 지낸 결과로 여겼다. 그러나 후포항이 정비되고 선박기술이 발달하면서 해상사고가 줄어들자 이런 인식들이 점차 줄어들었다고 한다.

대보름과 9월 중정일(中丁日) 자시에 동제를 지낸다. 전자를 '대고사', 후자를 '가을고사'라고 한다. 대고사는 한 해 마을의 평안과 풍농·풍어를 기원하는 제의이고 가을제사는 마을의 평안과 풍어를 빌며 햇곡을 천신하는 제의이다. 그리고 설날에는 동사의 '성주고사'를 지낸다.

2011년 1월 28~29일 양일간 수행된 후포리 조사에서는 설화 47편, 민요 35편 등이 수집되었다.

설화는 인근 지명과 풍수 관련 전설, 동신의 영험 등이 주류를 이루고, 민요는 모심기소리부터 꿩치잡이놀래에 이르기까지 다양하고 풍수하게 채록되었다. 반농반어를 생업으로 하는 어촌마을의 특성을 잘 드러내고 있는 것으로 보인다.

▌제보자

권보학, 여, 1927년생

주 소 지 : 경상북도 울진군 후포면 후포리
제보일시 : 2010.1.28~29
조 사 자 : 임재해, 조정현, 박혜영, 강선일

권보학 씨는 18세의 나이에 후포 2리로
시집을 왔다. 이는 일제 강점기에 자행된
처녀공출을 피하기 위해서였는데, 당시 이
모님이 서둘러 중매를 서서 시집을 보낸 것
이다. 슬하에는 1남 1녀를 두었는데, 현재
모두 출가하였다.

남편과 사별한 이후로 계속 혼자 살고 있
다고 한다. 그 이후로 자연스레 추석과 같

은 명절이 되면 으레 아들 내외가 모시러 온다고 하며, 그 밖에 전화를
걸면 집으로 모시러 오기도 한다. 권보학 씨는 날씨가 유달리 더운 날을
제외하고는 으레 경로당으로 발걸음 한다. 이는 비슷한 연배의 어르신들
을 만나 담소를 나눌 수 있기 때문이다. 그 외의 시간은 집에서 홀로 지
내는 경우가 많기 때문에 큰살림을 살지 않는다. 때문에 2차 답사 때 오
후를 넘겨 본 댁으로 방문을 하자, 손님을 대접할 찬이 마땅치 않다면서
난감해 하기도 했다. 젊을 때 수산업에 종사를 했던 권보학 씨는 먹고 사
는데 바빠서 특별히 어려운 시집살이를 하지는 않았다고 한다.

제공 자료 목록

05_17_FOT_20110128_LJH_KBH_0001 시아버지를 위해 아기 바친 며느리
05_17_FOT_20110128_LJH_KBH_0002 시아버지를 잘못 모셔 갈보된 며느리

05_17_FOT_20110128_LJH_KBH_0003 딸년은 도둑년이다

05_17_FOS_20110128_LJH_KBH_0001 노랫가락 (1)

05_17_FOS_20110128_LJH_KBH_0002 노랫가락 (2)

05_17_FOS_20110128_LJH_KBH_0003 정노래

05_17_FOS_20110128_LJH_KBH_0004 화투뒤풀이

05_17_FOS_20110129_LJH_KBH_0001 모심기소리 (1)

05_17_FOS_20110129_LJH_KBH_0002 창부타령 (1)

05_17_FOS_20110129_LJH_KBH_0003 모심기소리 (2)

05_17_FOS_20110129_LJH_KBH_0004 창부타령 (2)

05_17_FOS_20110129_LJH_KBH_0005 창부타령 (3)

05_17_FOS_20110129_LJH_KBH_0006 모심기소리 (3)

05_17_FOS_20110129_LJH_KBH_0007 모심기소리 (4)

05_17_FOS_20110129_LJH_KBH_0008 뱃노래 (1)

05_17_FOS_20110129_LJH_KBH_0009 노랫가락 (3)

05_17_FOS_20110129_LJH_KBH_0010 모심기소리 (5)

05_17_FOS_20110129_LJH_KBH_0011 매화타령 (1)

05_17_FOS_20110129_LJH_KBH_0012 칭칭이소리

05_17_FOS_20110129_LJH_KBH_0013 매화타령 (2)

05_17_FOS_20110129_LJH_KBH_0014 아리랑

05_17_FOS_20110129_LJH_KBH_0015 신고산타령

05_17_FOS_20110129_LJH_KBH_0016 창부타령 (4)

05_17_FOS_20110129_LJH_KBH_0017 창부타령 (5)

05_17_FOS_20110129_LJH_KBH_0018 권주가

05_17_FOS_20110129_LJH_KBH_0019 성주풀이

05_17_FOS_20110129_LJH_KBH_0020 뱃노래 (2)

05_17_FOS_20110129_LJH_KBH_0021 모심기소리 (6)

05_17_FOS_20110129_LJH_KBH_0022 밀양아리랑

김순출, 여, 1919년생

주 소 지 : 경상북도 울진군 후포면 후포리

제보일시 : 2010.1.28

조 사 자 : 임재해, 조정현, 박혜영, 강선일

김순출 씨는 울진군 후포면 후포 4리가 고향이며 평생을 이곳에서 살았다. 20살 때 같은 마을에 살았던 남편과 혼인하였다. 집안끼리 친분이 있던 터에 집안 어른이 중매를 서 혼인하게 되었다. 김순출 씨의 그 해 나이는 20살이었고 남편은 25살이었다. 혼인 후에 작은 가게도 하고 바닷일도 조금씩 하면서 생계를 이어나갔다.

제공 자료 목록

05_17_FOT_20110128_LJH_KSC_0001 친정에 온 딸을 돌려보낸 아버지

05_17_FOT_20110128_LJH_KSC_0002 빗자루로 변한 허재비

05_17_FOT_20110128_LJH_KSC_0003 호랑이와 곶감

05_17_FOT_20110128_LJH_KSC_0004 흥부와 놀부

05_17_FOT_20110128_LJH_KSC_0005 제사 이야기

05_17_FOT_20110128_LJH_KSC_0006 거짓말하다 소박맞은 부인

05_17_FOT_20110128_LJH_KSC_0007 안사돈 속옷을 입고 창피당한 양반

05_17_FOT_20110128_LJH_KSC_0008 남편의 병을 고친 부인의 정성

05_17_FOT_20110128_LJH_KSC_0009 고려장 이야기

05_17_FOT_20110128_LJH_KSC_0010 과거에 급제한 꼬마신랑

05_17_FOT_20110128_LJH_KSC_0011 소금장수와 집지킴이

김학순, 여, 1930년생

주 소 지 : 경상북도 울진군 후포면 후포리

제보일시 : 2010.1.29

조 사 자 : 임재해, 조정현, 박혜영, 강선일

김학순 씨는 19세에 후포 2리로 시집을 왔으며, 친정은 평해읍 거일리다. 일제 강점기에 자행된 처녀공출을 피하기 위해서 당시 형부가 중매를

나서서 후포 2리로 시집오게 되었다고 한
다. 슬하에 1남 1녀를 두었는데, 딸은 출가
를 했고, 현재 큰 아들 내외가 모시고 산다.
8남매 중에서 장녀로 태어난 김학순 씨는
어릴 적부터 집안일을 도와 수산업에 종사
했다고 한다. 시집을 와서는 시부모를 모시
고 살았는데, 특별히 어려운 점은 없었다고
한다.

제공 자료 목록

05_17_FOS_20110129_LJH_KHS_0001 쌍금쌍금 쌍가락지

05_17_FOS_20110129_LJH_KHS_0002 베틀가

05_17_FOS_20110129_LJH_KHS_0003 그네타령

05_17_FOS_20110129_LJH_KHS_0004 천안삼거리

05_17_FOS_20110129_LJH_KHS_0005 청춘가

05_17_FOS_20110129_LJH_KHS_0006 담방구타령

김해용, 남, 1927년생

주 소 지 : 경상북도 울진군 후포면 후포리

제보일시 : 2010.1.29

조 사 자 : 임재해, 조정현, 박혜영, 강선일

　김해용 씨는 언제나 중절모자를 쓰고 지팡이를 짚고 다니는 멋쟁이 할
아버지이다. 그러면서도 많은 노래를 부를 줄 아는 풍류가이다. 김해용
씨는 본래 후포가 고향이 아니다. 젊은 시절, 정해진 거처 없이 이곳저곳
을 떠돌아다니다가 김해용 씨가 18살이 되던 해에 일본으로부터 해방이
되자 지금 이곳, 후포4리에 거처하기 시작한 것이다. 과거 이곳저곳을 돌
아다니면서 들은 이야기들을 많이 기억하고 있다.

46년 전, 김해용 씨는 당시에는 28살이라
는 늦은 나이에 장가를 들었다. 그럼에도
불구하고 기하에서 시집온 15살 밖에 되지
않은 강씨 부인과 결혼하여 5명의 아들을
두었다. 부인이 61세가 되고 김해용씨가 74
세가 되던 해, 지금으로부터 12년 전에 부
인과 사별하여 지금은 혼자 살고 있다. 지
금은 마을에서 3번째로 제일 나이가 많으며
마을에서 노반계에 가입하여 활동하고 있다. 혼자 집에 있어 쓸쓸한 탓에
매일 같이 아침이면 노인회관에 나와 이웃어르신들과 함께 민화투를 즐
기기도 하고, 시간가는 줄 모르고 세상이야기를 주고받다가 저녁시간이
되어서야 집에 들어간다. 김해용 씨는 젊을 적에는 꽁치잡이와 오징어잡
이 등 어선활동을 많이 하여 생계를 유지하였으나, 팔을 다치고 나서부터
어선활동을 하지 못한지가 20년 가까이 되었다.

조사자와 함께 노래를 부르다가도 옛날 기억을 자주 회상하시곤 하였
다. 특히 한국전쟁에 대하여 생생한 기억을 가지고 있었다. 비가 오는 날
에도 우산을 지팡이로 삼아 짚고 다니는 이유가 궁금하여 물어보니, 한국
전쟁 중에 중부선에 나가게 되었는데 그때, 오른쪽 허벅지에 총알을 맞아
큰 부상을 입은 뒤로 지팡이를 짚고 다닌다고 설명해주었다. 이에 이어
한국전쟁만 생각하면 분하다고 하였다. 전쟁 후에 문화재건 뭐건 다 부셔
버리고 남은 게 없다며 안타까운 내색을 드러내었다. 또한 독도에 대해서
도 많은 생각을 하고 있었다. 유년기 시절, 떠돌아 다니며 안 가본 곳이
없는데, 그 중 하나가 독도였다. 제 집처럼 드나들던 곳이 독도였는데 이
제는 그곳마저도 마음대로 드나들 수 없는 게 애석하다 말했다.

조사자가 들어갔던 날에는 민족의 대 명절인 설이 다가오고 있었다. 김
해용 씨는 명절에는 막내가 있는 울산으로 직접 간다고 하였다. 자식들이

울산, 부산, 대구 서울에서 사는데 여럿이가 다 먼데로 오는 것 보다는 할아버지 혼자 가는 것이 더 가깝고 편하다는 것이다.

제공 자료 목록

박준남, 여, 1939년생

주 소 지 : 경상북도 울진군 후포면 후포리
제보일시 : 2011.1.28
조 사 자 : 임재해, 조정현, 박혜영, 강선일

박준남 씨는 온정면 온정1리 남아실에서 18세에 이곳으로 황명기 씨에게 시집왔다. 동네 어르신이 서 준 중매를 통해 황명기 씨를 알게 되었다. 황명기 씨에게 먼저 가서 황명기 씨에 대한 칭찬만 하면서 좋은 사람이니 만나보라 하고, 다시 박준남 씨에게 와서도 황명기 씨에 대한 칭찬만 해서 무조건 좋은 사람이라고 믿게 되었다. 또한  박준남 씨는 한글을 쓰고 읽을 줄 알았다. 어렸을 때 고향에서 갑순이에게 한글을 배웠다. 박준남 씨는 황명기 씨 못지않게 이야기도 많이 알고 있었고 제법 긴 가사를 가진 노래도 완벽하게 기억하고 있었다.

노래는 주로 처녀 시절에 큰집 안방에서 큰어머니와 친언니, 6촌 언니와 길쌈을 하면서 큰어머니가 하는 노래를 듣고 익혔다. '장기노래'는 결혼 한 뒤 시어머니와 삼을 삼으며 시어머니가 부르는 소리를 듣고 익힌 것이다. 처녀시절 조금리 '조금거랑'에 있는 '너래바위'로 화전놀이를 가서 동무들과 노래와 춤을 추고 놀기도 했다. 마을에서 노래 잘하기로 소문이 났다고 한다. 시집와서 40세 무렵까지 정월보름이나 이월영등 등의 명절 때 옛 동사 앞마당에서 남자들은 풍물을 치고 여자들은 노래를 부르며 놀았다.

제공 자료 목록

05_17_FOT_20110128_LJH_PGN_0001 방귀쟁이 며느리
05_17_FOT_20110128_LJH_PGN_0002 오줌 멀리가기 시합
05_17_FOT_20110128_LJH_PGN_0003 꾀쟁이에게 속은 봉사
05_17_FOT_20110128_LJH_PGN_0004 구렁이한테 시집간 처녀
05_17_FOS_20110128_LJH_PGN_0001 오가는 신장
05_17_FOS_20110128_LJH_PGN_0002 진주낭군
05_17_FOS_20110128_LJH_PGN_0003 이영출이 장가 가네
05_17_FOS_20110128_LJH_PGN_0004 베틀가
05_17_FOS_20110128_LJH_PGN_0005 혼례노래
05_17_FOS_20110128_LJH_PGN_0006 칭칭이소리
05_17_FOS_20110128_LJH_PGN_0007 시골여자 설운사정

이원태, 남, 1932년생

주 소 지 : 경상북도 울진군 후포면 후포리
제보일시 : 2011.1.28
조 사 자 : 임재해, 조정현, 박혜영, 강선일

이원태 씨는 남호노인정, 즉 후포노반계 총무로 유명하다. 후포리에서

상당한 영향력을 행사하고 있는 노반계는 후포어시장 등 마을공동재산을 바탕으로 마을제사, 별신굿, 장학사업 등 다양한 활동을 하고 있어 후포를 대표하는 조직이라 할 수 있다. 노반계 총무라는 자리는 사실상 실질적인 책임자의 역할을 하고 있어 후포와 관련한 역사와 현황에 대해 속속들이 잘 알고 있었다. 이원태 씨는 이야기를 재미있게 풀

어나가며 기억력도 좋은 편으로 다양한 이야기들을 들려주었다.

제공 자료 목록

05_17_FOT_20110128_LJH_LWT_0001 영험 있는 묘자리
05_17_FOT_20110128_LJH_LWT_0002 성황당의 영험
05_17_FOT_20110128_LJH_LWT_0003 부엉이의 예지
05_17_FOT_20110128_LJH_LWT_0004 성황당나무의 영험
05_17_FOT_20110128_LJH_LWT_0005 구릿재의 유래
05_17_FOT_20110128_LJH_LWT_0006 남사고 이야기
05_17_FOT_20110128_LJH_LWT_0007 후포마을에서 대접받은 신돌석 장군
05_17_FOT_20110128_LJH_LWT_0008 묏자리를 알려준 철관도사

임아기, 여, 1933년생

주 소 지 : 경상북도 울진군 후포면 후포리
제보일시 : 2011.1.28
조 사 자 : 임재해, 조정현, 박혜영, 강선일

임아기 씨는 현재 거주하고 있는 울진군 후포면 후포 1리에서 태어났으며, 혼인하면서 지금 살고 있는 울진군 후포면 후포 4리에 터를 잡았다. 19살에 평소 자신을 이뻐

해주던 마을 어른의 중매로 혼인하게 되었다. 남편은 후포면 후포 4리에 살고 있어서 혼례를 올린 후 바로 후포 4리 시댁으로 들어갔다. 시집살이를 하면서 젊은날을 보냈다.

제공 자료 목록

05_17_FOT_20110128_LJH_LAG_0001 허재비 이야기

05_17_FOT_20110128_LJH_LAG_0002 허재비로 변신한 방앗공이

장양옥, 여, 1929년생

주 소 지 : 경상북도 울진군 후포면 후포리

제보일시 : 2011.1.28

조 사 자 : 임재해, 조정현, 박혜영, 강선일

장양옥 씨는 19살에 당시 23살이었던 남편과 마을 어른의 중매로 혼인을 하였다. 22살에 영덕의 빙곡이라는 곳에서 울진군 후포면 후포 4리로 왔다. 남편과의 사이에 아들 4명과 딸 2명의 6남매를 두었고 이 6 남매를 키우기 위해서 남편과 함께 바닷일 을 포함한 여러 가지 일을 하였다. 장성한 6 남매는 출가하여 살고 있으며 몇 년 전에 남편이 세상을 떠난 후 지금까지 계속 혼자 살고 있다.

제공 자료 목록

05_17_FOT_20110128_LJH_JYO_0001 방귀쟁이 며느리

05_17_FOT_20110128_LJH_JYO_0002 도깨비불에 홀린 할머니

05_17_FOT_20110128_LJH_JYO_0003 호랑이와 순사

정창미, 여, 1931년생

주 소 지 : 경상북도 울진군 후포면 후포리
제보일시 : 2011.1.28
조 사 자 : 임재해, 조정현, 박혜영, 강선일

정창미 씨는 울진군 기성면 구산리에서
태어나서 20살에 10년 전 사별한 남편과 혼
인하여 울진군 후포면 후포 4리로 들어와
살게 되었다. 20살에 동네 집안 어른들이
중매를 서 후포 4리에서 바닷일을 하던 남
편을 만나 혼인했다. 혼인할 당시 남편은
25살이었다. 또 남편이 맏이여서 시댁을 책
임져야 했으며, 남편과 나이 차이가 조금
나는 시동생이 2명 있어서 공부에서부터 결혼까지 시켰다.

제공 자료 목록
05_17_FOT_20110128_LJH_JCM_0001 딸년은 도둑년이다

최계순, 여, 1935년생

주 소 지 : 경상북도 울진군 후포면 후포리
제보일시 : 2011.1.28
조 사 자 : 임재해, 조정현, 박혜영, 강선일

최계순 씨는 현재 거주하고 있는 울진군
후포면 삼율리(후포2리)에서 태어나서 지금
까지 살고 있다. 22살에 동네 집안 어른들
을 통해서 같은 마을에 거주하고 있던 남편
과 혼인했다. 당시 남편 분의 나이는 24살

이었다. 남편이 군대에 복무하고 제대할 무렵, 당시에 집안 어른의 중매로 혼인이 이루어진 것이다. 슬하에 아들 2명과 딸 1명이 있다. 모두들 출가하여 현재는 두 분 내외만 살고 있다.

제공 자료 목록

05_17_FOT_20110128_LJH_CGS_0001 네 발로 기어 호랑이를 피한 사람
05_17_FOT_20110128_LJH_CGS_0002 친정아버지를 시아버지보다 더 챙긴 며느리

황명기, 남, 1936년생

주 소 지 : 경상북도 울진군 후포면 후포리
제보일시 : 2011.1.28
조 사 자 : 임재해, 조정현, 박혜영, 강선일

안태고향은 평해이며 고조부 대에 평해읍에서 금음2리 '만산'으로 입향하였다. 황씨 집안은 마을에서 "글 하는 집안"으로 알려져 있으며 제보자 역시 이를 자랑스럽게 여기고 있었다. 7살 무렵 부친으로부터 자택 사랑방에서 1년간 천자문을 배웠으며 8살에 후포국민학교에 입학하였다. 21세 때 온정1리 울산박씨 댁 박준남 씨와 중매를 통하여 혼인 하여 7남매를 두고 있다. 22세 때 입대하여 철원에서 3년 동안 복무하였는데, 제대 후 고향에서 농사를 짓다가 33세 때 후포부두노동조합에서 반장으로 4년간 근무했으며, 이때 부인과 함께 후포에서 생활하다가 부친의 병환을 간호하기 위해 고향으로 돌아와 현재까지 농사를 지으며 생활하고 있다. 1992년부터 6년간 이장을 맡았다. 또한 명예소방관으로 활약하여서 우리들에게 명예소방관 자격증을 자랑스레 꺼내 보였다.

황명기 씨는 스스로 이야기하기를 좋아 할뿐만 아니라 아버지가 농사일이 한가할 때마다 마을의 역사와 지명, 전설, 민담, 노래 등에 대해 이야기 해주기를 좋아하여서 이를 듣고 자란 까닭에 많은 이야기를 기억하고 있었다. 또한 그의 부인인 박준남 씨와도 서로 이야기를 주고받으면서 지내왔기 때문에 아직까지도 이야기를 비교적 생생하게 기억하고 있었고 부인 또한 덕분에 이야기 몇 편을 배웠다고 한다.

제공 자료 목록
05_17_FOT_20110128_LJH_HMK_0001 스승과 제자
05_17_FOT_20110128_LJH_HMK_0002 삼두팔족이 있는 명당
05_17_FOT_20110128_LJH_HMK_0003 방학중 이야기 (1)
05_17_FOT_20110128_LJH_HMK_0004 방학중 이야기 (2)
05_17_FOT_20110128_LJH_HMK_0005 방학중 이야기 (3)
05_17_FOT_20110128_LJH_HMK_0006 깃대배기의 유래
05_17_FOT_20110128_LJH_HMK_0007 장수가 쉬어간 바위
05_17_FOT_20110128_LJH_HMK_0008 장수 발자국이 있는 바위
05_17_FOT_20110128_LJH_HMK_0009 마룡산 돌문의 유래
05_17_FOT_20110128_LJH_HMK_0010 봉사 이야기
05_17_FOT_20110128_LJH_HMK_0011 지저분한 세 사위
05_17_FOT_20110128_LJH_HMK_0012 초동 이야기
05_17_FOT_20110128_LJH_HMK_0013 제 복에 맞는 팔자

시아버지를 위해 아기 바친 며느리

자료코드 : 05_17_FOT_20110128_LJH_KBH_0001
조사장소 : 경상북도 울진군 후포면 후포리 경로당
조사일시 : 2011.1.28
조 사 자 : 임재해, 조정현, 박혜영, 강선일
제 보 자 : 권보학, 여, 85세
구연상황 : 이야기가 잘 생각나지 않는다며 한참을 고민하던 제보자가 갑자기 이야기
　　　　　 하나가 생각났다며 구연을 시작했다. 특히나 이야기의 주인공을 직접 본 사람
　　　　　 처럼 실감나게 이야기를 구연하였다.
줄 거 리 : 옛날에 시아버지가 술을 드시고 오지 않아서 며느리가 걱정이 되어 아기를
　　　　　 등에 업고 시아버지를 찾아 나섰다. 시아버지를 찾았는데 마침 호랑이가 시
　　　　　 아버지를 잡아먹으려는 순간이었다. 그 모습을 본 며느리는 등에 업힌 아기
　　　　　 를 호랑이에게 내어주고 시아버지를 모셔갔다. 며느리의 효성에 감동한 호랑
　　　　　 이는 아기를 다시 그 며느리에게 돌려주었다.

　옛날에 시아바이가 술을 잡숫고 안 와가이고 며느리가 알라 업고 가이
끼네. 호랭이가 시아바이 잡아먹으려고 했게로. 며느리가 뜬드이 업힌 아
로 가져가고 시아바이를 넘겨 달라 하드란다. 그래가이고 호랑이가 그래
가 알라를 끌어안고 호랑이가 저 서 있다가. 저 샛재거리에다가 알라를
놔두고 너무 너무 착하다고 알라를 놔두고 갔더라. 이렇게 샛재거리 알라
소리 나더라. 나가끼네 호랭이가 놔두고 갔더란다. 며느리가 착해가지고
이제 시아바이 안 잡아먹으니까. 알라 시아바이 놔두고 알라 갖다먹으라
했다 이래가. 이제 호랭이가 하도, 하도 고마워가이고 품다가. 그래 알라
샛재거리에 놔두고 알라 울음소리 나더란다. 나가끼네 알라 갖다 났더란
다. 그래 며느리, 옛날 착한 남자니 며느리다. 착한 며느리다.

시아버지를 잘 못 모셔 갈보된 며느리

자료코드 : 05_17_FOT_20110128_LJH_KBH_0002
조사장소 : 경상북도 울진군 후포면 후포리 경로당
조사일시 : 2011.1.28
조 사 자 : 임재해, 조정현, 박혜영, 강선일
제 보 자 : 권보학, 여, 85세

구연상황 : 제보자가 더 이상 기억이 나지 않는다고 하다가 이제 그만하자고 하였다. 그
　　　　러다 갑자기 생각이 난 듯 이야기를 시작하였다. 이야기를 구연하는 동안 내
　　　　내 큰 웃음을 지으면서 즐겁게 구연했다. 본인의 이야기가 맞는지 스스로 의
　　　　아해하며 이야기 내내 큰 웃음을 지으며 '이 이야기가 맞는 거지?'란 물음을
　　　　던지면서 이야기를 구연했다.
줄 거 리 : 옛날에 세 명의 며느리를 둔 시아버지가 있었다. 시아버지가 죽은 뒤 며느리
　　　　들은 좋은 묏자리를 구해 시아버지를 모셨다. 그런데 시아버지가 죽은 후부
　　　　터 며느리들이 차례대로 갈보가 되었다. 시아버지가 모셔진 묏자리가 실은
　　　　좋지 않은 묏자리였던 것이다.

　옛날에 시아바이가 하도. 시아바이가 제일 죽어가이고 묘를 써놨더만
은, 며느리가 삼동시 줄 갈보 났다더라. [하하하 웃으면서] 그것도 얘기
다. [다시 한 번 하하하 웃으면서] 그것도 얘기다. 옛날에 시아바이가 땅
좋다고 묘 써놨드만은 며느리가 삼동시 다 갈보가 났더란다. 그기 옛날
소리아이가. 줄 갈보가 났더란다. [하하하 웃으면서] 그것도 얘기 아이가.
그 며느리가 시아바이 제일 좋다고 묘 써놨드만. 며느리가 삼동시 마 갈
보가 났단다. 서이다. 그것도 얘기 아이가. 그래 마(뭐) 갈보가 났단다. 그
래 마 갈보가 났더란다. 주로 갈보가 났더란다.

딸년은 도둑년이다

자료코드 : 05_17_FOT_20110128_LJH_KBH_0003
조사장소 : 경상북도 울진군 후포면 후포리 경로당

조사일시 : 2011.1.28

조 사 자 : 임재해, 조정현, 박혜영, 강선일

제 보 자 : 권보학, 여, 85세

구연상황 : 앞서 시집 간 딸이 명당을 차지하기 위해 밤에 고무신을 거꾸로 신고 물을
가져다 부었다는 이야기를 구연했다. 그러자 제보자도 그 이야기를 알고 있다
며 앞의 이야기가 끝나고 이야기를 새로 구연했다.

줄 거 리 : 옛날 어느 딸이 시집가기 전 친정아버지가 쓸 묏자리가 명당이란 소리를 들
었다. 시집간 후 그 묏자리를 시아버지가 쓰길 원했던 딸은 밤중에 묏자리에
물을 부어 놓았다. 후에 친정아버지가 돌아가시고 묘를 쓰려고 하니 물이 고
여 있어서 묘를 쓸 수가 없었다. 결국 친정아버지는 다른 묏자리를 쓰게 되었
고, 물이 빠진 후 시아버지가 그 묏자리를 차지하게 되었다.

　딸이가 친정아바이로, 친정아바이를 이래 그 산소 쓴다고 놔뒀드만. 딸
이가 와가이고 그 물을 명당 광중에 거다가 물을 부어 놨다더라. 물 부어
놔가 거다가 산소를 못 짓고. 옛날에 저거 시아바이가 친정아바이가 주아
뿌가 시아바이 거따가 묘를 쓰더란다. 그런 것도 있나 그제? 친정아바이
웅데다 구디 파논데 물 베 났다더라. 물 베 놓고 나이 거다가 음 이제 물
있다고 안 쓰고 놔뒀드만. 맹 딸이가 친정아바이로 저저 시아바이 쓰고
아바이를 못 쓰게 했다더라. 그런 법도 있다꼬 옛날에. 그래 딸은 남이라
그러는 모양이지. 그 저 그 꾸다가 써났는데, 딸년이가 지네꺼도 물로 여
귀 가지고 물이가 못 쓰거든. 그러니깐 물 뿌리고.

친정에 온 딸을 돌려보낸 아버지

자료코드 : 05_17_FOT_20110128_LJH_KSC_0001

조사장소 : 경상북도 울진군 후포면 후포리 경로당

조사일시 : 2011.1.28

조 사 자 : 임재해, 조정현, 박혜영, 강선일

제 보 자 : 김순출, 여, 93세

구연상황 : 제보자가 이야기를 손짓을 하면서 구연하였고 구연이 끝나자 이야기의 내용 인 시집살이에 대해 설명해 주었다.

줄 거 리 : 옛날에 시집 간 딸이 친정에 와서 친정아버지에게 배고파서 못 살겠다고 하 였다. 이에 친정아버지는 딸에게 하루에 화장실을 몇 번 가냐고 물었다. 딸이 세 번 간다고 답하자 딸을 꾸짖으면서 어서 돌아가서 시부모님께 절하고 더 잘하라고 하였다.

그 옛날에 옛날에 그랬다하드나 저거 무슨 딸이가 친정을 가가이고,

"아버지요 배고파가 못 살겠습니다."

이라께네.

"니 저거 하루에 통소에 몇 번?"

그때 왜냐하면 통소라 했거든.

"니 통소에 몇 번 가노?"

하니깐.

"통소에 세 번 가니더."

하니깐.

"예끼 이 년 얼른 가가이고 니 시어머니 시아버지한테 절하고"

그래.

"어매 니가 배고파 못산다하면서 통소에 왜 세 번 가노?"

옛날에 그런 시집살이도 했단다.

빗자루로 변한 허재비

자료코드 : 05_17_FOT_20110128_LJH_KSC_0002
조사장소 : 경상북도 울진군 후포면 후포리 경로당
조사일시 : 2011.1.28
조 사 자 : 임재해, 조정현, 박혜영, 강선일
제 보 자 : 김순출, 여, 93세

구연상황 : 청중들과 즐겁게 이야기를 나누던 중에 조사자가 제보자에게 옛날이야기를 해달라고 하자 제보자가 자연스럽게 구연을 시작하였다. 차근차근하게 옛날에 들었던 이야기를 구연하였는데 주위의 모든 청중들도 귀를 열고 제보자의 이야기에 집중하였다.

줄 거 리 : 옛날에 어떤 할아버지가 장에 갔다가 집으로 가기 위해 자전거를 타고 산길을 지나고 있었다. 산길을 지나는 중에 아주 예쁜 아가씨가 태워 달라고 해서 태워 주었다. 할아버지는 그 아가씨가 떨어지지 않도록 자전거에 묶었다. 아가씨를 집에 데려갔다가 밤에 이상하다 싶어 나와 다시 꽁꽁 묶어 두고 아침에 나왔는데 빗자루로 변해 있었다. 이에 놀란 할아버지는 이를 허재비가 변한 빗자루라고 생각하였다.

옛날 옛날에 우리가 아주 새파랄 때, 인제 나 많은 어른이 그때 시절의 그 어른이 내만 했던 모양이라. 그래 자전차를 타. 그때 자전차도 없었지. 요세 말로 그렇지. 그래. 그래. 그래서 인제 자전차를 떡 타고 가는데. 아이고 길이 아주 왜 그 산중 이런 골에 가는데.

"아이고 아재 시원하게 태워가소."

"갈 길이는 머는데 밤에 갈라이 짐승들이 나와 못가니 나 쫌 태워 가주소."

사정을 해가지고 어른이 자전차를 세워가지고. 안 널찌도록 이렇게, 이렇게 매서. 돌려 매가지고. 떡~ 집에 갔다가 나 놔두고. 밤에 이상하다 싶어서 가지고 꼭꼭 매가지고 나놓고 아침에 떡 나오이께네. 사람이 아니고 모지랑 빗자리가. 다~이렇게 이파리가 없는. 쓸 때가 없으니깐 버린 게가 그거가 인제 화해가지고 허재비가 됐어. 그래 아침에 일나니깐 그 빗자리가 몽땅 참참 묶어가. 그래 인제 할마이가 나오더니,

"당신은 왜 저 장에 가더니 물건은 안 사오고 왜 빗자리 이런 게를 사왔노?"

이라께네.

"아 이사람 말도 하지 말게. 태울 적에는 아주 새파란 색시가 너무 예

뻐 가지고 널 찌지 말라고 그래 내가 묶었다네."

그 모지랑 빗자리가 화해가 구신이 돼가. 밤에 해를 그래가 그 사람인
데 그래 걸려가지고 풀어 났으면 자꾸 가자했으면, 따라갔으면 죽었지만
은 태워가 노빠로 매 나났으니 그래 집에 가서 아침에 보니 빗자루라더
란다.

호랑이와 곶감

자료코드 : 05_17_FOT_20110128_LJH_KSC_0003
조사장소 : 경상북도 울진군 후포면 후포리 경로당
조사일시 : 2011.1.28
조 사 자 : 임재해, 조정현, 박혜영, 강선일
제 보 자 : 김순출, 여, 93세
구연상황 : 조사자가 호랑이에 대한 이야기를 묻자 제보자가 잘 기억이 나지 않는다고
　　　　　 했다. 이에 조사자가 제보자의 기억을 떠올리기 위해 이야기의 첫 부분을 구
　　　　　 연하였고 이에 제보자 이야기를 기억해내어 구연하였다.
줄 거 리 : 호랑이가 아기를 잡아먹기 위해 어느 집으로 갔는데 방 안에서 할머니가 아
　　　　　 기를 재우려고 자장가를 불러주고 있었다. 문밖에서 곶감이 이 세상에 제일
　　　　　 무섭다고 하는 할머니의 자장가를 듣고 호랑이는 자기보다 더 무서운 것이
　　　　　 있구나 하고 아기를 내버려두고 멀리 도망갔다.

　　호랭이 인제 진짜 요즘 매로 이렇게 세월 아니고. 그때 옛날 시절 떠듬,
떠듬 살 적에 호랭이가 인제 참 사람 해코지 할라고 갔어요. 들어서이끼
네 딱 다 숙이고 있는데, 아기가 우이끼네 할머니가 뭐라고 했나하믄,
　　"잘자라~잘자라~ 곶감 온다~ 잘자라"
　　자꾸 방에서 그라거든, 그 호랭이가 가만 밖에서 들어보니.
　　"내보다 더 무서운 곶감이 있는 게 내가 그럼 안되겠다."
　　하고 주천분을 하니 떡~ 방에서

"자라~자라~ 무서운 곶감 오면 안된다. 곶감 오면 안 된다."

지보다 더 무서운줄 알고 호랭이가 달아나고 그 아를 안 물어가더란다. 옛날 얘기가 그런 얘기 있었다. 옛날에 그 얼마나 어두운 시절 그랬겠노. 그랬잖아.

흥부와 놀부

자료코드 : 05_17_FOT_20110128_LJH_KSC_0004
조사장소 : 경상북도 울진군 후포면 후포리 경로당
조사일시 : 2011.1.28
조 사 자 : 임재해, 조정현, 박혜영, 강선일
제 보 자 : 김순출, 여, 93세
구연상황 : 조사자가 은혜를 갚은 동물 이야기가 있냐고 묻자 제보자가 이야기를 구연
하기 시작하였다. 이야기 중간 중간에 손으로 사물과 이야기 속 상황을 생생
하게 흉내 내어가며 구연하였다.
줄 거 리 : 어느 날 흥부가 땅에 떨어져 다리가 부러진 제비를 주워다가 정성껏 돌본 끝
에 날려 보낸다. 이듬해에 그 제비는 흥부에게 은혜를 갚고자 박씨 한 개를
물어다가 주었고 흥보는 그 박씨를 심었다. 시간이 지나 잘 여문 박을 거두
어 켜게 되었다. 그런데 뜻밖에도 박 속에서 돈이 끝없이 쏟아져 나와 흥부
는 하루 아침에 벼락부자가 되었다. 그것을 안 놀부가 흥부에게 달려와 벼락
부자가 된 자초지종을 듣고는 자기도 제비 한 마리를 잡아다가 다리를 부러
뜨린 뒤 실로 동여매어 날려 보낸다. 그 제비 또한 이듬해 봄에 박씨를 물어
다 주었다. 그러나 놀부가 심어서 거둔 박 속에서는 일본 군인들이 나와 놀
부를 혼내 주었다.

제비가 옛날 시절에 저거 참 다리가 부려져가이고 그거는 흥보.. 저 놀
부 얘기지. 흥보가 이래 다리가 부려져 못 날아가는 거로 실로 가지고 요
렇게, 요렇게 제비 다리를 매가지고 그래 참. 날려줬디 살았어요. 그 제비
가 그 다리가 상처가 아물어가 그 이듬해 오는데 박씨로 그 집에다, 마당
에 던져 논게로, 참 그 사람이 그 박씨를 숨가났더니, 얼마나, 얼마나 자

주 오는지 맨 덩거리 열어가 참. 참 이런 느그 박씨나무 이런 고지 덩어리 아나. 바가치 모르제. 그래 설거지 하고 박 옛날에 우리들 시절에는 거다 밥 담아 먹고 이랬거든. 바가치라고. 그래. 그래. 숨가 놓으니 얼마나 크 크가지고 많이 열었는지. 이만한 거로 그 제 히야는 놀부고 동생이는 흥본데. 그래. 이속에 뭐가 들었노. 박 그 제비가 물어다 준 박씨기 때문에. 해보자. 캐보자하고. 그래 영감할마이 캐이끼네. 그 속에 세상 돈이가 마 마 억수로 들었거든 마. 그 캐이가. 그 시계가 전수 돈이라. 그래가 마 흥보가 부자가 되었어요. 이놈의 놀부가 부자질하다, 하다. 지보다 더 부자가 됐어. 이래께네. 그래가 물었다.

"우애가 글노?"

하니깐. 이만 이만 해가지고 제비 다리를 그래 묶어 줬다니깐. 이 놈의 놀부가 멀쩡한 제비를 잡아가이고 마 다리를 부려뗐어요. 지가 부려때이고 지가 쳐 매가지고 그래 억지로 제비가 날아갔지. 날아간 그 이듬해. 그래. 떡 참. 박씨.. 그 고지씨라 하나. 갔다주노니깐 숨가 가이고 그 놈이 잘~ 조아가 임마, 임마가 열끼네. 인제 참 나도 부자지만 더 된다 하고 고지가 샌는 거 따다가, 이제 영감할마이 톱이가 쓸어부니깐, 일본 군인들이가 얼마나 나와가이고 칼차고 마마 뻑뻑하게 나와가이고.

"이놈 니 놀부야 이만치 있는데 네가 그래 우리로 저 다리 뿔데가 보냈으니 우리 군인에 죽어봐라."

하고. 옛날 얘기가. 그런 흥보, 놀부 얘기가 있었다. 그 얼마나 그래 지가 잘 사는데 그 멀쩡한 제비 잡아 다리 뿌러놨으니 그 짐승이라도 그 올케 그래지겠나. 그래가. 그 이듬해 그래 숨가 군인이가 얼매나 나와가지고 하하.

"욕심 많은 니는 죽어야 된다."

하면서. 그런 얘기가 흥보, 놀부 얘기가 그 옛날에 있었다.

제사 이야기

자료코드 : 05_17_FOT_20110128_LJH_KSC_0005
조사장소 : 경상북도 울진군 후포면 후포리 경로당
조사일시 : 2011.1.28
조 사 자 : 임재해, 조정현, 박혜영, 강선일
제 보 자 : 김순출, 여, 93세

구연상황 : 조사자가 제사와 관련한 이야기를 묻자 제보자가 요즘 세대와 비교하면서
이야기를 시작하였다. 제사에 대한 몸가짐을 비롯한 변화를 비교하면서 이야
기를 구연하였는데 손을 이용하여 상황을 설명하며 구연하였다.

줄 거 리 : 옛날에 한 정승이 살았는데 이 정승에게는 아들이 없었다. 그러던 중에 신분
이 백정인 여자와의 사이에서 아들이 하나 태어나 마침 아들이 없던 정승이
데려와 키우게 되었다. 아무도 모르게 데려와 자신의 부인과의 사이에서 태
어난 것처럼 행동 하였는데 집안에 계속 안 좋은 일이 일어났다. 어느 날 길
을 가던 대사가 정승의 집에 우연히 묵게 되었는데 마침 그날이 정승 집안의
제사가 있는 날이었다. 그날도 손자에게 사고가 일어나고 이를 지켜보던 대
사가 이상히 여겨 자세히 살펴보고는 제상을 방에 하나, 처마 밑에 하나, 이
렇게 두 상을 차리고 제를 지낼 때 어떠한 불도 밝히지 않고 있으면 정승의
조상이 보일 것이라고 일러준 뒤에 길을 떠났다. 그 이듬해 대사의 말을 따
라 하니 방안에는 양반 조상이 처마에는 백정 조상이 왔다가 가는 것이었다.
이 후로 정승 집안에는 아무 일도 없이 행복하게 살았다.

느그들이는 요새 막 머리 풀어가 댕기제. 우리들 시절에는 제사라 하믄
머리를 감아 빗어가지고 딱~ 수건을 쓰고 머리카락 떨어 질까봐 참 공을
들였거든. 이래가 제사를 지내믄 그 인제 우리가 살아선 사람이지만 죽으
면 조상이 되가이고. 이 머리카락이 굴이라. 뱀이라. 죽은 구신이 보이는
거가. 머리카락이. 그래가지고 인제 참 제사를 지낸다고 그렇고 그래. 공
을 들여가이고. 인제 정성 드리는데 제사를 떡~ 지내는 집에. 요새는 되
믄 요새사 거지가 없지만. 그때는 아주 똑똑은 인제 참 요새 치믄 박사지.
그런 이가 봇짐을 지고 인제 인제 인제 세계로 동네마다 댕기는 그런 어
른인데. 그래 인제 부잣집이라. 그래 가다가 날이 저물어가지고,

"좀 자고 가자."

하니깐 그 아래채 그래. 부잣집. 정승의 집이니깐. 그래 자라 해가. 그래 아랫채에 떡~ 드가 인제 있는데. 이거 중이라도 이게 아주 마 잉이라. 요새 치믄 아주 마 참참 저거라. 그래 가만 앉아 보이께네. 열두시가 되이 참참 정승의 집이께네. 말도 타고 철렁 철렁~ 소리가 나더이만은 아주 참 관을 쓰고 요새 왜 테레비 보믄 이런 이런 관 있제? 그래. 그거를 쓰고 말로 타고 가 이제 말로 이제 하인 말꼬리로 그 막대기에 다가 매고. 그래 그 참. 참하게 올라서고 정승의 집이니께네 잘~ 채려가지고 마. 이래 채려 놨는데. 이래 이 정승이가 아들이 없어가이고 돈은 많이 있어도 아들이 없어가이고 우애우애 연애을 핸게 백정 집에 가서 음. 하루에. 참 하루 연애를 했는게가 거기서 그래 인제 아들이 하나 낳어요. 나가지고 그래 야 적 우선인데. 거 말 나면 되나. 이웃도 아무도 몰래 그래 인제. 이 정승의 할마이하고 백정 영감 할마이하고,

'그래 말로 내지 말고 있으면 느글로 아주 부자질로 시켜 줄테이께네 절대 말로 내지 마라. 애기가 나거들랑. 아무도 모르구로. 내가 갖다 키운다.'

그래가지고 그래 약속을 하고 참 백정 집에 가서 연애를 했는데 참 아들로 낳았어요. 그래 그 아들이 인제 그 정승의 집에 데려다가. 아무도 모르지. 음 자식이 없으이께네. 그래 키워가지고. 그 아들이 인제 인제 참 저저 정승을 아버지로 모셨는데. 그래 가만히 도사가 대사가 앉아 보이께네. 말로 타고 오이더만은. 마 까짓꺼 이게. 뭐 오기 전에 마 피를 철철 흘리고 마 칼을 때문에. 이런 마 사람이 들어오더만은 마 판에 거 채려 놓은가. 설렁설렁~ 참 누 말 따나 젖은 걸 먹고 마른 걸 무치사가 마 형 따라 나거든. 그래 이 이 대사 참 가만히 보이 참 이상타 싶어가이고 간 다음에 인제 이 정승이 인제 때가 되가 들어온다. 들와 보이 뭐 판에 아무것도 없고 뭐 맹 다 지고 다 가져 가버렸으니. 말하자면 다 가 가고 없

어가지고. 그래, 마 정승이가 이 사람들은 모르지 뭐 뭐 뭐 가졌는지 모리고. 그래, 아침에 마 손주가 참 그 백정에 또 결혼해가 낳는 손주가 하나 있는데 마 나물 국물에다가 데여가지고 아침에 마 야단법석이 났어요. 그래 뭐 뭐 제사 지내고 있으니 얼매나 놀랬겠노. 그래 가이고 그래 이 참. 대사가. 손님이. 제사를 지냈응께. 밥상을 채려왔다. 채려와 가지고. 그래 마 손주도 그 그 손주가 그래 있으니깐 정신이 없지. 그래가 인제 그 아들로 불러가이고

'내년부터랑 어른 제사를 지내거든 처마 밑에다 한 상. 떡~ 안에 제사 지는 상캉 따주치 말고 똑같이 채리고 안에 채려야. 그래 지내야 당신들이가 집안이 편치. 안 그라믄 이 이 정성도 없고 마 참 쫄딱 망해가 없어질께네. 내 시키는 대로 해가지고 인제 부석재로 담아가지고 콕 아 아주 보드라운 체로 쳐가지고. 그 인제 제사 지내는 밑에다가 요래 놓고. 그래 상 처마 밑에 채리고 안에 채리고 두 상 채려 놓으면. 알테이께네.'

그래 채리고, 채리라 한다. 그래. 그래. 그래. 가지고 인제 뭐 이 뭐 시켜주고 가버렸다. 저거 뭐 대사는 가버리고 그래 그 이듬해 제사를 지내는데. 대사 시키는 이야기로 처마 밑에 똑같이 한상 채리고. 방에 똑같이 채리고. 그 인제 그 제상 밑에다 재를 만들어가. 딱~ 고래가이고 그 제사 지낼 적일랑 촛불로 켜지 말고. 어디가 귀하던지 그 우리사 법장을 해가 모린다. 그 풀에 꽃 피는 그런 걸로 여물로 따다가 그 기름을 짜가지고 제사 지낼 적에 불도 서고 초도 서지 마라. 그래 인제 시켜주고 가거든. 그래이께네 그 참 풀숲에 디디니께네 얼매나 식겁나노 그래 그 이듬해에는 상아 두 상 채리가. 내년에 그래 놓고 인제 법장으로 갔다가 불로 서 놓으면 당신네 눈에. 딴 불로 서지 말고 있으면 완전히 당신네 조상이 오는 게로 눈에 빌 테니깐. 그래. 그래. 기도를 하고 있으라고. 그래 있으니께. 그 이듬해는 참 참 밖에다 잘 차려가 한 상 놓께네. 무심코 한 상 백정이, 백정이 저거가 안에 들어와 내나. 처마 밑에 마마. 채려 놓은 걸 마.

그 참 양반 오기 전에 얼른 먹고 싸가지고 마 내빼고 양반이 참 늦게 들어오면 안에 가만~ 그냥 있는데 참 그 누가 시켰는지. 희한하게도 그래 딱~ 몇 년 만에 인제 그 참 먹고. 이 조상이 우애 죽어가 우애 됐나하면. 참 가다가 사람이 밤에 죽으면 어딜 가다도 사람의 혼을 싣는데 사람의 태 많이 나긴 하지만은, 낮에 이래이래 죽어가 가다가는 짐승이 이렇게. 참 연애를 하는 거두에 마 앵기면. 그 그런 참혼이 되는기라. 그래 이 정승이가 낮에 죽어 가다가. 그 할배가 참 짐승 저기 어데고 그 체에 걸러 논 얼러매 뱀이 아주 요래 들어가지고. 그래 그런그런 옛적 정승 얘기가 그래 있다. 그거 느그 들어도 역사가 깊은 얘기제. 그래 그 이듬해부터는 상을 두 상 채려 먹고는 그 이상은 아무 저거 없이. 정승이 죽어 가다가 혼을 태웠는 데 뱀이가 태아갔다. 그래 됐다. 그래가들랑 다시 그런 짓 하지 말고 그대로 하믄 당신 그대로 지킨다하더라. 그래 잘 먹고 잘 살았다.

거짓말하다 소박맞은 부인

자료코드 : 05_17_FOT_20110128_LJH_KSC_0006
조사장소 : 경상북도 울진군 후포면 후포리 경로당
조사일시 : 2011.1.28
조 사 자 : 임재해, 조정현, 박혜영, 강선일
제 보 자 : 김순출, 여, 93세
구연상황 : 제보자가 명당에 관련한 이야기가 없냐고 묻자 제보자가 명당이야기는 잘
         모른다고 하며 이야기를 구연하였다. 옆에서 직접 본 사람처럼 이야기를 구연
         하였다. 주인공의 행동을 나무라면서 이야기에 빠져 즐겁게 구연하였다.
줄 거 리 : 한 남자가 나이가 많아 장가를 못가고 있었는데 형편이 좋지 않은 어느 집안
         의 딸을 데려와 함께 살게 되었다. 이 여자는 남편 앞에서 밥을 먹지 않고 남
         편이 없을 때 밥을 한 바가지 떠서 먹는 것이었다. 남편 앞에서 밥을 먹지 않
         다 보니 남편은 자기 부인이 밥을 먹지 않는다고 생각하였다. 그러나 밥을

먹지 않는데 남편을 따라 다니며 일이란 일은 다 돕는 것이었다. 이를 이상하게 생각 여긴 남편이 하루는 집에 숨어 자기 색시를 보고 있었다. 아나다를까 그날도 남편이 없다고 여긴 부인은 밥은 한 바가지 떠서 먹었다. 이를 본 남편은 그제야 그 까닭을 알고 부인에게 밥을 먹지 않는데 쌀을 왜 이렇게 없느냐고 물었다. 부인은 다 남편이 먹을 것이라고 계속 거짓말을 하였고 이를 괘씸히 여긴 남편은 결국 부인을 쫓아내고 혼자 살았다.

옛날에 참 어두운 시절이 생활끝이야 많지 많았지. 저거 하도 하도 장가를 못가가이고 옛날 시절에 나이는 많제 장가는 못가가이고 없는 집 딸로 참 밥도 못 먹는 걸로 데려다 사는데, 이노무 여자는 신랑 보는데 밥을 하나도 안 먹고. 이제 신랑각시 일하러 가도 하나도 안 먹고. 신랑만 없으면 밥을 해가 바가치에 담아났다가. 행거 띠매를 이걸 들치가 바가지 채로 그거다 붓고 버리고 딱 닫아 버리고, 밥을 안 먹으니 신랑이가 하도 하도 이상타. 그 옛날 얘기지.

그거 열어가지고 안 먹을라 하면 어디가노. 그래. 밥을 안 먹는데도 여전히 밭에 가면 밭에 따라가 일하고 논에 가면 논에 일하고 그래. 이상타 싶어가이고 하루 숨어가 보이께네. 신랑각시 밥은 안 먹거든. 안 먹어도 이제 일은 잘해가지고, 숨어보이 마 바가치에다 밥을 마 그래 방에 드가더니. 뜨신 밥 딱 부어버리고 딱 닫으니께네. 어 그 거짓말 참 떠러지 참 그렇제 그제. 그래 마 하하~일하러 가더니 여전히 하고 그래서 이 신랑이 밥은 안 먹는데 이놈은 그냥 시키노. 옛날보다 몇 배는 더 먹었는기라.

"그래 니는 밥은 안 먹는데 밥, 왜 쌀이로 이만치로 드노?"

"당신 혼자 많이 먹어 그렇지 내가 당신처럼 밥먹나. 나는 밥 안 먹고 물만 먹고 산다."

맨게. 그래 신랑이가 그거를 보고

"니는 암만 데리고 살아도 필요없다, 가라!"

그래 쫓아 버리고 신랑혼자 살았단다.

안사돈 속옷을 입고 창피당한 양반

자료코드 : 05_17_FOT_20110128_LJH_KSC_0007
조사장소 : 경상북도 울진군 후포면 후포리 경로당
조사일시 : 2011.1.28
조 사 자 : 임재해, 조정현, 박혜영, 강선일
제 보 자 : 김순출, 여, 93세
구연상황 : 조사자와 제보자가 즐겁게 이야기를 나누던 중에 조사자가 이야기를 듣고
싶다고 하였고 이에 제보자가 이야기를 구연하기 시작하였다. 주위에 있던 청
중들은 제보자의 이야기를 귀담아 들으면서 맞장구 쳐주었다.
줄 거 리 : 바깥사돈이 사돈의 집에 큰 일이 있어서 갔다. 사돈의 집에서 술을 먹고 취한
사돈이 집안에서 곳곳을 돌아다니며 자다가 마지막으로 안방에서 잤는데 너
무 술에 취한 나머지 안방에서 나올 때 안사돈의 속옷을 입고 나왔다. 이 사
실을 모른 체 말을 타고 집으로 돌아온 바깥사돈이 말에서 내릴 때 무엇인가
이상하여 보니 안사돈의 속곳을 입고 있는 것이었다. 바깥 사돈이 자신이 술
에 취해 한 행동으로 인해서 창피당한 이야기이다.

　　바깥 사돈이가, 안사돈에 집이 참 큰일이 있어가이고, 요새되면 결혼식
이나 그래 됐지. 그래 가가지고 마. 뒤 떡 먹고, 그래 술이라는게는 먹으
면 취하지 매랑이고 정신없기 매랑이지. 그래 그 머 사돈이가 암만 그래
도 염치없지. 그래 머 참 저 인제 이 방 자고 저 방, 안방 자고 이랬는데,
술이가 바깥사돈 간에 얼마나 취했는지 나올 적에 지 지 바지는 벗어 놓
고 안사돈 속곳으로 안사돈 속곳이 꼬장준이 앞. 흐흐 그놈을 주워 입고
그래가이고, 밤. 그래도 양반이라고 밤에 말을 타고 왔는데 이놈의 말 털
이가 자꾸 꼬구랑 몸에 배긴데 스. 그래 인자 오면, 오면 자꾸 술이 깨진
다. 보이끼네 말 털에 사지가 붙어가지고, 마 이 사람이,

　　"아~ 이제는 참 내 딸도 니는 상놈이라고 그러고 시집살이 못한다. 내
가 우애 암만 그래도 안사돈 속곳을 입고 올수가 있나."

　　이래가이고, 그래. 그래 집에 와가는 다신 사돈집에도 안가고 사돈네
집에도, 안사돈 속곳차림, 바깥사돈 주마. 이제 안사돈 지 속곳이 없어.

그런 어두운 시절이 야들아 그래 있었으니 우애 돼노 그제.

남편의 병을 고친 부인의 정성

자료코드 : 05_17_FOT_20110128_LJH_KSC_0008
조사장소 : 경상북도 울진군 후포면 후포리 경로당
조사일시 : 2011.1.28
조 사 자 : 임재해, 조정현, 박혜영, 강선일
제 보 자 : 김순출, 여, 93세
구연상황 : 조사자가 제보자의 기억을 되살리기 위해 몇 가지 이야기를 구연하였다. 풍
        병에 관한 이야기를 구연하자 제보자가 기억이 되살아 난 듯 이야기를 구연
        하기 시작하였다. 이야기에 심취해서 손짓으로 상황을 설명해가면 이야기를
        구연하였다.
줄 거 리 : 옛날에 풍병에 걸린 신랑과 색시가 있었다. 이 색시는 신랑의 풍병을 낫게 하
        기 위해 온갖 약을 해서 신랑에게 먹였지만 소용이 없었다. 그러던 어느 날
        색시가 꿈을 꾸었는데 산신령이 나와 산삼이 있는 장소를 가르쳐 주면서 그
        것을 먹이면 병이 나을 것이라고 하였다. 이에 색시는 그 산삼을 찾아 온 산
        을 매일매일 헤매고 다녔다. 그러던 어느 날, 그날도 다른 날과 마찬가지로
        산삼을 찾아 헤매던 색시의 천심에 감동한 산신령이 나타나 이상한 물건을
        주면서 달여 먹이면 병이 나을 것이라고 하였다. 단 그것을 남편에게 보여주
        지 말라고 당부하였다. 이에 산신령의 말을 따라한 색시는 남편의 병을 고칠
        수 있었다.

　남편 살릴라고 시집을 오니 참 신랑이가 병도 아주 참참 더러븐 그래.
풍병이라. 그래가 맨날 들앉아 다리에 물이 철철철 흐르고. 약을 하이 되
나. 그래 뭐 이렇게 인제 꿈을 꾸이께네. 그 산신령이 꿈에 그래 어느 어
느 산중에 가면 인삼이 이렇게 딸기가 하나 피가지고 어 그 있거든. 그
어렵지 그 산에 그만치 산중에 어디로 가노 그래. 딸기가 하나 벌겋게 피
있는 그 딸기 그거를 삼을 캐다가 신랑을 먹이면 풍병이 고쳐진다. 그 얼
매나 어려븐 일이고 요새는 뭐 산에도 마구 사람 가고 그렇지만. 옛날 그

그런 시절에 참 호랭이가 버글버글한데 우애가노. 그래 뭐. 아 이게 뭐. 각시 가다가 죽더라도. 호랭이한테 물려가든. 인제 신랑 살린다고. 그래 참 산을 산을 헤맸어요. 산을 산을 헤매도. 그 어~데 산딸기 어디 있는지 아나. 그께네 참 요새 같으면 우리 참 이대통령매로 머리가 좋은 산신 령이가, 하~도 이 여자가 그 천심으로 그래 남편 살릴라고 산속에 헤매 이니깐. 그래 신령이가. 그래 왜 뭐 인제 이래 허연 할바이가 수염이를 달 고 삿갓을 치고 그래 뭐.

"뭐를 하러 댕기나?"

꼬 이래 물었다. 물으께네 그래 이 참 새댁이가

"그래 이만 이만 해가지고 산삼을 캐다가 그래 우리 참 우리 주인을 먹 이면 풍병이 낫다 해가지고. 그래 산삼을 구하러 다닌다."

이래이께네. 그래 산삼이 어데 눈에 띈다고 요새는 뭐 삼 뭐. 얘기 거 짓말도 안 믿지만. 그때는 삼이 참. 산삼이라 하는거는 사람 하나씩 살 리는 때라. 그래 그거를 참 여자가 하도 하도 정성이 지극해. 짐승도 안 무섭고, 아무것도 안 무섭고, 밤낮으로 산속을 헤매이께네. 그래 이 신령 님가.

'그래. 니는 너무너무 남편에 지극정성이기 때문에 내가 그래 약을 준 다. 이거를 가지고 가서 삼아서 먹이면 그래 풍병이 나았다고.'

그래가 그 그 참 신령님이 주는 거는 삼도 아니고 뭐 참 희한한 거로 주거든. 주는 거를 그래 참 산속 산속을 가져와가이고 그 놈을 푹 고아가 지고 신랑을 먹있으요. 뭘 들치가 자꾸 따라 따라 먹이다 보이 그 뭐가 물이 철철철 흐르던게 하루하루하루 참 좋아진다. 그래 이거 신랑이를 따 라낼라 이 뚜껑이를 열지 말고 물만 따라 자꾸 먹이라고 신령이가 그래 시켜 주거든. 그래 그 놈을 때려가지고 먹이니께네 나아뿟으요. 마 툭툭 툭 일났던게 마 낫고 낫고 마 한 달이 못가지고 낫거든 바른 사람이 되 거든. 그래 다 먹고들랑 그래 이제 뜨깨이를 들치지. 절대 이거 남편 줄

적에는 뜨깨이 들치지 마래이. 그래 마 다 먹고 완전한 사람이 되가지고
는 뜨깨이를 들치께네. 아 뼈다구더라네. 송장. 염장뼈다군데 그래. 그 그
걸 여자가 엄청 엄청 지극히 정성이라가지고 그 뼈다구를 그래 삼아 먹어
도 안 죽고 병을 고치가 잘 살았단다.

고려장 이야기

자료코드 : 05_17_FOT_20110128_LJH_KSC_0009
조사장소 : 경상북도 울진군 후포면 후포리 경로당
조사일시 : 2011.1.28
조 사 자 : 임재해, 조정현, 박혜영, 강선일
제 보 자 : 김순출, 여, 93세
구연상황 : 조사자가 고려장 이야기에 대하여 묻자 제보자가 구연하기 시작하였다. 이야
기를 구연하던 도중에 전화가 와서 이야기를 다시 구연하였다. 이야기를 다시
구연하게 되어 앞부분을 요약하여서 구연하였고 이야기를 구연하면서 과거
못 살았던 시대를 한탄하면서 구연하였다.
줄 거 리 : 옛날에 먹고 살기 힘든 시절에 한 남자가 칠십이 된 자기 어머니를 산속에
버리기 위해 아들과 함께 산에 어머니를 지게로 지고 갔다. 그렇게 구덩이를
파고 산속에 어머니를 버리고 지게도 함께 버리고 오는데 아들이 자기도 나
중에 아버지를 버리러 산속에 와야 하는데 지게는 왜 버리냐고 묻자 그 남자
는 자신의 상황이 기가 찼다. 결국은 아들이 그 지게를 가져와 두었다.

옛날 얘기 아니가. 그래 그 어마이로 칠십에 나는 할마이로 인제 지고
가는데. 손주가 따라가요. 아바이 그 할매로 버리로 가는데. 그래 가만히
보니깐 할매를. 멀쩡한 할매로 그 안에다 넣어놓고 구영을 요만한게 내어
놓고 그래.

"어머이 잘 있으소. 그래 내일 있다 밥 갖다드린다고."

그래 인제 아바이가 지게를 내삐리고 오니깐. 손주가. 따라간 손주가.

"아버지, 왜 지게를 놔두고 가나"

이라거든.

"지게 인제 할마이 내삐맀으니 지게는 이제 놔두야지."

"가주고가야 내 인제 아버지도 칠십 먹으면 내가 아버지를 저다가 이런 데다 갖다 넣을 껀데."

그래 지게를 가주가라. 가주가자 이러거든. 그래 아버지가 가만히 생각하이 거 참 기가 차가. 그래 아가 얼매나 답답으면 그랬로.

"그래 지게로. 나 나중에, 나는 느그 시대 되믄 이 할머니보다 적게 먹어도 이런데 온다. 그때랑 새 지게 가져오고 이지게 놔두고 가자."

그래. 그 지게로 기여이 아바이로 가주가자 해가지고. 그래 아침마다 밥을 요래 주먹밥을 해줬는데. 그래 여주다가. 여주이께네. 뭐 그거 먹고 되나. 뭐 한달 가고 두달 가이 마 죽어가 밥도 안 먹더란다. 그래가 그 아들이가 아바이 갖다 내삐린다고 지게 저다 놓은 거 아직 있단다. 대네, 대네 넣어놨단다. 그래. 그래 끝났다.

과거에 급제한 꼬마신랑

자료코드 : 05_17_FOT_20110128_LJH_KSC_0010
조사장소 : 경상북도 울진군 후포면 후포리 경로당
조사일시 : 2011.1.28
조 사 자 : 임재해, 조정현, 박혜영, 강선일
제 보 자 : 김순출, 여, 93세
구연상황 : 조사자가 제보자의 기억을 이끌어 내기 위해 이야기를 하나 구연하였다. 제
         보자가 이 이야기를 듣고 이야기를 구연하기 시작하였는데 자신의 이야기인
         듯이 손짓을 하며 생생하게 구연하였다.
줄 거 리 : 꼬마 신랑과 나이 많은 색시가 혼례를 올리고 살았는데 이 꼬마 신랑은 매일
         글 공부만하고 살림살이에는 관심조차 없었다. 반면 색시는 매일 들에 나가
         일을 하며 살림을 꾸려나가고 있었는데 어느 날 너무 화가 난 색시가 집을
         나가버렸다. 하지만 꼬마 신랑은 무슨 일이 일어나도 방에 앉아 글공부만 하

였는데 몇 십 년이 지난 후에 과거에 급제하였다. 과거에 급제하여 풍물을 올리며 집으로 돌아오는 길에 자기 색시가 논에서 피를 줍고 있는 것을 보고 같이 데려와 행복하게 살았다.

그래 인제 참 이제 시집을 가이께네. 신랑이는 나이가 어리고 각시는 나이 많는데. 이노무~ 각시는 산다꼬 죽어나 사나. 들일하고 뭐 이래 살아도 신랑이는 천날 만날 방에 앉아가 글만 배와 하지. 이 뭐 마당에 비 가와도 안 내다보고 이래는 꼬마 신랑이라. 그래가 각시가 살다가 속이 삭아 가이고 마마 그 신랑 내삐리고 마 가뿌랬어. 가가 딴 데 가서 사는데 이 신랑이가 얼매나 얼매나 공부를 했는지 이 마당 암캐가 떠나가도 안 줍고 앉아 참 공부만 하다가 각시가 애들 데리고 딴 데로 가뿌랬는데. 그래 이 신랑이가 공부를 해가 참 과거를 봤어요. 몇 십년 흘러가 떡~과거를 해가 오나이께네. 그 참 평평한 여느 여자가 논을 헤매고 이 피를 뽑거든. 나락 폈는데. 그래 그 신랑이가 참 과거를 하고 풍물 뭐 제끼고 오다가 그 각시를 보고, 와도 쟁피 가도 쟁피. 팔자가 우째 글나 하면. 시집을 안가고 연애했는데 그래 혼자 늙으이께네 그래. 그거를 강요를 해가지고 와가이고 본 각시를 찾아 가이고 그래 행복하게 살더란다.

소금장수와 집지킴이

자료코드 : 05_17_FOT_20110128_LJH_KSC_0011
조사장소 : 경상북도 울진군 후포면 후포리 경로당
조사일시 : 2011.1.28
조 사 자 : 임재해, 조정현, 박혜영, 강선일
제 보 자 : 김순출, 여, 93세
구연상황 : 조사자가 집지킴이에 관한 이야기를 들려 달라고 하자 제보자가 구연을 시
　　　　　작하였다. 실제로 있었던 이야기를 구연하는 것이어서 실감나게 구연하였다.
줄 거 리 : 소금 장사를 하던 이웃의 집에서 집지킴인 뱀이 빠져나가고 나서 그 집안이

망하였다. 그래서 부산으로 이사 가게 되었다.

　그래 옛날 얘기 뭐 뱀이가 지킴이가 있으면 그 집 부자고. 나가 버리면 망한다 해도 그 정도는 뭐 아나. 그래 여기 왜 옛날 그 부산 간 날. 오래 되가 이름도 잊어버렸다. 집안 망할라면 뱀 그 지킴이가 있다가 나가면 그래. 그래 마 참 망한다데. 저 어데 거 요새 부산 갔잔아. 그 이름 뭐고 그 집에. 소금장사하다가 왜 갔잔아 장터. 요새 아이고 거 뭐고 이름. 뭐고. 소금장수 아이고 부산 가더만 하하~ 잘산단다마는. 그 집이 그래. 말을 하께네 고 계단에 이래만 이래봐라 이젠 이놈 다. 계단에 이런~뱀이가 그래 나왔더라 하데. 그래 쫄딱 망해가이고 부산에 이사해가꼬 쫄딱 망했다하데. 옛날 집지킴이가 나가면 망한. 집안이 망한다.

방귀쟁이 며느리

자료코드 : 05_17_FOT_20110128_LJH_PGN_0001
조사장소 : 경상북도 울진군 후포면 후포리 경로당
조사일시 : 2011.1.28
조 사 자 : 임재해, 조정현, 박혜영, 강선일
제 보 자 : 박준남, 여, 73세
구연상황 : 조사자가 먼저 방귀쟁이 며느리이야기를 들려준다. 이를 듣던 박준남 씨는 제보자가 해 준 이야기와는 조금 다른 이야기를 알고 있다며 이 이야기를 구연하기 시작한다.
줄 거 리 : 시아버지는 며느리가 방귀를 너무 많이 껴서 친정으로 보내려고 하였다. 며느리를 데리고 친정집으로 가던 도중 시아버지는 배를 먹고 싶다고 한다. 그러자 며느리를 방귀를 꾀어서 배를 떨어트린다. 이 모습을 본 시아버지는 며느리를 다시 집으로 데려와 데리고 살았다.

　며느리가 하도, 하도 정지에서 방구를 막 껴대니께는. 그런 며느리가 뭐라하면은.

"아버님, 쥐등(기둥) 잡으소."

이러더란다. 쥐 등 잡으라? 왜 잡으라하는가도 몰라가지고. 지도를 뿍 뿐질르다 보니까는. 방구를 하도 하도 뀌니까는. 쥐둥이 넘어갈라 하더래요. 그래가,

'도저히 이 며느리를 놔다가 도저히 안 될따!'

싫어 이제. 친정에 데려다주러 간다고. 휠~휠~ 가다 보니께. 그 강가에 배낭기에 배가 죽~죽~ 달려있으니. 요새 같으면서 뭐 그까이 사먹어도 되고 이런데. 시아버지가 뭘 알까. 이러더란다. 저기 그.

"아따 그 참 배 좀 따먹으면 좋을시다."

이러더래. 그러니께래.

"그럼 아버님 여기 서가지고 계시소."

이제 됐다 해가지고 쭉 그니께네. 고 방구를 막 끼니께. 배가 마 후두두두두두두~ 막 떨어지더래. 그래가꼬.

"야야, 고만 거 친정에 가고말고, 집으로 가자."

그래가지고 집으로 데려와 들어왔어.

오줌 멀리가기 시합

자료코드 : 05_17_FOT_20110128_LJH_PGN_0002
조사장소 : 경상북도 울진군 후포면 후포리 경로당
조사일시 : 2011.1.28
조 사 자 : 임재해, 조정현, 박혜영, 강선일
제 보 자 : 박준남, 여, 73세
구연상황 : 꾀쟁이에 대한 이야기를 하고 있었다. 꾀쟁이에 대한 이야기가 끝나자 박준남 씨의 남편이 오줌멀리가기 시합 이야기를 들려달라고 부탁하였다. 그러자 박준남 씨는 이런 이야기는 말도 안 되는 이야기라며 웃어넘기려 하자 조사자들이 다시 간곡히 부탁하였다. 이에 박준남 씨는 못이긴 척 이 이야기를 구

연하기 시작한다.

줄 거 리 : 서로 친한 친구사이인 김정승과 이정승은 서로 아들과 딸을 낳으면 혼인시
키기로 하였다. 그러나 김정승이 막상 딸을 낳자 혼인시키기 싫어 아들을 낳
았다고 소문을 냈다. 그러나 김정승의 자식이 딸이라고 눈치 챈 이정승의 아
들이 같이 오줌 시합하러 가자고 하자 김정승의 딸은 재치를 발휘하여 위기
를 모면하였다.

앞집에는 김정승 살고, 뒷에는 이정승 살았는데. 옛날에는 임신되면, 아
직 그럴 때 아직. 임신 되가지고 매양해 먹는다네요. 그래 인제 매양해를
먹었는데.

"니가 딸 놓으면, 딸 놓든 둥 아들 놓든 둥."

며늘 보기를 해 그렇게 결정을 매겼는데. 그래 인제 뒤에 김정승도 인
제. 그래 인제. 어느 때 때인둥 인제. 딸 낳았다고 그랬는데. 그래 인제.
둘이 인제. 한 초당. 한문 배우는데. 한문 배우는데. 자꾸 머스마처럼 그
래. 행동을 하더래요. 어쩔 수 없어가지고 총각이가. 하루는.

"우리 저 무시늘에 오심(오줌) 시합을 하러 가자."

이러더래. 그래 오심시합하러 갔는데. 여자는 알고 대나무 대롱을 비
가지고 갔어요. 가가지고 대가지고 오줌을 누니. 뭐 남자는 누도 안하더
래요.

꾀쟁이에게 속은 봉사

자료코드 : 05_17_FOT_20110128_LJH_PGN_0003
조사장소 : 경상북도 울진군 후포면 후포리 경로당
조사일시 : 2011.1.28
조 사 자 : 임재해, 조정현, 박혜영, 강선일
제 보 자 : 박준남, 여, 73세
구연상황 : 한참동안 봉사에 얽힌 이야기를 하고 있었다. 황명기 씨가 앞서 다른 꾀쟁이에
속은 봉사에 대한 이야기를 하였다. 이야길 듣다 황명기 씨의 이야기와 비슷한

다른 이야기가 생각이 났는지 이야기가 끝나자마자 이 이야기를 구연한다.

줄거리 : 한 동네 사는 꾀쟁이와 봉사가 있는데, 꾀쟁이가 앞이 안 보이는 봉사를 자꾸 놀려먹었는데 하루는 봉사의 새 신발이 너무 탐나는 꾀쟁이가 북해도에 가자고 해놓고서는 봉사를 동굴 위에 올려놓고 신발을 챙겨 갔는데 이를 부인이 보고 왜 거기 앉았냐고 묻자 오히려 봉사는 어떻게 북해도까지 찾아왔냐고 하였다.

그 한 동네 꾀쟁이가 있고. 꾀쟁이하고 봉사하고 사는데. 하루는 이제. 할마이가 이제. 영감보고

"영감 오늘 집 잘보세."

이러고 갔는데. 갔다 오니께는. 고시호박으로 닥도(하나도) 안 익혀놨더래요. 그래

"그래 왜 그러노"

이러니께. 그래 마을에 꽤쟁이가 와가지고. 수박따러가자 그래가지고. 그래 수박을 딱 따다 놨더래요. 수박이 뭐 수박이야. 그거를 그래 따다가 놔두고 있더래요. 그래가지고 웅깨를 한 마당에 여놓고.

"오늘 내 웅깨 널고 갑니데이"

이러드란다. 그래가지고 비오는데,

"단디 보세"

이러더란다. 그래 이제 봉사 눈을 감고. 이래 앉아 있다보니까. 꽤쟁이가 오더만은. 솟겁에다 물을 자꾸~ 그 봉사한테 뿌리더란다. 뿌리니께네 그 비 온다고 나락을 다 퍼드래(퍼) 날랐어.

"날이 이렇구 좋았는데 왜 퍼드래놨는데."

이러니께는. 저거.

"꽤쟁이가 와가지고 비온다 그래가지고 그래 들어놨다."

이러더래. 그 비오는데 그때는. 하루는 갔다오니께는 이놈의 봉사가. 오늘 북해도 저기 꽤쟁이가

"오늘 북해도가자."

이러더래. 그 북해도 가자 해가지고 갔는데. 봉사가 따라갔는데. 범굴에 들어가가지고. 구두를 새로 산걸 올려놔가지고 저~ 굴뚝에 가 앉았더래. 그 새까만 할바이가 앉았더래. 봉사가.

"그래 왜 이래 앉아있노."

이러니까.

"오늘 쾌쟁이가 와가지고. 나를 저 북해도 가자. 그래가지고. 그래 내 북해도 왔는데. 그래 어에 찾아왔노."

이러더래.

구렁이한테 시집간 처녀

자료코드 : 05_17_FOT_20110128_LJH_PGN_0004
조사장소 : 경상북도 울진군 후포면 후포리 경로당
조사일시 : 2011.1.28
조 사 자 : 임재해, 조정현, 박혜영, 강선일
제 보 자 : 박준남, 여, 73세
구연상황 : 황명기 씨가 구렁이에 대한 이야기를 하던 도중 "김정승 이정승 이야기도" 있지 않냐며 박준남 씨에게 이야기 들려주길 청했다. 이에 못이기는 척 이 이야기를 구연하게 된다.
줄 거 리 : 이정승이 아들을 낳으려고 했으나 구렁이를 낳았다. 김정승에 혼인을 시키려는데 첫째 딸이 이를 거절하고 막내딸에게 물어보니 막내딸은 이를 승락하였다. 막내딸은 재치를 부려서 구렁이의 허물을 벗겼는데 인물이 훤하여 주위의 질투를 샀다. 여러 가지 고비를 거치고 다시 행복하게 잘살았다.

이정승 김정승 살았는데. 그래 인제 앞집에는 인제 참. 뒷집에는 딸이. 딸이가 둘이고. 앞집에는 이제 아들이. 참 아들을 낳을라고 애를 썼는데. 구리(구렁이)를 낳아놨다요. 구리를 낳아가 놨는데. 구리가 뭐라하냐면은.

"어머니, 뒷집에 가가지고. 그래 중매를 가가지고 여어돌라"

이러더래. 자기가, 자기가 구리가 장기간다고. 그러니께네. 하도 같잖아 가지고 어얄수 없어가지고. 가가지고 그러니께네 저거. 둘째딸한테 그러니께네.

"아이, 더럽거러 내가 구리한테 뭐한데 시집가요. 시집안가."

이러더래. 그래 맞다. 그러 맞둥이한테 얘길 하니께는

"시집가겠다."

하더래. 그런 낮에 행위 치르는데. 아바이보고 발장대 갖다 돌라 하더래. 발장대 갖다 줄 테니까 거기다 디디(둘둘) 감아가지고. 거기다 감아가지고 행위를 했는데. 첫날밤 자는데 각신테 처가서르 그래,

"기름단지 어딨노?"

그러더래

"암데 암데 있니데."

"소금단지 어딨노."

"암데 암데 있니데."

"그럼 메달간지 어딨노."

"암데 암데 있니데."

이러니께. 그래 지 지랑물에 빠져가지고 소금단지에 드가 구부러져가지고. 그래 인제 허물을 벗어 시집갔어. 메갈단지에 가보니까 뚤뚤보니까. 일등남자가 나서더래. 그래가 남자가 뭐, 뭐 참 멋있는 남자가 나서가지고. 그래 인제 제 서울가게에 이 남자가 인제 그래다 들여다보고. 공부를 해가지고. 서울 과개에 인제 하러갔는데. 한양 저 과개 한다고 하러 갔는데. 그래 이 구리 허물을 벗었는거로. 이 저거 우태 아닙니껴. 우티 동제에다가 여가지고 시체 넣으라 이러더라요. 그래 동 살다보니까는 남자가 하도 좋아가지고. 뭐 우에서 뭐뭐 탐을 내이. 탐을 낼 수가 있어야지. 그래인제 동제게 넣는다 소릴 들어가지고. 그래 인제. 남자가 과개를 해가

지고. 한반도로 오다보니께네 자기 껍디기 냄새가 나더라네. 그래 무르팍
이 다 주물러 참 돌아갔어요. 그 하이 하러. 돌아가가지고. 그래 돌아가가
지고걸랑. 그래 있다 보니께네. 그러이 이 여자가 참을로. 참 이다리 넣을
까 저다리 넣을까 해도. 암만 기다려도 안오기 때문에. 열두 폭 치마를 하
모. 옛날에는 요새는 비단 옷 입을지만. 그때는 명비옷 입고 돌아다녔어
요. 명주치마 명 그래. 열두 폭을 떠다가지고 한 폭을 떠서 발한 짓고 한
폭을 떨어. 참 저 집히지는 그런거 만들고. 그래가 인제 참. 그래 동제할
라고 섰으니. 그래 어 인제. 어느 마을에 들어서니께네.

'내일은 이정승가 장개간다.'

이러더라네. 그래가 인제 거 들든 등 소린가 해가지고. 그래 인제,

'어느 집이라'

하니께. 아무집이나 하더래. 그래가지고 그 여자가 어디가 숨었냐하면
은. 그 집이 이제 소 여물파는 그 깍지가는데. 가가지고 그래. 이래~ 앉
아가있다보니께. 그 남자가 글을 잘 읽더래요. 그래가지고 그래 어떤 사
람은 팔자가 좋아가지고. 일월청춘 봄은 이내 다시 언제 오려나. 그래 달
을 보고 치다보고 얘길 하다보니께. 남자가 글을 읽더만 글 읽는 소리가
안 나더래요. 그래 안나니까 이상하다. 또 시부마네 주끼다보니께. 남자가
문을 탁 열어 나오더래. 그래 나오는데.

"그래 참 어에 이래왔노?"

하니까. 핑핑도에다가 여자를 숨겨놔도 점잖은 수영어마이한테. 그래
저거 어무이 어

"문(무슨) 장 해놓으니껴? 햇장이 좋으니껴?"

그러더래. 뭔 장이가 저래 쌀고. 뭐든 게 저 묵은 쌀이가 낫, 모든 묵은
장이가 낫다. 이러더래. 그러다 보니께는. 또 저거. 그러면 사람은 뭔 사
람이 나으니껴. 햇사람이 나으니껴. 그래도 모든 것이 배운게 더 많고. 묵
은 삶이 더 낫다. 이러더래. 묵은 사람이 낫다니하니. 내일 뭐 내일이 이

바지 갈 사람이. 저 참, 행위 할 사람이거 그 소릴 하니 어떻게 가노. 그래가지고 뭐 참. 남자는 구리 새로 드는데 장에 가고. 여자는 다시 돌아오고. 그래 됐다.

영험 있는 묘자리

자료코드 : 05_17_FOT_20110128_LWT_0001
조사장소 : 경상북도 울진군 후포면 후포리 경로당
조사일시 : 2011.1.28
조 사 자 : 임재해, 조정현, 박혜영, 강선일
제 보 자 : 이원태, 남, 80세
구연상황 : 마을에 대한 이야기가 오가다, 토지수용법과 관련하여 마을의 토지와 풍수에 대한 설명이 이어졌다. 도중에 제보자 집안의 경험담이 생각났는지 이야기를 해주었다. 처음에는 집안의 일이라며 이야기하길 꺼려했지만 간곡히 부탁하자 언제 그랬냐는 듯 막힘없이 이야기를 하게 된다.
줄 거 리 : 토지수용법으로 인해 조부의 묘를 이장해야 할 일이 생겼다. 그때 주지 스님이 와서 묘를 이장하게 되면 막내 삼촌이 오래 살지 못할 것이라 하였다. 실제로 2주가 지나지 않아 막내 삼촌이 죽었다.

　조모님 묘소도 그 아까 얘기하던 물질하는 그 동네 위에 그 인제 이 산이 자꾸 부셔지고. 석회석 광산이 개발되면서부터 묘를 이장하게 됐는데. 이장할 때 장소 보니까, 도굴 때 보면 학이 날아간 것 같아 보여. 이제 뭐 그렇게 뭐 할 때 학이 날아간 거, 할머니 묘소가 그랬고. 할아버지 묘소는 그 용의 코. 요 등, 여기에다 묘를 쓴 건데, 에, 별거 아닌 것 같지만, 저희 부친이 아버지 형제 중에 다섯째인데 그 이제 역학상으로는 저가 고등학교 다닐 때 돌아가셔야 되는데, 이제 그 산에다가 기도를 해서 생명 연장을 시켜 준거야. 이제 그, 그랬는데. 그 산이 자꾸 깨지면서 묘를 드러내야하니까, 마지막 묘를 드러낼 때, 불용산 주지스님이 노승이 계시는데.

그 분이 오셔가지고 마지막에 했는데 직접 장손이니까. 할아버지 묘소를 드러낼 때 주지스님이 영감을 받아가 묘를 드러낼 때, 앞으로 이 주! 이 주를 이제.

"막내삼촌이 이 주를 못 넘길 꺼다."

묘를 드러내면서 거기에 명을 걸었던 지역이니까. 돌아가시면서 이제 묘를 드러내고 이 주 안 되어가 아버지가 돌아가셨어. 뭐 그만큼 이 지역에서는 그 묘하고 연관된 그런 그게 좀 있었었습니다.

성황당의 영험

자료코드 : 05_17_FOT_20110128_LWT_0002
조사장소 : 경상북도 울진군 후포면 후포리 경로당
조사일시 : 2011.1.28
조 사 자 : 임재해, 조정현, 박혜영, 강선일
제 보 자 : 이원태, 남, 80세
구연상황 : 마을 동제에 관한 이야기를 하던 중, 성황당이 굉장히 영험이 있다는 이야기를 하기 시작했다. 조사자가 성황당에 기도를 올려서 자식을 점지한 이야기가 있지 않나 물어보자, 이원태 씨가 가족의 경험이 생각이 났는지 구연을 시작했다.
줄 거 리 : 자식을 얻지 못하던 며느리가 성황당에 지극정성으로 기도를 하여서 자식을 낳았다. 그러나 그 이후로 성황당을 광신하게 되었다.

우리 저 할아버지가 돌아가셨을 때. 그 인제 며느리가 열심히 이제 수발을 잘 했다고 뭐 얘기를 하지만은. 그래 인제 그 자식을 낳으면은 둘째. 인제 제일 큰집이고 둘째집이죠. 애를 자꾸 낳으면 죽고, 죽고 애를 못 낳아가지고. 제일 인제 처녀. 옛날에 씨를 받기 위해서 재(재혼), 그거를 해가지고. 둘째 쪽에서 다른 아들을 두고 있었는데. 육이오 사변 때 돌아가실 때 할아버지가,

"내가 죽고 나면 자식을 보고 죽나."

이랬는데. 그 인제 서낭당에 가서 그 숙모는 무진장 정성을, 지극정성을 들였어. 그래가지고 그것이 됐는지 몰라도 아들 둘 딸 하나 낳았습니다. 이제 인제 그렇게 해가지고. 그래가지고 요샌 이제 안 그러지만. 돌아가실 적에 그 낳고 난 뒤에, 지극정성으로 그거 때문에 자식 낳았다고 해가지고는 무조건! 그러면서 너무 거기에 파여다 보니까, 내가 이제 성황당 신이 내한테 들어와 있다고. 큰소리 팍 치고 그럴 정도로 이렇게 이 정신적으로 가진 그런 내력이 있습니다.

부엉이의 예지

자료코드 : 05_17_FOT_20110128_LWT_0003
조사장소 : 경상북도 울진군 후포면 후포리 경로당
조사일시 : 2011.1.28
조 사 자 : 임재해, 조정현, 박혜영, 강선일
제 보 자 : 이원태, 남, 80세
구연상황 : 후포1리에는 성황당이 있다. 세 개의 성황당에 대한 이야기가 오가던 중, 옛날부터 전해 오는 이야기가 있다며 이 이야기를 시작했다.
줄 거 리 : 부엉이가 안산에서 울면 다음 날에 고기가 많이 나오고, 주산에서 울면 다음 날 초상이 난다.

이제 부엉이가 어떻게 이야기가 나오냐 하면은. 아까 어제도 얘기했지만, 안산 뭐 이렇게 하고. 저 이 그, 이 산에서 부엉이가 울 때는, 옛날에 부엉이가 우리 학교 다닐 때만 하더라도 부엉이가 울면은 고기가 많이 난다. 여기 인제 그렇게 해가지고 진짜 고기가 많이 났고, 이짝 산에서 부엉이가 울면은 3일내로 분명히 초상이 난다. 이렇게 누구 집인지는 모르지만 상이 난다는 것은 알고. 정말 상이 났습니다. 그래서 이 지역에서는 이상하게 부엉이 소리가 이짝에서 나면 고기 많이 난다고 좋아했고. 저짝에서 나면 누구 집에 초상이 나든, 하여튼 초상이 난다. 그런 고 인제 지역에 고런 게 딱 정해져 진짜 그랬습니다.

성황당나무의 영험

자료코드 : 05_17_FOT_20110128_LWT_0004
조사장소 : 경상북도 울진군 후포면 후포리 경로당
조사일시 : 2011.1.28
조 사 자 : 임재해, 조정현, 박혜영, 강선일
제 보 자 : 이원태, 남, 80세
구연상황 : 마을 성황당의 영험에 대한 이야기를 하던 중 이원태 씨도 성황당에 관한
　　　　　 이야기가 생각이 났는지 이야기가 끝나자마자 성황당 뒤에 있는 나무에 대한
　　　　　 이야기를 하였다. 구연 도중 성황당 부근의 나무를 건들지 않았다는 것이 자
　　　　　 랑스러운 듯 이야기하였다.
줄 거 리 : 성황당 부근의 나무를 건들면 불구자로 살거나 생명에 위험이 온다는 말이
　　　　　 있었다. 그래서 아무리 땔감이 없더라도 그 나무는 건들지 않았다.

　그 얘기가 뭐냐 하면은 성황당 부근에 있는 나무는 건들지를 못했다고 옛날에는. [조사자 : 실제 나무를 잘못건드려서 동티났다거나 하는 그런 사례가 있었습니까?] 우리 때는 그런 게 있었다고. 그래서 못 건드렸어. 지금은 인제 가장 중요한 게 또 한 가지 뭐냐 하면은, 녹화가 되가지고 나무들이 다 됐지만, 우리 어릴 때만 하더라도 다 벌거숭이였다고. 이거 박정희 대통령이 5·16혁명 때 산에 못 올라가게 했어. 소나무 이파리 긁어와도 영장 보냈다고. 그래서 녹화가 된 거야. 지금 시대 와서 그걸 독재했다 그건 젊은 사람들은 독재라고 생각할 꺼 아니야. 그렇게 안했으면 녹화가 안 됐어. 그렇게 어려운 시기였는데, 시대에 맞춰서 그런지 성황도 성황님도 자기 부근에 나무를 건들면은 그런 식으로 문제가 있었어. 나무를 하고 싶은 사람들이 나무를 때자나. 그럼 성황당에 있는 나무를

건드렸나 하고 생각할 수 있잖아요. 우리는 요새는 나무가 흔해빠지니까 안 건드는데, 옛날에 땔감이 없다던가 하면은 주위에는 없으니까 성황당 부근에만 나무가 있단 말이에요. 그래서 그거라도 뗄까 하고 건들면 해를 입었다는 얘깁니다.

구릿재의 유래

자료코드 : 05_17_FOT_20110128_LWT_0005
조사장소 : 경상북도 울진군 후포면 후포리 경로당
조사일시 : 2011.1.28
조 사 자 : 임재해, 조정현, 박혜영, 강선일
제 보 자 : 이원태, 남, 80세
구연상황 : 구릿재라는 곳의 풍수에 관한 이야기를 하고 있었다. 이야기 도중 구릿재의
　　　　　지명 유래에 대해서 묻자 이원태 씨가 구연을 시작하게 된다.
줄 거 리 : 목침을 세워놓았다가 눕혀 놓으면 그것이 산이 되었는데, 그 산을 올라오는
　　　　　길이 헷갈리고 험해서 산을 넘는데 구일이 걸렸다. 그래서 원래는 구일재라
　　　　　불렸는데 지금은 구릿재라 이름 붙여졌다.

　그쪽으로 가다가 매화라는 곳. 거기 매화는 지금 질이 좋아가지고 그러는데, 그 도로로 가면은 꼬불꼬불 이렇게. 비포장도로일 때 그 도로도 상당히 그랬습니다. 고 담에 이제 칠 번국도 생기면서 그거하고 지금 사 차선 도로 들오고 그랬는데. 그 고개에 차를 가지고 넘어가도 한참 넘어갔습니다. 꼬불꼬불 넘어갔는데. 그, 그 고개 이름이 구릿재입니다. 구릿재. 구릿재라 그랬는데. 실제는 구일재랬대요. 구일재. 구일재인데 왜 구일재냐? 목침 같은 거를 가지고 있다가 이렇게 눕혀 놨을 때는 가던 청정이 산을 올라오다가 이게 인제 세워놨을 때는 올라오는데 이렇게 눕혀버리면은 다시 그 앞에 산이 하나 생겨버리고. 그 인제 눈에 헛보이는가. 그렇게 좀 했겠죠. 그리고 또 인제 그 헤매게 만들었겠죠. 그래서 그 산을 하

나 넘어오는데 구일이 걸렸다는 거야. 그래서 구일재라는 얘기가 있고.

남사고 이야기

자료코드 : 05_17_FOT_20110128_LWT_0006
조사장소 : 경상북도 울진군 후포면 후포리 경로당
조사일시 : 2011.1.28
조 사 자 : 임재해, 조정현, 박혜영, 강선일
제 보 자 : 이원태, 남, 80세
구연상황 : 인물전설에 관한 이야기를 하던 도중 중간에 풍수와 관련한 이야기를 하게
된다. 그러자 울진에서 이름난 풍수의 대가인 남사구에 대하여 이 이야기해를
시작하게 된다.
줄 거 리 : 묏자리는 무제한적으로 옮길 수가 없는 것인데, 남사고는 어머니의 묘를 명당
자리로 구하고자 이곳저곳 옮겨 다녔다. 그렇게 찾아 헤매다 마지막에 옮긴
자리를 아침에 다시 보니 뱀의 모양을 하고 있는 아주 안 좋은 자리였다. 그
러나 묏자리를 옮기질 못하여서, 그의 후손이 없었다.

그 뭐 남사구가 이짝이 고향이 이짝이니까. 남사구가 인제 그. 풍수가
이제 그,

'몇 번 이상 이장을 못한다'

하잖아요. 뭐 고사 있으니까. 자기 어머니 묘를 참 명당이다고 딱 했는
데 아침에 일어나보니까 메밀밭. 밤에 뭐 호수로 보이고 뭐 큰 이렇게 배
임 거지. 그 이제 그게 들여서 더 이상 옮기질 못하니까, 한을 맺었다 이
러는데. 그래서 남사구 후손이 없다고 그러잖아. 그래서 이제 끝났다는.
그런 얘기가 있습니다.

후포마을에서 대접받은 신돌석 장군

자료코드 : 05_17_FOT_20110128_LWT_0007
조사장소 : 경상북도 울진군 후포면 후포리 경로당
조사일시 : 2011.1.28
조 사 자 : 임재해, 조정현, 박혜영, 강선일
제 보 자 : 이원태, 남, 80세
구연상황 : 후포1리는 예로부터 인심이 좋은 마을로 외지에 소문이 났다고 이야기를 했
다. 인심이 좋은 마을이라고 소문이 나게 된 연유에 대해 이야기를 하던 중
신돌석 장군에 대한이야기를 시작하였다.
줄 거 리 : 신돌석 장군이 마을을 돌아다니며 마을의 식량을 약탈했다. 그러다 후포마을
에 와서 좋은 대접을 받았는데 그때부터 후포마을은 살기 좋은 곳이라고 소
문을 내고 다녔다.

아까 신돌석 장군 얘기가 왜 그 얘기냐면 다른 데는. 아까 그런 얘기가
있지만. 그 왜 피해 다니니까 춥고 배고프잖아. 그러니까 민가에 가서 피
해를 많이 주고 많이 그랬어. 그런데. 실질적으로는 그런데 요새 와가지
고 그거를 덮어뻐릿고 그랬지. 그랬는데 이 후포에 와서는 사전에. 언제
언제 온다는 통고 오면. 쌀! 뭐 다 준비해 놨고, 떡 준비 다 하고, 술 다
준비하고. 이렇게 해서 실컷 배부르게 먹도록 하고 해가지고 보내면서,

"다른 집에 약탈하고 이런거 하지 마라."

그래서.

"이 동네 와서는 그 사람들을 절대 건들지 마라."

그 사람들이 와도. 그래서 그 참, 이 지역 그러면서 이제

'다른 곳에 가도 후포에 가면 후한 곳, 후포에 가면 살기 좋은 곳이다.'

하는 정도로 이제 그런 이 지역에 그런. 그런 게 있습니다.

묏자리를 알려준 철관도사

자료코드 : 05_17_FOT_20110128_LWT_0008
조사장소 : 경상북도 울진군 후포면 후포리 경로당
조사일시 : 2011.1.28
조 사 자 : 임재해, 조정현, 박혜영, 강선일
제 보 자 : 이원태, 남, 80세
구연상황 : 앞에서 다른 제보자가 묘자리에 얽힌 여러 가지 이야기들을 하게 되었다. 명
　　　　　 당자리에 대한 이야기를 듣고 생각이 났는지 앞의 이야기가 끝나자마자 이야
　　　　　 기를 시작하였다.
줄 거 리 : 인심 좋은 집에 지나가던 철관도사가 후한 대접을 받은 답례로 삼정승이 난
　　　　　 다는 좋은 묏자리를 알려주었으나 묏자리를 잘 못써서 삼대가 망하였다.

　철관도사라고 그런데 자세한 그 이름은 모릅니다. 그 분이 그 전라도
한 뭐 중시라는 집안이라고 들은거 같은데. 굳이 그 집이 대대로 그 집이
참 잘살고 인심 집안이었대. 그래 그 어려운 사람. 과객들이 지나가도 그
집에 오면은 이제 대접을 해서 보내라. 이래가 항상 대접을 했는데. 이 분
이 한 달을 그 집에 있다가. 그래도 뭐 아무 소리 없이 이래 잘 대접 받
았는데. 이제 가기, 가기 전에

　"내가 주인, 너희 주인을 좀 만나자"

　"무슨 주인, 그 얻어먹은 주제에."

　그런데 한 달 가까이 있으면서, 옷도 인제 잘 하여튼 남루하게 일부러
그랬겠죠. 이게 뭐 냄새도 나고 뭐 좀 그런데. 그 뭐라고 인제 하니까. 그
래도 주인을 좀 보자.

　"여봐라, 너희들이 뭐!"

　이러니까 그 주인들이 인제 나와가지고 만난거야.

　"내 한 달 동안 잘 얻어먹었는데, 밥은 잘 얻어먹었지만 내 옷이 없다.
옷을 한 벌 쯤 해줬으면 좋겠다."

　그러니까 주인이 인제 하인들이 미친놈이라고 난리 나니까, 주인이

"무슨 소리를 하느냐!"

하면서 야단을 치면서

"해줘라."

그래 인제 옷을 다 해가지고 하는데. 잘 가라고 잘 있으라고. 이 사람이 인제 떠나면서 혹시 주인이 뭔가 생각이 있어서 그런게 아닌가 싶어가지고 바로 쭉 하고 십리를 걸어왔는데도 뒤에 찾아오는 사람도 없고 하니까 이 사람이 다시 돌아간 거야. 돌아가서

"주인을 보자. 내가 당신은 당신의. 그, 그걸 보고 내 당신의 집에 진짜 인제 앞으로 당신이 인제까지 살아온 이 복은 다 끝났다. 그래서 새롭게 당신 집안이 뭐가 이 보답을 하고 싶은데 당신 집에 어느 묘가 있다. 그 묘에 가면 삼대 정승이 난다. 삼대정승이 나는 지금 묘가 있는데, 그 대신 거기에 먼저 우환이 있다. 그래도 쓰겠느냐?"

하니까 주인이 이제 쓰겠다. 그래 인제 아까 형님말씀대로 묘를 내가 죽거든 거기다 쓰고, 해를 진짜 절대 못 팔정도로 크, 하도록 크게 준비해가지고 딱해가지고 자기 딱 가기 전에 다 준비해서 딱 하고 난 뒤에 자기 돌아가시기 전에 그런데 3대로. 이제 그 완대가 아니고 세대로 아들 딱 삼자식이 삼형제가 있었는데. 결혼해가지고 자식만, 결혼해가지고 자식만 낳으면 죽어버리는 거야. 그니까 둘째 셋째 또 그 자식도 마찬가지다. 그래 인제 삼형제가 다 죽고 자기 자신 하나밖에 없으니까. 그래서 중요한 거는 그 인제 자식들 알아보니까 그렇다 해가지고 직접 가서 보니까 안 깨지니까 방법이 없잖아. 그래서 삼대로 그렇게 하고 난 뒤에 진짜 발복을 받아가지고 그런데, 보통사람들. 그 귀한 곳에 좋은 장소에 가도 묻힐 분이 아니면 튕겨 나온다는 얘기가 있잖아. 인제 그 묘는 그렇단 이야기고.

허재비 이야기

자료코드 : 05_17_FOT_20110128_LAG_0001
조사장소 : 경상북도 울진군 후포면 후포리 경로당
조사일시 : 2011.1.28
조 사 자 : 임재해, 조정현, 박혜영, 강선일
제 보 자 : 임아기, 여, 79세
구연상황 : 조사자가 허재비과 관련한 이야기가 있는지 질문하자 옆에서 듣고 있던 제
　　　　　보자가 자신이 겪은 이야기라고 하며 구연하였다. 자신이 직접 겪은 일이라서
　　　　　아주 생생하게 구연하였고 어릴 적에 겪은 이야기라서 그때를 생각하며 즐겁
　　　　　게 구연하였다.
줄 거 리 : 제보자가 어릴 적에 밤에 화장실을 가게 되었다. 밤에 가기 무서워서 언니를
　　　　　화장실 밖에 앉혀두고 화장실에 들어갔는데 화장실에 난 구멍으로 검은 물체
　　　　　가 기어 올라왔다. 허재비인 줄 알고 어린 마음에 놀란 제보자가 소리를 치
　　　　　며 밖으로 나가보니 집에서 기르던 개였다. 또 한 번은 전과 마찬가지로 밤
　　　　　에 화장실을 가게 되었는데 이번에는 물에 이상한 것이 있어 허재비인 줄 알
　　　　　고 소리치며 나왔는데 아무것도 없었다고 한다.

　　우리 촌에. 용정이라고 알지요. 직산 용정. 울진 맹 평해면이래요. 평해
읍이래요. 바라. 쪼맨할적에 내가 이기 창지가 안 되가지고 화장실로 하
루에 두 번, 세 번씩 밤으로 가요. 낮으로는 안가고 밤으로 가는데. 우리
언니는 지켜 달라 해가지고 상박 문에 요기 앉자고 나는 화장실에 가 앉
았다니께네. 우리 뒷산에 지리가 있어가지고 산 밑에 있으니깐. 지리가
있어가지고, 지레. 화장실에 가가 지레 가만히 앉아있으니깐 뭐가 검둥
뭐뭐 호랑이 같애~ 막 뭐가 벌벌~ 기어 올라가는게. 기어 올라가는 개
를 보고 죽는다고 괴음 지르고 이래다 보이 냄중에 가가. 나가가 보이 우
리 개라. 그래 한번 겪고. 또 화장실에, 하리. 비는 축축 오는데 가을에 화
장실에 갔는데 우리언니가 그 또 저거한테 나락개래, 가을이라 나락개리
이래 걸어 났는데. 비가 축축 오는데. 그 뭐가 막 물에다가 두루두루~ 같
고, 막 허재비만치로 뭐 허재비 그때 쪼맨할 쩍에 뭐 허재빈지 뭔동 아나.

이래 감고 새가지고 마 있어. 있는게 마~ 죽는다고 괴음 지르고 마 엄마
야 여 허재비 있다고 막 괴음 지르고 이래가지고 나오이께네. 그것도 간
곳이 없어지고. 아 그때 그래가지고 내가 마이 그런 것을 느꼈다고. 그래
가지고 낸중에 보이께네. 개는 호랑이라 하는 개는 우리 개고 허재비는
보이께네. 그 꽁대 머 이래 하하~헛개 그래 보았다고.

허재비로 변신한 방앗공이

자료코드 : 05_17_FOT_20110128_LAG_0002
조사장소 : 경상북도 울진군 후포면 후포리 경로당
조사일시 : 2011.1.28
조 사 자 : 임재해, 조정현, 박혜영, 강선일
제 보 자 : 임아기, 여, 79세
구연상황 : 다른 허재비 이야기를 해주던 제보자가 이야기 구연을 끝낸 후 갑자기 생각
　　　　　이 났는지 바로 자신의 할아버지가 겪은 허재비 이야기를 구연하기 시작했다.
　　　　　이야기를 생생하게 구연하기 위해서 손을 이용하여 소리를 내며 구연하였다.
줄 거 리 : 제보자의 할아버지가 볼일 보러갔다가 술을 한잔하고 취해서 뒷고개를 넘어
　　　　　오는 데 뒤에서 허재비가 따라왔다. 그래서 할아버지는 평소에 담뱃대 때문
　　　　　에 들고 다니던 작은 칼을 꺼내어 허재비를 찌르니 쓰러졌다. 그러고는 다음
　　　　　날 일어나서 허재비가 쓰러졌던 곳에 와보니 방앗간 공이가 쓰러져있었다고
　　　　　한다.

　우리 할아버지가 옛날에 뒷고개, 볼일 보러 가셨다가 오다가, 오가이네
께네. 뒷고개 그 그 산방에 모리 안도는교. 뒷산에 모리 도는데, 거 술에
취해 어리해가 오이께네. 뭐가 뒤에 막 따라오더라는 기라. 뭐가 따라오
나 싶어가지고. 허재비가 따라 오더란다. 그래가지고 암만 막 붙잡지도
못하고 우애지도 못하고 누워 나이 많은 사람들이 그 저저 담배 꼭다리에
다가 저거 파리가꼬 쪼맨한 칼로 자꾸 여가 다닌다. 그걸로 가지고 마마
마 콱~ 찔러뿌니깐 탁 자빠진다. 그래가지고 자고 일나가 아침에 가니깐

방앗간이더란다. 찧는 방아. 어어~ 옛날에 방앗간에 안 찧어. 찧어 먹었잖아. 그래 한번 식겁하고, 그래 그런 이바구를 내가 우리 할아버지인데 많이 들었지.

방귀쟁이 며느리

자료코드 : 05_17_FOT_20110128_LJH_JYO_0001
조사장소 : 경상북도 울진군 후포면 후포리 경로당
조사일시 : 2011.1.28
조 사 자 : 임재해, 조정현, 박혜영, 강선일
제 보 자 : 장양옥, 여, 83세
구연상황 : 조사자가 기억을 이끌어 내기 위해서 청중들 앞에서 이야기를 하나 구연하였고 이에 이야기가 생각이 난 제보자가 이야기를 구연하기 시작하였다. 제보자는 즐겁고 자기 이야기인 듯 생생하게 구연하였다.
줄 거 리 : 옛날에 시집 온 며느리가 방귀를 못 껴서 얼굴이 노래졌는데 며느리가 걱정된 시아버지가 왜 그러냐고 물었고 이에 며느리 방귀를 못 껴서 그렇다고 하니 시아버지가 방귀를 뀌고 오라고 하였다. 시아버지의 말씀에 며느리는 건너 마을까지 가서 방귀를 뀌었지만 그 소리가 집까지 들려서 시부모님이 문을 잡고 있었다.

옛날에 시집 와가이고 방구로 시아바이 때문에 못 끼가이고 얼굴이 노래졌다가. 그래 시아바이가,

"그래 이사람 우애 그러오?"

이래끼네.

"아버님요 내가 방구를 못 낀 못 끼가 그러니깐."

방문을 내려 주니깐 저, 건너 동네까지 가서 방구 끼더란다. 얼매나 끼는지 그래가 노랐는 기 지 색이 돌아오더란다. (청중 : 시어마이는 문고리 붙잡고 시아바이는 문을 붙잡고 머 그래 머 어떻게 했다더라.) 여 저 그건 잊어버렸다. [하하하 웃으면서]

도깨비불에 홀린 할머니

자료코드 : 05_17_FOT_20110128_LJH_JYO_0002

조사장소 : 경상북도 울진군 후포면 후포리 경로당

조사일시 : 2011.1.28

조 사 자 : 임재해, 조정현, 박혜영, 강선일

제 보 자 : 장양옥, 여, 83세

구연상황 : 제보자가 자신이 옛날이야기가 아닌 실제로 겪은 이야기라면서 구연을 시작
하였다. 그 당시 겪었던 일이 눈앞에 생생한 듯이 손짓으로 묘사하였다. 차분
하고 담담한 어조로 구연하였다.

줄 거 리 : 제보자의 식구가 6·25 때 피난을 가던 중 당집이 있는 곳을 지나고 있었다.
그때 비가 억수같이 쏟아지고 있었는데 산에서 커다란 불덩이를 보았고 식구
들 모두 그 불덩이에 홀려서 이리저리 따라다녔다. 정신을 차린 할머니가 식
구들을 마을 회관으로 데려갔다. 다음날 식구들 모두 정신을 차리고 보니 몸
이 성한 곳이 없었다. 온몸에 상처가 나 있었고 치마는 갈기갈기 찢어져 있었
다. 식량도 간밤에 쏟았는데 낮에 가서 찾아보니 식량을 담았던 봉투만 있고
식량은 없었다. 그래서 6·25 동안 심하게 고생을 하였다.

내가 6·25 때 그 저거 당했는데 그거는 실제야 내가 당했으니깐 옛날
이야기가 아니고. 6·25 때 그 저 피난 가는데 비가 많이 왔어. 하루 저
녁에, 비가, 비가 너무 많이 와가꼬, 비 피하러 간다고 가는 그 순간이었
는데. 그 집 뒤에 그 울타리가 이래 있었는데 거기서 이만한 불덩이가 왔
다리 갔다리 하더라고, 그래도 나는 허재빈지 뭔지 몰랐는데. 그 불 따라
가가 우리가, 식구 네 사람이 불 따라 이래로 갔다가 저래로 갔다가 밤새
어디로 마 홀려 다녔어. 그 불에 따라다닌다고, 그래다 보니깐 어떻게 또
가물에까지 들어가 몸이 이만큼 적셔졌더라고, 그래가꼬 또 할머니가 정
신을 차려가.

"여기는 바닷물이다. 육지가 아니다."

그래가 나와가 보니깐 진짜 물이 줄 흐르더니 바닷물이더라고. 근데 이
허 이 불덩어리가 가는 곳곳마다 우리가 그 불을 따라 다녔는데 그래도

우리 할머니는 정신이 굉장히 초롱하셨던가봐. 그래 할머니가 언제든지 여기는 어디다 여기는 어디다, 끝을 잡아가 따라다니다가. 어떤 쪽에 갔는데, 빨래 씻고 그런데 아가씨나무 많이 있는데 아가씨에도 가서 받히가 이 옷도 다 찢어지고 얼마나 따라 다녔는지. 응. 얼마나 따라다녔는지. 시간도 얼마나 갔는지 모르겠고 언제 사나 돼가 어디쯤 가니깐 그 불덩이는 엉엉엉 자꾸 울더라고. 우는 소리가 귀에 막 들리더라고. 엉엉엉 울더만 어디로 가더만 이만하던 게 차츰차츰 요래 요래 요래 지더니 자그만해 지더라고. 그래더만 거 폭삭 앉아뿌니깐 우리가 인제 그제 딱 스톱이 되가 서지더라고. 비는 억수로 오는데 서지니깐. 할머니가,

"애들아 이래가 안 된다. 어디 동사 들어가자."

그 옛날에는 회관을 가지고 동사라 그랬거든. 동사로 들어가자 하니깐, 그래. 동사, 비 피하러 드간다고 가이간 그가. 그때 옛날에는 하심이 그랬어. 하심이가 아이고 아주매들이 추워싼데 어디서 이래 오느냐고. 그거를 우리가 이만 이만 해가 이랬는데 그 밤에 인제 거기서 모기랑 물어 뜯기다가 싸우다가 날이 샜는데. 보이 이래 이래 다리에는 전시만시 긁히가 피고 치마를 입었는데 갈기갈기 다 찢어졌더라고 뭐. 나무에 걸리가지고. 그래가지고 마지막에 돌아올 때 우리 이모가 보리쌀 봉태기를 이래 넣는데, 파싹 엎어지면서 보리쌀 봉태기를 척 어디가뿟노 획 날아가뿌더라고. 그래도 그걸 줍지 않고 그냥 동회관에 돌아왔는데 날이 서가 가보이께네. 보리쌀을 어디 가뿌리고 없고 봉태기는 저 어디 떨어지고 그래가 밥을 못해먹었다. 그 보리쌀이 없어가꼬. 그래가 고생 참 많이 그 당시만 잠시잠깐이라도 6·25 때 고생 많이 했어. 그래가꼬 결국은 나 많은 사람들이가 그게 그 6·25 때 사상이 나빠가꼬 총살당한 사람 하나 있었어. 근데 그 사람의 넋이라고 그러던데. 허재비가 나서 그래졌다. 이런 말을 하더라고. 그래가 우리가 실제로 6·25 때 당한 분 한 분 있었다.

호랑이와 순사

자료코드 : 05_17_FOT_20110128_LJH_JYO_0003

조사장소 : 경상북도 울진군 후포면 후포리 경로당

조사일시 : 2011.1.28

조 사 자 : 임재해, 조정현, 박혜영, 강선일

제 보 자 : 장양옥, 여, 83세

구연상황 : 조사자가 제보자의 기억을 이끌어 내기 위해 여러 가지 이야기를 구연하던 중 호랑이에 관한 이야기가 나오자 제보자가 자신의 시아버지가 겪은 호랑이 이야기를 구연하였다. 옆에서 같이 이야기를 듣던 청중들이 맞장구 쳐주었고 제보자는 차근차근 이야기를 구연하였다.

줄 거 리 : 제보자의 시아버지가 후포에 왔다가 집으로 돌아가고 있었는데 갑자기 호랑이가 나타났다. 호랑이가 시아버지를 들이 받자 이에 시아버지는 경문으로 들어갔다. 호랑이가 계속 따라왔고 할아버지는 순사가 있는 곳으로 달아났고 그 곳에 도착하자 호랑이는 더 이상 따라 오지 않았다. 놀라 주저 앉아있던 시아버지를 순사가 집까지 데려다 주었다.

옛날에 우리 시아바이가 저 후포 와가이고 가는데. 비가 처렁처렁 오는데. 저 여시목에 여. 거 가다 보께네. 호랑이가 나타나더란다. 그래가 나타나가 호랑이가 마. 우리 아범을 막 엉덩방아 치받고 이러드란다. 그래 가꼬 우리 아범. 경문에 올께네. 경문으로 올께네 호랑이가 그래 따라 오더란다. 따라오가. 순사 보초 아입니꺼. 지금 거 모린데가 순사, 순사 있는 집에 드가이께네. 할바이가 마 거 들어가 쉬었겠나. 바싹 자부래지거든(납작해지거든). 그래가꼬 순사가 그래 저거 태워가이고 우리 큰집에 데려주더란다. 우리 아범. 우리 아범 미신을 많이 믿으이께네. 경문으로 오이께네 호랑이가 그까지 데려주더란다.

딸년은 도둑년이다

자료코드 : 05_17_FOT_20110128_LJH_JCM_0001

조사장소 : 경상북도 울진군 후포면 후포리 경로당

조사일시 : 2011.1.28

조 사 자 : 임재해, 조정현, 박혜영, 강선일

제 보 자 : 정창미, 여, 81세

구연상황 : 청중들이 이야기를 기억해 내려고 하고 있는데, 제보자가 이야기를 꺼냈다. 청중들이 제보자를 보며 이야기에 집중했고 제보자는 차분히 생동감 있게 이야기를 구연하였다.

줄 거 리 : 시아버지가 며느리에게 하루에 화장실을 몇 번 가느냐고 묻자 하루에 한 번 간다고 말했다. 이에 시아버지가 딸에게도 똑같은 질문을 하자 딸은 하루에 세 번 이상 간다고 말했다. 시아버지가 며느리는 많이 못 먹는데 딸은 많이 먹는 것을 보고는 딸을 꾸짖으며 시댁으로 쫓아 보냈다.

옛날에 그런 애기는 있더라. 그 저 시아버지가 인자 며기리 보고,

"야야. 아가 하루에 니 똥 저.. 저.. 방구 몇 번 끼노"

하니깐,

"아버님요 사흘에 방구 한번 저 똥 한번 눌똥 말똥 한다"

이래거든. 그래야 딸한테 물으니깐,

"아버지, 나는 하.. 저.. 저.. 하루에 똥 세 번도 누고 네 번도 눈다"

이래 됐거든.

그래 인자 '딸년은 도둑년이다' 이기라. 예끼 도둑년. 딸년 도둑년이라고 친정서 거 쫓아 보내뿌더란다. 느그 집에 얼른 가라고. 왜냐하면 며느리는 그만치 못 먹고 딸은 많이 먹었다 이거라. 많이 먹으니깐. 인자 순 도둑년이라고 딸은 순 도둑년이라고 그래. 느그 집에 가라고 그래 쫓아내더란다. 그래. 옛날에 그런 애기도 있다.

네 발로 기어 호랑이 피한 사람

자료코드 : 05_17_FOT_20110128_LJH_CGS_0001

조사장소 : 경상북도 울진군 후포면 후포리 경로당

조사일시 : 2011.1.28
조 사 자 : 임재해, 조정현, 박혜영, 강선일
제 보 자 : 최계순, 여, 77세
구연상황 : 조사자가 호랑이에 관한 이야기를 해달라고 청했다. 그러자 청중 중 한 명이
넉살 좋게 받아주었고 이윽고 제보자가 이야기를 구연했다. 제보자가 구연 중
간 중간 네 발로 기는 장면을 흉내내기도 했다.
줄 거 리 : 옛날에 호랑이가 사람을 잡아먹으려고 했다. 호랑이에게 곧 잡아먹힐 위기에
빠진 사람이 잡아먹히지 않으려고 옷을 다 벗고는 네 발로 기어서 호랑이에
게 다가갔다. 호랑이는 발가벗고 기어오는 사람의 입이 가로로 찢어지지 않
고 세로로 찢어져 있는 것을 보고는 자신보다 더 높다고 생각하여 사람을 잡
아먹지 않고 도망갔다.

내 미스븐(무서운) 얘기 하나 할게. 호랭이가 옛날에 사람 잡아 먹을라
꼬. 에이, 사람 잡아 먹을라꼬 이래이께네. 아무래도 시나, 그것도 시나
사람 잡아 먹을라꼬. 아, 글쎄야, 안 봤다. 사람 잡아 먹을라꼬 그랠께네.
이 사람이 가만히 생각하께네 도시 호랭이한테 잡아먹힐 판이라. 에이,
먹까 머 싫어가 빨가벗고 입 밖에 한번 마, 막 기다, 온 발로 길께네(기니
깐). [앉아서 이야기를 하다가 네 발로 기는 흉내를 내자 청중이 웃는다.]
에이, 호랭이가
"내보다 더, 더 높은 사람이 있구나."
잡아먹는 개는 입이 가래이 이래이 째졌는데, 이 입은 가래이 째졌
어. 찢어졌더란다. 그래가 못 잡아먹고 갔단다. [조사자 : 아, 입이 세로로
찢어져가지고.]

친정아버지를 시아버지보다 더 챙긴 며느리

자료코드 : 05_17_FOT_20110128_LJH_CGS_0002
조사장소 : 경상북도 울진군 후포면 후포리 경로당
조사일시 : 2011.1.28

조 사 자 : 임재해, 조정현, 박혜영, 강선일
제 보 자 : 최계순, 여, 77세
구연상황 : 제보자가 이야기를 더 듣기 위해 이야기 하나의 운을 띄우자 제보자가 생각
이 난 듯 이야기를 하나 하겠다고 했다. 제보자가 자신 있게 이야기를 구연하
였고 청중들 또한 즐겁게 웃으며 이야기에 집중하였다.
줄 거 리 : 친정아버지가 시집 간 딸의 집에 갔더니 딸이 닭을 잡아 친정아버지를 같이
대접하였다. 친정아버지와 시아버지에게 같이 닭을 대접하였는데 딸이 친정
아버지에게는 닭의 좋은 부분을 시아버지에게는 별 볼일 없는 부분을 주었고
이에 시아버지가 친정아버지에게 욕을 한 마디 하였다.

딸네 집에 가께네. 딸네 집 떡~이제 딸네 시집 보내놓고 딸네 집에 가
께네. 닭으로 닭이 이날을 찹쌀 넣고 웅박을 하는 게 좋지. 그래 닭고기를
그래 주는 데 시아바일랑 그러끼네 건저기만 주고 사돈이요. 저거 친정아
바일랑 좋은 고기를 줬는 모양이지.

"아이고 사돈요 오지져요 오지져요"

"시끄럽다 어른 얘기 한다."

"저 그 사돈요 오지져요"

이랬드만 거다가 욕 한마디,

"여가 죽을라. 오지져요는 머 개코는 오지져요"

하더란다. 저거 친정아버질랑 잘 건져 주고 시아바일랑 못 건져 주 놓
이께네. 못 주노이깐.

"사돈요 그래도 참 오지져요"

이랬거든. 바깥 사돈이가. 시아바이가 그래께네 그래 욕을 한마디 미였
고 하더란다. 이게 한마디뿐만 아이래. 그것도 얘기다. [하하하 웃으면서]

스승과 제자

자료코드 : 05_17_FOT_20110128_LJH_HMK_0001

조사장소 : 경상북도 울진군 후포면 후포리 경로당
조사일시 : 2011.1.28
조 사 자 : 임재해, 조정현, 박혜영, 강선일
제 보 자 : 황명기, 남, 76세
구연상황 : 황명기 씨는 후포1리 사람이 아니라 금음2리 사람이었다. 우연히 황명기 씨
와 박준남 씨 부부를 만났고 이야기가 끊이질 않자 우리가 묵고 있던 숙소로
모셔와 계속해서 이야기를 부탁하였다. 숙소에 도착한 황명기 씨는 자신이 이
야기 보따리를 풀면 끝도 없다면서 계속해서 이야기를 해주려 하였다. 그러더
니 대뜸 조사자를 보며 누가 스승이냐며 질문을 했다. 조사자들의 대답을 듣
더니 곧 이 이야기를 구연하기 시작했다.
줄 거 리 : 어느 날 스승과 제자가 길을 가다 학식다툼을 하게 된다. 그러나 매번 스승
의 승리로 끝난다. 이것은 제자가 아무리 배워도 스승보다 못하다는 것을 알
려주는 이야기이다.

　옛날에 제자하고 스승하고 같이. 이제 제자가 스승한테 글을 배우는데.
요새 같으면, 사연대 같으면 사연대 졸업반이 되가지고. 나도 원체 배워
가지고. 선생님이랑 같이 말도 한마디하고, 타악도하는 정도가 됐나 보드
래요. 그래가 인제, 스승하고 제자하고 인제. 하루는 이제 송삼에 나가가
지고. 이 이력사는 어떻다. 저건 어떻다. 이래 나서가지고. 농담 삼아 이
야기 삼아 지나간 이력사 얘기하고 이러다 보니까, 하다보니까. 한 분이
가 그저 갈 때 갈면 소 두 마리 메고 일을 해요. 소를 두 마리 메가지고
일을 하는데.

　"어르신이요, 어떤 소가 일을 잘해요?"

　이러니까. 아, 거기서는 어떤 소가 일을 잘하면 된다. 이러면 되는데 소
를, 소 놔두고 요번에 나와 가지고. 그 사람 귀에 대놔두고

　"검정소가 일 잘해요."

　그러면 여기까지 나가 얘기 할 필요 없고. 논 가다 얘기하면 우리가 알
아들을낀데.

　"그럼 소 듣고 그 소가 기분 나빠 하자네요."

이 얘기가 맞거든요 소는 말을 모 하지마는 듣긴 듣는다. 기분 나빠하잖아요. 내가 암만 배우고 안다 해도. 그걸 듣고 감탄했어요. 감탄하고, 그러다보니까 점심식사가 왔는데. 이제 그 저 그, 일하는 그 부인이 점심식사 들고 왔는데. 거서 인제 밥 한술 얻어 잣고 주인도 한숨 쉬고, 거 둘이 서성하고 쉬자하고 한참 있다보이. 소도 거 저, 이제 일하고 저 죽을 끓여다 먹도록 주거든요. 먹고 두발 누웠는데 또 스승하고 제자하고. 스승이가 제잘보고

"저 소 두 마리 중에 어떤 소가 먼저 일나겠노?"

이러니까. 제자가

"빨건 소가 먼저 일난다."

그러니까. 스승이 하는 이야기가.

"나는 껌정소가 먼저 일난다. 그러면 니 어떻게 빨건소가 먼저 일라노"

하니까.

"오늘 '화'일 인데. 불 '화'자 '화'일 인데. 불은 뻘겋기 때문에 빨건 소가 먼저 일어난다."

하니까.

"그거 아이다. 거 딱 보면 알 것이다."

있다 보니까. 검정소가 먼저 일어나거든.

"스승님, 선생님, 우에가 검정소가 먼저 일어난 줄 압니까."

"'화'일 인데, 불을 때면 연기부터 나지, 불 먼저, 불꽃이 먼저 안 난다."

그 제자가 가만 들다 보니까 제자가 암만 배워도 스승보단 못하단 얘기가 그런 말이 있어요. 그래 이, 그래 듣고. 또 두 사람이. 두 사람이라 할까? 두 분이라 할까. 또 간다. 이 여러 사람 나서는데, 배울 만치 배우고, 인제 같이 이래 얘기도 하고. 가다보니까 어떤 마을에 도착하다 보니까. 어떤 마을에 다다르니까, 저녁식사시간이 됐는데. 누 집에 들어가가지고.

"우리 두 사람 돈 얼마만큼 줄 테니까, 식사 좀 해주겠나."

이러니까.

'해준다.'

이러드래. 드갔다, 드가. 또 제자하고 스승하고. 스승이가 제자보고,

"오늘 저녁에 무신 저녁에 무슨 음식이 또 오겠노?"

하니까.

"오늘 저녁에 국수가 드온다. 선생님은 오늘 저녁에 무슨 음식 드오노?"

"부침개가 드온다."

그래. 그날 일찍 가니 또 뭐냐면, 뱀 '사'자 사일인데, 구리(구렁이) 매로 국수가 맞아요. 맞는데. 그, 저, 제자는

"뱀 '사'자 사일이니까, 국수가 든디 틀림없어요!"

맞는데. 그것도 희안하지. 그러니까, 주인집에서로 밀가루가 요만치 있었는데. 물 타다 보이까, 마이 탔단 말야. 밀가루가 더 있으면 덧보태면 되는데, 없으니까 부침개밖에 못 부치는 거야 그게 도저히. 그게 그래 되는 거야. 이게 그래가지고 인제. 부침개가 드오이까.

"우에가지고 일라? 너도 배우기는 원만히 배웠지만은 뱀 '사'자 사일이가 맞는데, 뱀우는 낮에 질게 댕기지, 밤에는 부침개 매로 이래."

그러니까 그게 부침개만 이래가지고 이래 머리, 머리만 있다. 그리고 옛말 또 있어요. 제자, 내가 선생이가 백가지가 알면은, 제자인테 구십아홉가지 가르치고 한 가지는 안 가르쳐 준다. 옛날부터 말이 없잖아 있어요. 왜 안 가르쳐주냐? 다 가르쳐 주면 제자가 내 우에 올라가기 때문에. 아, 어우 그런 말이 있어요.

삼두팔족이 있는 명당

자료코드 : 05_17_FOT_20110128_LJH_HMK_0002

조사장소 : 경상북도 울진군 후포면 후포1리 테마모텔 297-6

조사일시 : 2011.1.28

조 사 자 : 임재해, 조정현, 박혜영, 강선일

제 보 자 : 황명기, 남, 76세

구연상황 : 후포의 명당자리에 대해 조사자가 질문을 하였지만 뚜렷한 명당자리는 없었
다. 명당자리에 대해 이야기를 하던 도중 황명기 씨는 '참, 이런 얘기가 있어
요.'라며 이 설화를 구연하기 시작하였다.

줄 거 리 : 풍수에 박식한 나그네가 지나가다 어떤 집에 묵게 되었는데, 그 집 주인은
비록 가난하게 살아 왔지만 아버지의 묘를 좋은 곳에 해주고 싶어 고민하고
있었다. 나그네가 밥을 먹게 해달라 하자, 없는 형편임에도 불구하고 집 주
인은 이웃집에서 쌀을 빌려다 좋은 대접을 해주었다. 이에 보답을 하고자 나
그네는 '지금 잘 되는 것과 후일에 잘 되는 것' 중 선택을 하면 밥을 먹은
것에 대한 보답을 하겠다고 하였다. 그러자 집 주인은 지금 아버지의 묘를
쓰는 것이 급하니 지금 잘되는 것이 좋다고 하였다. 그러자 나그네는 '삼두
팔족'이란 것만 알려주고 사라졌다. 집 주인은 나그네가 일러준 명당자리를
찾기 위해 돌아다녔으나 찾지 못하여 진이 빠져 그 자리에 앉아있었다. 친구
가 우연히 말을 타고 지나가다 그를 보고는 이 자리가 '삼두팔족'이라 하였
다. 삼두팔족이란 결국 집 주인의 머리, 친구의 머리, 말의 머리 이렇게 세
개의 머리와 집 주인의 다리, 친구의 다리, 말의 다리 이렇게 여덟 개의 다
리를 의미하는 것이었다.

옛날에 없이 살다가. 자기 아버지가 돌아가셔가지고. 참, 어디 묘 쓸 곳
도 없고, 밥 해먹을 쌀도 없고. 그래 있다 보니까. 그 시간인지? 어떤 뭐
인지? 그 마을에 들어오다가. 그 집에 도달됐는 거. 해가지고. 그 어떻게
됐나? 일나 하니까.

"우리아버지 돌아가셨는데, 실은 묘 쓸 자리도 없고, 지금 형편이 딱한
형편이라."

이러니까.

"그러면 임시 내일이면, 어때 부자 되도록 하면 좋겠나? 후일에 잘되게

해주면 좋겠나?"

"아이, 임시 급해가지고, 임시부자가 되는 게 좋다. 임시 밥만 먹게 해 돌라."

그래 이야길 했어요.

"그러면 내 얘기 들어줍사. 내일 아침에."

아이, 참 전에 가니까. 그 저 저 지간(지관) 어른요. 그 당시는 그 집에 왔었는, 오셨는 어른이가 그는 이래, 풍수일! 거 하는지 모르고! 오신 손님이 되가지고 우선 대가리가 없으니까. 옛날에 저, 저 조에 씨라고, 조씨, 조씨라고. 꼭다리 이래된 거, 이래 말아가지고. 이래, 이래 가지고 있어요. 둥지같이 맨들어 달아 놓은건데. 그거를 이제 비벼가지고서 [두 손으로 비비며] 가지고 밥을 쪄가지고 밥을 해주고. 그래 아침에 인제 손님을 아직 대접할 식, 식량 재료가 없었어요. 그래가지고, 식량 쌀을 귀하러 아침에. 요새 같으면 인제 일곱시 되면 종부나 한 일곱시 되가지고 깨우제? 그 혼자 사는 아줌마 집에 갔어요.

"집에 형편이 이러니까. 쌀 좀 꿔 주십사."

가니까. 혼자 사는 아줌마가,

"쌀은 꼬질챔이니까(꾸어줄 테니까), 임시 내가 급하니까 들어오라"

그거야.

"들어와 내 말 좀 들어주십사."

아 들어가서 들어주니까, 이제 쌀을 한가마 자요(줘요). 주는 거 가져와서는 손님 밥해주고.

"그래 이 아버지 산소는 어디들이면 좋으냐?"

이러니까.

"삼두팔족에 쓰면 좋다!"

'삼두팔족에 쓰면 좋다' 이래가지고 아침에 밥 먹고, 떠나고 없어졌어. 어, 혼자 이제 삼두팔족이라는 걸 찾으려니까 하루 종일 찾아 댕겨도 없어요. 삼두팔족이 어딘 게.

"하, 이제는 내 복이 가지인갑다(끝인가보다)."

하고. 자기마을 뒷산에 가 내려오다가 퍼물러(퍼질러) 앉아가. 마 저, 저 힘이 빠져가지고, 다리 쭉 피 가지고 앉았다. 앉아 있다 보니, 자기 친구가 말을 타고 홀래홀래 와요. 왔는데,

"이 사람아 자네 거 뭐한다고 앉았노?"

"그래 사실 우리 아버지가 돌아가셔가 자네도 알다시피 내래 없어 사니께. 우리 아버지 묘 쓸 자리도 없고, 어제 무슨 무슨 분이가 와가지고 이래 써가지고 묘사를 찾아 댕겼더니 못자리 없어가지고, 현재 이게 넋이 빠져서 앉아있다."

"이 사람아 이 자리가 삼두팔족 아니가? 이 자리가 삼두팔족."

"어째서 이 자리가 삼두팔족인가?"

"내 친구 들어봐라. 자네 머리하고 내 머리하고 말 머리하고 삼두 아니가?"

"팔족 하면 자네 두 다리 내 두 다리 말 네다리 팔족 아니가?"

방학중 이야기 (1)

자료코드 : 05_17_FOT_20110128_LJH_HMK_0003
조사장소 : 경상북도 울진군 후포면 후포1리 테마모텔 297-6
조사일시 : 2011.1.28
조 사 자 : 임재해, 조정현, 박혜영, 강선일
제 보 자 : 황명기, 남, 76세
구연상황 : 앞서 마을의 유명한 장군이야기에 대해 이야기하고 있었다. 조사자는 방학중 이야기에 대해 아는 것이 있는지 물어보았다. 황명기 씨는 방학중에 대해서는 아는데 정확히 어떤 내용인지 기억이 안 난다고 하자 옆에서 듣고 있던 박준남 씨가 '그거 통빨래 이야기'라며 이야기의 핵심을 던져주자, '아!, 그거'하며

방학중에 관한 이야기가 떠오르자 이 이야기를 구연하기 시작했다.

줄거리 : 일제 강점기 시절 일본 순사를 괴롭히던 전설적 인물형인 방학중이 살고 있었다. 그런데 이 방학중은 통행금지법도 재치있게 넘어가고 일본 순사도 놀려주었다.

방학중 씨가 옛날에 일본시절 적에, 그이 그 저저저 밤 열두시 되면 통행금지가 있었는데. 옛날에는 요새는 경찰이지만 옛날에는 참 순사라 했는데. 순사인테 겁을 안 냈다는 그런 말이 있어요. 뭐 뭐 하도 거짓말 아니고, 이 사람이 이름나가지고 가지도 모하고. 뭐 가다가 뭐 밤에 뭐 뭐 이래 보고 방학중이다 니는 글타 하고 가는 사람인데. 이는 순사가 이래 가다보니까 뭐 통행금지 밤 열두시 넘도록 통행금지 시간이 됐는데. 사람이가 뭐 담 옆에 여 붙었어요.

"누구야"

이러니까

"통빨래요."

"통빨래 밤에 이 빠른데 놔두면 누가 뭐 통빨래요?"

뭐 하면

"니는 방학중이다."

하고 그러고 지냈는데. 그래 그 사람이가 가다가 이제. [기억이 안 나는지 침묵이 잠시 이어짐] 그 아무데나 인제 뭐 그 당시는 요새는 대변보고 이러면 안 되는데, 소변보면 안 되는데. 대변 마려가지고 가다가 대변보다보니까 순사가 오는거라. 밑에 막 쥐고설랑 자기가 모자 쓴 것 대변 본 위에 덮어 씌워서 놔뒀어. 가지도 안 하고마 뻐끔 눌러가지고 이래 있다보이 순사가 와가지고.

"이거 새가 참 희한한 새가 들었는데, 지금 내가 끈을 가지고 올테니까 붙들고 계시라."

이 뭐 순사가 붙들고 있다. 이때 도망질을 가버렸다. 다시 오진 안 하

고. 이 뭐 순사가 기다리다, 기다리다 안 오다 보이 무슨 새인가? 새를 요
래 보이까. 어쩌면 이거 거짓말이지. 그래 순사에게 대변이가 묻었단 얘
기가 있고.

방학중 이야기 (2)

자료코드 : 05_17_FOT_20110128_LJH_HMK_0004
조사장소 : 경상북도 울진군 후포면 후포1리 테마모텔 297-6
조사일시 : 2011.1.28
조 사 자 : 임재해, 조정현, 박혜영, 강선일
제 보 자 : 황명기, 남, 76세
구연상황 : 앞서 말하던 방학중의 또 다른 이야기이기에 황명기 씨는 쉬지 않고 이어서
　　　　　이야기하였다.
줄 거 리 : 방학중이 길을 가다 담배장수를 만났는데 사과와 담배 한 개피와의 교환을
　　　　　요구했으나 담배장수가 이에 응하지 않았다. 이에 담배장수를 골려주고 싶어
　　　　　길에 있는 처녀의 입을 맞추고 도망을 와서는 담배장수에게 붙잡히지 않게
　　　　　빨리 오라고 하였다. 방학중을 잡으려고 쫓아오던 사람들이 이것을 보고는
　　　　　담배장수가 필히 도망간 방학중과 서로 아는 사람이라고 생각하여, 담배장수
　　　　　를 잡아 때렸다.

　가다보니까 그 여 담배장사가 인제 오는데 옛날에는, 요새는 담배 그
저 갑으로 팔지만. 옛날에는 그거 이제 뜯어가지고 이 요 말아가 댕겼어
요. 틀렸어요. 말아가 댕겼는데

　"사과 하나만 주면 내가 담배하나 피게 하나 돌려 돌라."

　하니까 안 줘요. 요놈의 담배장사는 이제 망한다고 이제 계획을 세우고
서는 인제 가다가 모심는 걸로. 저 복판에 어떤 아줌마가 옷 어떻게 입은
아줌마 집에 청정의례 도서가지고

　"부고 가져왔다. 부고 받으라."

　입을 쪽 맞추고 마 도망질 가니까. 도망질 가면 뭐라하냐 하면,

"담배장사 형님 빨리 오세요. 거 붙들리면 죽니데이."

그러니까 그 사람 앞에 가는 사람 몬 붙들고 담배장사를 붙들고 조지는기라. 담배를 다 부수었뿌랬어.

'니가 나를 담배 행상 안줘?'

내인테 벼락 맞는다고. 그래 저쪽 올라가 숨어가지고서, 담배장사가 담배 다 뿌수고.

"야 이거 올라가면 올랑게 니 나를 담배 한상 안 줘가지고 니 봐라."

또 그길로 가서 담배 삐졌는걸 그걸 또 가지고. 가지고 가다가.

방학중 이야기 (3)

자료코드 : 05_17_FOT_20110128_LJH_HMK_0005

조사장소 : 경상북도 울진군 후포면 후포1리 테마모텔 297-6

조사일시 : 2011.1.28

조 사 자 : 임재해, 조정현, 박혜영, 강선일

제 보 자 : 황명기, 남, 76세

구연상황 : 앞서 말하던 방학중의 또 다른 이야기이기에 황명기 씨는 쉬지 않고 이어서
　　　　　이야기하였다.

줄 거 리 : 방학중이 강을 건너려고 배를 탔는데 여자 뱃사공에게 '당신은 오늘 내 남편
　　　　　이다. 한 배를 탔으니 내 남편이다'라고 하였다. 그러자 뱃사공은 방학중이
　　　　　내리자 '아들놈 잘가라. 내 뱃속에서 나갔으니 아들이다'라고 하였다. 방학중
　　　　　이 아무리 말을 잘해도 그만한 사람은 얼마든지 있다.

가다가 이제 가다보이 어딜갔냐 하면 어떤 강을 건너야 되는데. 강을 뚝에 가니까 뱃사공이가 여자 뱃사공이가 있는데

"그거 여서 배타고 저 건너 강 건너 가면 얼마요?"

하니까

"얼마."

하니 주겠다 그래서 배를 타고 이제 중간쯤 가다가.

"아줌마요, 내가 오늘 당신 남편이 아이요?"

"당신이 우에 내 남편이요?"

"내가 당신 배를 탔으니까 내가 당신 남편 아니요?"

글타! 그러더라. 맞다 그래요. 맞잖아요? 할 수 없이 여자가 인제 답을 모하고. 딱 건네 이제 배 대기 전에 돈을 얼마 인제 고 얼마. 받고, 받고. 배를 딱 대가지고 그 사람 방학중이를 낼가 주고 뱃머리를 안 돌리면 붙들리면 또 욕볼까봐 뱃머리를 픽 돌려놔두고.

"내 아들놈 잘 가라!"

이러니까 방학중이가 서가

"내가 어떻게 당신 아들이요?"

"방금 당신이 내 뱃속에서 나갔자네요?"

배 속에 나간 건 맞아요. 그래

'사람이 말을 암만 잘해도 실수는 있다.'

그런 말이 있어요. 말 아무리 잘해도 썰수는 있다. 남을 속일라다가 지가 속는다.

깃대배기의 유래

자료코드 : 05_17_FOT_20110128_LJH_HMK_0006
조사장소 : 경상북도 울진군 후포면 후포1리 테마모텔 297-6
조사일시 : 2011.1.28
조 사 자 : 임재해, 조정현, 박혜영, 강선일
제 보 자 : 황명기, 남, 76세
구연상황 : 본래 황명기 씨는 마을에서 이야기 많이 알기로 유명했다. 따라서 황명기 씨가 구연한 설화를 적어놓은 기존의 책과 목록들이 있었다. 이것을 본 조사자가 후포의 자연경관에 대해 이야기 하면서 마을의 '깃대배기'란 곳이 어디에

있는지 자연스레 물어보자 이 설화를 구연하기 시작하였다.

줄 거 리 : 마을 뒷산에 장수가 많이 난다 하여 이를 두려워 한 일본사람이 말뚝을 박고
그곳에 일미터 되는 깃대를 세우고 일본기를 달았다. 지금은 일본기는 물론
말뚝까지 없어졌으나 이러한 이유로 그곳을 깃대배기로 불려졌다.

깃대배기란 우리 마을 그 뒷산인데. 그 깃대배기라 한 뜻이가 뭔가 하
면. 옛날에 그 저저저, 그 우리 마을 뒷산에 장수가 난다 이래가지고설랑.
일본 사람들 올 적에 그래 말이 나와서설랑. 일본사람이 들어와가지고,
거다가 이거 그 저저저 말목을 박았더래요. 말목을 박고 거다 일본기를
꽂았더래요. 그래가지고 우리 동네서로 마을이름을 깃대배기랬어요. 깃대
배기래 했는데 내가 이장할 적에,

'우리 마을에 사실 이런 일이 있다.'

이래 해가지고 군에 가지고 얘기해가지고 그게 이제 현장조사를 하니
까. 누가 팠는지 몰라요. 우리 클 적에 거서로 돌짜 가지고 장난을 치고
놀고 그랬는데. 고게 넓기가 직경이가 약 일미타 되는데 또릿하게 이래
되는데. 우리 거기서 원체 놀았는데 올라가니 감쪽이 없어요. 언제? 누가?
어떻게 했는지 몰래. 어디서 훼손됐는지 몰래요! 없고.

장수가 쉬어간 바위

자료코드 : 05_17_FOT_20110128_LJH_HMK_0007
조사장소 : 경상북도 울진군 후포면 후포1리 테마모텔 297-6
조사일시 : 2011.1.28
조 사 자 : 임재해, 조정현, 박혜영, 강선일
제 보 자 : 황명기, 남, 76세
구연상황 : 깃대배기에 대한 이야기가 끝난 후 지명에 관하여 이야기를 끊지 않고 바로
이어졌다.
줄 거 리 : 돌이 세로로 갈라져 마치 장기판과 같이 생긴 곳이 있는데, 그곳에 장수들이
장기를 두고 신선놀음을 하였다.

'장기판'이라 하는 데가 있어요. 장기판이 있는데, 돌이가 세로로 다 갈라졌어요. 다 갈라졌는데 장기판 하고 똑같아요! 똑같은데. 똑같은데 거기 양, 양쪽에 고 이. 장은 장 놓는 자리, 사 놓는 자리 완전히 뚜렷하게 나타냈는데. 요 깃산에 인제 나머지 요래 돌이가 나머지 돌이가 남았는데. 고게 이제 말 발자국이 요래 딱 있었는데, 그이 이제 옛날에 말씀이가. 전해지는 말씀이가

'장수들이가 장기 뜨러 올라오다가. 말 타고 올라오다가 거기서 말 앞발을 맞추고 거서 장기 두고 신선놀음을 했다.'

그런 말이 있어요.

장수 발자국이 있는 바위

자료코드 : 05_17_FOT_20110128_LJH_HMK_0008
조사장소 : 경상북도 울진군 후포면 후포1리 테마모텔 297-6
조사일시 : 2011.1.28
조 사 자 : 임재해, 조정현, 박혜영, 강선일
제 보 자 : 황명기, 남, 76세
구연상황 : 앞의 이야기에 이어서 계속해서 이야기를 하였다. 구연내내 제보자는 그 흔
　　　　　적들이 모두 사라진 것에 대하여 안타까워하는 모습을 보였다.
줄 거 리 : 장수가 쉬어갔다는 자리에 넓이가 이미터이며 깊이가 삼미터나 되는 장수
　　　　　발자국 또한 있었다. 그러나 새마을 운동당시 폭파하여 없애고 지금은 흔적
　　　　　도 남아있지 않다.

그리고 인제 지금 길을 다 닦아가지고 그 돌 다 없애버렸는데. 장수 발자국 그래 하면설랑 사람 발 디딘거랑 왜 똑같이. 사람 발자국 이래 몇발 그것도 다 훼손 했버리고. 또 장수가 쉬어 갔다는 건. 그건 누인데 쪽이지도 모해요 절대로! 못 속여요. 그랬는데 진짜 현재 이거 생각해보면, 그 돌이가 아깝습니다. 그 돌이가 지금 돈 가치로 치면! 아까운데 그때,

새마을 운동 할 적에 폭파해가지고서 다 없앴죠. 넓이가 약 이 메타 되고. 높이가 한 삼 미터 되는데. 딱 사람 앉아가지고. 요 똑같애요 머리 이거 발모양하고. 근데 그거 모양이가 몰라가지고 깎아도 그래 못해요. 그래 모해요. 그걸 폭파시켰잖아요.

마룡산 돌문의 유래

자료코드 : 05_17_FOT_20110128_LJH_HMK_0009
조사장소 : 경상북도 울진군 후포면 후포1리 테마모텔 297-6
조사일시 : 2011.1.28
조 사 자 : 임재해, 조정현, 박혜영, 강선일
제 보 자 : 황명기, 남, 76세
구연상황 : 황명기 씨가 계속해서 마을 지명 유래에 대해 이야기를 해주자 조사자는 마룡산 돌문에 대해 물었다. 이에 황명기 씨는 질문이 떨어짐과 동시에 바로 이 이야기를 구연하였다.
줄 거 리 : 마룡산에 실제로 돌문이 있는데 그곳에 관한 이야기가 전해져 오고 있다. 도둑이 마을에 들어와 솥을 짊어지고 돌문을 통과하려 나가는데 발이 붙어서 나가지 못하는 것이다. 솥을 내려놓으니 발이 떨어지고 다시 솥을 짊어지고 나가려니 발이 붙어서 움직이지 못하는 것이었다. 그래서 결국 도둑은 솥을 두고 마을을 벗어났다. 남아있지 않다.

마룡산 돌문이라 함은, 그 이 장소가 어딨냐하면 제가 말씀드린 그 저 저 장수가 쉬어갔다는 바로 거기 있습니다! 거기에 이제 한 문이 있는데, 그게 인제 돌문이가, 양쪽에 돌문이가 있고, 위에 느티나무가 또 희한하게 돼있어요. 느티나무가 여기서 나가지고 양쪽에 요가 돌문이고 요가 돌문 같으면, 느티나무가 여서 나가지고 위에 요래 [양 손을 지붕처럼 만들면서] 됐어요. 그러면 이제 도랑인데, 비오면 우리 학교 다닐 적에 못 건넜어요. 못 건너면 올라가가지고 너틀목으로 이래 건넜어. 고게 있고. 또 고 관문을 지네가지고 우리 마을에 입구에 들어오는데. 양쪽 돌문이 있었

어요. 있고, 밑에 옛날 같으면 문지방이라고 않카요? 문지방. 문지방 아시
는지 모르겠지만은.

문지방이라고 그러는데, 고기에 무슨 유래가 났냐 하면. 바로 아까 우
리 집 오셨지요? 고 밑에 파란 그 담 밑에 내려오면 그 나무 큰 게 있는
데. 거기에 옛날에 초가삼간이 있었어요. 초가삼간이 있었는데, 그 집에
솥을 떼 가지고, 도둑이 와가지고 솥을 떼고 걸머지고 우리 마을에 고 입
구에 나가다가 못나갔어요 발이 붙어가지고. 발이 붙어가 못나갔는데, 그
래 돌아서가지고 솥을 놓카놔두고 그래 나가이까 나가는데. 그래서 또 되
는갑다 싶어 되돌아가지고 솥을 짊어지고 나가니까 또 발이 붙어 못나가
고. 그게 이제 돌문이고, 그런 그게 있고. 또 한 문은 어딨냐 하면 우리
마을을 지나가지고 거 바위 저 저쪽 나가면 또 돌문이 양쪽 있었어요.

봉사 이야기

자료코드 : 05_17_FOT_20110128_LJH_HMK_0010
조사장소 : 경상북도 울진군 후포면 후포1리 테마모텔 297-6
조사일시 : 2011.1.28
조 사 자 : 임재해, 조정현, 박혜영, 강선일
제 보 자 : 황명기, 남, 76세
구연상황 : 박준남 씨가 먼저 꾀쟁이와 봉사이야기 해주자 이 이야기를 듣고 있던 황명
　　　　　기 씨는 이야기가 끝나자마자 봉사에 관해 이야기가 또 있다며 이 설화를 구
　　　　　연하였다.
줄 거 리 : 봉사와 친한 친구가 있었는데, 친구가 배가 고파서 먹을 것 좀 따 먹자고 하
　　　　　였다. 봉사의 친구는 봉사 집 지붕에 열린 열매를 따먹기 위해 꾀를 부렸다.
　　　　　친구는 봉사가 본래 집에 가던 길로 가면 봉사가 눈치 챌 것을 알고 가던 길
　　　　　과는 다르게 일부러 빙 돌아서 봉사의 집으로 가, 지붕에 열린 열매를 따다
　　　　　먹었다. 그러나 봉사는 자기 것인지 모르고 맛있게 먹었다.

옛날 그 저 봉사하고 친한 친구가 있었는데, 그 봉사 집에 그 지붕에

뭐 호박 뭐 그런 거 여튼 사람 뭐 먹을 꺼. 여튼 뭐 메 가지고 따 먹을 그 저저 주로 올려놨는가 보래요 그 인제 봉사를 보고,

"이 사람아 친구 보래 우리 오늘 놀다 출출한데 뭐 좀 따 머면 누 집에 갈아 났는데 가 따 먹을래?"

하니까. 봉사 제해(자기 것) 딴지 모르고.

"그래 가자"

그래. 제해를 인제 가가지고 데려가 가지고 이짝 이짝 바로가면 알지만은. 봉사는 자기 집에 바로 가면 알잖아요? 이짝 이짝 돌아가지고 딴데 돌아가지고, 이래가가지고 따가지고 봉사를 주니까, 제해인지 모르고 받아와 같이 와서 먹고 그 내중에 보니까 알고 보니까, 자기 집에 것 따다 먹은 그런 이야기가 있어요.

지저분한 세 사위

자료코드 : 05_17_FOT_20110128_LJH_HMK_0011
조사장소 : 경상북도 울진군 후포면 후포1리 테마모텔 297-6
조사일시 : 2011.1.28
조 사 자 : 임재해, 조정현, 박혜영, 강선일
제 보 자 : 황명기, 남, 76세
구연상황 : 이야기를 계속해서 해주다가 힘이 들었는지 조사자가 차려놓은 다과상을 들이밀며 '먹으면서 합시다'라고 하며 귤을 건넸다. 귤을 먹으면서 자연스런 분위기가 형성이 되자 조사자는 이 이야기를 해달라며 요청하였다. 생각이 나지 않자 옆에 있던 박준남 씨에게 어떤 이야기였는지 물었고 박준남 씨는 '그 얘기 같다'며 서로 몇 마디를 주고받았다. 몇 마디를 주고받더니 황명기 씨는 그제야 '아!'라며 탄식을 하더니 바로 손에 들었던 귤을 내려놓고 이 이야기를 구연하기 시작했다.
줄 거 리 : 머리를 자주 긁는 사위, 눈꼽이 많이 나는 사위, 코를 많이 흘리는 사위 이렇게 지저분한 세 사위를 둔 집이 있었다. 이 세 사위는 처갓집에 가기 전에 각자 머리·눈·코에 손을 대면 벌금을 물기로 약속하였다. 그러나 이를 참지

못한 세 사위는 각자 꾀를 부려서 이야기를 하는 척하며 벌금을 내지 않고 각자 머리·눈·코를 만졌다.

옛날에 인제. 한집에서로 딸을 삼형제 됐는데. 사위를 봤는데. 사위를 한 사람이는 머리가 헐매가 많이 났고, 한 사람이는 눈이가 이 뭐 뭐 사팔눈매로 이래가 지지부리 하고 이러고. 또 한 사람이는 다 커가 코를 많이 흘리고 이런 사람을 사위를 세 사람 봤는데. 그래 이제 사위 세 사람이가 처갓집에 이제 같이 참석해가지고 내기를 했어요. 사위가 세 사람 다 추해가지고 머리에 손댔다가 음식 먹고, 눈에 손댔다가 음식 먹고, 코에 손댔다가 음식 먹고, 이걸 서로 간에. 자기 이력사는 모르고 남의 흉을 보기 때문에 남을 보기 때문에 더럽다. 자기는 모르고 여가 대지 말고 우리가 음식먹자는 그런 뜻으로 먼저 머리 머런 사람 먼저 손대면 벌금을 하고, 코를 이거 저 대면 벌금하기로 그랬다고 옛날에. 그래 인제 음식을 이제 장만해가지고 먹다보니까. 맏사위가 이거 머리가 헐미 나니까 지근 지근. 이래 때리면 벌금하고 자기 머리 아니드래 인제 말을 인제 만들어가지고.

"내가 오늘 오다보니까, 노루가 뿔이가 이거 머리가 지근한데 뿔이가 여기도 나고 [머리를 만지며] 여기도 나고 지끈한데"

때려가몬 이러니까. 둘째 사위가 난그로 눈꼽을 이제 닦질 못해가지고 있는 차에,

"내가 있었으몬 총을 갖고 탁! 쏠껜데!"

이래가지고 눈꼽을 닦으니까. 셋째, 아니 그 저저 둘째 사위가,

"내가 있었으면 총을 탕! 쏠껜데!"

코를 닦으니까, 셋째 사위가 파리가 막 저 눈에 막 파리가 달라드니까.

"에이 듣기 싫다 듣기 싫다!"

이래가지고 파리를 다 쫓아 냈뿌랬어요.

초동 이야기

자료코드 : 05_17_FOT_20110128_LJH_HMK_0012
조사장소 : 경상북도 울진군 후포면 후포1리 테마모텔 297-6
조사일시 : 2011.1.28
조 사 자 : 임재해, 조정현, 박혜영, 강선일
제 보 자 : 황명기, 남, 76세
구연상황 : 앞서 하던 이야기가 끝나자 황명기 씨가 먼저 '방금 했던 이야기보다 재밌는
　　　　　이야기 있는데 해줄까?'라면서 조사자에게 먼저 물어보았고, 조사자는 그런
　　　　　얘기 해주시면 좋다고 하자 이 이야기를 구연하기 시작한다. 구연이 끝나고
　　　　　수수께끼가 같은 이야기인 탓에 조사자가 금방 이해를 못하자 황명기 씨는
　　　　　자세하게 설명을 해주었다.
줄 거 리 : 원님이 마을을 돌아다니다 아이들이 노는 모습을 보니 한 아이가 다른 아이
　　　　　들과는 다르게 놀고 있었다. 이 모습을 본 원님이 그 아이를 불러 성과 이름
　　　　　그리고 나이를 물었다. 그러자 아이는 성은 발바닥 밑이고 이름은 삼년 입은
　　　　　나머지이고, 나이는 암캐하고 수캐하고 한 자리에서 소변보는 자리라 하였다.
　　　　　발바닥 밑이라 하는 것은 신발을 뜻하여 신씨라는 것이고 삼년 입은 나머지
　　　　　는 상례의 절차 중 삼년상을 치른 옷이라 하여 재복이다. 암캐하고 수캐하고
　　　　　한 자리에서 소변보는 자리라 하는 것은 개의 다리 수를 따지는 것인데 암캐
　　　　　는 네다리로, 수캐는 세다리로 소변을 보니 일곱 살이라는 것이다.

　어떤 한 고을원이가 이제. 인제. 뭐 동네라 할까? 순례를 이래 댕기다
보니까. 나이 한 여섯 살, 일곱 살 되는 아이가. 노는 것이가 딴 아이들보
다가 노는 것이가 이래 볼 때는 별도로 다르게 노는 게 있단 말이에요.

　"야야, 니 성이 뭐고? 뭔 씨냐?"

하니까,

　"내 성요? 발바닥 밑이래요. 내 성이 발바닥 밑이래요."

　"니 이름은 뭐고?"

이러니까.

　"내 이름요?"

　"삼년 입은 나머지 그래요. 삼년 입은 나머지 그래요."

"그러면 니 나이 몇 살이냐"

이러니까. 암캐하고 수캐하고 한자리에서로 소변보는 자리래요. 암캐하고 수캐하고 한자리에서로 소변보는 자리래요. 그래 그 뜻이 희안하잖니껴. 그 뜻을 아시니껴? 그래가지고 성은 우에되냐 발바닥 밑이라, 발바닥 밑에 양말도 있고 신, 신이래요. 신씨. 신씨. 그 이름은 뭐냐 하면, 삼년 입은 나무지기는 옛날에 사람이 상사나면 초상, 소상, 대상 제복이래요. 제복, 신제복. 나이는 암캐 수캐 한자리에서 오줌 눈 자리 그 나이를 몰라가지고 있다보이까. 암캐하고 수캐하고 서로 장사마 있다가 오줌난데 가보이까! 일곱 자리밖에 없고 개 발이가 아, 네발이가 니나 내나여덟 개인데. 일곱 자리밖에 없고 그래가 일곱 살이다. 그 일곱 자리가 우에 났느냐? 암캐는 네발 이래가지고 오줌 누고 수캐는 한쪽 발 들고 오줌 눈다. 나이 일곱살이다. 어, 그런 이야기 있어요.

제 복에 맞는 팔자

자료코드 : 05_17_FOT_20110128_LJH_HMK_0013
조사장소 : 경상북도 울진군 후포면 후포1리 테마모텔 297-6
조사일시 : 2011.1.28
조 사 자 : 임재해, 조정현, 박혜영, 강선일
제 보 자 : 황명기, 남, 76세
구연상황 : 홀아비 장가보낸 효녀이야기를 조사자가 먼저 들려주었다. 그러자 이야기를 듣던 황명기 씨는 '아무거나 해도 돼요?'라며 물어왔다. 이에 조사자는 생각나시는 거 아무얘기나 들려달라고 하자, 황명기 씨는 '저런 얘기 또 있어요.'라며 이야기를 구연하기 시작했다

줄 거 리 : 부잣집과 가난한집이 서로 사돈을 맺었다. 가난한 집 사돈이 부잣집 사돈의 집에 가니 돼지 한 마리를 잡아다 상을 차려주었다. 가난한 집 사돈도 잘 대접을 하고 싶어서 집에 부잣집 사돈을 초대하고 싶어, 집에 돌아와서 부인에게 '고추장이나 된장으로 음식을 잘 해서 대접하자'라는 뜻으로 '장을 대접하

라'라고만 일렀다. 그런데 당일 상을 보니 부인이 그 뜻을 알아듣지 못하고 상차림에 고추장만 열두 개를 놓았던 것이다. 그래도 사돈이라고 고추장 한 개를 더 놓아줬는데 남편이 와서 눈을 흘기고 가니 사돈보다 자신의 것이 더 적어서 그런 것이라 생각하여 남편의 상에 고추장 한 개를 더 놓았다. 이것을 본 남편은 가난한 자신의 복이라고 생각하였다.

옛날에 있는 사람하고 없는 사람하고 사돈 맺은 이야기가 있는데, 없는 사돈이가 있는 집이 사돈에 그 다니러 가셨는데 옛날에는 '하루 묵어 온다' 그러고. 요새 같으면 음 이박삼일. 요새 같으면 이박삼일인데 그때는 하루 묵어온다 그랬어요. 오늘 갔다가 내일 묵어가지고 모레 온다 그게 하루 묵어온다 그랬어요. 그래 가가지고 가니까 있는 사돈이가, 옛날 돼지 한 마리 잡았다 그러면 부잡니다. 잡아가지고, 자기 동생 형,

'우리 사돈 오들라 그 밥한끼 해주면 좋다'

그래가지고. 가래하나씩 주고 이러가지고서는 댕기면 잘 대접받고 인제 올 적에.

"나는 사돈네 댁에 와서 이렇게 대접 잘 받고 왔는데 사돈께서는 우리 집에 언제 다니러 오겠습니까?"

하니까,

"그 몇 월 몇 일날 다녀온다."

그래 인제 약속을 해놔두고 집에 와가지고, 그 집에 부인이가 머리가 조금 덜 떨어지는 모양이래요. 없으니까 우리는 없이 사니까.

"사돈께서 오시들라 장이라도 가지고 고추장, 된장 무치고, 지지고 이렇게 하라."

얘기로 자세하게 뭐 어떻게 얘기하면 되는데,

'그저 장이라'

가지고 이래 가지고 음식 장만해라 이라면, 자기 부인이라 알아들으리라고 생각을 했던 것이가. 못 알아먹고 그리고 있다 보니까 사돈이가 오

셨어요. 왔는데, 근데 이제 밥상을 들고 오는데 사돈 이제 밥상은 그저, 반찬을 전부다 종지에 떠가지고. 우에 옛날 덮개가 있어요. 덮개, 덮개! 덮개를 다 덮어가지고 안에 뭐가 들었는지 몰래. 사돈 판에는 열두개, 자기 남편 판에는 열한 개 그래 담아 왔어요. 담아 왔는데. 가애를 인제 빗겨보니까 전부 고추장이래요, 고추장. 사돈판에는 열두 개. 자기 남편 판에는 열한 개. 장이라 이래 가지고 무치고 지지고 국 끓이고 이래 시켰던 것이. 자세하게 얘기 안하고 장이라도 가지고 음식하라 시켰디, 자기 부인이 원빵 도배이 부치기 때문에 그 뜻을 모르고 고추장만 떠가지고. 그래 자기 남편이 하도 같잖아 가지고, 같잖고 말겠죠! 자기 부인을 이래 뻔히 봤어요. 보니까. 자기 부인이 이래 자기남편 보니까 자기 보는 눈이 이렇거든요?

"사돈 판에 보다가 반찬이가 한 가지 적다고 고를 내느냐?"

그리고 문을 쿵 닫고 나가더라. 나간 뒤에 조금 있다 보니까 또 고추장 한 접시 떠가지고 자기 남편 판에 갖다놨어요. 그래 사돈 판에 열두 개하고 똑같아요. 그래 자기 남편이 하도 어쩐다 같잖아 가지고. 같잖다는 그 말씀 알아 듣는동 모르겠지만

"어허이 참, 쯧쯧쯧"

이러니까.

"이제 하이 차네겠다."

'하이 차네겠다' 그 사투리 얘기 알아듣는지 모를시더. 내 복안에 맞는 겠다.

노랫가락 (1)

자료코드 : 05_17_FOS_20110128_LJH_KBH_0001
조사일시 : 2011.1.28
조사장소 : 경상북도 울진군 후포면 후포리 마을회관
제 보 자 : 권보학, 여, 85세
조 사 자 : 임재해, 조정현, 박혜영, 강선일
구연상황 : 청중들이 권보학 씨의 노래실력에 감탄하면서 또 해보라고 시켰다. 그러자 권보학 씨가 구연을 시작했다. 청중들은 노래에 맞춰서 박수를 쳤다. 구연을 마치면서 권보학 씨는 가사가 기억이 잘 나지 않는다며 아쉬워했다.

꿈아꿈아 야속한 꿈아
임온줄 모르고 잠을자니
이담에 다시 오거든
잠든 이몸을 깨워나주소

노랫가락 (2)

자료코드 : 05_17_FOS_20110128_LJH_KBH_0002
조사일시 : 2011.1.28
조사장소 : 경상북도 울진군 후포면 후포리 마을회관
제 보 자 : 권보학, 여, 85세
조 사 자 : 임재해, 조정현, 박혜영, 강선일
구연상황 : 조사자가 권보학 씨에게 나비노래를 청하자 그 노래를 안다고 말하며 구연을 시작했다. 하지만 목소리가 잘 나오지 않자 권보학 씨는 목이 아프다며 그만 부르려고 했다. 조사자가 괜찮을 것이라며 권보학 씨를 안심시키고, 청중들이 노래를 계속 해달라며 청하자 구연을 다시 시작했다. 권보학 씨가 구연

을 다시 시작하자 청중들은 노래에 맞춰 박수를 쳤다. 또한 청중들은 권보학 씨의 노래 실력에 "아이고, 잘한다.'라며 감탄을 하기도 했다.

나비야 청산을가자
호랑나비야 나도가자
가다가 저물거들랑
꽃밭속에나 자고가소
꽃이가 반대거들랑
이내품안에 자고가소

정노래

자료코드 : 05_17_FOS_20110128_LJH_KBH_0003
조사일시 : 2011.1.28
조사장소 : 경상북도 울진군 후포면 후포리 마을회관
제 보 자 : 권보학, 여, 85세
조 사 자 : 임재해, 조정현, 박혜영, 강선일
구연상황 : 청중들의 칭찬에 기분이 좋아진 권보학 씨가 구연을 스스로 시작했다. 권보학 씨의 노래를 듣던 청중들은 박수를 치면서 박자를 맞추었고, 그들 중 한 명은 노래 중간에 추임새를 넣기도 했다. 하지만 권보학 씨는 가사가 끝까지 기억이 나지는 않는지 약간 얼버무리면서 마무리를 했다. "참 잘했는데 지금은 기억이 잘 나지 않는다."라며 권보학 씨가 아쉬워하자 청중들은 그래도 잘했다며 칭찬을 아끼지 않았다.

도라지평풍 연당안에
잠든큰아가 문열어라
바람불고비 올줄알믄
아니오신다 문닫았네
저가도 대장분데

함부로 약속을 잊을쏘냐

화투뒤풀이

자료코드 : 05_17_FOS_20110128_LJH_KBH_0004
조사일시 : 2011.1.28
조사장소 : 경상북도 울진군 후포면 후포리 마을회관
제 보 자 : 권보학, 여, 85세
조 사 자 : 임재해, 조정현, 박혜영, 강선일
구연상황 : 청중들의 계속되는 칭찬에 기분이 좋아진 권보학 씨가 구연을 스스로 시작
　　　　　했다. 권보학 씨의 노래를 듣던 청중들은 박수를 치면서 박자를 맞추었고, 노
　　　　　래를 따라 불렀다. 하지만 권보학 씨가 숨이 가쁘다며 갑자기 노래를 멈추었
　　　　　는데, 다시 시작할 때는 중간 가사를 생략하고 그 뒤 소절을 불렀다. 그러자
　　　　　청중 중에서 한 명이 가사를 그냥 넘어가버렸다며 혼잣말을 하기도 했으나
　　　　　권보학 씨는 구연을 끝까지 마쳤다. 구연을 마친 권보학 씨는 숨이 가쁘다며
　　　　　너스레를 떨었다.

정월송학 속속헌맘에

이월매조에 맺었구나

삼월사쿠라 산란한맘에

사월흑사래 홍사로다

오월난초 범나비야

유월목단에 앉았구나

칠월홍돼지 홀로누워

팔월공산에 달이뜬다

오동지섣달에 오시나님은

섣달장마에 간혔구나

얼씨구좋구나 지화자좋네

요렇게좋다가 다팔아먹고

백수건달이 되었구나

모심기소리 (1)

자료코드 : 05_17_FOS_20110129_LJH_KBH_0001

조사일시 : 2011.1.29

조사장소 : 경상북도 울진군 후포면 후포리 마을회관

제 보 자 : 권보학, 여, 85세

조 사 자 : 임재해, 조정현, 박혜영, 강선일

구연상황 : 조사자가 권보학 씨에게 모심기 소리를 청하자 예전에는 불렀으나 지금은 기억이 잘 나지 않는다며 주저했다. 그러자 옆에 있던 권보학 씨가 갑자기 구연을 시작했다. 하지만 노래를 부르던 도중에 가사가 기억이 나지 않는지 더듬거렸다. 그래서 시작을 모심기 소리로 구연하였으나 마무리는 아리랑으로 끝을 맺었다.

이논뺌에다 모를숨거

가지가벌여도 장할래라

이물개저물개 다열어놓고

쥔네야 한량이 어데를갔노

서마지기논빼매 줄모를숨가

점심야 바쿠리 떠들어온다

이때 제보자가 가사가 기억이 나지 않는지 연달아 가사를 더듬거렸다.

아리랑아리랑 아라리가났네

아리랑고개로 날넘가주소

창부타령 (1)

자료코드 : 05_17_FOS_20110129_LJH_KBH_0002
조사일시 : 2011.1.29
조사장소 : 경상북도 울진군 후포면 후포리 마을회관
제 보 자 : 권보학, 여, 85세
조 사 자 : 임재해, 조정현, 박혜영, 강선일
구연상황 : 청중들이 자신들은 노래를 잘 못하지만 권보학 씨는 노래를 잘 한다며 부추
기자 기분이 좋아진 권보학 씨가 구연을 시작했다. 권보학 씨가 부르는 노래
의 박자에 맞춰 박수를 치는 청중도 있었고, 중간에 "좋다."라며 추임새를 넣
는 청중도 있었다. 목소리가 잠겨 노래를 잘 못 부르겠다는 권보학 씨에게 청
중들은 "노래를 부를 자리가 있을지 알고 있었나보다."라며 말했다.

상상봉에 보초세는 울오빠야

권총하나 손에다들고

공비야오도록 기다린다

공비놈으는 간곳이없고

권총하나만 남아있네

얼씨구좋다 지화자좋네

아니노지를 못하리로다

모심기소리 (2)

자료코드 : 05_17_FOS_20110129_LJH_KBH_0003
조사일시 : 2011.1.29
조사장소 : 경상북도 울진군 후포면 후포리 마을회관
제 보 자 : 권보학, 여, 85세
조 사 자 : 임재해, 조정현, 박혜영, 강선일
구연상황 : 청중들이 권보학 씨에게 조사자를 위해 노래를 몇 곡 더 불러달라고 청하니
구연을 바로 시작했다. 노래를 듣던 청중 중에서 한 명이 가사가 중간 대목이

라고 지적을 하자 권보학 씨가 이내 고쳐서 다시 불렀다. 청중들은 노래를 들으면서 박수를 치면서 박자를 맞추기도 했고 노래가 끝나자 권보학 씨의 노래 실력에 칭찬을 아끼지 않았다.

옷갓이 해고 첩의 방에를

가시려거든

내죽는 거동을 보고가소

무슨첩이 유난해사

밤에가고 낮에가노

낮으로는 놀러가고

밤으로는 자러간다

첩의방에는 꽃밭이요

본채방에는 연못이요

춘하추동 사시철에

꽃과나비도 봄한철이라

창부타령 (2)

자료코드 : 05_17_FOS_20110129_LJH_KBH_0004

조사일시 : 2011.1.29

조사장소 : 경상북도 울진군 후포면 후포리 마을회관

제 보 자 : 권보학, 여, 85세

조 사 자 : 임재해, 조정현, 박혜영, 강선일

구연상황 : 청중들이 요즘은 노래를 부를 기회가 없기 때문에 기억나는 노래가 없다고 말하던 중에 권보학 씨가 생각나는 노래가 있었는지 갑자기 구연을 시작했다. 청중들은 노래 박자에 맞춰 박수를 쳤는데 그중 노래가 끝나자 "좋다."며 감탄을 하는 사람도 있었다.

서울이라 남대문에

백년화초를 숨었더니

백년화초 간곳이없고

이별이화초가 만발했네

얼씨구좋다 지화자좋네

아니노지를 못하리라

창부타령 (3)

자료코드 : 05_17_FOS_20110129_LJH_KBH_0005

조사일시 : 2011.1.29

조사장소 : 경상북도 울진군 후포면 후포리 마을회관

제 보 자 : 권보학, 여, 85세

조 사 자 : 임재해, 조정현, 박혜영, 강선일

구연상황 : 조사자가 모심기소리에 대해 자세하게 묻자 권보학 씨는 젊었을 때는 잘 불렀
지만 지금은 시간이 오래 지나서 대부분의 가사가 기억나지 않는다고 말했다.
또한 당시를 회상하면서 예전에는 목청이 좋아서 모를 심으면서 주거니 받거
니 노래를 부르기도 했으나 지금은 나이가 들어서인지 목이 자주 잠겨서 노래
를 잘 못하겠다는 말도 덧붙였다. 이에 권보학 씨의 말을 듣던 청중들은 "목
청이 그만큼만 좋으면 됐지, 얼마나 더 좋아야 하냐."라며 권보학 씨의 노래
실력에 칭찬을 아끼지 않았다. 가사가 잘 기억나지 않아서 큰일이라는 권보학
씨의 너스레에 조사자는 "기억나는 부분만 불러도 괜찮다."라며 안심시켰다.
그러자 권보학 씨가 노래를 시작했고 청중들은 노래에 맞춰 박수를 쳤다.

기차타는 서울역에

검은연기만 남아있고

배떠나는 인천항에

푸른물길만 남아있네

우리임이 떠나는 저방안에

담배꽁초만 남아있네

얼씨고좋다 지화자좋네
아니노지를 못하리라

모심기소리 (3)

자료코드 : 05_17_FOS_20110129_LJH_KBH_0006
조사일시 : 2011.1.29
조사장소 : 경상북도 울진군 후포면 후포리 마을회관
제 보 자 : 권보학, 여, 85세
조 사 자 : 임재해, 조정현, 박혜영, 강선일
구연상황 : 모를 심다가 참이 들어올 때는 어떤 노래를 부르는지 조사자가 묻자 권보학
씨는 "그런 노래가 있었다."라며 기억을 더듬었다. 하지만 가사가 잘 기억이
나지는 않는지 청중들에게 물어보기도 했는데 청중들이 조금씩 일러주자 구
연을 시작했다.

서마지기 논노빼매
줄모를 숨거
점심야 바쿠리 떠들어온다

모심기소리 (4)

자료코드 : 05_17_FOS_20110129_LJH_KBH_0007
조사일시 : 2011.1.29
조사장소 : 경상북도 울진군 후포면 후포리 마을회관
제 보 자 : 권보학, 여, 85세
조 사 자 : 임재해, 조정현, 박혜영, 강선일
구연상황 : 조사자가 계속해서 모심기소리에 대해 묻자 권보학 씨는 가사가 기억나면 불
러줄 텐데 기억이 잘 나지 않는다고 말했는데, 첫 소절을 직접 부르자 그제서
야 권보학 씨도 기억이 난다며 맞장구를 쳤다. 이때 조사자가 모심기 소리를

부탁하자 권보학 씨는 잠시 망설이다가 구연을 시작했다.

담배야 싸라지(부스러기) 손에다 들고
첩의야 방에야 놀러간다
무슨나 첩이가 유달해서
밤에야가고야 낮에가노
밤으로노 잠자러가고
낮으로노 놀러간다

뱃노래 (1)

자료코드 : 05_17_FOS_20110129_LJH_KBH_0008
조사일시 : 2011.1.29
조사장소 : 경상북도 울진군 후포면 후포리 마을회관
제 보 자 : 권보학, 여, 85세
조 사 자 : 임재해, 조정현, 박혜영, 강선일
구연상황 : 조사자가 상사소리를 부탁하자 권보학 씨는 잘 모르겠다고 말했고 청중들은
후렴구를 부르며 맞냐고 물었다. 그 말을 들은 권보학 씨가 기억을 더듬어 구
연을 시작했으나 뱃노래를 불렀다. 청중들이 박수를 치면서 박자를 맞추기도
했지만 역시나 기억이 잘 나지 않는지 한 소절만 부르고 끝을 맺었다.

만경장판에 두둥실 뜬배는
기 잘 세추고 뱃놀이 갑시다
에야노야노라 에야라노
어기여차 뱃놀이갑시다

노랫가락 (3)

자료코드 : 05_17_FOS_20110129_LJH_KBH_0009

조사일시 : 2011.1.29

조사장소 : 경상북도 울진군 후포면 후포리 마을회관

제 보 자 : 권보학, 여, 85세

조 사 자 : 임재해, 조정현, 박혜영, 강선일

구연상황 : 노래 가사가 잘 기억이 나지 않는 것을 이해해달라는 권보학 씨에게 청중들은 그만하면 충분히 잘하는 것이라고 칭찬을 아끼지 않았다. 이어서 조사자가 권보학 씨에게 상사소리를 청하자 잠시 생각을 하더니 구연을 시작했다. 하지만 가사가 기억이 나지 않는지 한 소절만 부르고서 멋쩍은 듯이 웃으며 끝을 맺었다.

에에- 뒷광에 미나리꽝에

미나리캐는 저 아가씨

날볼라꼬 던지는돌이

히루 꽝에 다 빠졌구나

모심기소리 (5)

자료코드 : 05_17_FOS_20110129_LJH_KBH_0010

조사일시 : 2011.1.29

조사장소 : 경상북도 울진군 후포면 후포리 마을회관

제 보 자 : 권보학, 여, 85세

조 사 자 : 임재해, 조정현, 박혜영, 강선일

구연상황 : 김학순 씨의 노래를 들으면서 쉬고 있던 권보학 씨가 기운을 다시 차렸는지 구연을 시작했다. 노래를 듣던 청중들은 박수를 치면서 박자를 맞추기도 했는데, 그중 한 명이 신랑 흉보는 노래냐고 물어서 모두가 웃기도 했다. 권보학 씨의 구연은 모내기노래로 시작하여 매화타령으로 끝을 맺었다.

순금상사의 깎은배는

맛도좋고 연할손데

우리임이 깎은배는

싱겁고도 물내난다

산아산아 높은산아

니가아무리 높으다해도

우리엄마 나키울때

인공만치도 높을소냐

얼씨구좋다 기화자자좋네

사랑도 매화로다

매화타령 (1)

자료코드 : 05_17_FOS_20110129_LJH_KBH_0011
조사일시 : 2011.1.29
조사장소 : 경상북도 울진군 후포면 후포리 마을회관
제 보 자 : 권보학, 여, 85세
조 사 자 : 임재해, 조정현, 박혜영, 강선일
구연상황 : 조사자가 권보학 씨에게 혹시 매화타령이 기억나는지 묻자 무슨 노래냐고
반문했다. 조사자가 노래의 앞 구절을 들려주자 이내 그런 노래가 있다면서
구연을 시작했다. 하지만 구연 도중에 기억이 잘 나지 않는다며 끝을 맺었고,
청중들은 다른 노래라도 많이 들려줘야겠다며 농담을 했다.

그저께밤에도 나가자고

그저께밤에도 구경가고

무슨염치로 삼사버선에

돌봐다달라고 좋구나 매화로다

칭칭이소리

자료코드 : 05_17_FOS_20110129_LJH_KBH_0012
조사일시 : 2011.1.29
조사장소 : 경상북도 울진군 후포면 후포리 마을회관
제 보 자 : 권보학, 여, 85세
조 사 자 : 임재해, 조정현, 박혜영, 강선일
구연상황 : 조사자가 권보학 씨에게 예전에 칭칭이 소리를 했었는지 묻자 했었다며 청
　　　　　중들과 같이 부를 것을 제안했다. 그러자 김학순 씨와 윤수남 씨가 함께 부르
　　　　　겠다고 나섰다. 권보학 씨가 구연을 시작하자 김학순 씨와 윤수남 씨는 처음
　　　　　에는 뒷소리만 하다가 나중에는 세 명이 번갈아가면서 불렀다. 중간에 힘이
　　　　　든다며 끊기기도 했지만 끝까지 마칠 수 있었다. 청중들은 노래에 맞춰 박수
　　　　　를 치며 박자를 맞추기도 했다.

쾌장아 칭칭나네

노자노자 젊어서노자

칭이야 칭칭나네

아니야놀면 무엇하나

치야 칭칭나네

인생일장 춘몽이네

치야 칭칭나네

아니야놀면 못하리라

치야 칭칭나네

이팔청춘 소년들아

백발보고사 웃지마라

어제야나도 청춘이지

치야 칭칭나네

오늘날로 백발일세

치야 칭칭나네

늙는 것은 섧잖에도
치야 칭칭나네
지는해가 더구나 섧다
치야 칭칭나네
새노새노 낭게자노
치야 칭칭나네
치노치노 군개 자고
치야 칭칭나네
달아달아 밝은달아
치야 칭칭나네
이태백이 놀던달아
치야 칭칭나네
저기저기 저달속에
치야 칭칭나네
계수나무 박달재야
치야 칭칭나네
금도끼를 받으마서
치야 칭칭나네
초가삼간 집을지어
치야 칭칭나네
양친부모를 모셔놓고
치야 칭칭나네
천년만년 살고퍼라
치야 칭칭나네
동남풍이 널리 부니
치야 칭칭나네

풍경소리도 요란도하다

치야 칭칭나네

땡그랑땡 땡그랑땡

땅기당땅땅 풍경소리가 요란도하다

치야 칭칭나네

떡돌배기가 떡주면

치야 칭칭나네

울엄마친구도 대접하지

치야 칭칭나네

반 바구니에 술도뜨고

치야 칭칭나네

울아버지 친구도 대접하지

치야 칭칭나네

우리야청춘아 늙지를마라

치야 칭칭나네

늙으면은 섧잖아도

치야 칭칭나네

쉬는것이 더욱 섧다

치야 칭칭나네

나비야나비야 범나비야

치야 칭칭나네

등거구짐상 물어다가

치야 칭칭나네

초가산간에 집을지어

치야 칭칭나네

그 진 집을 삼년만에

치야 칭칭나네

제보자들이 힘이 들었지 잠시 쉬었다가 구연을 계속 했다.

우리야딸이야 열녀되고
치야 칭칭나네
우리야아들은 효자되고
치야 칭칭나네
얼씨구좋다 지화자좋다
치야 칭칭나네
아니야놀지를 못하리라
치야 칭칭나네

노래를 부르게 되는 배경에 대해 제보자가 설명했다.

해돋이고 저무나니
치야 칭칭나네
남의집 임은 다 오건만은
치야 칭칭나네
우리야 임은 왜아니오노
치야 칭칭나네
돌아올지를 왜모르노
치야 칭칭나네
임은가고 봄은오니
치야 칭칭나네
꽃만펴도 임의생각
치야 칭칭나네

불밝혀라 불밝혀라

치야 칭칭나네

양산초랑(청사초롱)아 불밝혀라

치야 칭칭나네

우리야임은 언제나오노

치야 칭칭나네

임아임아 우리야임아

치야 칭칭나네

달가고해가고 다가는세월

치야 칭칭나네

우리야임은 왜아니오노

치야 칭칭나네

너와나와 살기자를

치야 칭칭나네

수많은나날을 다버리고

치야 칭칭나네

오동지섣달 긴긴밤에

치야 칭칭나네

홀로새우거든 외롭구나

치야 칭칭나네

매화타령 (2)

자료코드 : 05_17_FOS_20110129_LJH_KBH_0013

조사일시 : 2011.1.29

조사장소 : 경상북도 울진군 후포면 후포리 마을회관

제 보 자 : 권보학, 여, 85세
조 사 자 : 임재해, 조정현, 박혜영, 강선일
구연상황 : 김학순 씨가 조사자에게 힘이 든다며 잠시 쉴 것을 제안했는데 때마침 권보
학 씨가 매화타령을 불렀다. 하지만 기억이 잘 나지 않았는지 이내 멈추었고,
잠시 가사를 생각하는 듯하더니 계속 이어 불렀다. 노래를 듣던 청중들은 박
자에 맞춰 박수를 치기도 했다.

서울이라 낭기가없어

쭉지비네를 다릴놔여

그달저달 다건네노니

정자춤이가 절로나네

얼씨구나좋다 지화자좋네

사랑도 매화로다

아리랑

자료코드 : 05_17_FOS_20110129_LJH_KBH_0014

조사일시 : 2011.1.29

조사장소 : 경상북도 울진군 후포면 후포리 마을회관

제 보 자 : 권보학, 여, 85세

조 사 자 : 임재해, 조정현, 박혜영, 강선일

구연상황 : 조사자가 권보학 씨에게 아리랑을 불렀는지 묻자 안다면서 구연을 시작했다.
하지만 권보학 씨가 조금 부르다가 멈추었는데, 김학순 씨와 윤수남 씨가 도
와서 노래를 끝까지 마칠 수 있었다. 노래를 듣던 청중들은 박자에 맞춰 손뼉
을 치기도 했다.

아리랑아리랑 아라리요

아리랑고개로 넘어간다

나를버리고 가시는임은

십리도못가서 발병난다

아리랑아리랑 아라리요

아리랑고개로 넘어간다

청춘하늘에 잔별도많다

이내가슴에 수심도많네

아리랑아리랑 아라리요

아리랑고개로 넘어간다

나를버리고 가시는임은

십리도못가서 발병난다

아리랑아리랑 아라리요

아리랑고개로 넘어간다

신고산타령

자료코드 : 05_17_FOS_20110129_LJH_KBH_0015
조사일시 : 2011.1.29
조사장소 : 경상북도 울진군 후포면 후포리 마을회관
제 보 자 : 권보학, 여, 85세
조 사 자 : 임재해, 조정현, 박혜영, 강선일
구연상황 : 조사자가 권보학 씨에게 신고산타령에 대해 묻자 안다면서 청중들과 함께
　　　　　부르자는 제안을 하면서 구연을 시작했다. 하지만 권보학 씨가 조금 부르다가
　　　　　멈추었는데, 김학순 씨와 윤수남 씨가 도와서 노래를 끝까지 마칠 수 있었다.
　　　　　노래를 듣던 청중들은 박자에 맞춰 박수를 치기도 했다. 구연의 시작을 신고
　　　　　산타령으로 했으나 뱃노래로 마무리를 했다.

신고산이 우르르 함흥차 가는소리

고무공장 큰아기 벤또밥만 싸노라

어랑어랑 어허야 어허야 디이야

모두 내사랑아

제보자들이 일제히 가사가 기억이 나지 않았는지 함께 가사를 의논하였다.

> 열두시에 오라고 우라마끼(김밥)를 줬더니
> 시계도 몰라서 새벽한시에 왔구나
> 어랑어랑 어허야 어야나 디야
> 신고산이 우르르 함흥차 가는소리
> 고무공장 큰아기 벤또밥만 싸노라
> 어랑어랑 어허야 어허야 디이야
> 모두 내사랑이야

한 대목이 끝나자 모두가 잠시 구연을 멈췄는데, 어색한 침묵에 권보학 씨가 웃으면서 구연을 다시 시작했다.

> 작년겉은 숭년(흉년)에도 이밥을 먹었는데
> 오늘같은 처자풍년에 왜 장개 못갔노
> 어랑어랑 어허야 어허난다 디어라
> 에야노 어기여차 뱃놀이 갑시다

창부타령 (4)

자료코드 : 05_17_FOS_20110129_LJH_KBH_0016
조사일시 : 2011.1.29
조사장소 : 경상북도 울진군 후포면 후포리 마을회관
제 보 자 : 권보학, 여, 85세
조 사 자 : 임재해, 조정현, 박혜영, 강선일
구연상황 : 조사자가 권보학 씨에게 나비타령에 대해 묻자 바로 구연을 시작했다. 안다면서 청중들과 함께 부르자는 제안을 하면서 구연을 시작했다. 노래를 듣던

청중들은 박자에 맞춰 박수를 치기도 했으며 노래를 아는 사람은 따라 부르기도 했다.

백설같은 흰나비야
부모님몽상을 입었느냐
소복단장 곱게나입고
장다리밭으로 날아든다

창부타령 (5)

자료코드 : 05_17_FOS_20110129_LJH_KBH_0017
조사일시 : 2011.1.29
조사장소 : 경상북도 울진군 후포면 후포리 마을회관
제 보 자 : 권보학, 여, 85세
조 사 자 : 임재해, 조정현, 박혜영, 강선일
구연상황 : 권보학 씨가 갑자기 청춘가가 생각났는지 구연을 시작했다. 청춘가를 듣던
　　　　　청중 중 일부는 권보학 씨의 노래 실력에 감탄하였고, 추임새를 넣는 청중도
　　　　　있었다.

어려서 글못배와
수경 바당에(바다에) 몸을팔아
밤으롤랑 낮을삼고
낮으롤랑 밤을삼아
주야장창 청춘을모르니
파도소리 다늙노라
얼씨구 지화자자좋네
우리청춘아 늙지마라

권주가

자료코드 : 05_17_FOS_20110129_LJH_KBH_0018

조사일시 : 2011.1.29

조사장소 : 경상북도 울진군 후포면 후포리 마을회관

제 보 자 : 권보학, 여, 85세

조 사 자 : 임재해, 조정현, 박혜영, 강선일

구연상황 : 조사자가 권보학 씨에게 권주가에 대해 묻자 안다면서 구연을 시작했다. 청
중들은 권보학 씨가 부탁하는 노래마다 모두 부른다며 감탄을 했는데 김학순
씨만이 그렇게 부르는 것이 아니라며 한 소절만 시범을 보였다. 그러자 권보
학 씨가 부르는 방식은 다양하다며 덧붙였다.

잡으시오 잡으시오

이술한잔을 잡으시오

이술을 먹고나면

멀던정도 다시나고

이때 김학순 씨가 그렇게 부르는 것이 아니라며 시범을 보였다.

이술은 술아니라

먹고나면 동배주라

성주풀이

자료코드 : 05_17_FOS_20110129_LJH_KBH_0019

조사일시 : 2011.1.29

조사장소 : 경상북도 울진군 후포면 후포리 마을회관

제 보 자 : 권보학, 여, 85세

조 사 자 : 임재해, 조정현, 박혜영, 강선일

구연상황 : 권보학 씨가 갑자기 생각나는 노래가 있는지 구연을 시작했다. 이제 부를 노
래가 없을 것이라고 청중들이 말하던 찰나에 구연을 시작했기 때문에 모두가

감탄을 했다. 노래가 끝나고 조사자가 권보학 씨에게 노래 제목이 뭐냐고 묻자 예전에 부르던 노래였는데 기억이 잘 나지 않는다고 대답했다. 그래서 성주풀이가 아니냐고 묻자 잘 모르겠다고 대답했다.

낙양성 십리봉에
높고낮은 저무덤에
영웅호걸이 몇몇이냐
절대강산 거누구냐
우르인생도 한번가면
저기저무덤 되는구나
에라만세 에라하니 대선이라

저건네 잔솔밭에
살살기는 저 포수야
그 비둘기를 잡지마라
간밤에 나와같이
임을잃고 임찾아
밤새도 헤매고 다니는구나
에라만세 에라하니 대선이라

뱃노래 (2)

자료코드 : 05_17_FOS_20110129_LJH_KBH_0020
조사일시 : 2011.1.29
조사장소 : 경상북도 울진군 후포면 후포리 마을회관
제 보 자 : 권보학, 여, 85세
조 사 자 : 임재해, 조정현, 박혜영, 강선일
구연상황 : 조사자가 권보학 씨에게 만선이 들어올 적에 부르던 노래가 없냐고 묻자 예

전에는 뱃노래를 불렀을 뿐이라고 대답했다. 조사자가 뱃노래를 청하자 바로 구연을 시작했다. 중간에 옆에 있던 김학순 씨와 윤순남 씨가 함께 불렀으며, 청중들은 박수를 쳤다.

만경창파에 두둥실뜬배야
기 절 세추고 뱃놀이갑시다
에야노야노라 에야라야노
어기여차 뱃놀이갑시다
작년같은 숭년(흉년)에도
이밥을 먹었는데
오늘같은 처자풍년에
왜 장가 못갔노
에야노야노라 에야노야노
어기여차 뱃놀이가잔다

모심기소리 (6)

자료코드 : 05_17_FOS_20110129_LJH_KBH_0021
조사일시 : 2011.1.29
조사장소 : 경상북도 울진군 후포면 후포리 마을회관
제 보 자 : 권보학, 여, 85세
조 사 자 : 임재해, 조정현, 박혜영, 강선일
구연상황 : 조사자가 권보학 씨에게 상사소리에 대해 묻자 잘 모르겠다고 대답하며 청중들에게 아는 지 물어보았다. 청중들이 들어본 적은 있다며 첫 소절을 불렀다. 그제서야 기억이 났는지 권보학 씨가 구연을 시작했다. 하지만 얼마 지나지 않아 잘 모르겠다고 말하던 찰나에 김학순 씨가 노래를 이어갔다. 청중들은 감탄하며 박수를 쳤는데 마지막 가사에서 웃기도 했다.

사래야지고 장천밭에

점심이참이 늦어오네

이때 권보학 씨가 구연을 멈추자 김학순 씨가 이어서 계속 불렀다.

배가고파서 일로못하는데
주인네야 엄마이요
어딜가서 처먹고있노

밀양아리랑

자료코드 : 05_17_FOS_20110129_LJH_KBH_0022
조사일시 : 2011.1.29
조사장소 : 경상북도 울진군 후포면 후포리 마을회관
제 보 자 : 권보학, 여, 85세
조 사 자 : 임재해, 조정현, 박혜영, 강선일
구연상황 : 조사자가 권보학 씨에게 아리랑에 대해 문자 바로 구연을 시작했다. 하지만 얼마 지나지 않아 잘 모르겠다고 말하던 찰나에 윤순남 씨가 노래를 이어갔다. 청중들은 감탄하며 박수를 쳤는데 일부는 추임새를 넣기도 했다.

동지섣달 꽃본듯이 날좀보소
아리아리랑 쓰리쓰리랑
날좀보소 날좀보소 날좀보소
동지섣달 꽃본듯이 날좀보소
아리랑 아리랑 아라리요
아리랑 고개고개로 넘어간다
문경새재 박달낭그
홍두깨방망이 팔자좋네
홍두깨방망이 팔자좋아

큰애기손짓에 다늙는다

아리랑 아리랑 아라리요

아리랑고개로 넘어간다

날좀보소 날좀보소 날좀보소

동지섣달 꽃본듯이 날좀보소

니잘났나 내잘났나

연지찍고 분바리고 다잘났네

아리랑 아리랑 아라리요

아리랑고개를 넘가주소

쌍금쌍금 쌍가락지

자료코드 : 05_17_FOS_20110129_LJH_KHS_0001

조사일시 : 2011.1.29

조사장소 : 경상북도 울진군 후포면 후포리 마을회관

제 보 자 : 김학순, 여, 82세

조 사 자 : 임재해, 조정현, 박혜영, 강선일

구연상황 : 청중들이 김학순 씨에게 삼 삼는 노래를 청하자 잠시 뜸을 들였다. 삼 삼는
노래는 흔히 듣지 못하는 노래라는 한 청중의 말에 조사자가 그렇다고 대답
을 했다. 때마침 김학순 씨가 녹음기에 관심을 보였는데, 이를 본 청중들이
웃으면서 노래를 할 거냐고 부추기자 김학순 씨는 잠시 망설이다 곧이어 구
연을 시작했다.

쌍금쌍금 쌍가락지

호작질로 닦아내어

문대보니 다릴레라

짙에보니 처잘래라

처자자는 그방에는

숨소리도 요란하고

말소리도 요란하다

죽고싶어 죽었으면

깻잎겉은 칼로물고

자는듯이 죽었으면

앞산에도 묻지말고

뒷산에도 묻지마오

연대밭에 묻어주소

연꽃이가 피거들랑

내꽃인줄만 알아주소

오빠오빠 사촌오빠

너무너무나 억울하다

베틀가

자료코드 : 05_17_FOS_20110129_LJH_KHS_0002

조사일시 : 2011.1.29

조사장소 : 경상북도 울진군 후포면 후포리 마을회관

제 보 자 : 김학순, 여, 82세

조 사 자 : 임재해, 조정현, 박혜영, 강선일

구연상황 : 삼 삼는 노래에 이어서 조사자가 김학순 씨에게 베틀노래를 청하자 가사가
잘 기억나지 않는다며 망설였다. 다른 마을은 어떻게 부르냐는 물음에 조사자
가 시범을 보이자 청중들은 자신들도 들어본 적이 있다고 말했다. 곧이어 청
중들이 김학순 씨에게 베틀노래를 청하자 김학순 씨는 잠시 망설이다가 이내
구연을 시작했다. 노래를 듣던 한 청중이 "잘 한다."라며 감탄하기도 했으나
정작 김학순 씨는 가사가 잘 기억나지 않는지 한 소절만 부른 채 웃으며 끝
을 맺었다.

베틀노세 베틀노세

옥난간에다 베틀노세

앞다릴랑 높이놓고

뒷다릴랑 낮게놓고

그베를짜가 누를주노

서방님 와이셔츠나

지어주지

그네타령

자료코드 : 05_17_FOS_20110129_LJH_KHS_0003

조사일시 : 2011.1.29

조사장소 : 경상북도 울진군 후포면 후포리 마을회관

제 보 자 : 김학순, 여, 82세

조 사 자 : 임재해, 조정현, 박혜영, 강선일

구연상황 : 조사자가 그네를 탈 때 부르는 노래는 없냐고 김학순 씨에게 묻자 잠시 망
설였다. 청중들이 단오 때 부르는 노래가 맞냐고 반문해서 조사자가 맞다고
말하자 김학순 씨는 그제서야 확신이 섰는지 구연을 시작했다. 노래를 듣던
윤손남 씨는 마지막 부분을 같이 부르기도 했다.

수천당 시모진(세모진) 낭게

가지가지에 추천을매자

임이타면 내가밀고

내가타면은 임이민다

임아임아 줄조심해라

줄떨어지면 정떨어진다

천안삼거리

자료코드 : 05_17_FOS_20110129_LJH_KHS_0004
조사일시 : 2011.1.29
조사장소 : 경상북도 울진군 후포면 후포리 마을회관
제 보 자 : 김학순, 여, 82세
조 사 자 : 임재해, 조정현, 박혜영, 강선일
구연상황 : 조사자가 윤순남 씨에게 상사소리를 청했으나 기억을 못하는 듯 했다. 옆에
있던 김학순 씨가 후렴구를 한 대목 불러서 상사소리를 청했더니, 잠시 망설
이다가 구연을 시작했다. 그러나 천안 삼거리로 시작한 노래는 윤순남 씨가
후렴구를 착각하는 바람에 상사소리가 아닌 뱃노래의 후렴구로 끝을 맺었다.
제보자가 부르는 노래에 맞춰 청중들은 박수를 치기도 했다.

천안삼거리 능수야버들아

네멋에지쳐서 축늘어졌구나

에야노야노라 에야노야노

어기여차 뱃놀이갑시다

청춘가

자료코드 : 05_17_FOS_20110129_LJH_KHS_0005
조사일시 : 2011.1.29
조사장소 : 경상북도 울진군 후포면 후포리 마을회관
제 보 자 : 김학순, 여, 82세
조 사 자 : 임재해, 조정현, 박혜영, 강선일
구연상황 : 김학순 씨가 생각난 뱃노래가 있는지 갑자기 구연을 시작했다. 청중들도 아
는 노래였는지 박수를 치면서 따라 불렀다.

돈많이 있거들랑

지게쟁피 놓지

꽃겉은 나를데려다

왜고생 시키노

미나도가 덜됐나

항구가 덜됐나

들어오던 용선이

되돌아가는구나

담방구타령

자료코드 : 05_17_FOS_20110129_LJH_KHS_0006

조사일시 : 2011.1.29

조사장소 : 경상북도 울진군 후포면 후포리 마을회관

제 보 자 : 김학순, 여, 82세

조 사 자 : 임재해, 조정현, 박혜영, 강선일

구연상황 : 조사자가 권보학 씨에게 담방구 타령에 대해 문자 잘 모르겠다고 대답하며
청중들에게 아는지 물어보았다. 청중들이 들어본 적은 있지만 잘 모르겠다고
말하던 찰나에 김학순 씨가 구연을 시작했다. 청중들은 감탄하며 박수를 쳤는
데 일부는 추임새를 넣기도 했다.

청춘에 헐레산에 다리방구야

담방구야 담방구야

청년에 헐레산에 담방구야

저기 오난 처자 눈매를 보소

겉눈은 감고 속눈은 떴다

담방구야 담방구야

청춘에 헐레산에 담방구야

정선아리랑

자료코드 : 05_17_FOS_20110129_LJH_KHY_0001
조사일시 : 2011.1.29
조사장소 : 경상북도 울진군 후포면 후포리 마을회관
제 보 자 : 김해용, 남, 85세
조 사 자 : 임재해, 조정현, 박혜영, 강선일
구연상황 : 전날 김해용 씨가 여러 민요를 불러주었으나 기기의 오작동으로 인하여 녹
음이 되지 않았다. 따라서 다음 날 다시 김해용 씨를 만나서 전 날 불렀던 노
래를 다시 듣길 요청하였다. 김해용 씨는 '어제 불러줬는데 뭘 또 하냐'며 처
음에는 거부하는 듯하였지만, 제보자가 다시 '어제 불렀던 노래 중에 아리랑
있었는데 불러주세요'라고 하자 못이기는 척 불러주었다.

아리아리랑 쓰리스리랑 아라리요
아리아리랑 고개고개로 넘어넘어간다
영월정선 물레바꾸는 사기 장창 주야 밤낮없이
안고지고 돌어가는데 우루집이 저 멍텅구리는
안고지고 돌어갈줄은 와 모리노
불항청진 잡히기는 단둘이라 비겼구 배 떨어지니
오동나무 꾀꾀수는 방치장 하기가 좋구
새신랑 새각시는 첫날밤이 좋구랴
아리아리랑 쓰리쓰리랑 아라리가났네
아리아리랑 고개고개로 넘어넘어간다

담방구타령

자료코드 : 05_17_FOS_20110129_LJH_KHY_0002
조사일시 : 2011.1.29
조사장소 : 경상북도 울진군 후포면 후포리 마을회관

제 보 자 : 김해용, 남, 85세

조 사 자 : 임재해, 조정현, 박혜영, 강선일

구연상황 : '혹시 담방구 타령…….'이라는 조사자의 말에 크게 허탈웃음을 지었다. 쑥쓰
러운지 자꾸 손으로 얼굴을 가리기도 하였으나 이내 노래를 불러주었다.

담방구야 담방구야

훌라산에 둘라산에 　　　　　　담방구야

이까 가다 담방구야

저산골에 담방구는

이산저산 담방구야

훌라둘라 담방구야

청춘가

자료코드 : 05_17_FOS_20110129_LJH_KHY_0003

조사일시 : 2011.1.29

조사장소 : 경상북도 울진군 후포면 후포리 마을회관

제 보 자 : 김해용, 남, 85세

조 사 자 : 임재해, 조정현, 박혜영, 강선일

구연상황 : 김해용 씨가 생각이 나지 않는다고 하였으나 조사자가 계속해서 전날에 불
렀던 노래 제목을 늘어놓자 어쩔수 없었는지 '허, 참…….'이라며 한숨을 내쉬
더니 이 노래를 부르기 시작했다.

아니 아니 놀지를 못하리라

아니 쓰지를 못하리라

사랑은 달려도

너 가도 남은 사랑

칠년대한 가문날에

빗발 같이도 반긴사랑

당명황의 양귀비요

이도량은 춘향이오

일년열두달 삼백에육십일

하루만은 못봐도 내 못살겠네

얼씨구나 좋고 지화자 좋다

요렇게 놀다가 시골간다

상여소리

자료코드 : 05_17_FOS_20110129_LJH_KHY_0004

조사일시 : 2011.1.29

조사장소 : 경상북도 울진군 후포면 후포리 마을회관

제 보 자 : 김해용, 남, 85세

조 사 자 : 임재해, 조정현, 박혜영, 강선일

구연상황 : 조사자가 상여소리를 요청하자 상이 나지도 않았는데 불르라 하여 놀랐단
듯이 놀란 목소리로 '상여소리를 지금 하라고요?'라며 묻더니 곧장 부르기 시
작했다.

너와 넘차 너하호

우직하면 던지거라

너너 너하호 너화넘차 너화

이수 건너 노수 간다

노수 건너 백로 가네

너너 너하호 너화넘차 너화호

너 건너 나는 간다

널 두고 나는 가네

이카면 던지노나

명년 이때 춘삼월에

꽃피고 질 때 내가 오리

너너 너하호

그물당기기 소리

자료코드 : 05_17_FOS_20110129_LJH_KHY_0005

조사일시 : 2011.1.29

조사장소 : 경상북도 울진군 후포면 후포리 마을회관

제 보 자 : 김해용, 남, 85세

조 사 자 : 임재해, 조정현, 박혜영, 강선일

구연상황 : 상여소리에 이어 혹시 바다에서 조업할 때 부르는 노래가 있지 여쭤보니
그물 당길 때 부르는 노래를 시작했다.

에 얼싸 땅거라

어 얼싸 당겨라

시누부 보겄다 여여 당겨라

이 꽁치 저 꽁치 마이도 끌었구나

당겨라 어허얼싸 당그라

얼른 당겨라 집에가자

꽁치잡이 소리

자료코드 : 05_17_FOS_20110129_LJH_KHY_0006

조사일시 : 2011.1.29

조사장소 : 경상북도 울진군 후포면 후포리 마을회관

제 보 자 : 김해용, 남, 85세

조 사 자 : 임재해, 조정현, 박혜영, 강선일

구연상황 : 바다와 인접한 이 마을은 주로 꽁치를 많이 잡는다. 꽁치 잡이를 하게 된 역
　　　　　 사에 대해 이야기를 하자 제보자는 꽁치 잡이를 할 때 그물을 당기면서 불렀
　　　　　 던 노래가 생각이 나자 이장이 얘기하던 도중에 혼자 노래를 부른다. 이에 조
　　　　　 사자는 다시 불러달라며 간곡히 부탁을 하고, 이에 응하여 노래를 시작한다.

헤에 후포항에 에에에
금년해운 재수상안 많이주시고
잡구잡신은 물알로
명복을랑 후포항에로
생이 끝에 어른 꽁치
죽비 끝에 오려니까
후포항에로 들어오게 하시고
가는 고기 손을 지고
오는 고기 입을 간다
후포항에 점하시고 만복을
재수상안 주십시오

한오백년

자료코드 : 05_17_FOS_20110129_LJH_KHY_0007
조사일시 : 2011.1.29
조사장소 : 경상북도 울진군 후포면 후포리 마을회관
제 보 자 : 김해용, 남, 85세
조 사 자 : 임재해, 조정현, 박혜영, 강선일
구연상황 : 노래를 많이 불러서 힘이 부쳤는지 노래 한 두 마디만 하고 끝내자고 하였
　　　　　 다. 이에 침묵이 이어지자 김해용 씨는 노래를 잘 불러야하는 것이 아니냐며
　　　　　 걱정을 하였다. 조사자가 아니라고 하자 쑥스러운 듯이 웃고는 조사자의 요청
　　　　　 없었는데도 노래를 부르기 시작하였다. 노래를 잘 불러야겠다고 생각을 했던
　　　　　 탓인지 감정을 담아 노래를 불렀다.

한많은 이세상에 야속한 임아

정을두고 몸만가니 눈물이 나리

한많은 님을 두고 한성을 가

할멈 두고 나가 가니 눈물이 나리

아무렴 그렇지 그렇고 말고

한오백년 살자는데 왠 성화요

지척에 님을 두고 먼 산만 보고 올때

행주치마 입에 물고 입만 방긋방긋

아무렴 그렇지 그렇고 말고

한오백년 살자는데 왠 성화요

장타령

자료코드 : 05_17_FOS_20110129_LJH_KHY_0008

조사일시 : 2011.1.29

조사장소 : 경상북도 울진군 후포면 후포리 마을회관

제 보 자 : 김해용, 남, 85세

조 사 자 : 임재해, 조정현, 박혜영, 강선일

구연상황 : 김해용 씨는 힘이 드니 한 두 마디만 하고 빨리 끝내자는 전의 태도와는 달리 이번에는 노래를 많이 불러줘야 하는데 생각이 나지 않아 오히려 미안하다고 하였다. 그러더니 이번에도 조사자의 요청 없이 바로 노래를 부르기 시작했다.

일자나 한자 들구나보소

일이삼사 여상사 밤중 샛별이 완연했네

이자나 한자나 들구나봐아

이승만 대통령은 김일성과 노는구나

삼자나 한자나 들고나보니

삼천만의 우리동포 통일 오기를 고대한다

사자나 한자나 들거나 보소

땅이 사천팔십이오 정년회답이 들어왔네

오자나 한자 들거나 보오

오천만아 괴뢰군들 남한 일대로 침략했네

육자나 한자나 들거나 보소

육이오사변 집태우고 거지 세월이 되는구나

칠자나 한자나 들고나보니

칠십리가는 함포소리 삼천리강산을 울려준다

팔자나 한자나 들거나보시

우리 음전은 팔연찬데 한국군들만 따라가네

구자나 한자 들거나보니

군대세월 구 년 만에 일등병이 웬말이냐

장자나 한자 들거나보니

장가가던 첫날밤 소집영장이 웬말이냐

어어 이래 각설이는 죽들 안허고 또왔네

오가는 신장

자료코드 : 05_17_FOS_20110128_LJH_PGN_0001

조사일시 : 2011.1.28

조사장소 : 경상북도 울진군 후포면 후포리 마을회관

제 보 자 : 박준남, 여, 73세

조 사 자 : 임재해, 조정현, 박혜영, 강선일

구연상황 : 황명기 씨가 점쟁이에 대한 이야기를 하고 있었다. 점쟁이가 점을 보는데 다
섯 냥밖에 받지 못했다는 이야기를 구연하게 된다. 그러자 이 이야기를 듣고
있던 박준남 씨는 '오가는 신장 가는 장'이란 노래도 있다며 이어서 바로 이

이야기를 구연한다.

오가는 신장 가는 장
육개나 신장 초태 반
날만 새면 돈 닷냥

진주낭군

자료코드 : 05_17_FOS_20110128_LJH_PGN_0002
조사일시 : 2011.1.28
조사장소 : 경상북도 울진군 후포면 후포리 마을회관
제 보 자 : 박준남, 여, 73세
조 사 자 : 임재해, 조정현, 박혜영, 강선일
구연상황 : 장자못이야기에 대해 제보자가 먼저 이야기를 들려주었다. 그러자 박준남 씨
는 노래가 부르고 싶었는지 이야기 말고도 노래해도 되냐며 먼저 노래 부르
길 요청했다.

울도 담도 없는 집에
시집살이 삼 년만에
시어마님 하시는 말씀
야야아가 며늘아가
진주낭군을 볼라거든
진주강으로 빨래를 가라
진주강으로 빨래를 가니
하늘 겉은 갓을 씨고
구름 겉은 말을 타고
본 척 만 척 지나드라
이것을 보신 며늘아기

검은 빨래 검게 씻고

흰 빨래 희게 씻고

집이라 돌아오니

시어마님 하시는 말씀

야야아가 며늘아가

진주낭군을 볼라거든

사랑방으로 들어가라

사랑방을 들어가니

기생첩을 옆에 두고

권주를 권하더라

이것을 보신 며늘아기

아랫방을 내려와요

아홉 가지 맘을 먹고

열두 자 명주수건에

목을 매 잠든 듯이 죽었더라

이것을 보신 진주낭군

본처 정은 백 년이요

첩의 정은 삼 년이요

에고 답답 니 죽을 줄

내 몰랐다 에고 답답다

이영출이 장가 가네

자료코드 : 05_17_FOS_20110128_LJH_PGN_0003

조사일시 : 2011.1.28

조사장소 : 경상북도 울진군 후포면 후포리 마을회관

제 보 자 : 박준남, 여, 73세
조 사 자 : 임재해, 조정현, 박혜영, 강선일
구연상황 : 박준남 씨는 긴 사설을 많이 기억하고 있었다. 제보자는 어떻게 이렇게 많은
이야기를 기억해내냐며 감탄을 했다. 이에 박준남 씨는 요즘 들은 이야기는
잊어버렸지 어렸을 때 들은 이야기는 아직도 기억할 뿐이라며 좋은 이야기는
다 잊어버렸다고 하였다. 그러더니 잠시 생각을 하다가 이내 이 노래를 구연
하기 시작하였다.

장개가네 장개가네
이영출이 장개가네
뭐가부러 장개가노
사모관대 풀고
장개간다
앵두같은 딸을 두고
반달같은 지집두고
위실같은 아들두고
뭐가부러 장개가노
사모관대 풀고
장개간다
한모래기 돌거들랑
급살이나 맞아주소
두모래기 돌거들랑
총살이나 맞아주소
사지걸랑 덜라거든
말다리나 부러지소
초상이라 받거들랑
초상다리 부러지소
큰사위라 받거들랑

오복식기 갈래지소

첫날밤이라 자거들랑

바늘겉은 그몸에야

황새겉은 변이들어

아야쥐야 동고하소

앞집이라 쫓아가니

이영출이 다죽어가네

이영출이 다죽어가네

집이라고 쫓아오니

이영출이 죽었네

이영출이 죽었네

부고가네 부고가네

이영출이 부고가네

한손개가 짖거들랑

옛다그놈 잘죽었다

방안실에 실어놀놈

치이 끝에 날린놈

담배 불에 지질놈

옛다고놈 잘죽었다

베틀가

자료코드 : 05_17_FOS_20110128_LJH_PGN_0004

조사일시 : 2011.1.28

조사장소 : 경상북도 울진군 후포면 후포리 마을회관

제 보 자 : 박준남, 여, 73세

조 사 자 : 임재해, 조정현, 박혜영, 강선일

구연상황 : 박준남 씨는 민요를 잘 기억하고 있었다. 이에 조사자는 베틀가를 청하였다. 그러자 박준남 씨는 할 줄은 아는데 다 까먹어서 빼먹은 게 많다며 노래하기를 쑥스러워 하였다. 그러나 조사자의 계속된 청에 못 이겨 이 노래를 구연하게 된다.

베틀노세 배틀노세
옥난강에 베틀노세
비틀다리 니다리요
선녀다리 두다리요
앞다리라 높게놓고
뒷다리라 낮게놓고
잉어대는 삼형제요
눌림대는 허울애비
식구많은 도투마리
누워쉬라 앉아쉬라
영등어미 우는소리
깊은산골 외기러기
우는소리

혼례노래

자료코드 : 05_17_FOS_20110128_LJH_PGN_0005

조사일시 : 2011.1.28

조사장소 : 경상북도 울진군 후포면 후포리 마을회관

제 보 자 : 박준남, 여, 73세

조 사 자 : 임재해, 조정현, 박혜영, 강선일

구연상황 : 박준남 씨는 계속해서 민요를 불렀는데 이번에도 역시 쉬지 않고 이 민요를

이리하면 맞을손가
저래하면 실패될까
남의 손도 다 못보고
애복없이 섭섭거면
역력히도 다처다가
허다한꽃 다버리고
광주리를 옆에쥐고
나물캐러 동산가니
온천지야 꽃필칠래
허기청풍 변나비는
꽃을찾아 춤을추네
서울가신 우리낭군
편지한장도 없네
떨봉우에 맞이 울던
제비는 다시 강릉 삼척 멀다해도
제비새끼 왕래하면
우리 신랑 편지도 안 온다

■엮은이 소개

임재해 영남대학교 국어국문학과를 졸업하고 동 대학원에서 문학박사 학위를 받
았다. 현재 안동대학교 인문대학 민속학과 교수로 재직 중이다. 한국구비문
학회장, 비교민속학회장, 문화재청 문화재위원을 역임하였다. 주요 저서로
『설화작품의 현장론적 분석』(지식산업사, 1991), 『민족신화와 건국영웅들』
(민속원, 2006) 등이 있다.

조정현 안동대학교 민속학과에서 문학박사 학위를 받았다. 현재 한국국학진흥원
책임연구위원으로 재직 중이다. 주요 논문으로 「마을 성격에 따른 인물전
설의 변이와 지역담론의 창출 : 안동지역 서애 류성룡 관련 설화를 중심으
로」, 「문경지역 민요전승의 기반과 아리랑의 재발견」 등이 있다.

박혜영 한국예술종합학교를 졸업하고 안동대학교 민속학과에서 박사학위를 받았
으며, 현재 목포대학교 도서문화연구원 연구교수로 일하고 있다. 「조선족
'민간가요'의 사회적 생산과 태양촌 개척이주민의 수용」, 「마을 안팎의 풍
물판과 유래담의 풍물사적 연맥」 등의 논문이 있다.

강선일 안동대학교를 학부, 석사를 졸업하고 박사학위 과정을 수료했으며, 현재
안동대학교 민속학연구소 조교로 일하고 있다. 「마을풍수 관련 전승지식의
의미와 기능 : 영주 무섬마을의 사례를 중심으로」 등의 논문이 있다.

증편 한국구비문학대계 7-24
경상북도 울진군

초판 인쇄 2019년 3월 21일
초판 발행 2019년 3월 28일

엮 은 이 임재해 조정현 박혜영 강선일
엮 은 곳 한국학중앙연구원 어문생활사연구소
출판기획 유진아

펴 낸 이 이대현
펴 낸 곳 도서출판 역락
편   집 권분옥
디 자 인 안혜진

주   소 서울시 서초구 동광로46길 6-6(반포4동 577-25) 문창빌딩 2층
등   록 1999년 4월 19일 제303-2002-000014호
전   화 02-3409-2058, 2060
팩   스 02-3409-2059
이 메 일 youkrack@hanmail.net

값 40,000원

ISBN 979-11-6244-418-4 94810
      978-89-5556-084-8(세트)